Anne Tyler

TAG DER ANKUNFT

ANNE TYLER

TAG DER ANKUNFT

Roman

Aus dem Amerikanischen von
Christine Frick-Gerke und Gesine Strempel

List

1

Um acht Uhr am Abend war der Flughafen von Baltimore nahezu ausgestorben. Die weiten grauen Gänge waren leer, die Zeitungsstände dunkel und die Cafeterien geschlossen. Die meisten Flugsteige hatten die Ankunft ihrer letzten Flüge hinter sich gebracht. Sämtliche Anzeigen waren gelöscht, und die Vinylstuhlreihen wirkten geisterhaft unbesetzt.

Dennoch war ein fernes Gemurmel zu hören, ein erwartungsfreudiges Raunen, am Ende von Abschnitt D. Man konnte ein überreiztes Kind sehen, das schwindelerregend in der Mitte des Gangs kreiselte, und dann einen Erwachsenen, der auf der Bildfläche erschien, es hochnahm und zurück in den Wartebereich trug, wobei es kicherte und sich wand. Und eine Nachzüglerin, eine Frau im gelben Kleid, lief mit einem Arm voll langstieliger Rosen auf das Gate zu.

Wer um die Ecke bog, wurde plötzlich mit einer irgendwie übertriebenen Feier zu einem »freudigen Ereignis« konfrontiert. Im gesamten Wartebereich für den Flug aus San Francisco drängelten sich Leute, die rosa oder blau eingewickelte Geschenke trugen oder silbrige Ballons mit dem Aufdruck ES IST EIN MÄDCHEN! festhielten, von denen rosa Ringelbänder herunterbaumelten. Ein Mann hielt den Weidengriff eines stoffbespannten Babykorbs auf Rädern fest, als wollte er damit ins Flugzeug rollen, und eine Frau stand mit einem Kinderwagen bereit, der vor Chrom nur so blitzte und so vor Hebeln strotzte, dass er gut und gerne am Indianapolis-500-Rennen hätte teilnehmen können. Mindestens ein halbes Dutzend

Leute hielten Videokameras bereit, und viele andere hatten normale Kameras um den Hals gehängt. Eine Frau sprach eindringlich und verstohlen in ein Tonbandgerät. Der Mann neben ihr presste einen veloursgepolsterten Autokindersitz gegen seine Brust.

MOM stand auf dem Button an ihrer Schulter – einem dieser plastikbeschichteten Anstecker, die man sonst eher in Wahljahren sah. Und auf dem des Mannes stand DAD. Ein nett aussehendes Paar, nicht so jung, wie man annehmen würde – die Frau in weiten schwarzen Hosen und einem künstlerisch angehauchten schwarz-weißen Oberteil mit geometrischem Muster, das kurze Haar mit grauen Strähnen; der Mann ein großer, strahlender, jovialer Typ mit kurzem, blondem Bürstenhaarschnitt, dessen nackte Knie verschämt aus voluminösen khakifarbenen Bermudashorts staken.

Und nicht nur MOM und DAD waren anwesend; auch GRANDMA und GRANDPA in zweifacher Ausführung – zwei komplette Paare. Eine der Großmütter war eine gemütliche Frau in einem zerknitterten Sommerkleid aus Jeansstoff und einer Baseballkappe mit Bandanamuster; die andere war dünn, geschminkt und gekonnt zurechtgemacht, sie trug einen eierschalenfarbenen Hosenanzug und im Ton abgestimmte Pumps. Dazu kamen die Großväter, auch Ton in Ton – der Mann der zerknitterten Frau war ebenso zerknittert, und seine eisengrauen Locken hatten ein Haarschnitt nötig; wohingegen der Ehemann der zurechtgemachten Frau eine Leinenhose und ein Tropenhemd aus durchscheinendem Stoff trug, und ein Teil seines leuchtendgelben Haarschopfs war vermutlich nicht echt.

Sicher, es waren auch andere Wartende da, Leute, die offenkundig nicht zur Feier gehörten. Eine trübäugige Frau mit Lockenwicklern; eine ältere Frau mit einer jüngeren, die ihre Tochter sein konnte; ein Vater mit zwei kleinen Kindern, die schon Schlafanzüge anhatten. Diese Außenseiter standen an den

Rändern herum, still und irgendwie gedämpft, und warfen von Zeit zu Zeit vielsagende Blicke in Richtung MOM und DAD.

Das Flugzeug hatte Verspätung. Die Leute wurden unruhig. Ein Kind wies anklagend darauf hin, dass auf der Ankunftstafel immer noch ON TIME stand – pünktlich – eine schlichte Lüge. Mehrere Teenager huschten zum unbeleuchteten Wartebereich am Gang gegenüber. Ein kleines Mädchen mit Rattenschwänzchen schlief auf einem Vinylsessel ein – auf dem Button auf ihrer grünkarierten Bluse stand COUSINE.

Dann tat sich etwas. Es kam keinerlei Durchsage – Lautsprecherdurchsagen gab es schon länger keine mehr –, doch die Leute hörten nach und nach auf zu reden und drängten in Richtung Fluggastbrücke, reckten die Hälse und standen auf Zehenspitzen. Eine Frau in Uniform tippte einen Code ein, und die Tür zur Brücke schwenkte auf. Ein Bodensteward erschien mit einem Rollstuhl. Die Teenager tauchten wieder auf. MOM und DAD, die bisher genau inmitten der Menge gestanden hatten, wurden mit aufmunternden Klapsen vorangeschubst, wobei sich ihnen magisch ein Weg zur Tür auftat.

Der erste Ankömmling war ein sehr großer junger Mann in Jeans, der konfus dreinschaute, wie jemand, der zu lange geflogen war. Er entdeckte Mutter und Tochter, ging auf sie zu und beugte sich etwas hinunter, um die Tochter zu küssen, aber nur auf die Wange, denn sie war vollends darauf konzentriert, an ihm vorbeizuschauen, und erwiderte seine Umarmung nur kurz, weil sie ihren Blick nicht von den Neuankömmlingen abwenden konnte.

Zwei Geschäftsleute mit Aktentaschen, die zielbewusst in Richtung Ankunftshalle schritten. Ein Jugendlicher mit einem Rucksack, so groß, dass er einer Ameise mit einem überdimensionierten Brotkrümel glich. Ein weiterer Geschäftsmann. Noch ein Jugendlicher, der von der Frau mit Lockenwicklern in Empfang genommen wurde. Eine lächelnde Rothaarige mit rosigen Wangen, die sofort von den beiden Kindern in Schlafanzügen umringt wurde.

Dann eine Pause. Steigerung der allgemeinen Spannung.

Eine adrett gekleidete asiatische Dame trat mit einem Baby durch die Tür. Dieses Baby war vielleicht fünf, sechs Monate alt – es konnte sich bereits ohne weiteres aufrecht halten. Es hatte ein rundliches Gesicht, erstaunlich dichtes schwarzes Haar, das über Stirn und Ohren gerade geschnitten war, und trug einen rosa Schlafoverall mit Füßen. »Ah!«, hauchten alle – selbst die Außenstehenden, selbst die Mutter und die erwachsene Tochter. (Obwohl der junge Freund der Tochter immer noch durcheinander wirkte.)

Die zukünftige Mutter streckte beide Arme aus, sodass ihr Tonbandgerät am Ende des Schulterriemens ins Schlingern geriet. Aber die asiatische Dame hielt gebieterisch inne, was jede Annäherung im Keim erstickte. Sie stellte sich in Positur und fragte: »Donaldson?«

»Donaldson. Das sind wir«, sagte der zukünftige Vater. Seine Stimme zitterte. Irgendwie war er den Autokindersitz losgeworden, hatte ihn blindlings irgendwem in die Hand gedrückt, hielt sich aber leicht hinter seiner Frau und ließ eine Hand auf ihrem Rücken – als bedürfte er einer Stütze.

»Herzlichen Glückwunsch«, sagte die asiatische Dame. »Dies ist Jin-Ho.« Sie legte das Baby in die Arme der wartenden Mutter, und dann nahm sie eine rosa Wickeltasche von der Schulter und reichte sie dem Vater. Die Mutter vergrub ihr Gesicht in der Halsbeuge des Babys. Das Baby hielt sich weiterhin gerade und betrachtete ruhig die Menge. »Ah«, sagten die Leute immer noch, und »Ist sie nicht niedlich!« und »Hast du schon mal so ein Püppchen gesehen?«.

Blitzlicht, beharrliche Videokameras, alle drängten viel zu nah heran. Der Vater hatte feuchte Augen. Viele andere Leute auch; hörbares Schniefen und Naseputzen im gesamten Wartebereich. Und als die Mutter ihren Kopf hob, endlich, waren ihre Wangen tränenüberströmt. »Hier«, sagte sie zum Vater. »Halt du sie.«

»Ach, nein, ich habe Angst, dass ich … Mach du lieber, Honey. Ich gucke zu.«

Die asiatische Dame blätterte in einem Packen Papiere. Die weiteren Ankömmlinge mussten einen Bogen um sie machen, die kleine Familie umgehen und die Gratulanten und den Berg Babyausstattung. Glücklicherweise war das Flugzeug nicht voll besetzt gewesen. Die Passagiere kamen vereinzelt: Mann mit Stock, Pause; Rentnerehepaar, Pause …

Und dann erschien eine andere asiatische Dame, jünger als die erste, und einfacher; in sich zusammengesunken, blickte sie vorsichtig und entschuldigend in die Runde. Sie schleppte eine Babytrage wie einen Henkeleimer, und es war klar, dass das Baby darin nicht allzu viel wog. Auch dieses Baby war ein Mädchen, wenn man von dem rosa T-Shirt ausging, aber es war kleiner als das erste, blass und mager, mit zarten schwarzen Haarsträhnen über der Stirn. Wie die junge Frau, die sie trug, zeigte es ein eher ängstliches Interesse an der Menge. Sein wachsamer Blick huschte von Gesicht zu Gesicht.

Die junge Frau sagte etwas, das wie »Yaz-den?« klang.

»Yaz-*dan*«, rief eine Frau von hinten. Es klang wie eine Berichtigung. Die Menge teilte sich wieder, unsicher, wohin sie ausweichen sollte, dennoch erpicht zu helfen, und drei Personen, die bisher keiner bemerkt hatte, traten der Reihe nach vor: ein jüngeres Ehepaar, irgendwie fremdländisch, mit olivbrauner Haut und gut aussehend, und dahinter eine schlanke ältere Dame, das glänzend schwarze Haar tief im Nacken zum Knoten gesteckt. Offenbar war sie es gewesen, die den Namen verbessert hatte, denn jetzt rief sie ihn wieder mit ihrer klaren, durchdringenden Stimme. »Hier sind wir. Yazdan.« Nur an den leicht zittrigen R erkannte man den Hauch eines Akzents.

Die junge Frau drehte sich zu ihnen und hielt dabei die Trage ungeschickt vor sich. »Herzlichen Glückwunsch, dies ist Sooki«, sagte sie, aber so leise und atemlos, dass die Leute sich fragen mussten: »Was? Was hat sie gesagt?« »Ich glaube, Sooki.« »Sooki! Wie süß!«

Die Gurte, mit denen das Baby in der Trage angeschnallt war, ließen sich nicht ohne weiteres lösen. Die neuen Eltern mussten helfen, weil die asiatische Dame keine Hand frei hatte, und die Eltern waren aufgeregt und ungeschickt – die Mutter lachte ein bisschen und schwang ihre hennafarbene Lockenpracht nach hinten, der Vater biss sich auf die Lippen und schien ungeduldig angesichts seines eigenen Unvermögens. Er trug eine kleine, sehr blanke, randlose Brille, die glitzerte, als er erst hier, dann dort fummelte, um die Plastikschließe zu öffnen. Die Großmutter, wenn sie es war, räusperte sich anteilnehmend: »Tsk, tsk.«

Aber zu guter Letzt war das Baby frei. So ein winziges Persönchen! Der Vater nahm es behutsam hoch, hielt es mit gestreckten Armen von sich und überreichte es der Mutter, die es in Empfang nahm und in ihren Armen wiegte und ihre Wange oben gegen den flaumbedeckten schwarzen Kopf des Babys drückte. Das Baby zog die Augenbrauen hoch, aber es wehrte sich nicht. Die Zuschauer putzten sich wieder die Nasen, und der Vater musste seine Brille absetzen und die Gläser abwischen, aber die Mutter und die Großmutter lächelten und redeten leise. Ihre Augen blieben trocken. Der Menge schenkten sie keinerlei Aufmerksamkeit. Als jemand fragte: »Kommt ihres auch aus Korea?«, antwortete keine der Frauen, und es war der Vater, der schließlich sagte: »Hmm? O ja, ganz genau.«

»Habt ihr gehört, Bitsy und Brad? Es gibt noch ein koreanisches Baby!«

Die erste Mutter schaute in die Runde – sie überließ eine nähere Untersuchung den beiden Großmüttern – und sagte »Wirklich?« Ihr Ehemann klang wie ein Echo: »Wirklich!« Er ging zu den anderen Eltern und streckte seine Hand aus. »Brad Donaldson. Das ist meine Frau, Bitsy, da drüben.«

»Sehr erfreut«, sagte der zweite Vater. »Sami Yazdan.« Er schüttelte Brad die Hand, wobei sein mangelndes Interesse geradezu komisch wirkte; er konnte seinen Blick nicht von dem Baby abwenden. »Ach so, meine Frau, Ziba«, fügte er einen Augenblick später hinzu. »Meine Mutter Maryam«. Er hatte einen typischen Baltimore-Akzent, aber die Namen der beiden Frauen sprach er anders aus, als Amerikaner es tun würden – Zii-*baa* und Mar-*jam*.

Seine Frau sah nicht einmal hoch. Sie wiegte das Kind und sagte so etwas wie: »Soo-soo-soo.« Brad Donaldson gestikulierte freundlich in ihre Richtung und kehrte zu seiner eigenen Familie zurück.

Nachdem die Übergabe auch offiziell vollzogen worden war – die beiden asiatischen Damen achteten pedantisch auf jedes Detail –, verliefen sich die Bekannten der Donaldsons. Offenbar war für später ein Treffen geplant, denn die Leute riefen wiederholt: »Bis nachher zuhause!«, und gingen in Richtung Ankunftshalle. Und dann konnten auch die Eltern gehen, Bitsy voran, und die Dame, die den Kinderwagen schob, wie eine Hofdame gleich hinterher. (Bitsy war ganz eindeutig um nichts in der Welt bereit, das Baby loszulassen.) Brad trabte ihnen nach, ein paar Nachzügler folgten – und zu guter Letzt kamen die Yazdans. Einer der Donaldson-Großväter, der faltige, blieb zurück und fragte die Yazdans: »Also. Mussten Sie auch so lange auf Ihr Baby warten? Jede Menge Papierkram und Kreuzverhöre?«

»Ja«, sagte Sami, »eine sehr lange Wartezeit. Das Ganze zog sich endlos hin.« Und er warf seiner Frau einen Blick zu. »Manchmal haben wir gefürchtet, dass es niemals wahr würde«, sagte er.

Der Großvater seufzte und sagte: »Sie sagen es! Gott, was mussten Bitsy und Brad da durchmachen!«

Sie passierten die Sicherheitskontrolle, einen einsamen Angestellten auf einem Hocker, und fuhren die Rolltreppe abwärts – alle außer dem Mann mit dem Korbwagen. Er musste den Aufzug nehmen. Die Dame mit dem Kinderwagen dagegen kannte offenbar keine Furcht. Sie kippte das vordere Ende gekonnt zurück und betrat, ohne zu zögern, die Stufen.

»Hören Sie«, rief Brad von der unteren Etage den Yazdans entgegen: »Haben Sie Lust, zu uns nach Hause zu kommen? Mit uns zu feiern?«

Aber Sami half gerade seiner Frau auf die Rolltreppe, und als er nicht antwortete, machte Brad wieder diese leutselige Auch-gut-Geste. »Vielleicht ein andermal«, sagte er zu niemand Bestimmtem. Und beeilte sich, die anderen einzuholen.

Die Ausgangstür glitt auf, und die Donaldsons strömten hinaus. Sie marschierten, zu zweit, zu dritt, zu viert, in Richtung Parkhaus, und kurz danach erschienen auch die Yazdans, standen einen Augenblick am Straßenrand, bewegungslos, als brauchten sie Zeit, um sich an die heiße, feuchte, schwach beleuchtete, nach Benzin riechende Nacht zu gewöhnen.

Freitag, 15. August 1997. Die Nacht, in der die Mädchen ankamen.

2

Manchmal, wenn Maryam ihre neue kleine Enkelin betrachtete, wurde ihr ganz unheimlich, fast schwindlig, als habe sie eine Art Paralleluniversum betreten. Alles an diesem Kind war undenkbar perfekt. Ihre Haut war wie Elfenbein, makellos, und ihr Haar war fast zu weich – Maryam konnte es kaum mit den Fingerspitzen fühlen. Ihre Augen hatten die Form von Wassermelonenkernen, waren sehr schwarz und sehr exakt in ihr kleines, feierliches Gesicht geschnitten. Sie wog so wenig, dass Maryam sie beim Aufnehmen oft versehentlich zu hoch hob. Und ihre Hände! Winzige Hände mit gekrümmten Fingerchen. Die Falten auf den Knöcheln hatten die Farbe von Halva (wie reizend, dass auch ein Baby Falten hatte!), und ihre Fingernägel waren nicht größer als Punkte.

Susan nannten sie die Kleine. Sie hatten einen Namen ausgewählt, der dem Namen glich, mit dem sie gekommen war, Sooki, und außerdem war er für Iraner angenehm auszusprechen.

»Su-san!«, pflegte Maryam beim Eintreten zu singen, um sie nach ihrem Schläfchen zu holen. »Su-Su-Su!« Susan schaute durch das Gitter ihres Babybetts, saß wunderbar aufrecht, selbstsicher und gefasst, je eine Hand auf einem Knie.

Dienstags und donnerstags passte Maryam auf sie auf – an den Tagen, an denen ihre Schwiegertochter arbeitete und Maryam nicht. Sie kam gegen halb neun ins Haus, ein bisschen später, wenn viel Verkehr war. (Sami und Ziba wohnten draußen in Hunt Valley, bei Berufsverkehr etwa eine halbe Stunde

Fahrt von der Stadt entfernt.) Zu dieser Zeit frühstückte Susan für gewöhnlich bereits in ihrem Hochstuhl. Sie machte ein freundliches Gesicht und stieß zur Begrüßung, wenn Maryam in die Küche kam, einen Laut aus. »Ah!«, sagte sie meistens – nichts was nach »Mari-jun« klang, wie sie Maryam nach allgemeinem Beschluss nennen sollte. »Ah!«, sagte sie und lächelte ihr unverkennbares Lächeln mit schüchtern gespitzten Lippen und hielt ihre Wange zum Kuss hin.

Also, natürlich nicht in den ersten Wochen. Oh, die ersten Wochen waren eine Qual gewesen, beide Eltern hatten ihr Bestes versucht – hatten immer wieder »Susie-jun!« gerufen, mit Spielzeug vor ihrem Gesicht gewedelt, sie auf den Arm genommen und waren mit ihr durchs Zimmer getanzt. Sie hatte die beiden immer nur angestarrt, oder – schlimmer noch – sie hatte weggestarrt, sich gewunden, um sich zu befreien, den Blick hartnäckig woandershin gerichtet. Sie hatte nicht mehr als ein, zwei Schlucke aus ihrer Flasche genommen, und wenn sie nachts weinend aufgewacht war – was alle paar Stunden passierte –, dann führten die Tröstungsversuche ihrer Eltern nur dazu, dass sie noch heftiger weinte. Maryam erklärte ihnen, das sei normal. In Wahrheit hatte sie keine Ahnung, aber sie erklärte: »Sie war bei Pflegeeltern! Was erwartet ihr? Sie ist so viel Aufmerksamkeit nicht gewöhnt.«

»Jin-Ho war auch bei Pflegeeltern. Sie verhält sich nicht so«, sagte Ziba.

Sie wussten alles über Jin-Ho, weil Jin-Hos Mutter zwei Wochen nach Ankunft der Babys angerufen hatte. »Ich hoffe, ihr seid mir nicht böse, dass ich euch ausfindig gemacht habe«, hatte sie gesagt. »Ihr seid die einzigen Yazdans im Telefonbuch, und ich konnte nicht widerstehen, euch anzurufen und herauszufinden, wie es so läuft.« Jin-Ho machte sich anscheinend wunderbar. Sie schlief bis morgens durch, und sie lachte lauthals beim »Hoppe Reiter«, und sie hatte schon gelernt, nicht mehr nach ihrer Flasche zu jammern, sobald sie das Einschalten der Mikrowelle hörte. Und Jin-Ho war jünger als Susan! Sie war fünf Monate alt im Gegensatz zu Susans sieben, auch wenn Susan kleiner war. Machten die Yazdans irgendetwas falsch?

»Nein, nein, nein«, erklärte Maryam. Sie gab ihrer Geschichte einen kleinen Dreh und sagte: »Besser, Susan ist traurig. Das bedeutet, dass die Pflegefamilie sie gut versorgt hat und sie deswegen jetzt Heimweh hat. Ihr wollt doch kein herzloses, gefühlloses Baby, oder? Es deutet darauf hin, dass sie warmherzig ist.«

Maryam hoffte, dass es stimmte.

Was es tat, Gott sei Dank. Eines Morgens trat Ziba ins Kinderzimmer, und Susan lächelte sie an. Ziba war so aufgeregt, dass sie sofort Maryam anrief, obwohl Dienstag war und Maryam bald herüberkommen würde; und sie rief ihre Mutter in Washington an und später ihre Schwägerinnen in L. A. Es schien, als hätte es in Susans Kopf klick gemacht, denn sie lächelte auch Maryam an, als die erschien – sie spitzte beim Lächeln schon die Lippen, sodass man meinen konnte, sie teile mit einem ein lustiges kleines Geheimnis. Und innerhalb einer Woche juchzte sie über Samis Späße und schlief nachts durch und gab zu verstehen, wie gern sie Cheerios mochte, die sie vom Tablett ihres Hochstuhls zielstrebig mit ihren zierlichen Fingern aufpickte.

»Hab ich es euch nicht gesagt?«, sagte Maryam.

Sie war optimistisch, Maryam. Oder bei genauerem Hinschauen doch nicht optimistisch: eher pessimistisch. Aber ihr Leben war so ein Auf und Ab gewesen, dass sie mögliche Katastrophen mit philosophischerer Gelassenheit betrachtete als die meisten anderen Leute. Sie hatte ihre Familie aufgeben müssen, bevor sie zwanzig war; sie war verwitwet gewesen, bevor sie vierzig war; sie hatte ihren Sohn allein aufgezogen – in einem Land, in dem sie sich immer als Fremde fühlen würde. Dennoch fand sie, dass sie im Grunde ein glücklicher Mensch war. Sie vertraute darauf, dass sie, wenn etwas schieflaufen sollte – was gut sein konnte –, klarkommen würde.

Jetzt stellte sie bei Susan die gleiche Fähigkeit fest. Vielleicht war es nur Einbildung, aber sie hatte sich Susan schon am Flughafen tief verbunden gefühlt. Manchmal redete sie sich sogar ein, dass Susan ihr äußerlich gliche, aber dann musste sie über sich lachen. Dennoch, etwas um die Augen herum, diese Art, etwas genau anzuschauen – dieser Betrachter-Blick: den hatten sie gemeinsam. Beide gehörten sie nicht ganz dazu.

Ihr Sohn gehörte dazu. Ihr Sohn hatte nicht einmal einen Akzent; seit er vier war, weigerte er sich, Farsi zu sprechen, obwohl er die Sprache verstand. Ihre Schwiegertochter hatte einen auffälligen Akzent, weil sie mit ihrer ganzen Familie erst eingewandert war, als sie schon in die Highschool ging, aber sie hatte sich so umgehend und begeistert eingelebt – hatte nonstop Radio gehört, 98 Rock, und im Einkaufszentrum herumgesessen; hatte, unamerikanisch zierlich, wie sie war, dennoch Jeans und übergroße T-Shirts mit irgendwelchen Schriftzügen getragen –, dass man denken konnte, sie sei hier geboren. Fast.

Ziba ging arbeiten, wann es ihr passte; sie war Innendekorateurin und legte ihre Termine selbst fest. Manchmal blieb sie noch eine ganze Stunde nach Maryams Ankunft zuhause. Sie war schon fürs Büro angezogen, was nicht besonders auffiel (sie trug immer noch Jeans, aber mittlerweile trug sie dazu einen Blazer und Schuhe mit hohen Absätzen). Offenbar konnte sie sich nicht von Susan losreißen. »Was meinst du?«, fragte sie Maryam dann: »Bekommt sie noch einen Zahn, oder nicht? Im Gaumen ist eine dünne weiße Linie, siehst du, da?« Oder sie nahm ihre Handtasche, stöpselte ihr Handy vom Aufladegerät ab, hielt dann aber inne: »Oh! Maryam! Beinah vergessen! Guck mal, sie kann ein neues Spiel: ›Kuckuck!‹«

Maryam konnte es kaum aushalten, bis sie dieses Kind ganz für sich hatte. »Geh! Geh!«, hätte sie am liebsten gerufen. Aber sie lächelte und schwieg.

Dann war Ziba endlich auf dem Weg, und Maryam konnte Susan mit Schwung auf den Arm heben und ins Spielzimmer tragen. »Alles meins!«, triumphierte sie dann, und Susan kicherte verständnisvoll. Allein fühlte sich Maryam sicherer. Die Kindererziehung hatte sich inzwischen so verändert – endlose, neue Listen verbotener Nahrungsmittel (Erdnüsse waren Gift, wer hätte das gedacht); Bestimmungen über Autokindersitze; das Verbot von Babypuder und Öl, von Babykorb-Kissen und Polstern – in Zibas Gegenwart kam Maryam sich oft inkompetent vor. War Ziba anwesend, ging Maryam auf Zehenspitzen – wie ihre Mutter auf Zehenspitzen gegangen war, bei ihrem einzigen Besuch. Daran musste sie jetzt denken. Ihre Mutter hatte damals ein Schmuckstück mitgebracht, das Sami um den Hals tragen sollte, ein kleines goldenes Medaillon mit »Allah« darauf, groß wie ein Zehn-Cent-Stück, das jeder Zweijährige in null Komma nichts verschluckt hätte – Maryam hatte darauf bestanden, es für später beiseitezulegen. Obendrein hatte ihre Mutter Sami mit weißen Rosenwasser-Gummibonbons überschüttet, die schlecht für seine Zähne waren und ihm im Hals stecken bleiben konnten – Maryam hatte die Büchse zugeklappt und in die Speisekammer verbannt. Gen Ende des Besuchs hockte ihre Mutter nur noch vor dem Fernseher, obwohl sie kein Wort des Gesprochenen verstand. Wenn Maryam sich jetzt an den mütterlichen Stoizismus erinnerte – Hände im Schoß, Blick starr auf eine Kent-Zigaretten-Reklame gerichtet –, hatte sie Gewissensbisse. Sie verscheuchte das Bild. Sie sagte: »Hoppelhäschen, Susie-jun. Sieh mal!«, und hielt ein kleines Stofftier hoch, das klingelte, wenn sie damit hin und her wackelte.

Susan trug auch Jeans. (Wer hätte gedacht, dass so kleine Jeans fabriziert wurden?) Sie trug ein rot-weiß geringeltes T-Shirt mit langen Ärmeln, wie ein Junge, und kleine rote Socken mit rutschfester Sohle. Die Socken waren eine Neuerung – bevor das Wetter kälter wurde, war sie barfuß gelaufen –, und sie mochte sie nicht. Sie zog sie immer wieder mit einem triumphierenden Krähen von den Füßen, und dann nahm Maryam sie auf den Schoß und zog sie ihr wieder an. »Böses

Mädchen!«, drohte sie. Susan lachte. Wieder auf dem Teppich, stürzte sie sich auf ihr Lieblingsspielzeug, ein Xylofon, auf das sie energisch mit allem, was ihr in die Hände fiel, einhämmerte. Sie krabbelte noch nicht – sie war in ihrer körperlichen Entwicklung ein bisschen zurück, was Maryam auf ihr Leben in der Pflegefamilie zurückführte –, aber sie war eindeutig auf dem besten Wege.

Wäre es nach Maryam gegangen, hätte sie dieses Kind anders angezogen. Weiblicher: kleine weiße Strumpfhosen, Hängerchen und Rüschenblusen. Gehörte das nicht bei Mädchen dazu? (Oh, wie sehr hatte sie sich ein Mädchen gewünscht, nach Sami!) Sie selbst kleidete sich mit größter Sorgfalt, auch wenn sie nur zum Babysitten ging. Sie trug eine Hose, ja, aber eine schmale, maßgeschneiderte, mit eng anliegendem Pullover in einer schmucken Farbe, dazu gute Schuhe. Sie ließ regelmäßig ihre grauen Haare färben – was sie ungern an die große Glocke hing –, und sie schmückte ihren Knoten mit Schildpattkämmen oder bunt gemusterten Tüchern. Es war wichtig, dass man sich nicht gehen ließ. Davon war sie fest überzeugt. Lass die Amerikaner in ihren Trainingsanzügen herumlungern! Sie war keine Amerikanerin.

»Keine Amerikanerin! Schau mal in deinen Pass«, sagte Sami dann immer.

Sie sagte: »Du verstehst genau, was ich meine.«

Sie war zu Gast – das war es, was sie meinte. Immer und ewig ein Gast, der sich von seiner Schokoladenseite zeigte.

Hätte sie im Iran gelebt, hätte sie sich vielleicht lässiger gekleidet. Oh, sie hätte sich bestimmt nicht gehen lassen, so weit wäre es nicht gekommen, aber vielleicht hätte sie zuhause einen Morgenmantel getragen, wie ihre Mutter und die Tanten damals. Oder? Sie konnte sich nicht einmal mehr ausmalen, wie ihr Leben aussehen würde, wenn sie nicht nach Baltimore gezogen wäre.

Susan war dabei, ihr Morgenschläfchen aufzugeben. Manchmal schlief sie nach dem Hinlegen ein, manchmal auch nicht;

währenddessen las Maryam die Tageszeitung oder blätterte in einer Zeitschrift – das ließ sich gut unterbrechen. Gab Susan nach einer halben Stunde immer noch kleine Piepstöne von sich, nahm Maryam sie wieder auf. Sie wiederholten ihr Begrüßungsritual – Susan ihr »Ah!« und Maryam ihr »Su-Su-Su!«. Maryam wechselte ihr die Windel, zog ihr einen Pullover an und fuhr sie im Buggy spazieren.

Hier gab es keine Bürgersteige. Was Maryam nicht verstand. Wie konnte man ein ganzes Wohngebiet bauen – lange gewundene Straßen um riesengroße, kahle neue Häuser mit hohen Bogenfenstern über zwei Etagen, zweiflügligen Haustüren und Garagen für drei Autos –, ohne auch nur einen Gedanken daran zu verschwenden, dass man hier auch spazieren gehen wollte? Es gab nicht einmal Bäume, wenn man von den Schösslingen, die wie kleine Zweige in allen Vorgärten staken, absah. (*Winzige* Vorgärten. Die Häuser verschlangen das meiste der vorhandenen Fläche.) In den vergangenen Wochen, als es noch heiß gewesen war, hatte Maryam Susan oft im Haus gelassen, weil sie wusste, dass es nirgends auch nur eine Spur Schatten gab und das Pflaster vor Hitze glühte. Aber jetzt, im Herbst, fühlte sich die Sonne gut an. Sie pflegte ihren Spaziergang bis zur Mittagszeit auszudehnen, durch sämtliche glatten, öden, unheimlich menschenleeren Straßen von Foxfoot Acres zu kurven und beim Gehen ihre Kommentare zu machen. »Auto, Susan! Guck mal, Auto? Briefkasten! Guck mal, Briefkasten?«

In ihrem eigenen Viertel gab es Eichhörnchen, angeleinte Hunde und andere Kinder in Buggys oder Kinderwagen. Da hätte sie viel mehr Dinge zeigen können.

Das Mittagessen bestand aus pürierter Babynahrung für Susan und einem Salat für Maryam. Dann spielte Susan ein bisschen im Ställchen in dem Wohnraum, der von der Küche abging. Maryam wusch inzwischen das Geschirr ab, und danach kamen wieder ein Fläschchen und der Mittagsschlaf – so lange, dass Maryam Zeit blieb, für Sami und Ziba Abendessen zu kochen. Was die beiden zwar nicht erwarteten, aber sie hatte schon immer gern gekocht, und Ziba, wie sich herausstellte, nicht. Wenn es nach den beiden gegangen wäre, hätten sie sich nur von Lean-Cuisine-Diät-Tiefkühlkost ernährt.

Während der Reis kochte, schaffte sie Ordnung im Haus. Sie verfrachtete Susans Spielsachen in die Spielkiste und trug einen Beutel gebrauchter Windeln zur Mülltonne. Sie legte alles Lesbare ordentlich auf einen Stapel, warf aber kein Schnipselchen weg, keine Bestellkarte, keine Pizzareklame, aus Angst, einen Schritt zu weit zu gehen.

Wieder hatte sie ihre Mutter vor Augen, diesmal, wie sie sich mühsam bückte, um ein Kaugummipapier aufzuheben und wortlos, beinah andächtig, in einen Aschenbecher auf dem Couchtisch zu legen.

Dieses Haus war ebenso groß wie die benachbarten Häuser, mit Zimmern für jeden Zweck. Es gab nicht nur einen großen Wohnraum, sondern auch einen Fitnessraum und einen Computerraum, alle mit wollweißem Teppichboden. Nirgends lagen Perserteppiche, aber an den Hochzeitsgeschenken im Esszimmerschrank konnte man möglicherweise erkennen, dass die Bewohner iranisch waren – an dem Isfahani-Kaffeegeschirr und den Teegläsern in den silbernen Haltern. Das Spielzimmer war schon voller Spielzeug gewesen, kaum dass die Agentur Susans Foto geschickt hatte. Und auch das Kinderzimmer war schon lange vorher fertig gewesen, Babykorb, Kommode und Wickeltisch waren bereits angeschafft, als Ziba noch versuchte, schwanger zu werden. (Maryams Mutter hätte bestimmt behauptet, dass solche voreiligen Käufe Unglück heraufbeschworen. »Habe ich dich nicht gewarnt?«, hätte sie allmonatlich angesichts Zibas Fehlanzeige gefragt.)

Maryam dagegen hatte zu Ziba gesagt, sie solle auf die Zeit vertrauen. »Du kriegst dein Baby schon! Du kriegst ein Haus voller Babys«, hatte sie gesagt. Und sie hatte gestanden, wie lange sie selbst gewartet hatte. »Fünf Jahre haben wir es versucht, bevor Sami geboren wurde. Ich war verzweifelt.« Dies war ein großer Vertrauensbeweis ihrerseits. Offen von »versuchen« zu reden war so indiskret. (Sie war perplex gewesen, als Ziba zum ersten Mal darüber redete. Wahrlich kein angenehmer Gedanke, dass der eigene Sohn Sex hatte, obwohl Maryam das natürlich für selbstverständlich hielt.) Ihren Verwandten hatte sie immer erzählt, dass die Fünf-Jahres-Frist Absicht gewesen sei. Als sie drei Jahre nach ihrer Hochzeit nach Hause gefahren war, hatte sie die boshaften Fragen abgeschmettert, indem sie mit ihrer Freiheit geprahlt hatte, mit ihrer Erleichterung, dass sie noch keine Kinder am Hals habe. »Ich besuche Kurse an der Universität; ich bin aktiv in der Frauengruppe des Krankenhauses ...« Wobei sie eigentlich von Anfang an ein Baby gewollt hatte – etwas durch das sie, so hatte sie sich ausgemalt, mit dem neuen Land verwachsen würde.

Sie sah sich jetzt bei diesem ersten Heimaturlaub: die sorgfältig gewählte Kleidung, je westlicher, desto besser, modische Etuikleider in grellem Pink, Limonengrün oder Lila; ihr Haar mit viel Haarspray zum Bienenkorb aufgetürmt; die Füße in nadelspitze Pumps mit Stiletto-Absätzen gezwängt. Sie schämte sich.

Sie schämte sich auch bei der Erinnerung, dass sie Zibas Nicht-Schwanger-Werden automatisch Ziba in die Schuhe geschoben hatte. Als sich herausstellte, dass es an Sami lag, war Maryam schockiert gewesen. Mumps vielleicht, hatten die Ärzte gesagt. Mumps? Sami hatte nie Mumps gehabt. Oder doch? Hätte sie das nicht gewusst? Hatte er es gehabt, während er im College war, und war es ihm zu peinlich gewesen, so etwas vor einer Frau anzusprechen?

Er war vierzehn Jahre alt gewesen, als sein Vater starb – er war damals gerade in die Pubertät gekommen, mit dunklem Flaum auf der Oberlippe und Stimmbruch. Sie war ratlos gewesen, wie sie ihn ganz allein durch diese Zeit begleiten sollte. Sie wusste so wenig über das andere Geschlecht; sie hatte ihren Vater schon als Kind verloren und hatte nie engen Kontakt zu ihren Brüdern gehabt, die schon vor ihrer Geburt fast erwachsen gewesen waren. Hätte Kiyan doch bloß ein bisschen länger gelebt, nur vier oder fünf Jahre länger, bis Sami ein Mann war!

Obwohl sie inzwischen nicht sicher war, ob Kiyan wirklich so viel mehr darüber gewusst hätte, wie man ein amerikanischer Mann wurde.

Ach, wenn Kiyan doch nur das Großeltern-Sein mit ihr teilen könnte! Es tat ihr in der Seele weh, jetzt wo Susan da war. Sie malte sich aus, wie sie beide gemeinsam das Baby hüten würden. Sie würden sich über Susans Kopf hinweg anlächeln, ihr Stirnrunzeln bestaunen, ihre fadendünnen Augenbrauen und wie sie so eingehend eine bloße, lose Teppichfaser untersuchen konnte. Kiyan wäre inzwischen im Ruhestand. (Er war neun Jahre älter gewesen als Maryam.) Sie hätten Zeit im Überfluss, um diesen Lebensabschnitt zu genießen.

Sie ging in die Küche, nahm den Reis vom Herd und kippte ihn schwungvoll in ein Sieb.

Wenn Ziba von der Arbeit nach Hause kam, war Susan gewöhnlich wieder wach und trank aus ihrer Nuckeltasse ihren Nach-Schläfchen-Apfelsaft, oder sie förderte gerade wieder alles aus der Spielzeugkiste zutage, was Maryam weggepackt hatte. Ziba nahm sie auf den Arm, noch bevor sie ihren Blazer ausgezogen hatte. »Hast du mit deiner Mari-jun Spaß gehabt, Su-Su? Hast du deine Mommy vermisst?« Sie rieben zärtlich Nasen – Zibas Profil spitz und scharf, Susans flach wie ein Plätzchen. »Hast du gedacht, dass deine Mommy für immer wegbleiben würde?« Immer sprach sie Englisch mit Susan; sie sagte, sie wolle sie nicht durcheinanderbringen. Maryam hatte damit gerechnet, dass sie dann und wann ins Farsi fallen würde, aber Ziba kämpfte sich heroisch durch die schwierigsten Worte – die schwierigen th-Laute, das mühselige s-t. (Zu ihrer eigenen Überraschung fand Maryam Zibas abgehackten Rhythmus viel verständlicher als Samis glatten, leichten Redefluss.)

Maryam suchte sich ihre Handtasche und zog ihre Wildlederjacke an. »Geh nicht!«, sagte Ziba dann. »Warum so eilig?

Lass mich Tee machen.« An den meisten Tagen lehnte sie ab. Sie machte zum Abschied noch einige Bemerkungen – über das aufzuwärmende Essen, den Anruf aus der Zahnarztpraxis –, warf Susan eine Kusshand zu und fand allein aus dem Haus. Sie bemühte sich, die perfekte Schwiegermutter zu sein. Sie wollte Ziba nicht zur Last fallen.

Wieder zuhause, saß sie oft eine Weile nur da, zusammengesunken in ihrem Lieblingssessel, endlich erlöst und einfach sie selbst.

Jin-Hos Mutter rief im Oktober an und lud sie alle zum Essen ein. Das war, als Maryam das Baby hütete, deshalb nahm sie den Anruf entgegen. »Sie müssen auch kommen«, bestimmte Bitsy. »Nur wir werden da sein, unsere beiden Familien, weil ich finde, dass die Mädchen sich erst kennen lernen sollten, oder etwa nicht? Schon, um ihr kulturelles Erbe zu pflegen. Ich wollte Sie eigentlich eher einladen, aber es kam so viel dazwischen … Also, ein frühes Abendessen, dachte ich, Sonntagnachmittag. Vorher harken wir noch Laub zusammen.«

Maryam sagte: »Harken …?«

Sie überlegte, ob es ein neuer Begriff für geselliges Beisammensein war: Eis brechen, Zäune einreißen, Laub harken … Aber Bitsy fuhr fort: »Wir haben immer noch Ulmen, kaum zu glauben, und sie werfen immer zuerst das Laub ab. Wir dachten, wir veranstalten eine lustige Laub-hark-Party, dann können die Mädchen in den Blätterhaufen spielen.«

»Oh. Gut. Das ist aber nett von Ihnen«, sagte Maryam.

Sie mochte, wie Bitsy die Kleinen »die Mädchen« nannte. Sie hatte dabei die zukünftige Susan vor Augen, in Kniestrümpfen und Faltenrock, eingehakt bei ihrer besten Freundin.

Vernünftigerweise hätten sie getrennt zur Laub-hark-Party fahren sollen. Die Donaldsons wohnten in Mount Washington und Maryam nur unweit davon entfernt, in Roland Park. (Auf der sogenannten »falschen Seite« von Roland Park, obwohl auch die falsche Seite noch sehr nett war, die Häuser nur ein bisschen kleiner und dichter beieinander.) Um Maryam abzuholen, mussten Sami und Ziba, die von Norden kamen, erst an dem Viertel der Donaldsons vorbeifahren; dennoch bestanden sie darauf, Maryam in ihrem Auto mitzunehmen. Maryam vermutete, dass Ziba wieder einmal moralische Unterstützung brauchte. Ziba überkam ab und zu ein Anfall von Unsicherheit. Und in der Tat, als sie bei Maryam auftauchten – Maryam wartete schon vor der Tür, um keine Zeit zu vergeuden –, stieg Ziba aus dem Wagen und erklärte, dass sie noch einen Moment hereinkommen würden, weil sie, wie befürchtet, zu früh dran seien. Maryam sagte: »Zu früh?« Sie warf einen prüfenden Blick auf ihre Uhr. Es war fünf vor vier. Sie waren zu vier Uhr eingeladen, und die Fahrt würde etwa fünf Minuten dauern. »Wir sind nicht zu früh!«, sagte sie. Aber Ziba befreite Susan schon aus ihrem Kindersitz. Sami, der auf der Fahrerseite ausstieg, sagte: »Ziba behauptet, vier Uhr hieße in Baltimore zehn nach vier.«

»Nicht, wenn wir die einzigen Gäste sind«, erwiderte Maryam. (Sie hatte diese Sitten selbst ausführlich studiert.) Doch Ziba trug Susan bereits auf dem Arm und war auf dem Weg ins Haus. Sie war lässig gekleidet, passend zum Laubharken – in Jeans und einen voluminösen rosa Rollkragenpullover –, aber ihre Frisur und ihr Make-up hatten offensichtlich einige Zeit gekostet. Ein üppiger, breiter Pferdeschwanz prangte auf ihrem Hinterkopf, so kraus, dass er der Schwerkraft trotzte, und ihre Lippen leuchteten zweifarbig, glänzend Rosa mit einem fast schwarzen Rot umrahmt. »Du siehst sehr hübsch aus«, sagte Maryam zu ihr. Sie meinte das ganz aufrichtig. Ziba war eine bemerkenswert schöne junge Frau. Und Sami war so eine Augenweide! Er hatte den klar definierten Mund seines Vaters und dichte Augenbrauen. Seine randlose Altmännerbrille ließ ihn irgendwie jünger wirken, und der Kragen seines karierten Flanellhemds war jungenhaft hochgestellt. »Zehn Minuten zu früh, zehn Minuten zu spät, was macht das schon?«, fragte er seine Mutter. Er küsste sie auf beide Wangen. »Guck mal, wie Susan zum Arbeiten angezogen ist.«

Susan trug einen blauen Jeans-Overall, an den Knien überzeugend echt verblichen, und eine Batistbluse. Auf einer Tasche ihrer Jacke, auch aus Jeansstoff, war ein Traktor appliziert. »So schick hilfst du uns beim Harken!«, lobte Maryam und nahm sie von Zibas Arm.

»Wir bringen eine Flasche Wein mit«, sagte Ziba. »Was meinst du? Ist das falsch? Ich weiß, es ist noch helllichter Tag, aber wir bleiben doch zum Abendessen.«

»Wein ist perfekt«, sagte Maryam und ließ Susan auf ihrer Hüfte hopsen. »Na klar, bringen wir Wein mit. Nicht wahr, Susi-jun.«

Susan lächelte sie verschmitzt an.

»Sollen wir reingehen und uns hinsetzen?«, fragte Ziba.

»Wozu? Wir müssen nur wieder aufstehen«, erwiderte Sami. »Sie führt sich auf, als stände etwas Weltbewegendes bevor«, erklärte er seiner Mutter, und dann sagte er zu Ziba: »Wir besuchen doch ständig Leute. Warum ist es diesmal so anders?«

»Aber diese Leute sind älter als unsere anderen Freunde«, sagte Ziba. »Bitsy ist vierzig«, sagte sie zu Maryam. »Das hat sie am Telefon erwähnt. Sie ist Weberin, und früher hat sie Yoga unterrichtet, und sie schreibt Gedichte und ... oh, worüber werden wir bloß *reden?*«, jammerte sie kläglich.

»Babys«, sagte Maryam.

»Ach ja«, sagte Ziba und fasste wieder Mut. »Babys.«

»Worüber reden wir denn sonst, in diesen Tagen«, sagte Sami und schickte ein Stoßgebet zum Himmel.

»Das Donaldson-Baby behält seinen koreanischen Namen«, sagte Ziba zu Maryam.

»Jin-Ho Donaldson«, sagte Maryam versuchsweise. Es klang eigenartig. »Donaldson« schien so ultraamerikanisch, oder lag es daran, dass es sie an McDonald's Hamburger erinnerte?

»Jin-Ho Dickinson-Donaldson, genauer gesagt«, ergänzte Ziba.

Maryam klappte der Unterkiefer herunter. Sami lachte.

Dann sagte er: »Okay, Leute, es ist vier Uhr. Es wird Zeit. Auf geht's.«

Ziba folgte ihm zum Wagen, aber sie schien ein bisschen zu zögern, wie Maryam auffiel.

Wie immer spielten die beiden Frauen ihr unumgängliches Wer-sitzt-wo-Spiel. »Bitte«, sagte Ziba, und deutete nach vorn, aber Maryam sagte: »Ich sitze *gern* hinten. Da kann ich neben Susan sitzen.« Sie reichte Susan an Ziba weiter, die sie schneller im Kindersitz anschnallen konnte, und umrundete den Wagen hinten, wo sie auf der anderen Seite einstieg. Sami hatte seinen Sitz so weit nach hinten gerückt, dass er ihre Knie leicht berührte, aber es war nicht unbequem. Sie saß tatsächlich viel lieber dort. Wie peinlich, wenn sie immer den besten Platz beansprucht hätte, wie ihre Schwiegermutter! Obwohl sie sich noch einmal wie ein Kind fühlte, wie Susans kleine Schwester, als sie beide von einer Seite zur anderen rutschten, wann immer Sami um die Ecke kurvte.

Das Haus der Donaldsons war ein verwittertes, weiß verschaltes Kolonialhaus in einer der schmaleren Straßen von Mount Washington. Der ausgedehnte verwilderte Garten war knöcheltief voll gelbem Laub, das laut raschelte, als die Yazdans vorn über den Weg gingen, und die Veranda stand voller Fahrräder, Stiefel und Gartengeräte. Brad war es, der die Tür öffnete, er trug Kordhosen und ein Wollhemd, das über seinem Bauch spannte. »Na, hallo!«, sagte er. »Willkommen! Toll, dass ihr da seid!«, und er gab Susan einen Stups unters Kinn. »Dieses Kind hat aber ganz schön zugelegt. Am Flughafen hat es ja ein bisschen dürr ausgesehen.«

»Vierzehn Pfund und vierundachtzig Gramm beim letzten Arztbesuch«, sagte Ziba zu ihm.

»Vierzehn?« Er runzelte die Stirn.

»Und vierundachtzig Gramm.«

»Da wird sie sicher ein zierliches Persönchen«, sagte er.

Jin-Ho wird mal eine richtige Amazone, dachte Maryam, als sie sah, wie sie auf Bitsys Hüfte ritt. Sie war kräftig, ein Wonneproppen mit dicken Wangen und strahlenden, lustigen Augen. Sie trug immer noch den gleichen Kastenhaarschnitt wie bei ihrer Ankunft, das musste wohl sein, und sie hatte zwar auch eine Kordhose an, trug darüber aber ein mehrfarbiges, gestepptes Oberteil mit gestreiften Ärmeln und schwarzer Seidenschärpe – Maryam erinnerte sich an so etwas aus den Tagen, als Sami und Ziba sich intensiv mit Korea beschäftigt hatten. »Ist sie nicht gewachsen?«, fragte Bitsy und rückte Jin-Ho zurecht, damit alle sie gut sehen konnten. »Diese Hose ist für Anderthalbjährige! Nachdem sie zwei Wochen da war, mussten wir sie schon in ein richtiges Kinderbett legen.«

Bitsy selber trug einen schwarz-weiß-gestreiften Pullover, eine schwarze Hose und fluoreszierende Joggingschuhe. Ihre schmucklose Aufmachung hatte etwas Aggressives, fand Maryam – ihr auffällig ungeschminktes Gesicht, das zurechtgestutzte Haar und der kantige, knochige Körper. Es wirkte fast demonstrativ. Neben ihr sah Ziba todschick aus, wenn auch ein bisschen oberflächlich.

Zuerst saßen sie ein paar Minuten im Wohnzimmer und warteten auf Jin-Hos Großeltern. Beide Paare würden kommen, sagte Bitsy, aber keine Tanten oder Onkel oder Cousins und Cousinen, weil zu viele Leute die Mädchen vielleicht überfordern würden. In Wirklichkeit ließ das Geschehen die Mädchen ziemlich kalt. Sie saßen auf einem geflochtenen Teppich und beschäftigten sich jede für sich – Jin-Ho stapelte Alphabet-Bauklötze in einen Lastwagen mit Kippanhänger; Susan versuchte ein Glöckchen aus einer hölzernen Rassel zu bugsieren. Susan war so süß und konzentriert, und ihre Finger so geschickt, dass Maryam sich fragte, ob die Donaldsons wohl ein bisschen neidisch waren.

Bitsy und Ziba unterhielten sich über Milchunverträglichkeit. Bitsy schob es auf den Unterschied zwischen den Kulturen. Es war in Asien schließlich nicht üblich, literweise Milch in sich hineinzukippen. Kein Wunder, dass Jin-Ho davon Bauchweh kriegte! Susan auch? Oder … Ohne ersichtlichen

Grund wurde Bitsy ganz fahrig. »Oder vielleicht trinken eure Leute ja auch keine Milch«, sagte sie.

»Also, Susan schon«, sagte Ziba, »und bisher bekommt es ihr gut.«

»Vielleicht willst du ihr lieber Sojamilch geben. Soja ist kulturell gesehen so viel angemessener.«

»Oh, vielleicht ja«, sagte Ziba pflichtschuldig.

Maryam hätte an ihrer Stelle jetzt gefragt, wieso? Hatte Ziba nicht gerade gesagt, dass es Susan gut bekam?

Das Wohnzimmer der Donaldsons war ansprechend, ohne gewollt zu wirken. Die Sonne fiel durch gardinenlose Fenster, und die Möbel waren alt, aber gut, vielleicht aus vorherigen Generationen weitergereicht. Brad war in einen Ledersessel gesackt, der bei jeder Bewegung knarrte. Sami saß in einem antiken Schaukelstuhl, gut zwanzig Zentimeter tiefer. Er nickte, als Brad die Freuden der Vaterschaft beschrieb. »Am Sonntagmorgen gehen Jin-Ho und ich zusammen Croissants und die *New York Times* kaufen«, sagte Brad. »Das ist meine Lieblingsunternehmung der Woche. Nichts ist mir lieber! Nur ich mit meinem Kind. Machst du das manchmal auch mit Susan? Einen Ausflug, allein?«

Bisher hatte Sami nicht den Mut aufgebracht, wusste Maryam. Aber das gab er nicht zu. Er schaute aus seiner niederen Position zu Brad auf, wirkte dabei rührend demütig und sagte: »Also, ich überlege, ob ich einen Jogging-Buggy kaufe.«

»Jogging-Buggy! Fabelhafte Erfindung. Ein Typ hier in der Straße hat einen. Ich finde mal die Marke raus. Der ist auch gut für deine Frau; gut für Ziba. Damit kommt sie vor die Tür.«

»Zie-ba«, sagte er, fast wie »Zebra«, und er warf einen Blick zu ihr hinüber. Amerikanische Männer fanden Ziba immer betörend. Maryam amüsierte es, dass Brad – obwohl er so eine unprätentiöse Frau gewählt hatte – da keine Ausnahme war.

Fast gleichzeitig tauchten die beiden Großelternpaare auf, Bitsys Eltern zuerst und dann Brads, die ihnen auf dem Fuße folgten. Bitsys Eltern waren groß, ergraut und freundlich. Dave in einer Latzhose wie ein gewöhnlicher Gärtner und Connie in Trainingshosen und der gleichen Kappe mit Bandanamuster, die sie schon am Flughafen getragen hatte. Brads Eltern mit ihrem schimmernden Blondhaar und den gleichen wärmenden Samt-Trainingsanzügen wirkten ein bisschen förmlicher. Ihre Namen waren Pat und Lou. Der Mann war Pat und die Frau Lou, oder war es andersrum? Maryam wusste, dass sie damit ihre Schwierigkeiten haben würde.

Minutenlang umtänzelten die vier großelterlich die Babys. Sie bestaunten lauthals Jin-Hos gestepptes Oberteil, für das Connie einen fremd klingenden Namen hatte, und machten viel Aufhebens um Susan. »Ist sie nicht wie eine Miniatur!«, turtelte Brads Mutter, und Dave hob sie mit Schwung hoch. Glücklicherweise ließ Susan das, ohne mit der Wimper zu zucken, über sich ergehen. Sie griff nach seinen lockigen grauen Koteletten, zog mit todernstem Gesicht daran und runzelte die Augenbrauen, als er vor sich hin kicherte.

»Sehen Sie, wie dunkelhäutig Jin-Ho neben Susan aussieht«, bemerkte Ziba. »Wir glauben, dass Susans Vater vielleicht ein Weißer war.«

»Ja, du bist ein kleines, weißes Mausezähnchen«, sagte Dave zu Susan, aber Bitsy warf dazwischen: »Oh! Also! Wir nehmen so was eigentlich gar nicht wahr, bestimmt nicht!«

Alle waren still. Ziba sah Maryam mit großen Augen an – *Warum nicht?* –, und Maryam zuckte kaum wahrnehmbar mit den Schultern. Dann sagte Brad: »Na, jedenfalls. Wollt ihr jetzt das Laub in Angriff nehmen?«

Angesichts der Anzahl der Harken, die auf der Veranda aufgereiht standen, vermutete Maryam, dass die Donaldsons solche Zusammenkünfte schon öfter inszeniert hatten. Sie selbst wäre nie auf die Idee gekommen (um ihr eigenes Laub kümmerte sie sich, sobald das erste Blatt abfiel, ohne fremde Hilfe), aber werde einer aus den Amerikanern schlau. Und es entpuppte sich wirklich als ein geselliges Ereignis. Zum einen wurden sie alle in den gleichen Abschnitt des Gartens geschickt, damit sie sich gut unterhalten konnten. Und dann gab es keinerlei Zwang. Brads Mutter tat nicht einmal so, als würde sie harken, sondern betätigte sich als Aufpasserin für die Babys – wachte über Jin-Ho und Susan, die mitten zwischen den Blättern saßen. Bitsys Mutter sank sofort in den Segeltuchstuhl, den ihr Mann von der Veranda geholt hatte, hielt das Gesicht in die Sonne und schloss die Augen. Mit einem Mal machte auch die Kappe Sinn. Sie war krank, begriff Maryam; sie hatte wohl ihre Haare verloren. Obwohl Dave mit den anderen harkte, unterbrach er häufig, ging zu ihr und fragte, ob alles in Ordnung sei. »Ja, mir geht es gut«, sagte Connie jedes Mal, lächelte und tätschelte seine Hand. Von ihr hatte Bitsy eindeutig die bodenständige Erscheinung geerbt, wobei Connie weicher wirkte als Bitsy – und zurückhaltender.

Maryam selbst arbeitete fleißig. Sie stand zwischen Bitsy und Lou (bei dem Paar war Lou übrigens der Mann; sie hatte das, glaubte sie, inzwischen begriffen) und harkte mit langen, regelmäßigen Schwüngen in Richtung Laubhaufen, der neben der Auffahrt immer größer wurde. Sie und Bitsy harkten im Takt, schufen ein wiederkehrendes Thema. Lou konnte nicht mit ihnen Schritt halten, weil er zu viel redete. Erst redete er mit Sami auf der anderen Seite – langweiliges Männerzeug über die Arbeit und später, als er erfahren hatte, dass Sami Häuser verkaufte, über hohe Immobilienpreise. Dann war Maryam an der Reihe: Wie lange war sie schon im Land? Und gefiel es ihr?

Maryam hasste solche Fragen, teils, weil sie schon so oft darauf hatte antworten müssen, aber auch, weil sie lieber (wenn auch sinnloserweise) davon ausging, dass sie nicht immer und sofort als Fremde auffiel. »Woher kommen Sie?«, fragte jemand genau dann, wenn sie gerade stolz war, dass sie eine besonders komplizierte und unlogische sprachliche Hürde genommen hatte. Am liebsten hätte sie gesagt: »Aus Baltimore. Warum?«, aber sie traute sich nicht. Jetzt sprach sie so höflich, dass Lou nicht im Geringsten ihre Gefühle ahnen konnte. »Ich bin seit neununddreißig Jahren hier«, sagte sie und: »Ja natürlich. Und wie!«

Lou nickte zufrieden und harkte weiter. Bitsy stupste Maryam mit dem Ellenbogen sachte in die Rippen. »Lou glaubt nämlich, das Universum ende gleich östlich von Ocean City«, sagte sie augenrollend. Maryam lachte. Bitsy war in Ordnung, beschloss sie. Und die farbenfrohe geschäftige Reihe der Arbeiter, die sich über den Garten hermachte, das Laub eifrig rascheln ließ und den staubigen Herbstgeruch aufwirbelte, machte sie glücklich – sie fühlte sich dazugehörig. Auch wenn sie sich keinerlei Illusionen hingab, dass sie so ein Leben selbst leben könnte, genoss sie es ab und zu, einen Blick darauf zu erhaschen.

Jin-Ho warf sich nach vorn, um mit beiden Armen in die Blätter zu greifen und ihr Gesicht darin zu begraben. Ein Blatt flatterte herüber, landete vorn auf Susans Jacke. Susan pflückte es konzentriert ab und hielt es zur Begutachtung hoch.

Der vordere Garten war in wenig mehr als einer Stunde fertig, eine schöne, saubere Rasenfläche, und die Männer verschwanden nach hinten. Inzwischen wurden beide Babys unleidlich; also brachten die Frauen sie ins Haus. In der großen altmodischen Küche der Donaldsons setzte Bitsy Jin-Ho in ihren Hochstuhl und schnitt für sie eine Banane in Scheiben, Ziba gab Susan die Flasche. Maryam mochte die kleinen Laute, die Susan beim Schlucken von sich gab. »Hm, hm«, sagte sie, hielt dabei die Augen fest auf Zibas Gesicht gerichtet, und eine Hand griff im Takt ihren Pulloverärmel – festhalten, loslassen. Brads Mutter und Maryam saßen am Küchentisch vor Weißweingläsern, Bitsys Mutter hingegen war nach oben gegangen, um sich ein bisschen hinzulegen. Kaum hatte sie das Zimmer verlassen, sagte Brads Mutter: »Wie geht es ihr *wirklich,* Bitsy?«

Bitsy wartete so lange mit einer Antwort, dass Brads Mutter noch einmal sagte: »Bitsy?« Aber dann sahen alle, dass Bitsy Tränen in den Augen hatte. Sie lehnte sich dichter an Jin-Hos Hochstuhl und schob mehrere Bananenscheiben zurecht, bevor sie mit dünner Stimme sagte: »Nicht so gut, glaube ich.«

»Oje. Oje, oje«, sagte Pat. »Na, Gott sei Dank darf sie noch erleben, dass du dein Baby hast. Ich weiß, das bedeutet ihr ganz viel.«

Bitsy nickte wortlos, und Maryam, die die Situation retten wollte, wandte sich an Pat und fragte: »Hat es sehr lange gedauert, bis sie ihr Baby gekriegt haben?«

»Und wie! Ewig! Und dann gab es vergangenes Jahr dieses Theater, Sie wissen doch; die koreanischen Behörden erklärten, dass sie weniger Kinder außer Landes lassen.«

»Ja, das war schrecklich!«, sagte Ziba. »Sami und ich haben uns so gesorgt! Wir dachten schon, wir müssten wieder von vorn anfangen und aus China adoptieren.«

Bitsy sagte: »Das dachten wir auch«, mit völlig normaler Stimme, und über ihre Mutter fiel kein Wort mehr.

Ein großer Deckeltopf köchelte auf dem Herd, und nachdem Jin-Ho gefüttert worden war, begann Bitsy darin zu rühren und abzuschmecken, Gewürze zuzugeben und die Flamme hinten, unter einem anderen Topf, höher zu stellen. Sie gab Maryam zwei Avocados zu schälen und schickte ihre Schwiegermutter mit Stapeln von Tellern ins Esszimmer. »Hoffentlich hat niemand etwas gegen ein Essen ohne Fleisch«, sagte sie. »Wir sind keine lupenreinen Vegetarier, aber um rotes Fleisch machen wir einen Bogen.«

»Fleischlos ist prima. Sehr gesund«, stimmte Ziba ihr zu. Sie hatte Susan auf dem Boden abgesetzt, wo Jin-Ho bereits saß und Topfdeckel gegeneinanderschlug, und behielt die beiden im Blick.

Bitsy sagte: »*Eure* Küche lieben wir natürlich«, und sie fing an, Ziba von einem Gericht zu erzählen, das sie in einem Restaurant gegessen hatte, an dessen Name sie sich nicht mehr erinnern konnte, das aber köstlich geschmeckt hatte, und Maryam schnitt inzwischen eine geschälte Avocado in eine Schüssel. Dann wollte Pat wissen, ob die Yazdans irgendwelche Unannehmlichkeiten gehabt hätten während der Geisel-Affäre im Iran, und Ziba erwiderte: »Also, damals war ich gerade erst hier angekommen, und ich habe eigentlich nicht viel davon mitgekriegt. Aber Maryam, glaube ich, sie hatte Schwierigkeiten …«, und alle schauten erwartungsvoll auf Maryam. Sie sagte: »Oh, vielleicht ein bisschen«, und schnitt in die zweite Avocado. Pat und Bitsy machten »Ts-ts-ts« und warteten auf Details, aber sie blieb stumm. Sie war dieses Thema unendlich leid, ehrlich gesagt.

Brad schaute zur Hintertür herein und fragte: »Wie ist die Lage? Haben wir vor dem Essen noch Zeit, das Laub in Säcke zu packen?«

»Habt ihr nicht«, sagte Bitsy. »Ich stelle gleich das Essen auf den Tisch.«

»Okay, ich gehe die anderen rufen.« Und er schloss die Tür wieder.

Das Hauptgericht bestand aus gewürzten schwarzen Bohnen auf Reis. Maryam mochte amerikanischen Reis, auch wenn sie ihn als eine völlig andere Substanz erlebte. Sie half Bitsy, das Essen auszuteilen, und Pat füllte die Wassergläser. Überall auf dem Tisch standen Schüsseln mit gehackten Frühlingszwiebeln und Tomaten, geriebenem Käse, den geschnittenen Avocados und einer Reihe anderer Zutaten zum Darüberstreuen, wie Bitsy erklärte. Sie zeigte Ziba und Maryam ihre Plätze und rief dann die Treppe hinauf: »Mom? Meinst du, du kannst runterkommen?«

»Ich hole sie«, sagte ihr Vater. Er roch nach trockenem Laub, als er das Esszimmer durchquerte; die raue Haut in seinem großen Gesicht war von der frischen Luft gerötet. Und Sami war ins Schwitzen gekommen. Er wischte sich mit seinem Ärmel die Stirn und sank auf einen Stuhl neben Ziba. »Alles ist geharkt, außer einem Fleck neben der Garage«, sagte er zu ihr und streckte die Hand nach Susan aus, die auf Zibas Schoß saß. »Hast du mich vermisst, Susie-jun?«

»Aha. Hippie-Futter«, sagte Brads Vater und beäugte die Bohnen.

Seine Frau reckte sich und gab ihm einen Klaps auf sein Handgelenk. »Setz dich«, sagte sie zu ihm.

»Müsli-Gratin.«

»Kein Krümel Müsli drin; also setz dich.«

Er setzte sich. Bitsy sandte Brad einen gottergebenen Blick zu, hob dann Jin-Ho vom Boden und setzte sich auf den Stuhl am Kopfende des Tischs. »Also, guten Hunger«, sagte sie. »Wartet nicht auf Mom und Dad.«

Brad schenkte Bier oder Wein ein, je nach Wahl. »Cocktails sind bei uns Vergangenheit«, sagte er, als er den Wein entkorkte. »Wenn die Sonne untergeht, futtern wir schon zu Abend. Bei uns gilt der Kinderfahrplan. Bitsy geht nicht viel später als Jin-Ho ins Bett.«

»Ich bin immer erschöpft«, sagte Bitsy zu Ziba. »Du auch? Früher war ich eine richtige Nachteule! Jetzt kann ich es kaum abwarten, bis ich mich ausstrecken kann.«

»Oh, ich auch«, sagte Ziba. »Und Susan steht so früh auf. Um sieben.«

»Sieben! Hast du's gut. Jin-Ho ist um fünf oder halb sechs wach. Aber kennst du das Geheimrezept, Ziba? Ein Schläfchen in Ehren. Ein Schläfchen, wenn dein Kind schläft.«

»Ein Schläfchen?«

»Ich lege klassische Musik auf, lege mich aufs Sofa, und in null Komma nichts bin ich weg – bis sie aufwacht.«

»Oh! Schöne Vorstellung!«, sagte Ziba. Sie löffelte Reis auf ihren Teller. »Aber ich arbeite an zwei Tagen in der Woche, und an den anderen versuche ich mit der Wäsche und dem Saubermachen und so weiter hinterherzukommen.«

»Du arbeitest?«, fragte Bitsy.

»Ich bin Innenarchitektin.«

»Ich hielte das nicht aus, arbeiten! Wie kannst du dein Baby allein lassen?«

Ziba hielt im Reisaufgeben inne und warf Maryam einen unsicheren Blick zu.

Lou war es, der das Schweigen brach. »Also, Pat hat ihr Baby mit sechs Wochen abgegeben, und wie ihr seht, ist es doch gut gelungen?«

Brad verbeugte sich tief und schenkte dann weiter Wein ein.

»Aber es ist doch die prägendste Zeit ihres Lebens«, sagte Bitsy. »Die ist unwiederbringlich.«

Maryam sagte: »Für *mich* ist es ein Glück, dass sie arbeitet. Ich habe dann Susan ganz für mich allein, dienstags und donnerstags. Das ist die Chance für unser …« Sie suchte nach dem richtigen Wort, diesem modernen, wissenschaftlichen Wort, das genau umschrieb, was sie meinte. »Bonding«, sagte sie schließlich. »Für unser Bonding.«

Bitsy sagte: »Verstehe.« Doch sie wirkte wenig überzeugt. Sie drückte Jin-Ho dichter an sich und legte ihr Kinn auf den schimmernden Kinderkopf. Und Ziba hatte immer noch diesen unsicheren Blick. Jetzt, wo der Lippenstift verwischt war, wirkte die schwärzliche Umrandung wie ein Versehen, als ob sie Dreck gegessen hätte.

In der Tür sagte Bitsys Mutter: »Ist das nicht schön!« Sie trat ins Zimmer und hielt sich an ihrer Stuhllehne fest. Ihr Mann kam ein, zwei Schritte hinterher. »Bis nach oben konnte ich die köstlichen Gewürze riechen«, sagte sie beim Hinsetzen. Sie faltete ihre Serviette auseinander und lächelte in die Runde. »Gibt es einen Namen für dieses Gericht?«

»Habichuelas negras«, sagte Bitsy. »Es kommt aus Kuba.«

»Kuba! Wie aufregend!«

Bitsy richtete sich auf, als hätte sie gerade eine Idee gehabt. »Ist dir aufgefallen, dass ich Schwarz-Weiß trage?«, fragte sie Ziba.

Ziba nickte mit großen Augen.

»Das tu ich, weil Babys keine Farben sehen. Nur Schwarz und Weiß. Ich habe seit Jin-Hos Ankunft nur Schwarz-Weiß getragen.«

»Tatsächlich!«, sagte Ziba und blickte auf ihren rosa Rollkragenpullover.

»Vielleicht willst du das auch machen«, riet Bitsy ihr.

»Oh, ja, vielleicht sollte ich.«

Bitsy entspannte sich und legte ihr Kinn wieder auf Jin-Hos Kopf.

»Aber wie kann Susan dann ihre Bauklötze aufheben?«

»Ihre Bauklötze?«

»Ihre rosa und blauen Bauklötze auf der gelben Laufstall-Unterlage. Ich sage: ›Heb deine Bauklötze auf, Susan‹, und sie greift dann gleich danach.«

»Das tut sie?«, fragte Bitsy. Sie schaute auf Susan. »Sie hebt ihre Bauklötze auf, wenn du es ihr sagst?«

»Von einem gelben Untergrund«, sagte Maryam. Sie nahm sich Reis auf den Teller und wandte sich an Connie: »Darf ich Ihnen etwas aufgeben?«, fragte sie.

»Oh, nein danke, jetzt nicht«, sagte Connie, obwohl ihr Teller bis auf eine Scheibe Brot leer war.

Bitsy betrachtete immer noch Susan. Einen Augenblick lang schien sie die Sprache verloren zu haben, aber dann drehte sie sich zu Ziba. »Du setzt deine Tochter in einen Laufstall?«

Zibas unsicherer Gesichtsausdruck kehrte zurück. Doch bevor sie antworten konnte, sagte Maryam: »Und die Bohnen mit Reis? Was ist damit?«

»Wie bitte?«, sagte Bitsy.

»Die schwarzen Bohnen mit dem weißen Reis. Sind die auch wegen der Wahrnehmung des Babys?«

Bitsy wirkte überrumpelt, aber als ihr Schwiegervater lachte, schaffte sie es zu lächeln – ein bisschen.

Danach trafen sich die Familien ziemlich oft, aber Maryam sagte höflich ab, wenn sie auch eingeladen war. Warum sollte sie am gesellschaftlichen Leben eines jungen Paars teilnehmen? Sie hatte ihre eigenen Freunde, meist Frauen, meist ebenso alt und fast immer Ausländerinnen, wenn auch zufälligerweise keine Iranerinnen. Sie aßen zusammen in Restaurants oder zuhause. Sie gingen ins Kino oder ins Konzert. Und Maryam hatte natürlich ihre Arbeit. Drei Tage in der Woche arbeitete sie im Büro der Vorschule, in die Sami früher gegangen war. Niemand konnte behaupten, sie wisse nichts mit ihrer Zeit anzufangen.

Sie hörte fast täglich von den Donaldsons – durch Ziba. Sie hörte, dass Bitsy an Stoffwindeln glaubte; dass Brad sich Sorgen machte, ob Impfungen gefährlich seien, dass beide Jin-Ho koreanische Sagen vorlasen. Ziba wechselte auch zu Stoffwindeln (aber nach einer guten Woche wechselte sie wieder zurück). Sie rief ihren Kinderarzt wegen der Impfungen an. Sie quälte sich brav durch *The Wormwood Rice Cake,* und Susan, für die Bücher noch Neuland waren, tat ihren Teil dazu und zerknäulte die Seiten. Und nach der Weihnachtsparty der Donaldsons kaufte Ziba eine Vierzig-Tassen-Kaffeemaschine, damit sie auch heißen Apfelwein machen konnte. »Man packt Zimtstangen und Nelken in das Fach für Kaffee. Ist das nicht pfiffig?«, fragte sie Maryam.

Ziba hatte einen ziemlichen Narren an den Donaldsons gefressen, fand Maryam.

Maryam selbst sah sie erst im Januar wieder, als sie zu Susans erster Geburtstagsparty kamen. Sie brachten Jin-Ho ganz in koreanischer Tracht – einer leuchtenden Kimono-ähnlichen Angelegenheit und einem spitzen Hut mit Kinnriemen und kleinen bestickten Schuhen –, und sie standen da und machten interessierte Gesichter, wirkten aber leicht verloren in dem Heer iranischer Verwandter. Maryam trat auf sie zu, um sie unter ihre Fittiche zu nehmen. Sie bewunderte Jin-Hos Hut, sie zeigte ihnen, wohin sie die Mäntel legen konnten, und sie erklärte, wer wer war. »Das sind Zibas Eltern; sie leben in Washington. Und da ist ihr Bruder Hassan aus Los Angeles; ihr Bruder Ali, auch aus Los Angeles … Ziba hat sieben Brüder … hättet ihr das gedacht? Vier von ihnen sind heute hier.«

»Und wer ist von Ihrer Seite da, Maryam?«, fragte Bitsy.

»Oh, eigentlich niemand. Die meisten meiner Familienmitglieder sind noch in Teheran. Sie kommen nicht so oft zu Besuch.«

Sie schenkte ihnen je einen Becher heißen Apfelwein ein und führte sie durch die Menge, machte hier und da Halt, um sie vorzustellen. Wenn möglich, wählte sie Nicht-Iraner –

einen Nachbarn und eine Frau aus Samis Büro –, denn Brad trug Jin-Ho auf dem Arm, und wer konnte wissen, was für Kommentare Zibas Verwandte womöglich in petto hatten. (»In L. A. gibt es Schönheitschirurgen, die können chinesische Augen so operieren, dass sie ganz westlich aussehen«, hatte sie Alis Frau heute Morgen zu Ziba sagen hören. »Ich kann dir die Namen besorgen, wenn du willst.«)

Ehrlich gesagt, die Hakimis waren höchstens eine Generation vom Basar entfernt. Zuhause hätte Maryams Familie sich nie mit ihnen abgegeben.

Schließlich war es das Essen, das die Donaldsons aus der Reserve lockte. Sie rangen nach Luft, als sie das Buffet sahen, mit seinem Übermaß an Hauptgerichten und seinem Aufgebot von Beilagen und Salaten. Von allem wollten sie die Namen wissen, und als Bitsy erfuhr, dass Maryam alles gekocht hatte, fragte sie fast schüchtern, ob sie einige der Rezepte haben könnte. »Aber natürlich«, sagte Maryam. »Sie stehen in jedem iranischen Kochbuch.« Sie wusste bereits, dass Amerikaner davon ausgingen, Kochen sei eine Frage von Kreativität. Sie konnten, ohne sich zu wiederholen, ein Jahr lang täglich eine andere Mahlzeit auf den Tisch bringen – Italienisch-Amerikanisch an einem Tag und Texmex am nächsten und Asiatisch am übernächsten –, und sie waren immer überrascht, dass in anderen Ländern die Speisekarte ausgesprochen vorhersehbar war.

»Maryam«, sagte Bitsy, »war Zibas Familie sehr entsetzt, als sie erfuhren, dass Sami und sie adoptieren wollten?«

»Nein, ganz und gar nicht; warum fragen Sie?«, sagte Maryam knapp. (Erstaunlich, was Leute so fragten!) »Also, dieses Gericht gibt es meist bei Hochzeiten«, sagte sie. »Huhn mit Mandeln und Orangenschale. Das müssen Sie unbedingt probieren.«

Bitsy füllte einen Teller mit Portionen für zwei, weil Brad gerade Jin-Ho trug. Sie nahm einen Löffel des Hochzeitsgerichts und sagte: »Brads Eltern hatten damit ein bisschen

Schwierigkeiten. Meine nicht; meine waren voll dafür. Aber Brad war ein Einzelkind, und seine Familie war mehr, ich weiß nicht … vielleicht sorgten sie sich, dass der Stammbaum nicht weitergeführt würde oder so.« Sie steckte mit großer Selbstverständlichkeit ein Stück Fladenbrot in ihre Tasche. (Sie trug eine Art handgewebten Bauernkittel in Blautönen. Kein Schwarz-Weiß mehr, stellte Maryam fest.) »Natürlich lieben sie jetzt Jin-Ho heiß und innig«, sagte sie. »Sie sind unglaublich lieb zu ihr.« Sie hielt inne und schaute Maryam an. »Und Sie haben ein ganz enges Verhältnis zu Susan, das weiß ich von Ziba.«

»Ja« war alles, was Maryam erwiderte, aber sie konnte nicht anders, als durch den Raum einen Blick auf Susan zu werfen. Susan trug ein Kleid mit aufgedruckten Rosenknospen, das ihre andere Großmutter in einem feinen Geschäft in Georgetown gekauft hatte, und das Blassrosa unterstrich auffallend ihr schwarzes Haar und ihre schwarzen Augen.

Alle amerikanischen Gäste trugen ihre Teller ins Wohnzimmer, alle iranischen Gäste standen weiter um das Buffet herum. Jedes Mal, wenn sie das sah, versuchte Maryam zu entscheiden: Waren Amerikaner gieriger, weil sie sich in private Ecken verzogen und besitzergreifend über ihrem Essen hockten, oder waren Iraner gieriger, weil sie beim Essen an der Quelle blieben und sich andere Gäste, die noch nichts bekommen hatten, mit viel Mühe einen Weg an ihnen vorbei bahnen mussten? Jedenfalls kannte sie den Unterschied so gut, dass sie die Donaldsons ins Wohnzimmer führte. Sie sorgte dafür, dass sie am Couchtisch einen Platz auf dem Fußboden bekamen, denn alle Stühle waren besetzt, und dann ging sie in die Küche, um ein Lätzchen für Jin-Ho zu holen. Als sie wiederkam, hatten Brad und Bitsy die Nachbarin von nebenan, die auf dem Sofa saß und ihr Baby stillte, in ein Gespräch verwickelt. »Man kann nicht früh genug damit anfangen«, sagte Bitsy gerade. »Ich meine das Mutter-Kind-Turnen«, erklärte sie Maryam. »Es ist nicht nur gut für ihre Muskeln, es entwickelt auch das Gehirn. Irgendwas mit der Hand-Augen-Koordination, soweit ich weiß.«

Sie hatte sich offensichtlich akklimatisiert. Maryam band das Lätzchen um Jin-Hos Hals und ging, sich weiter um die Gäste zu kümmern.

Es war übertriebene Höflichkeit, die Maryam dazu brachte, die Donaldsons im Frühling zum iranischen Neujahrsfest einzuladen. Eigentlich hatte sie mehr oder weniger aufgehört, das neue Jahr zu feiern. Sami und Ziba fuhren immer nach Washington, wo Zibas Eltern eine gigantische Party gaben, zu der Heerscharen von juwelenbehangenen und parfümierten Gästen kamen – Leute, die viel kürzer im Land lebten als Maryam und wirklich nicht ihr Fall waren. Dieses Jahr war da keine Ausnahme, aber Ziba erzählte Maryam, dass sie irgendwann, nach dem eigentlichen Neujahr, die Donaldsons gerne zu ein paar traditionellen Gerichten einladen würde. »Sie mochten das Essen bei Susans Geburtstagsparty so gern«, sagte sie. »Ich dachte, wir könnten auch Brads und Bitsys Eltern einladen, und meine Eltern, wenn sie Zeit haben. Wir könnten einen *Haftseen*-Tisch aufbauen und vielleicht *morgh polo* kochen … also, du kochst, aber ich helfe so viel wie möglich. Wärst du dazu bereit?«

Unter normalen Umständen wäre Maryam mehr als bereit dazu gewesen, aber jetzt spürte sie einen inneren Widerstand. Weshalb diese ethnischen Demonstrationen? Sollen die Donaldsons dazu doch ins Smithsonian Institute gehen!, dachte sie ärgerlich. Sollen sie *National Geographic* lesen! Aber zu Ziba sagte sie lediglich: »Wird das nicht zu viel für dich? Zusätzlich zu deinem Wochenende in Washington?«

»Zu viel? Wieso, nein«, sagte Ziba. »Oder … willst du damit sagen, dass es dir zu viel ist?«

»Gewiss nicht. Ich fahre ja nicht nach Washington! Aber der *Haftseen*-Tisch, zum Beispiel. Der muss schon vorher aufgebaut werden, und ihr werdet beide weg sein.«

Eigentlich gab es überhaupt keinen Grund, den Tisch im Voraus zu bereiten. Und außerdem konnten sie den Termin ja selbst festlegen. Sicher hatte Ziba inzwischen begriffen, dass Maryam nur Ausreden erfand, aber sie zog daraus den falschen Schluss. Sie sagte: »Oh! Würdest du das Essen lieber in deinem Haus veranstalten?«

»Meinem Haus? Na, aber –«

»Natürlich! Dass ich daran nicht gedacht habe! Nur dass in unserem Haus mehr Platz ist. Aber, wenn dein Haus dir lieber ist …«

»Also, mein Haus ist wirklich ziemlich klein«, sagte Maryam.

»Aber du bist die Köchin. Du darfst darüber bestimmen.«

»Aber du erledigst die Restarbeit – das Dekorieren, das Aufräumen hinterher. Es ist vernünftiger in deinem Haus.«

»Nein, das ist okay«, sagte Ziba. »Wir nehmen dein Haus. Schon gut.«

Also lud Maryam die Donaldsons zu sich nach Hause ein.

Zehn Tage vor der Party fuhr Sami sie nach Rockville, um die exotischeren Lebensmittel einzukaufen. (Die Fahrt war ziemlich lang; sie machte sie nicht mehr gerne allein.) Die Wagen auf der I-95 fuhren stop and go, und Sami fluchte leise vor sich hin, wann immer die Flut der Bremslichter vor ihnen aufblinkte. »Wir können froh sein, dass der Laden so nah ist, wie er ist«, sagte Maryam zu ihm. »Als ich damals in dieses Land kam, musste deine Großmutter die meisten Gewürze aus dem Iran per Post schicken.«

Sie sah die Päckchen noch vor sich, ungeschickt zusammengenähte Stoffbündel mit Sumach und getrockneten Bockshornkleeblättern oder winzigen, gedörrten, schwarzen Limetten, alles mit handschriftlichen Etiketten im unbeholfenen Englisch ihrer Mutter. »Bei dem, was man nicht schicken konnte, haben wir einfach geschummelt«, sagte sie. »Wir haben unsere Tricks ausgetauscht, die anderen Ehefrauen und ich. Grantapfelsauce aus gefrorenem Pampelmusenkonzentrat von Welch's und Kürbiskuchenfüllung aus der Büchse; das weiß ich noch. Joghurt-Quark aus fettarmer Milch und püriertem Ziegenkäse.«

Damals waren ihre Freunde alle aus dem Iran gewesen, alle mehr oder minder in der gleichen Situation wie Maryam und Kiyan. (Damals, bei ihren großen Poker-Partys konnte eine Ehefrau rufen »Agha Doktor!«, und alle Männer im Raum antworteten mit »Ja?«.) Wo waren diese Leute inzwischen? Also, viele waren natürlich zurückgegangen. Andere waren in andere amerikanische Städte umgezogen. Aber einige, das wusste sie, waren hier in Baltimore geblieben; sie hatte nur keinen Kontakt mehr zu ihnen. Zum einen hatte die Politik alles immer komplizierter gemacht. Wer unterstützte den Schah? Wer nicht? Und dann, nach der Revolution, konnte man mit Sicherheit davon ausgehen, dass die Neuankömmlinge den Schah unterstützten, vielleicht sogar hohe Ämter bei der Geheimpolizei innegehabt hatten, und es war klüger, ihnen aus dem Weg zu gehen. Außerdem war Kiyan damals schon tot, und sie fühlte sich in diesen geselligen Paar-Zirkeln nicht mehr wohl.

»Wenn nur dein Vater noch den Sturz des Schahs erlebt hätte!«, sagte sie zu Sami. »Er wäre so glücklich gewesen.«

»Für dreieinhalb Minuten«, sagte Sami.

»Na ja.«

»Er wäre entsetzt darüber, was jetzt dort geschieht.«

»Ja, natürlich.«

Eines Tages hatte sie beim Bügeln auf Kiyans altem Kurzwellenradio Musik von zuhause gehört. Es hatte schon öffentliche Demonstrationen und Gerüchte über Unruhen gegeben, aber selbst die Experten waren in ihren Prognosen über den Ausgang uneins gewesen. Und dann, von einem Ton zum anderen, hatte die Musik aufgehört, und es herrschte lange Stille, die schließlich von einer Männerstimme unterbrochen wurde, die ruhig und gefasst verkündete: »Dies ist die Stimme der Revolution.« Ihr war es kalt den Rücken heruntergelaufen, und Tränen waren ihr in die Augen geschossen; sie hatte das Bügeleisen abgestellt und laut gesagt: »Oh, Kiyan! Hast du das gehört?«

»Was da jetzt los ist, würde ihm das Herz brechen«, sagte sie zu Sami. »Manchmal, weißt du? Da glaube ich, dass die Toten Glück haben.«

»Holla!«, sagte Sami. Maryam sah daraufhin nach vorn auf den Verkehr, wo sie irgendeinen Engpass erwartete. Aber nein, es war nur eine dieser übertriebenen Reaktionen gewesen, die junge Leute heute so oft an den Tag legten: »Nie und nimmer, Mom! Da mach aber mal Halt!«

»Oh, ich meine das nicht buchstäblich. Aber was würde er sagen, Sami? Er *liebte* sein Land! Er wollte immer, dass wir eines Tages dorthin zurückkehren.«

»Gott sei Dank haben wir das nicht getan«, sagte Sami, blinkte und wechselte abrupt auf die schnelle Spur, als ärgere ihn der bloße Gedanke.

Er selbst war nie im Iran gewesen. Als Maryam ein einziges Mal nach seiner Geburt dorthin fuhr, war Sami bereits erwachsen und verheiratet gewesen, hatte für Peacock Immobilien gearbeitet und steif und fest behauptet, dass er nicht wegkönne. Der wahre Grund war gewesen, dass es ihn nicht interessierte. Sie sah traurig zu ihm hinüber, betrachtete seine lange, gebogene Nase, die er von seinem Vater geerbt hatte, und seine reizende kleine Brille. Jetzt würde er wahrscheinlich niemals dorthin fahren, und sowieso nicht mit ihr; sie hatte damals beschlossen, nach jener letzten Reise nicht mehr zurückzukehren. Weniger der Restriktionen wegen – dem tristen, langen schwarzen Mantel, den sie tragen musste, und dem unkleidsamen Kopftuch –, sondern weil so viele der Menschen, die sie geliebt hatte, nicht mehr da waren.

Natürlich hatte man sie jeweils über die Todesfälle informiert (ihre Mutter, ihre Großtanten, ihre Tanten und manche ihrer Onkel; jeden Trauerfall einzeln in umständlichen, taktvollen Worten auf blauem Luftpostpapier mitgeteilt oder, in späteren Jahren, per Telefon). Aber in ihrem tiefsten Innern hatte sie es offenbar nicht ganz begriffen – bis sie wieder da war, im Anwesen der Familie, und wo war ihre Mutter? Wo war der Schwarm der Tanten, die herumgluckten und wuselten und jubilierten wie eine Schar kleiner, grauer Hennen? Und dann hatte es bei ihrer Abreise am Flughafen ein Problem mit ihrem Ausreisevisum gegeben, eine Ungereimtheit, die ein Cousin mit guten Beziehungen ohne viel Aufhebens regeln konnte, aber die Panik, die über sie gekommen war, hatte ihr fast die Kehle zugeschnürt. Sie hatte sich wie ein Vogel gefühlt, der mit den Flügeln gegen die Käfigwände schlug. *Lasst mich raus, lasst mich raus, lasst mich raus!* Und sie war nie wieder hingefahren.

In dem Lebensmittelgeschäft, wo sie sich mit Sami an einer Masse anderer Iraner vorbeikämpfen musste, die auch für ihre Neujahrspartys einkauften, konnte sie nicht umhin zu fragen: »Wer *sind* bloß all diese Leute?« Die Kinder duzten ihre Eltern; sie waren laut, unerzogen und respektlos. Die jungen Mädchen stellten ihre nackten Taillen zur Schau. Die Kunden an der Theke schoben und schubsten. »Das ist einfach … betrüblich!«, sagte sie zu Sami, der sie unerwartet heftig anfuhr: »Oh, Mom, sei nicht so von oben herab!«

»Wie bitte?«, sagte sie und wusste tatsächlich nicht, ob sie richtig gehört hatte.

»Warum sollten sie sich besser benehmen als Amerikaner?«, wollte er wissen. »Sie benehmen sich wie alle anderen, Mom; also spar dir dein *Urteil.*«

Ihr erster Impuls war zu kontern. Warum war es schlimm, dass sie von ihren Landsleuten ein vorbildliches Verhalten erwartete? Aber sie zählte bis zehn, bevor sie antwortete (eine Taktik, die sie sich in seiner Pubertät zugelegt hatte), und entschied dann, gar nichts zu sagen. Stattdessen ging sie wortlos den Gang entlang, ließ Zellophanpackungen mit Kräutern und Trockenfrüchten in den Einkaufskorb fallen, den er für sie trug. Sie blieb vor einem Behälter mit Weizenkörnern stehen, und Sami fragte: »Ist noch genug Zeit, bis sie keimen?« Es war reichlich Zeit, wie er genau wusste. Die Frage war ein Versöhnungsangebot. Also sagte sie: »Na, ich *glaube* schon. Was meinst du?«, und danach war alles wieder gut.

Sie verurteilte häufig. Sie wusste das. Mit den Jahren war sie immer kritischer geworden, vielleicht weil sie schon so lange allein lebte. Sie musste sich mehr zurückhalten. Sie lächelte die nächste Person, von der sie angerempelt wurde, übertrieben an – eine Frau mit kurzem kupferkesselrotem Haar –, und als die Frau zurücklächelte, entdeckte Maryam in ihren Augenwinkeln die gleichen tiefen Furchen wie bei ihrer Tante Minou, und empfand ihr gegenüber einen Schwall von Zärtlichkeit.

Die Donaldsons waren zu einem Sonntagslunch volle acht Tage nach der Party bei Zibas Eltern eingeladen worden; es gab also wirklich keinen rechten Grund für Maryam, die Angelegenheit bei sich zuhause zu veranstalten. Aber mittlerweile hatte sie sich in ihr Schicksal gefügt. Sie kochte während der ganzen vorangehenden Woche täglich ein, zwei Gerichte. Sie hatte den *Haftseen*-Tisch im Wohnzimmer aufgebaut – die sieben traditionellen Bestandteile, zu denen auch das leuchtend grüne Rasenstückchen aus gekeimten Weizensprossen gehörte, waren auf ihrem besten bestickten Tischtuch kunstvoll arrangiert. Und am Sonntag stand sie im Morgengrauen auf, um die letzten Vorbereitungen zu treffen. Einzig in den Häusern mit kleinen Babys war Licht in den Fenstern. Und einzig die Vögel waren zu hören, mit lauthals gesungenen neuen, frischen Frühlingsmelodien. Barfuß tappte sie durch die Küche, in einer Batisthose und einem langen Oberhemd, das früher Sami gehört hatte. Ihr Tee wurde auf der Anrichte kalt, weil sie den Reis wusch und einweichte; dann stieg sie auf einen Hocker, um ihre Tabletts zu holen, und kürzte anschließend die Stiele der gelben Tulpen, die über Nacht in Eimern auf der hinteren Veranda gestanden hatten. Inzwischen ging die Sonne auf, und durch das offene Fenster hörte sie die quietschenden Bremsen des Zeitungslieferwagens und dann, wie die *Baltimore*

Sun mit einem Knall auf ihrer Vordertreppe landete. Sie holte die Zeitung in die Küche – als Lektüre bei ihrer zweiten Tasse Tee. Von ihrem Platz aus konnte sie das Esszimmer sehen, wo das Silber auf dem Tisch schimmerte, die Gläser funkelten und die Tulpen in der Mitte des Tischs in schlanken Glasvasen aufgereiht standen. Sie liebte diese Zeit vor einer Party, wenn es noch keine zerknäulten Servietten gab und die Stille noch ungestört war.

Um halb eins, frisch gebadet und in einer schmalen schwarzen Hose mit weißer Seidentunika, stand sie in ihrer Haustür, um Sami und Ziba zu begrüßen. Sie kamen früher, weil sie bei den letzten Vorbereitungen helfen wollten, obwohl, wie Sami gleich bemerkte, sie ihnen keine Arbeit mehr übrig gelassen hatte. »Nein, aber so habe ich noch ein bisschen was von Susan«, sagte sie. Susan konnte inzwischen mühelos laufen, und kaum hatte Sami sie abgesetzt, wanderte sie schnurstracks zu dem Korb, in dem Maryam ihre Spielsachen aufbewahrte. Ihr Haar war mittlerweile so lang, dass es ihr in die Augen fiel, wenn es nicht oben auf ihrem Kopf zu einer Art Pferdeschwanz zusammengebunden wurde. Der wedelte um ihre kleinen Ohrmuscheln und fiel in dünnen Strähnchen auf ihren blütenzarten Nacken. »Susie-jun«, sagte Ziba zu ihr. »Sag: Hi, Mari-jun! Sag: Hallo, Mari-jun!«

»Mari-jun«, sagte Susan brav, aber es klang eher wie »Matsch«. Sie gönnte Maryam eins ihrer Grübchen-Lächeln, als wüsste sie genau, wie klug sie war.

Ziba wollte noch überall herumpusseln. »Können wir irgendetwas tun? Soll Sami den Wein aufmachen? Welches Tischtuch hast du aufgelegt?« Maryam erklärte, dass für alles gesorgt sei. »Setzt euch doch«, sagte sie. »Sagt, was möchtet ihr trinken.«

Ziba antwortete nicht, schüttelte die Kissen auf, schob Sami beiseite, um hinter seinem Rücken herum zu angeln. Sie war nervös, vermutete Maryam. Sie war ein bisschen übertrieben zurechtgemacht für diese Tageszeit, trug das gleiche schillernd türkisfarbene Minikleid, das sie zur Party ihrer Eltern getragen hatte, und die Rougetupfer auf ihren Wangen wirkten wie Fieberflecken. Wahrscheinlich verglich sie in Gedanken Maryams Haus mit ihrem eigenen – Maryams zu kleines Wohnzimmer und das traditionelle, ziemlich unmoderne Mobiliar mit den Paisley-Schals und dem iranischen Nippes – und fand es ungenügend. »Susan, leg das zurück!«, sagte sie, als Susan einen Plüschhund zutage förderte. »Es soll nicht überall Spielzeug liegen, wenn die Gäste kommen!«

»Oh, warum, nicht? Jin-Ho will sicher auch spielen«, erwiderte Maryam, und Sami, der lässig eine Gebetskette aus Keramikperlen in der Luft kreisen ließ, die auf dem Couchtisch gelegen hatte, sagte: »Entspann dich, Zi. Setz dich endlich.«

Sie schnaubte ein bisschen beleidigt und ließ sich in einen Sessel fallen.

Dass die nächsten Ankömmlinge Zibas Eltern waren, machte es nicht besser. Sie kamen auch ein bisschen zu früh, weil sie die Fahrzeit von Washington überschätzt hatten, und als Mrs Hakimi sich in Farsi bei Maryam entschuldigte (»Es tut mir sehr leid; ich bitte um Vergebung; ich habe Mustafa gesagt, wir sollten noch ein bisschen herumfahren, aber er meinte –«), rief Ziba: »Mummy, bitte; du hast versprochen, diesmal englisch zu sprechen!«

Mrs Hakimi sah Maryam schuldbewusst an. Sie war eine freundliche Frau mit rundlichem, müdem Gesicht und ließ sich von ihrer Familie übertrieben herumkommandieren, fand Maryam – besonders von ihrem Ehemann, der immer noch die stramme Haltung eines Militärs an den Tag legte, obwohl er sein Geld als Geschäftsmann verdiente. Er besaß irgendeine Importfirma. (Genaueres wusste Maryam nicht.) Er hatte einen gelblichen Glatzkopf und einen enormen Bauch, der die Weste seines grauen, piekfeinen Anzugs ausfüllte. »Susie-jun!«, posaunte er und stürzte sich auf Susan, die schüchtern lächelte und sich zusammenrollte, bis sie wie eine Krabbe dalag. Kein Wunder, Mr Hakimi kniff zu gern kleine Kinder in die Wangen. Knips-knaps! mit großen gelben Fingern, während Susan sich wand und nach Ziba Ausschau hielt.

»Ich habe gehört, dass Ihre Party letzte Woche ein großer Erfolg war«, sagte Maryam zu Mrs Hakimi.

»Ach, nein, nicht der Rede wert. Völlig bedeutungslos«, sagte Mrs Hakimi und fiel dann mit einem Mal wieder ins Farsi. »Unser Mittagessen heute ist bestimmt viel eleganter, schon weil Sie alles vorbereitet haben, und niemand, den ich kenne, macht so köstliche –« Es wurde ein wahrer Redeschwall, als wollte sie, bevor sie wieder erwischt wurde, so viel wie möglich sagen. Und schon rief Ziba: »Mummy!« Mrs Hakami hielt inne und sah Maryam hilflos an.

Nach Maryams Erfahrung waren es eigentlich die Frauen, die sich schneller einlebten. Fast über Nacht entschlüsselten sie die landesüblichen Gebräuche, meisterten die Rituale der Supermärkte und Fahrgemeinschaften, wurden selbstsicher und zuversichtlich, wohingegen die Ehemänner in ihrer Arbeit versanken und ihr neues Englisch auf medizinische Fachausdrücke oder das Vokabular der Seminarräume beschränkten. Die Männer waren von den Frauen abhängig, wenn es um die praktischen Belange des Lebens ging; aber bei den Hakimis schien es das Gegenteil zu sein. Als Brads Eltern in ihrer frühlingshaften Bekleidung ankamen, bunt wie Ostereier, und mit jugendlichem Elan ihre Namen verkündeten – bevor Maryam sie vorstellen konnte –, sah Mrs Hakimi nur lächelnd vor sich hin und versank noch tiefer in ihrem Sessel. Mr Hakimi dagegen machte gekonnt Konversation. »Also, Sie sind die Großeltern väterlicherseits! Sehr erfreut, Sie kennen zu lernen! Und aus welcher Branche sind Sie, Lou?«

»Nun ja, ich bin Rechtsanwalt, im Ruhestand!«, sagte Lou, fast im gleichen beherzten Ton wie Mr Hakimi. »Meine Frau und ich sind jetzt auf dem Altenteil. Wir unternehmen viele Kreuzfahrten, Golftouren; Sie kennen sicher Elderhostel …«

Maryam entschuldigte sich und ging in die Küche, um nach dem Essen zu schauen. Sie drehte die eine Flamme kleiner, die andere höher, und dann gönnte sie sich einen verträumten Blick aus dem Küchenfenster, bis die Türklingel sie aufschreckte. Als sie ins Wohnzimmer zurückkam, waren gerade Brad und Bitsy eingetroffen, Brad trug Jin-Ho, und Bitsys Eltern folgten in einigem Abstand. Connie hatte etwas Schwierigkeiten mit den Stufen. Dave führte sie mit der Hand am Ellenbogen, und sie mühte sich Schrittchen für Schrittchen ab. »Oh, das tut mir leid«, sagte Maryam, als sie zur Begrüßung die Veranda überquerte. »Ich hätte Bescheid sagen sollen, dass Sie hinten hereinkommen können.«

Aber Connie sagte: »Unfug, ich brauche die Übung«, und drückte Maryam heftig beide Hände. »Ich kann Ihnen nicht sagen, wir sehr ich mich hierauf gefreut habe«, sagte sie. Nach langer Zeit hatte sie endlich ihre Baseballkappe abgenommen. Wie ein schütterer Pelz überzog graues Haar, etwa ein Zentimeter lang, ihren Kopf – sehr fein und weich –, und sie trug ein marineblaues Baumwollkleid, das an ihr zu groß aussah. An der Tür angekommen, blieb sie stehen und atmete tief durch, um neue Energie zu tanken. Dann wagte sie sich ins Wohnzimmer. »Sie müssen Zibas Eltern sein!«, rief sie. »Hallo! Ich bin Connie Dickinson, und dies ist mein Mann, Dave! Hi, Pat! Hi, Lou!«

Die Begrüßungen und Komplimente wollten kein Ende nehmen (Pats neue Haarfarbe, Bitsys Hose mit den vielen Bändern und Schnallen), und dann wollte Dave alles über den *Haftseen*-Tisch wissen – was Mr Hakimi die Gelegenheit gab, einen Vortrag zu halten. »*Haftseen* heißt ›die sieben S‹«, begann er und klang dabei ganz offiziell. »Wir haben hier sieben Dinge, die alle mit dem Buchstaben S anfangen.« Dave und Connie nickten feierlich, während Bitsy Jin-Ho davon abhielt, an der gestickten Tischdecke zu ziehen.

»Nun aber mal Halt!«, sagte Lou. »Hyazinthen fangen doch nicht mit S an!«

Brad sagte: »Dad –«

»Der Teller mit dem Gras fängt nicht mit S an!«

»S in unserer Sprache«, klärte Mr Hakimi ihn auf.

»Oh. Aha. Sehr interessant.«

»Ihr Haus hat Charme, Maryam«, sagte Bitsy. »Ich mag die unterschiedlichen Textilien. Ich bin Weberin, und natürlich fällt mir so etwas gleich auf.« Sie angelte wieder nach Jin-Ho und hob sie diesmal hoch. »Haben Sie die Teppiche alle gleich zu Anfang mitgebracht?«

»Oh, nein«, sagte Maryam. Sie lachte. »Am Anfang hatte ich nur einen einzigen Reisesack dabei.«

»Aber garantiert einen persischen, gewebten. Mit einem faszinierenden Muster.«

»Na, ja …«

Sie hatte den Reisesack einen Monat nach ihrer Ankunft verschenkt, weil sie sich so geschämt hatte, dass sie keinen Koffer von Samsonite besaß. Oh, damals hätte sie keine Teppiche von zuhause mitgebracht, selbst wenn sie Platz gehabt hätte. Sie wollte alles glatt und modern, einfarbig, vorzugsweise beige – amerikanisch-amerikanisch, wie Kiyan immer sagte. Beide hatten sie den westlichen Einrichtungsstil ungemein bewundert. Erst später begriff sie, dass sie gerade die schlimmsten Elemente dieses Stils übernommen hatten – das billige beigefarbene Plastikgeschirr, die eintönige, öde, beigefarbene Auslegeware, die beigefarbenen Sessel mit den Polstern aus Lurex-Synthetik.

Inzwischen spielte Dave das Und-was-machen-Sie-Spiel weiter. Er hatte gerade Mr Hakimi informiert, dass er Physiklehrer war, und während Maryam im Zimmer umherging und alkoholfreie Getränke, Wein und (für Mr Hakimi) Whisky on the rocks anbot, erfuhr sie, dass Connie an der Highschool Englisch unterrichtete und Brad Biologie. Also war es nur natürlich, dass diese Familie anderen Leuten immer beibringen wollte, wie etwas zu tun war. Konnten Gene auch die Berufswahl bestimmen?, fragte sie sich bei ihrer Rückkehr in die Küche.

Der Reis begann nach gebräunter Butter zu duften, wie

Popcorn. Sie stellte den Topf in die Spüle und drehte die Flamme ab. Aus dem Wohnzimmer hörte sie Mr Hakimi das nächste Thema anschneiden: Politik, iranische Politik genau genommen – die lange edle Geschichte des Iran und die Revolution als bitteres Ende. Wie gut, dass sie in Deckung war; sie ging bewusst jeder Diskussion dieser Thematik mit Zibas Familienmitgliedern aus dem Weg. Sie ließ kaltes Wasser in die Spüle laufen und wartete, bis der Topf, den sie auch unbeaufsichtigt hätte lassen können, aufhörte zu dampfen. Dann hörte sie hinter ihrem Rücken kleine, ungleichmäßige Schritte und rief begeistert: »Susie-jun!« Sie drehte sich um, und Susan lächelte, hob beide Arme und sagte: »Hoch?« Sie sprach es sorgfältig aus, als wisse sie, dass sie gerade eine Sprache lernte. Maryam nahm sie hoch und legte ihr Gesicht an Susans weiche Wange. Dann kam Jin-Ho hereingetrippelt, einen Spielzeuglastwagen an die Brust gedrückt und sagte: »Kek? Kek?« Maryam riet, was gemeint war, und ging an den Küchenschrank, um Kekse zu holen. »Keks«, sagte sie und reichte jedem Kind einen. »Danke, Mari-jun!« Sie setzte Susan ab. Susan und Jin-Ho begannen den Lastwagen zwischen sich hin und her zu rollen; jede einen Keks in der Hand, hockten sie da, wie es nur kleine Kinder können – als ob sie keine Knochen hätten, die flachen Füße weit auseinander und das Hinterteil nur ein Stückchen über dem Boden. Es war solch ein Vergnügen, ihnen zuzuschauen. Maryam konnte sich an ihrem Anblick nicht satt sehen und hätte am liebsten den ganzen Nachmittag da gestanden.

Wie sich herausstellte, war dies der Höhepunkt der Party. Bis die Gäste am Tisch Platz genommen hatten, waren beide Mädchen eigentlich zum Umfallen müde. Susan wurde jammernd in das Kinderbett verfrachtet, das Maryam oben für sie stehen hatte, Jin-Ho hielt auf dem Schoß ihrer Mutter aus, wurde immer quengeliger und zappeliger und drehte den Kopf wütend weg, wenn Bitsy ihr etwas zu essen anbot.

Und nicht nur die Kinder waren kratzbürstig. Zuerst musste

Pat unbedingt Connie vorschlagen, dass sie sich vielleicht einen hübschen Seidenschal um den Kopf wickeln könnte (machte selbst die Schwiegersippe in dieser Familie nicht vor ungebetenen Ratschlägen Halt?), und Connie wurde ganz rot und sah unglücklich aus, und Dave sagte: »Danke, Pat, aber ich finde Connie schön, so wie sie ist«, und Pat sagte: »Oh! Ach, je! Natürlich! Ich wollte doch nicht –!« Dann sagte Bitsy, offenbar um die Sache zu entschärfen: »Wenn wir schon bei den Frisuren sind, Ziba, Susans kleiner Pinsel ist wirklich süß«, und Ziba sagte: »Ich will nur, dass die Haare aus den Augen sind«, und Bitsy sagte: »Na ja, das Problem hat Jin-Ho nicht, weil wir die Frisur beibehalten haben, mit der sie angekommen ist. Ich glaube, wir haben das Gefühl, dass wir sie nicht so amerikanisieren sollten.«

»Amerikanisieren!«, sagte Ziba. »Wir amerikanisieren doch niemanden!« (Als könnte man eine Person durch irgendeine Sache amerikanisieren, dachte Maryam, die zu viele Fremde erlebt hatte, die mit aller Macht versuchten, in Jeans natürlich auszusehen.) Offenbar fühlte sich Ziba in Gegenwart der Donaldsons immer noch unsicher, sonst wäre sie nicht so aus der Haut gefahren.

Und als Mr Hakimi selbst einen Versuch unternahm, Frieden zu stiften, trat er nur noch weiter ins Fettnäpfchen. »Aber! Wir vernachlässigen unsere Gastgeberin!«, dröhnte er. »Das Essen ist exzellent, gnädige Frau, und Sie waren so freundlich und haben Ziba von der Bürde der Gastfreundschaft befreit!«

Ziba sagte: »Das war keine Bürde! Wovon redest du da? Wir hätten alles bei uns zuhause veranstalten können! Ich hätte es liebend gerne bei uns zuhause veranstaltet!«

Maryam sagte: »Tatsächlich?«

»Wir haben zuhause mehr Platz! Das habe ich dir doch gesagt! Wir müssten uns nicht auf Schreibtischstühlen und Verandastühlen und Küchenstühlen um den Tisch quetschen!«

Maryam erwiderte: »Aber ich dachte, du hättest gesagt –«

Inzwischen konnte sie sich nicht mehr daran erinnern, wer

eigentlich was gesagt hatte. Sie konnte sich kaum noch das ganze Gespräch ins Gedächtnis rufen. Ihr wurde nur bewusst, dass sie beide mal wieder zu höflich, zu Bitte-ich-bestehe-darauf und Was-immer-dir lieber-ist, gewesen waren. »Also«, sagte sie schließlich. »Wenn ich das gewusst hätte.«

Connie legte ihre Gabel hin und lehnte sich über den Tisch, um Maryams Hand zu berühren. »Jedenfalls ist es ein wunderschönes Fest«, sagte sie.

»Danke«, sagte Maryam zu ihr.

»Und außerdem«, stimmte Bitsy ein, »sehen wir so Ihr Haus und all Ihre schönen Dinge! Sagen Sie, Maryam, ich würde nur zu gern wissen: Was war in dem Reisesack, den Sie mitgebracht haben? Was beschließt eine Person mitzunehmen, wenn sie ihr Land für immer verlässt?«

Dankbar für den Themenwechsel, dachte Maryam an den Reisesack. Ein seidener Morgenrock, fiel ihr ein. Und zwei Garnituren handgenähte Spitzenunterwäsche, angefertigt von Tante Eshis Schneiderin … Sie lächelte und schüttelte den Kopf. »Es war anders, als Sie sich vorstellen«, sagte sie zu Bitsy. »Ich war eine frisch verheiratete Braut. Da war mir wichtig, wie *ich* aussah, nicht mein Haus.«

»Eine Braut! Sie kamen als Braut ins Land?«

»Ich war einen Tag bevor ich ins Flugzeug stieg, verheiratet worden«, sagte Maryam.

»Dann war der Flug nach Amerika Ihre Hochzeitsreise! Wie romantisch!«

Von seinem Platz am Kopf des Tischs sagte Sami: »Komm, Mom. Erzähl die ganze Geschichte.«

»Oh, erzählen Sie!«, sagte Bitsy, und Lou schlug mit dem Messer gegen sein Wasserglas. Jin-Ho, die gerade einschlief, schrak ein bisschen zusammen und ließ dann ihren Kopf wieder an die mütterliche Schulter sinken.

Maryam sagte: »Da gibt's nichts zu erzählen.«

»Doch«, sagte Sami. Er wandte sich zu den anderen. »Sie unternahm diese sogenannte Hochzeitsreise allein«, sagte er.

»Mein Dad war bereits hier. Sie wurde ferngetraut, ganz allein, und traf ihn dann danach.«

»Ist das wahr?«, fragte Pat sie. »Sie hatten eine Hochzeit ohne Bräutigam? Wie ging das?«

»Zeig ihnen das Foto«, sagte Sami zu Maryam.

»Oh, Sami, sie wollen das Foto nicht sehen«, sagte sie und ignorierte den allgemeinen Protest (»Doch, sicher! Komm, los, Maryam!«). Sie stand auf und nahm die Platte mit den gefüllten Weinblättern. »Möchte noch jemand eine Portion?«, fragte sie.

»Ein Foto von Mom in ihrem Brautkleid«, sagte Sami, »wie sie allein neben einem langen Tisch steht, der sich vor Geschenken biegt. Es sieht aus, als heirate sie die Geschenke.«

Maryam erwiderte: »Also, das würde ich nicht sagen …« Etwas an seiner Art zu reden verletzte sie. Dieser amüsierte Ton; das war's. Und vielleicht empfand Mr Hakimi es auch, denn er räusperte sich und sagte: »Also, eigentlich heirateten viele Mädchen damals so. All die jungen Männer, die nach Amerika gingen oder, was weiß ich, nach Deutschland oder Frankreich … Natürlich brauchten sie Ehefrauen, mit der Zeit. Es war eine vernünftige Lösung.«

»Aber wie haben Sie umeinander geworben, bei der großen Entfernung?«, fragte Pat Maryam.

»Geworben!«, sagte Sami. Er lachte. »Das haben sie nicht. Die Ehe war arrangiert.«

Maryam stand da, spürte die wachsende Neugierde der am Tisch Sitzenden, aber sie nahm ihren Blick nicht von der Platte, die sie in beiden Händen hielt. Niemand hatte nachgenommen. Vielleicht mochten sie keine Weinblätter. Vielleicht hatten sie das ganze Essen nicht gemocht.

»Du siehst also«, sagte Sami zu Bitsy, »es war nicht so romantisch, wie du denkst.«

Maryam sagte: »Oh, Sami.« Sie sprach ganz sanft, um die Empörung in ihrer Stimme zu verbergen. »Du weißt längst nicht alles darüber.« Und dann drehte sie sich um – so würdevoll wie möglich –, trug die Weinblätter aus dem Zimmer und schloss die Schwingtür hinter sich.

In der Küche füllte sie den Kessel mit Teewasser. Sie sollte natürlich den Tisch abräumen, bevor sie Gebäck und Obst servierte, aber sie war noch nicht ganz in der Lage, zurückzukehren und den anderen unter die Augen zu treten. Sie zündete die Flamme unter dem Kessel an und blieb am Herd stehen, die Arme eng vor der Brust verschränkt, Tränen in den Augen.

Als Kiyan ihr zum Beispiel gesagt hatte, dass ihr Haar wie eine armenische Kirche duftete: Was wusste Sami schon davon?

Die Schwingtür öffnete sich langsam, und Connie kam mit zwei Tellern herein. Maryam sagte: »Bitte, das brauchen Sie doch nicht«, und nahm ihr die Teller ab. »Das erschöpft Sie doch nur«, sagte sie.

Connie sagte: »Schon gut; ich wollte mir die Beine vertreten.« Anstatt ins Wohnzimmer zurückzukehren, setzte sie sich auf den Hocker und sah zu, wie Maryam die Reste vom Teller abkratzte. »Sind Familientreffen nicht anstrengend?«, sagte sie. »All die Leute, die einen so gut kennen, dass sie meinen, sie können zu allem ihre Ansichten dazutun.«

»Allerdings«, sagte Maryam. Sie machte sich an dem schmutzigen Topfstapel zu schaffen, der ihre einzige kleine Anrichte bedeckte. Sie kehrte Connie den Rücken zu und tupfte hastig ihre Nasenspitze. »Und in Wahrheit kennen sie einen gar nicht so gut«, sagte sie.

»Ganz recht: Sie kennen nicht mal die Hälfte«, pflichtete Connie bei. Sie drehte sich zur Schwingtür, wo ihr Ehemann mit zwei weiteren Tellern aufgetaucht war. »Wir bemitleiden uns gerade in puncto Familienfeiern«, sagte sie zu ihm.

»Ach, ja, schrecklich«, sagte Dave und ging, als wäre er zuhause, schnurstracks auf den Mülleimer zu und kippte die Essensreste von den Tellern. Daran, dass Männer in der Küche halfen, hatte Maryam sich nie gewöhnen können. Wo war Ziba? War das nicht eigentlich Zibas Aufgabe? »Familien insgesamt«, sagte Dave, »werden weit überschätzt.«

Connie schnalzte mit der Zunge und gab ihm einen freundschaftlichen Schubser.

»Und dieses Essen in meinem Haus«, fuhr Maryam fort (weil sie gerade an Ziba gedacht hatte). »Ich habe mich nie danach gedrängt! Ich meine … verzeihen Sie; natürlich freue ich mich, dass Sie da sind, aber –«

»Das verstehen wir gut«, sagte Dave zu ihr. Wahrscheinlich verstand er gar nichts, aber es war nett, wie er mitfühlend mit seinem üppigen Grauschopf nickte, und Connie nickte auch und sagte: »Komisch, wie wir in solche Sachen reinrutschen.«

»Wir nehmen zu viel Rücksicht aufeinander, Ziba und ich«, sagte Maryam. Sie trat an den Herd und schaute in den Kessel, ob das Wasser kochte. »In unserer Familie ist keiner Meister, wenn es darum geht, den eigenen Willen kundzutun. Manchmal tun wir dann am Ende genau das, was *keiner* von uns will, nur um den anderen vermeintlich zufrieden zu stellen.«

»Seien Sie lieber so unhöflich wie wir«, schlug Dave vor, und er legte seinen Arm um Connies Schultern und zwinkerte Maryam zu. Sie musste lachen.

Dann gingen Connie und Dave wieder ins Wohnzimmer, weil sie die übrigen Teller holen wollten, und Maryam löffelte Teeblätter in ihre beste Porzellankanne. Es ging ihr wieder besser. Die beiden hatten etwas Tröstliches. Sie goss kochendes Wasser in die Teekanne, setzte den Deckel darauf und stellte die Kanne behutsam oben auf den Kessel.

Vielleicht war es das Zischen des sprudelnd heißen Wassers, das eine Erinnerung aus den frühesten Tagen ihrer Ehe heraufbeschwor. Immer, wenn sie besonders einsam gewesen war, so fiel ihr wieder ein, hatte sie damals ein Glas Sprudelwasser auf ihren Nachttisch gestellt. Beim Einschlafen hatte sie auf die Bläschen gehorcht, die unaufhörlich, sachte und friedlich gegen das Glas perlten und die sie an den plätschernden Springbrunnen im Hof ihrer Familie erinnerten.

3

Es war Bitsy, die den Einfall mit der Ankunftsparty hatte. Sie platzte so unvermittelt damit heraus, dass Brad zurückfragen musste: »Eine was, Liebes? Noch mal, bitte?«

»Eine Party, um an den Tag zu erinnern, an dem die Mädchen ankamen«, sagte sie. »In zwei Wochen ist es ein Jahr her, kaum zu glauben, oder? Am Sonntag, dem 15. August. Ein Anlass zum Feiern.«

»Ist dir denn danach, so wie es deiner Mutter geht?«

Bitsys Mutter hatte einen Rückfall erlitten – ein ganz neuer Tumor, diesmal war die Leber befallen. Sie hatten ein paar harte Monate hinter sich. Aber Bitsy sagte: »Es würde mir guttun. Es würde uns allen guttun! Uns von unseren Sorgen ablenken. Und wir würden es auf die beiden Familien beschränken; nur die Verwandtschaft. So etwas wie ein Geburtstagsfest daraus machen. Eine Feier am Tag, gleich nach dem Mittagsschlaf der Mädchen, wenn sie ihre beste Zeit haben, und ich würde kein ganzes Menü servieren, nur was Süßes.«

»Vielleicht ein koreanisches Dessert!«, sagte Brad.

»Oh. Na ja.«

»Das wäre doch passend.«

»Koreanische Desserts habe ich mir im Internet angesehen«, sagte Bitsy. »Spinatkekse, gebratener glutenreicher Reis …«

Brad sah auf einmal beunruhigt aus.

Sie sagte: »Ich dachte an einen Blechkuchen, mit der amerikanischen Fahne aus Zuckerguss.«

»Tolle Idee.«

»Mit Kerzen? Oder mit einer Kerze – für ein Jahr. Aber auf

keinen Fall Geschenke; erinnere mich daran, es den Yazdans zu sagen. Sie bringen immer Geschenke mit. Und wir könnten ein Lied singen. Es muss doch ein geeignetes Lied über die sehnlich erwartete Ankunft eines Menschen geben.«

»Es gibt ›She'll Be Coming Round The Mountain‹«, sagte Brad.

»Hm … und die Mädchen könnten koreanische Kleider anziehen. Sollen wir Susan anbieten, ihr einen *sagusam* zu leihen? Sie besitzt mit Sicherheit keinen.«

»Das wäre gut.«

»Wir könnten so was wie eine Zeremonie veranstalten. Die Mädchen würden in einem anderen Zimmer sein; wir würden die Kerze auf dem Kuchen anzünden und das Lied anstimmen; sie würden Hand in Hand hereinkommen … so als kämen sie von neuem an. Was meinst du?«

»Und – hey!«, sagte Brad. »Wir könnten das Video zeigen!«

»Perfekt! Das Video«, sagte Bitsy.

Ihr Bruder Mac hatte es übernommen, die verschiedenen Flughafenvideos zu einem einzigen Tape zusammenzuschneiden. Seitdem stand das Video im Regal – sie schienen noch nicht mal mehr Zeit zu haben, die Nachrichten zu sehen –, aber das war die Chance, es sich anzuschauen. »Vielleicht am Schluss, um die Party ausklingen zu lassen«, überlegte Bitsy. »Ist das vielleicht alles zu rührselig?«

»Kein bisschen.«

»Bist du sicher? Du würdest es mir doch sagen, wenn es so wäre.«

»Du könntest gar nicht rührselig sein, selbst wenn du es versuchen würdest«, versicherte Brad.

Das Schöne daran war, er meinte es so. Das wusste sie. Er war der Meinung, sie würde nie etwas falsch machen. Es hieß »Bitsy sagt dies« und »Bitsy sagt das« und: »Lasst uns Bitsy fragen, ja?« Sie legte ihre Hände um sein Gesicht und beugte sich vor, um ihm einen Kuss zu geben.

Bitsy mochte es nicht, wenn es die Runde machte, aber Brad war nicht ihr erster Mann. Ihr erster Mann war Stephen Bartholomew gewesen, der einzige Sohn der ältesten Freunde ihrer Eltern. Bitsys Eltern und Stephens Eltern waren während ihrer gesamten Studienzeit am Swarthmore College gemeinsam ausgegangen und seitdem treue Freunde geblieben, obwohl die Bartholomews genau am anderen Ende des Landes wohnten, in Portland, Oregon. Bitsy hatte Stephen nur zweimal in ihrem Leben gesehen – beide Male war sie zu jung gewesen, um sich an ihn zu erinnern –, bis die beiden dann selber nach Swarthmore gingen; doch es war quasi vorherbestimmt, dass sie einander augenblicklich als Seelenverwandte erkennen würden.

Der erste Brief, den ihre Mutter ihr schrieb, in der ersten Woche von Bitsys allererstem Semester, begann mit dem Satz: »Hast Du Stephen schon getroffen?« Und zweifellos fragte Stephens Mutter ihn das Gleiche.

Natürlich trafen sie sich bald darauf und – niemand war überrascht – verliebten sich prompt ineinander. Er war ein ätherisch schöner Junge mit einem schmalen ruhigen Gesicht und meergrauen Augen. Sie war nicht so schön, aber die geborene Anführerin, der Campus-Star, freimütig und leidenschaftlich. Sie durchliefen die vier Jahre College als etabliertes, anerkanntes Paar, trotz ihrer sehr unterschiedlichen Interessen (er Chemie, sie Englisch, ganz zu schweigen von Bitsys vielfältigen politischen Aktivitäten), sodass es mühsam war, Zeit füreinander zu finden. In ihrem letzten College-Jahr verlobten sie sich zu Weihnachten, und im nächsten Juni, am Tag nach den Examen, heirateten sie und zogen nach Baltimore, wo Stephen ein Forschungsstipendium an der Hopkins-Universität bekommen hatte und Bitsy ihre Pädagogikausbildung in College Park fortsetzte.

Dann traf sie Brad.

Oder nein, erst begannen ihr Stephens Fehler aufzufallen. Also – was *war* eigentlich zuerst passiert? Sie konnte es jetzt nicht mehr sagen. Aber sie erinnerte sich, wie ihr eines Tages auffiel, dass Stephens vorherrschende Gefühlslage die der Missbilligung war. Oh, sein schmales, im wahrsten Sinne engstirniges Gesicht war charakteristischer, als sie gedacht hatte! Er war ein Mann, der sich bis zum Anschlag über den Ausdruck »unterkomplex« aufregen konnte, gütiger Himmel; einer, der sich weigerte, von einer innigen Wiedergabe des Liedes »I Wonder As I Wander« bewegt zu werden, weil ihm die falsche Grammatik des Satzes »Menschen wie wir beiden« aufstieß. »Ich meine, wo soll das noch *hin*führen?«, war seine Lieblingsfrage, und mehr und mehr schien sich diese Frage auf Bitsy selbst zu beziehen – ihre Tendenz, Fünfe gerade sein zu lassen, ihre laxe Haushaltsführung, ihre immer gleichgültigere Handhabung ihres Studiums. Er sah den Rest der Welt als einen abrutschenden Haufen immer tiefer sinkender Maßstäbe, was ihn missgelaunt und nervös stimmte und dazu brachte, sich auf eine gereizte, Unheil verkündende Art zu räuspern, was sie zur Raserei trieb.

Gut, natürlich konnte ein Mann schlimmere Fehler haben. Das reichte nicht, um die Scheidung von ihm zu rechtfertigen. Aber Tatsache war, dass sie geheiratet hatten, ohne sich näher kennen gelernt zu haben. Das sah sie verspätet ein. Sie waren begeistert von einer Idealvorstellung voneinander – zwei gehorsame Kinder, die sich viel zu sehr bemühten, ihren Eltern zu gefallen – und hatten vier Jahre damit zugebracht, sich an diametral entgegengesetzten Ecken des Campus aufzuhalten, um nicht entdecken zu müssen, wie wenig sie zueinanderpassten. (War ihre Ehe in Wirklichkeit nicht fast arrangiert worden? War sie so anders als die von Maryam Yazdan? Maryams war vielleicht sogar glücklicher gewesen. Bitsy hätte sie liebend gern gefragt.)

Wie auch immer, ihr lief der liebenswürdige, genügsame, unbekümmerte Brad über den Weg, Brad mit seinem fransigen Haarschnitt, seinem lustigen Lächeln und seinem festen Glauben, dass sie der wunderbarste Mensch der Welt sei. Sie lernten sich auf einer Wahlveranstaltung der Universität für John Anderson kennen; Bitsy war Feuer und Flamme für Anderson, aber Brad meinte, er würde vielleicht Carter wählen. Er war sich nicht sicher. Sie diskutierte mit ihm und trank dann noch einen Kaffee mit ihm, um noch ein bisschen mehr zu diskutieren. Er hing an ihren Lippen. Sie erfanden weitere Vorwände, um sich zu treffen. (Würde er, wenn er die Unabhängigen wählte, seine Stimme nicht wegwerfen? Hmm? Wie war ihre ehrliche Meinung?) Sie hatte noch nie jemanden gekannt, der ihr so vertraute. Selbst das, was andere vielleicht abgeschreckt hätte – seine Art, in zustimmenden oder ablehnenden Ausrufungszeichen zu sprechen, sein beginnender Bierbauch –, wärmte ihr Herz.

Jedes Mal, wenn sie in der Öffentlichkeit zusammen waren, machte sie sich Sorgen, dass er eine andere Frau attraktiver finden könnte. Wie auch nicht? Sie wusste, dass sie keine Schönheit war. Das Mädchen am Tresen ihres Lieblingscafés, zum Beispiel: Sie hatte eine viel größere Oberweite als Bitsy, aber nicht nur das; sie war so viel *weicher,* irgendwie anschmiegsamer. Und außerdem war sie ledig! Dann sagte das Mädchen, als sie ihnen Kaffee nachgoss: »Ich bin voll fertig«, und Bitsy spürte einen verräterischen Kick über diesen hohlen Satz. Voll fertig – du lieber Gott! –, bis sie merkte, dass er Brad überhaupt nicht aufgefallen war. Und ihm würde so etwas auch nicht auffallen, weil er nie Kritik übte. Aber, egal: Er hatte sowieso nur Augen für Bitsy. Seine Augen waren so blau wie eine Babydecke und genau so rein und weich.

Sie erklärte, ihre Ehe sei seit Monaten am Ende, und er solle keinen Gedanken daran verschwenden. Sie war schamlos, skrupellos, zielstrebig und hatte nicht die leisesten Gewissensbisse. Sie verbrachte die Nächte in seiner nach Käsefüßen riechenden Junggesellenbude und machte sich noch nicht mal die Mühe, Stephen ein Alibi anzubieten. Und als Brad einen Posten als Lehrer in Baltimore annahm, ließ sie ihre Pädagogikkurse Kurse sein und setzte nie wieder einen Fuß ins College.

Natürlich waren beide Eltern, Stephens und ihre, schockiert, als sie davon hörten. Stephen weniger; er schien vor allem erleichtert zu sein. Aber die Eltern konnten es nicht fassen, dass eine so vollkommene Verbindung nicht funktioniert hatte. Sie gaben »Anpassungsproblemen« (ein ganzes Jahr nach der Hochzeit) die Schuld. Ihre Mutter fragte sie unter vier Augen, ob sie jemals über die große, große Bedeutung der intellektuellen Ebenbürtigkeit in einer Ehe nachgedacht habe. Und Brads Eltern, nun: Je weniger man über sie sagte, desto besser. Es war sehr deutlich, dass sie dachten, ihr Sohn habe den Verstand verloren. So ein hoch aufgeschossenes, wenig anmutiges Mädchen, ganz zu schweigen davon, dass sie schon verheiratet und ein Jahr älter war als er und sich politisch lächerlich machte! Die Donaldsons wählten republikanisch. Sie lebten in Guilford. Wenn sie Bitsys Eltern trafen, sogar jetzt noch, konnte man sehen, wie sie den Mund aufmachten, tief Luft holten und es ihnen dann doch nicht gelang, auch nur ein Thema zu finden, über das sie sich vorstellen konnten, mit diesen Leuten zu reden.

Bitsy hatte gedacht, die Lage würde sich entspannen, sobald Brads Eltern Großeltern wären. Aber dann wurden sie keine Großeltern. (Ein weiterer Treffer gegen Bitsy.) Fünfzehn Jahre lang versuchte sie, schwanger zu werden, derweil andere Frauen, gedankenlos glückliche Frauen, im Supermarkt mit Einkaufswagen voller Kinder vergnügt an Bitsy vorbeikutschierten. Sie ertrug jeden nur möglichen Test, jeden gruseligen medizinischen Eingriff, und mehr als einmal lag es ihr auf der Zunge, die Ärzte zu fragen: Kann das an *mir* liegen? Ich meine, nicht nur an meinem Körper. Ich meine, hat es mit meinem Charakter zu tun? Bin ich nicht weich, nicht empfänglich genug – eine Frau, die ihren ersten Mann, ohne auch nur mit der Wimper zu zucken, abserviert hat?

Absurd, natürlich. Und wie gut sich doch alles gefügt hatte! Sie hatten ihre kostbare Jin-Ho, die vollkommenste Tochter, die man sich vorstellen konnte. Und ein bedürftiges Kind dazu – eine Gelegenheit, etwas Gutes zu tun.

Wenn Bitsy auf Jin-Hos Ankunft zurückblickte, kam sie ihr nicht wie eine erste Begegnung vor. Ihr schien, als wäre Jin-Ho die ganze Zeit zu ihnen gereist und Bitsys Unfruchtbarkeit Teil des Plans gewesen, vorherbestimmt, sodass sie ihre wahre Tochter bekommen konnten. Oh, da bist du ja! Willkommen zuhause!, hatte Bitsy gedacht, als sie das robuste kleine Gesicht zum ersten Mal sah, und dann die Arme ausgestreckt.

Aber sie nahm an, dass niemand sie verstehen würde, wenn sie es eine Wiedervereinigungsparty nannte.

Bitsys zwei Brüder waren jünger als sie, aber ihre Kinder waren halb erwachsen. (Was früher immer etwas an ihr genagt hatte.) Mac und Laura hatten einen Sohn im Teenageralter – ein ausgewiesenes Genie, ungesellig und eigenartig – und eine beunruhigend sexy wirkende blonde zehnjährige Tochter. Abe und Jeannine hatten drei Mädchen, acht, neun und elf Jahre alt, die einander aber in Aussehen und Temperament so ähnlich waren, dass sie Drillinge hätten sein können. Der arme Brad brachte ständig ihre Namen durcheinander.

Am Nachmittag der Party kamen diese beide Familien vor allen anderen, sogar noch eine halbe Stunde früher als zur verabredeten Zeit; sie hielten nacheinander vor dem Haus, als wären sie hintereinander hergefahren, obwohl sie in entgegengesetzten Richtungen wohnten. Zuerst war Bitsy verärgert; sie versuchte immer noch, Jin-Ho in ihr Kostüm zu zwängen, und sie hatte weder die Kaffeemaschine angeworfen noch den Kuchen auf den Tisch gestellt. Dann fragte sie sich, ob sie vielleicht etwas auf dem Herzen hatten. Die Frauen schienen uncharakteristisch erpicht darauf zu sein, die Kinder ins Fernsehzimmer zu schicken, und als es sich die Erwachsenen dann im Wohnzimmer gemütlich gemacht hatten, sah Abe (der jüngere Bruder) Mac erwartungsvoll an. Aus irgendeinem Grund fühlte sich Bitsy nicht besonders verpflichtet, ihnen entgegenzukommen. Wirklich nicht. In dem Moment, als Mac sagte:

»So. Nun, äh. Da wir jetzt alle versammelt sind – «, wurde sie von dem Drang überwältigt, ihm ins Wort zu fallen. Sie sagte: »Wisst ihr, was ich heute Morgen gemacht habe?«

Alle sahen sie an.

»Ich habe mir das Tonband angehört, das wir damals am Flughafen gemacht haben. Du lieber Gott, es scheint so lange her zu sein! Ich spreche ins Mikrofon, sage: ›Alle sind versammelt, alle haben Geschenke mitgebracht. Mac und Laura sind hier, und Abe und Jeannine.‹« In Wirklichkeit hatte sie ihre Namen gar nicht gesagt, aber sie versuchte einfach, es interessanter klingen zu lassen. »Ich höre mich zittrig an und ängstlich! Nun, zugegeben: Ich ängstigte mich zu Tode. Ich dachte: Was, wenn sich herausstellt, dass ich mit diesem Kind nicht warm werden kann? Was, wenn – nun, wir hatten ein einziges Foto gesehen, und wir wussten schon, dass sie schön war, aber was, wenn sie in echt irgendwie abstoßend oder wenig gewinnend wäre? So was kann passieren, wie ihr wisst. Obwohl es niemand gern zugibt. Und seht euch Susan an. Natürlich ist sie ein Herzblatt, aber ich habe mich immer gefragt, ob die Yazdans nicht ein winziges kleines bisschen enttäuscht waren, als sie sahen, wie unscheinbar sie war? Mit dieser fahlen Haut und der hohen Stirn? Und sie dann *später* lieben lernten; ich will nicht sagen, dass wir sie nicht geliebt hätten, aber trotzdem … Oh, ich war an dem Tag ein nervöses Wrack! Was ihr an meiner Stimme hören könnt. Dann sage ich: ›Oh, sie ist hier. Oh, sie ist wunderschön!‹, und dann hört man ein klirrendes Geräusch; das war ich, ich habe das Tonbandgerät fallen gelassen –«

»Sag mal, vielleicht sollten wir uns das Band heute auf der Party anhören!«, sagte Brad.

»Na, ich weiß nicht, ich glaube, ich würde mir irgendwie dumm vorkommen, wenn andere Leute das hören.«

»Ach, Liebes, es wäre nicht dumm. Es wäre liebenswert.«

»Bitsy«, sagte Laura, als wollte sie etwas verkünden (sie war Grundschuldirektorin; gewöhnt, Verantwortung zu übernehmen). »Wir müssen uns über deine Eltern unterhalten.«

»Meine Eltern?«

Laura sah Mac an. Er richtete sich auf und sagte: »Ganz richtig. Über Mom und Dad. Ich gehe davon aus, dass wir dir nicht zu sagen brauchen, dass es Mom immer schlechter zu gehen scheint.«

»Das braucht ihr mir allerdings nicht zu sagen!«

Ihre Brüder und deren Frauen kümmerten sich nicht so aufmerksam um ihre Mutter, wie sie es Bitsys Meinung nach hätten tun können. Sie warf Jeannine einen wütenden Blick zu, die es einmal abgelehnt hatte, Connie zu einem Chemo-Termin zu fahren, nur weil ihre Jüngste eine Verabredung zum Spielen hatte.

»Und man merkt, wie es Dad zermürbt«, fuhr Mac fort. »Dieser Sommer war schlimm genug, aber wenn im September die Schule wieder anfängt, nun, also ich bin nicht sicher, wie er das schaffen soll. Er redet davon, sich früher pensionieren zu lassen. Aber du weißt, wie gern er unterrichtet. Es wäre so schade, wenn er das gerade jetzt aufgäbe, wenn … kurz bevor er etwas brauchen wird, um seine Tage auszufüllen, verstehst du? Wir finden, er sollte eine Pflegerin für Mom einstellen.«

»Oh«, sagte Bitsy. Sie war erleichtert. Sie hatte befürchtet, dass man sie bitten würde, die Pflegerin zu spielen oder ihre Mutter sogar zu sich zu holen.

»Aber mit Sicherheit werden beide Einwände haben. Dad wird sagen, dass er Mom allein pflegen will. Mom wird sagen, dass sie kein Pflegefall ist.«

»Sie ist so *halsstarrig!*«, brach es aus Laura heraus. »Merkt sie nicht, wie schwierig sie alles macht? Menschen, die sich weigern, ihre Grenzen zu akzeptieren – oh, das ist alles sehr bewundernswert, alles sehr tapfer und heroisch, aber in der Praxis macht es einen rasend! Sie bringt sich selbst in schlimme Situationen, aus denen sie nicht mehr herauskann, weigert sich, eine Gehhilfe zu benutzen, besteht darauf, Orte zu besuchen, wo die Toilette hundert Meilen weit weg ist und drei Treppen höher –«

Bitsy wusste genau, was sie meinte, aber es von einer Schwägerin gesagt zu bekommen – mit der sie noch nicht mal verwandt war und die so effizient und professionell aussah mit ihrer Schmetterlingsbrille und ihrem gerade geschnittenen Hosenanzug – war wie eine Beleidigung. Sie sagte: »Oh, Laura, wer weiß, was wir in ihrer Situation machen würden?«

»Wir würden uns anmutig in die Umstände fügen, hoffe ich doch«, sagte Laura bissig. Ihr Mann warf ihr einen warnenden Blick zu, und Abe sah besorgt aus, aber sie ignorierte die beiden. »Also«, sagte sie zu Bitsy. »Sind wir uns einig? Wir bieten an, eine Wärterin zu engagieren.«

»Pflegerin«, sagte Bitsy automatisch.

»Wie bitte?«

»Pflegerin sagt man heutzutage dazu.«

»Und rund um die Uhr, findest du nicht auch? Damit dein Vater nachts nicht aufzustehen braucht.«

»Wie viel würde das genau kosten?«, fragte Brad. »Ich meine, natürlich stimmen wir zu – nicht wahr, Bitsy? Aber würde uns das nicht das letzte Hemd kosten?«

»Nicht, wenn wir uns alle beteiligen«, sagte Laura.

Alle sahen Bitsy an.

Sie sagte: »Tja, natürlich würden wir uns daran beteiligen. Aber ich glaube nicht, dass sie es akzeptieren werden. Und Geld ist sowieso kein Thema. Ich bin sicher, Dad verdient genug Geld.«

»Ja, aber ihnen anzubieten, es zu bezahlen, ist eine Möglichkeit, das Thema anzusprechen«, sagte Laura. »Du machst es so. Du sagst, du willst nur ihr Bestes. Du sagst, du könntest nachts mehr schlafen und dass es dir besser gehen würde, wenn du und deine Brüder für eine Hilfe zahlen könnten.«

»Ich?«, sagte Bitsy. »*Ich* soll das sagen? Und ihr?«

»Nun, wir werden dir natürlich den Rücken stärken – «

»*Mir* den Rücken stärken?«

Aber dann läutete es an der Tür, und sie sprang auf, froh über die Unterbrechung. Das hier war schließlich eine Party! Ein

Fest für Jin-Ho! (Die nach einer sehr knappen Begrüßung hastig ins Fernsehzimmer verfrachtet worden war, damit die Erwachsenen beratschlagen konnten.)

Auf der Veranda standen Zibas Eltern – Mr und Mrs Hakimi; sie strahlten und waren dunkel und förmlich gekleidet. Mrs Hakimi hielt stumm ein großes, extravagant verpacktes Geschenk im Arm, entgegen der Anweisung, und Mr Hakimi rief: »Glückwünsche, Mrs Donaldson!« Sie waren so exotisch, so segensreich weit weg von dem ärgerlichen Missklang der Szene im Wohnzimmer. Bitsy sagte: »Oh, was für eine Freude, Sie zu sehen!« Und dann: »Bitte, nennen Sie mich Bitsy«, und nahm das Geschenk von Mrs Hakimi entgegen und küsste sie auf die Wange. Mrs Hakimis Wange war weich wie eine Tasche aus altem Samt. Mr Hakimis pergamentfarbener Kopf ähnelte einem antiken Globus. Sie kamen ins Haus, zögernd und respektvoll, obwohl der Eingangsflur mit Spielzeug übersät war und die gestrige Lieferung des Windeldienstes noch neben dem Schirmständer stand.

»So ein Anlass! So ein froher Anlass!«, verkündete Mr Hakimi auf der Schwelle zum Wohnzimmer, wie auf einer Bühne. Die Männer erhoben sich sofort und setzten ihre Begrüßungsgesichter auf, die Schwägerinnen hantierten geschäftig herum, und die Kinder kamen vom Fernsehzimmer hereingeströmt und verlangten lautstark etwas zu essen. Die Türklingel läutete immer wieder – erst kamen die Yazdans mit Maryam, dann Brads Eltern und ganz zuletzt Bitsys Eltern. Ihre Mutter war heute ziemlich lebhaft und sicher auf den Beinen – und langsam schien es sich wirklich zu einem fröhlichen Fest zu entwickeln.

Warum liebte Bitsy Sami und Ziba so sehr? Die beiden Paare hatten wenig gemein, bis auf ihre Töchter. Und die Yazdans waren so viel jünger. Viel zu viel jünger, schien es manchmal. Sami hatte diese sehr junge Angewohnheit, sich selbst zu ernst zu nehmen, obwohl das vielleicht einfach nur seiner ausländischen Herkunft zuzuschreiben war. (Obwohl er einen waschechten Baltimore-Akzent hatte, wies ihn etwas angestrengt Unangestrengtes in seinen Umgangsformen als Nicht-Amerikaner aus.) Und Ziba, mit ihren auffallend gepflegten, dunkelroten Fingernägeln, ihrem hennafarbenen Haar und den sorgfältig bemalten Lippen: nun, Bitsy selbst hatte sich seit Jahren nicht mehr mit solchen Dingen abgegeben! Wenn überhaupt je, nüchtern betrachtet.

Selbst bei Fragen, die ihre Tochter betrafen, hatten die Yazdans einen ganz anderen Ansatz. Man stelle sich vor, diesen bezaubernden Namen Sooki, Teil ihres kulturellen Erbes, in das langweilige alte Susan zu ändern! »Su-zen Yaz-den: Es klang noch nicht mal richtig. (»Yaz-*dan*«, hatte Ziba sie korrigiert, als Bitsy einmal laut überlegte, wie gut das funktionierte. Okay, aber trotzdem ...) Ganz zu schweigen davon, wie Susan heute gekleidet war; sie trug ein Sonntagskleid aus einer dieser Großmutterboutiquen in Washington, D. C. Der *sagusam,* den Bitsy ihr geliehen hatte, lag auf der Couch, er war schnell abgelegt worden, sobald jeder die Chance gehabt hatte, ihn zu bewundern. Und dann ihre Ansichten über Kindererziehung im Allgemeinen: eine Mutter, die arbeiten ging, reglementierte Schlafenszeiten, singende, melodiöse Babysprache – »Su-Su-Su! Susie-jun!« Als würde Susan einer völlig anderen, weniger intelligenten Spezies angehören.

Trotzdem waren sie die Ersten, an die Bitsy dachte, wenn ihr nach Gesellschaft zumute war. »Wir können die Yazdans anrufen. Mal sehen, was sie vorhaben.« Und Brad schien es ebenso zu gehen. Vielleicht hatte das etwas mit der Liebenswürdigkeit der Yazdans zu tun. Sie waren so nachsichtig und unkompliziert; sie hatten keine scharfen Kanten. (Bitsy meinte damit nicht Maryam. Maryam konnte manchmal sehr herablassend sein.) Und außerdem ... nun, war es nicht so, dass die Frauen, die tatsächlich geboren hatten, eine selbstgefällige, eingeschworene Clique bildeten, mit ihrem Geschwätz über Ultraschall und Wehen und Stillen? Es hatte sich so ergeben, dass keine von Bitsys anderen Freundinnen ein Kind adoptiert hatte. Sie waren sehr hilfsbereit und so weiter, sehr diplomatisch, aber sie merkte, dass sie tief drinnen glaubten, Adoption sei ein sich Abfinden mit der zweiten Wahl. Oh, so viele geheime Verletzungen und blaue Flecken verbargen sich hinter dieser Ankunftsparty! Und Sami und Ziba mussten auch ein Lied davon singen können.

Ziba hatte ihr einmal erzählt, ihre Eltern glaubten, dass Menschen, die keine Kinder bekommen konnten, auch keine Kinder bekommen *sollten*. Es sollte eben nicht sein. »Schicksal!« Ziba hatte gelacht, aber Bitsy hatte nicht mitgelacht. Stattdessen streckte sie die Hand aus und nahm Zibas Hand, und Zibas Augen füllten sich plötzlich mit Tränen.

Jetzt rollten zwei kleine Mädchen über den Wohnzimmerteppich und kicherten. Sie hatten vor kurzem angefangen, einander zu entdecken. Sie spielten inzwischen zusammen, statt jede für sich. Und Sami fragte Brad, wie er mit seinem neuen Honda Civic zufrieden sei, und Ziba half Bitsy bei den Getränken. Es hatte sich inzwischen eingespielt, dass Ziba den Tee machte, wenn sie zu Besuch war. Bestimmt konnten die Yazdans das Papier eines Teebeutels nicht wirklich herausschmecken, aber Ziba behauptete steif und fest, dass sie es könnten, so dass Bitsy eine Dose mit losem Tee im Schrank hatte (eine Dose, die sie regelmäßig wegwerfen musste, weil die Yazdans angeblich noch etwas herausschmeckten, nämlich *alten* Tee), und Ziba brühte ihn in einem komplizierten Prozess, bei dem die Teekanne wacklig auf dem Wasserkessel stand und Ziba in regelmäßigen Abständen schnupperte, ob die Blätter den richtigen »Brühduft« hatten. Jeannine und Laura waren fasziniert. Sie lungerten am Herd herum, standen allen im Weg und stellten Fragen. »Es müsste doch eine einfachere Methode geben? Die hier scheint doch etwas … behelfsmäßig zu sein.« »Warum wirft man die Blätter nicht gleich in den Kessel? Vereinfacht das Verfahren?« Ziba lächelte nur. Bitsy war insgeheim stolz, als würde etwas von der Rätselhaftigkeit der Yazdans auf sie abfärben.

Linwood, der einzige männliche Cousin, wurde gebeten, die Kerze auf dem Kuchen anzuzünden. Bitsy hatte gedacht, dass er sich dadurch stärker einbezogen fühlen würde. Er war so ein linkischer Junge, bestand nur aus seinem Adamsapfel, knochigen Gliedern, dicken verschmierten Brillengläsern und zu kurzem Haar. Aber als er nur zum Tisch ging, wurde sein Gesicht schon puterrot, und als es ihm endlich gelang, ein Streichholz anzuzünden, schaffte er es irgendwie, es fallen zu lassen, als er es an den Kuchen halten wollte. Bitsys Vater, der am nächsten stand, schlug es schnell mit der Hand aus und sagte: »Ist nichts passiert«, was nicht ganz stimmte, weil ein verkohlter Fleck auf dem Tischtuch zu sehen war; nicht dass Bitsy sich über so etwas aufregte, aber Abes drei Töchter kreischten, als hätte er das Haus in Brand gesteckt. »Mein Gott, Linwood, du bist so ein Loser«, sagte seine Schwester und warf ihre erwachsen wirkende blonde Mähne nach hinten, und Laura sagte: »Das reicht jetzt, junge Dame!«, und Linwood drehte sich ziellos herum und versuchte dem Kreis der Verwandtschaft zu entkommen, bahnte sich mit gesenktem Kopf einen Weg. Man hatte eine Weile zu tun, um ihn zu überzeugen, es noch einmal zu versuchen.

In der Zwischenzeit wartete Brad mit Jin-Ho und Susan draußen in der Küche und lauschte auf sein Stichwort für den Auftritt, aber es war klar, dass keines der Kinder die Situation verstand. Bitsy konnte Susan fragen hören: »Mama? Mama?«, »Zünde das verdammte Ding einfach endlich an, Linwood«, sagte Mac, und Laura sagte: »Mac!«, und Linwood strich noch ein Streichholz an und entzündete die Kerze beim ersten Versuch. Glücklicherweise war es nur eine Kerze. Bitsy überlegte bereits, dass die Mädchen im nächsten Jahr, wenn es zwei Kerzen gäbe, vielleicht alt genug wären, es selber zu machen – mit entsprechender Anleitung, natürlich.

»Alles klar, dann mal los«, sagte Bitsy und stimmte das Lied an: »They'll be coming round the mountain when they come …« Bis zur allerletzten Minute hatte sie noch nach einer passenderen Wahl gesucht. Es musste eine Arie in einer großen Oper über eine lang erwartete Ankunft geben. Oder fast mit Sicherheit im *Messias,* wenn das nicht frevlerisch war. Aber ihr war nichts eingefallen. Und das hier war wenigstens ein Lied, das die Kinder kannten. Alle, außer den Hakimis (die beifällig lächelten), stimmten in die erste Liedzeile ein – sogar Linwood, mit einem tiefen Brummen –, während Brad die Küchentür aufriss, »Ta-ta!« schmetterte und: »Da sind sie!« Die beiden Mädchen – Jin-Ho prangte in rot-blauem Satin, Susan in rosa Organdy – klammerten sich an seine Hosenbeine und waren verdutzt.

»Oh, we'll all go out to meet them when they come«, sang Bitsy. »Komm herein, Liebes!«, rief sie Jin-Ho zu. »Komm schon, Susan. Seht ihr euren Kuchen?«,

Es war ein schöner Kuchen – ein einziges großes Sternenbanner. »Die Dame in der Bäckerei dachte, dass wir einen sehr verspäteten 4. Juli feiern«, sagte Brad zu Sami. Die beiden hoben ihre Töchter hoch, damit sie den Tisch sehen konnten. Abe trat vor und richtete seine Kamera auf sie. »Du musst auch mit drauf«, sagte er zu Bitsy, »du auch, Ziba. Okay. Alle zusammen, und jetzt: Lächeln!«

Alle lächelten (bis auf die Mädchen, die immer noch verblüfft zu sein schienen), und die Kamera blitzte auf.

»Wir lassen die Cousinen die Kerze ausblasen«, sagte Bitsy. »Ich bin mir nicht sicher, ob die Mädchen das schon können. Und Jeannine, wenn du den Tee eingießen könntest und Laura den Kaffee, und du, Pat, den Kuchen anschneidest ...« Ein einziges Mal weigerte sie sich, alles selbst zu machen. Sie feierte den wichtigsten Tag ihres Lebens (ja, er war sogar wichtiger als ihr Hochzeitstag) und beabsichtigte, ihn zu genießen.

Erwartungsgemäß beteiligte sich Linwood nicht am Auspusten der Kerze, aber die vier Mädchen ließen sich von der Stimmung mitreißen, schubsten sich gegenseitig weg und prusteten vor Lachen, bis die Kerze irgendwann mehr oder weniger zufällig ausging. Dann schnitt Brads Mutter den Kuchen in exakte kleine Quadrate, und Bitsys Vater reichte sie herum. Er fing bei Bitsys Mutter an, vielleicht aus Fürsorglichkeit, aber sie hatte in letzter Zeit nicht viel essen können und wedelte den Teller mit der Hand weg. Sie saß auf einem Stuhl mit hoher Rückenlehne am Tisch. Die anderen standen in kleinen Gruppen, in denen sie sich wohl fühlten, zusammen, aber Maryam zog den Stuhl neben Connie heraus und setzte sich auch. »Ich glaube, Tee würde jetzt guttun«, hörte Bitsy sie sagen, und Connie sagte: »O ja, das ginge vielleicht.« Maryam stellte ihre Tasse vor Connie hin und bat Jeannine um eine zweite Tasse, und Bitsy schickte ihr ein dankbares Lächeln, auch wenn Maryam es nicht bemerkte. Maryam trug eins ihrer superstilvollen Outfits – bleistiftenge weiße Hosen und ein schwarzes ausgeschnittenes Oberteil, das ihre sonnengebräunten Arme betonte –, aber mit einem Mal wirkte sie viel liebenswerter als sonst.

Die vier Cousinen wetteiferten darin, die kleinen Mädchen abwechselnd herumzuschleppen, als wären Jin-Ho und Susan Riesenpuppen. Linwood drückte sich in einer Ecke herum und verschlang finster seinen Kuchen. Die Männer diskutierten über Baseball, und Pat und die beiden Schwägerinnen machten aus der Bitte mitzuhelfen mehr als nötig. Nur Ziba und ihre Eltern standen abseits und wirkten etwas verloren. Bitsy ging zu ihnen. »Haben Sie Tee getrunken?«, fragte sie die Hakimis, obwohl sie beide Tassen und Untertassen hielten. »Essen Sie keinen Kuchen?«

Mrs Hakimi lächelte noch mehr, und Mr Hakimi sagte: »Sehr freundlich von Ihnen, Mrs Donaldson –«

»Bitte, nennen Sie mich Bitsy«, sagte sie zum x-ten Mal. Außerdem hatte sie ihren Mädchennamen behalten, aber es hatte keinen Sinn, jetzt darauf zu beharren.

»Mrs Hakimi und ich achten auf die Linie«, sagte er. Er klopfte auf seinen Bauch, den er in der Tat im Auge behalten sollte, während seine Frau eine dieser gedrungenen, gemütlichen Figuren hatte, die Kalorienzählen abwegig erscheinen ließen.

Ziba sagte: »Aber er sieht köstlich aus. Hast du ihn selbst gebacken, Bitsy?«

»Ach du meine Güte, nein! Kuchen backen war noch nie meine Stärke.«

»Meine auch nicht«, sagte Ziba. »Meine Mutter ist die Kuchenexpertin. Sie macht köstliche Baklava.«

»Wirklich!« Bitsy wandte sich Mrs Hakimi zu. Sie wusste, es war lächerlich, anzunehmen, dass sie mit erhobener Stimme leichter verstanden werden würde, aber sie konnte sich nicht bremsen. »Wie wunderbar! Baklava!«, sagte sie so enthusiastisch wie seit Highschool-Zeiten nicht mehr.

Mrs Hakimi sagte: »Ich kaufe nie …«, und dann blickte sie hilflos zu Ziba und ging in einen Strom von Farsi über.

»Sie kauft den Blätterteig nicht, sie macht ihn selbst«, sagte Ziba. »Sie rollt ihn von Hand so dünn aus, dass man das Licht dahinter sehen kann.«

»Das ist wirklich … wunderbar!«, wiederholte Bitsy.

»Meine Frau hat viele Talente«, verkündete Mr Hakimi.

Mrs Hakimi schnalzte beschwichtigend und versenkte den Blick in der Teetasse.

»Nun, als Nächstes werden wir das Video zeigen«, sagte Bitsy. Sie dachte, dass es irgendwie wichtig wäre, die Hakimis dabei anzusehen, obwohl die Worte für Ziba bestimmt waren. »Meine Brüder und einer von Brads Onkeln und, ach, einfach viele Leute, auch ein paar unserer Freunde, haben ihre Videokameras zum Flughafen mitgenommen, als wir Jin-Ho abholten. Wir werden das Band zeigen, aber ich möchte mich schon jetzt für die Tatsache entschuldigen, dass sich alles nur um Jin-Ho dreht und nicht um Susan. Wir wussten damals noch nicht, dass es Susan gibt. Sonst hätten wir sie auch gefilmt.«

»Oh, das ist okay«, sagte Ziba. »Die Erinnerung ist in meinem Kopf.«

»Wirklich?«, fragte Bitsy. »Ist es nicht komisch, dass in meinem Kopf der ganze Abend völlig verschwommen ist? Ich erinnere mich, wie ich das erste Mal Jin-Hos Gesicht sah; ich erinnere mich, dass ich die Arme nach ihr ausstreckte. Aber was war dann? Wie hat sie reagiert? Jetzt kommt mir alles wie ein Traum vor.«

Mrs Hakimi stupste Ziba am Arm. »Erzähl von Susan«, befahl sie.

»Was denn, Mummy?«,

»Erzähl, wie wir sie das erste Mal gesehen haben.«

»Oh«, sagte Ziba. Sie drehte sich zu Bitsy. »Meine Eltern waren nicht am Flughafen, falls du dich erinnerst. Sie hatten schon eine vorrangige Verabredung.« Sie senkte ihre langen Wimpern ein winziges bisschen. (Eine vorrangige Verabredung. Alles klar.) »Sie kamen dann später in der Woche zu Besuch, und als sie hereinkamen, saß Susan in ihrem Hochstuhl, hob die Augenbrauen und sagte: ›Ho?‹, sie brabbelte nur, du weißt schon. Sinnloses Zeug. Aber es klang wie ein Wort in Farsi: *khob*. Das Wort für ›nun‹. ›Nun?‹, sagte sie. ›Bestehe ich die Inspektion, oder nicht?‹«

Mrs Hakimi sagte: *»Khob?«,* und krümmte sich vor Lachen, schlug die Hand vor den Mund. Ihr Mann sagte: »Ha. Ha.« Er sah zu Susan hinüber. »Ein mutiges Kind«, sagte er. »Wir Hakimis sind für unseren Mut berühmt. Wir haben, wie sagt man? Wir haben Rückgrat.«

Bitsy lächelte und folgte seinem Blick. Es stimmte, dass Susan meistens eine gewisse Unerschrockenheit an den Tag legte, obwohl sie so klein war. Im Moment schien sie beschlossen zu haben, dass sie nun lange genug herumgeschleppt worden war, und hatte sich auf Jin-Hos Kinderschaukelstuhl gesetzt und hielt sich so hartnäckig daran fest, dass der Stuhl mitkam, als eine der Cousinen versuchte, sie hochzuziehen.

Mrs Hakimi sagte immer noch: *»Khob?«,* und lachte hinter vorgehaltener Hand, und Ziba sah sie liebevoll an. »Jetzt sind sie in sie vernarrt«, sagte sie zu Bitsy. »Sie ist ihr Lieblingsenkelkind.«

Mr Hakimi sagte: »*Nein,* nein, nein, nein. Keine Lieblinge«, und drohte seiner Tochter mit seinem dicken Zeigefinger, meinte es aber offensichtlich nicht ernst.

»Nun, dann sehen wir uns jetzt doch das Video an«, sagte Bitsy. »Alle mal herhören!«, rief sie und klatschte in die Hände. »Wollen wir ins Fernsehzimmer gehen, um uns das Video anzusehen?«

Sie schlängelte sich durch die Menge, trieb diejenigen zusammen, die zurückblieben und sich weiter unterhalten wollten. »Brad, kommst du? Laura? Jeannine? Jemand muss die Mädchen holen; sie kennen es auch noch nicht.«

Sie hatte das Fernsehzimmer am Vormittag aufgeräumt, aber die Kinder hatten es schon wieder in Unordnung gebracht. Mehrere Kissen waren auf dem Teppich verstreut, und eine Ausgabe der Zeitschrift *Teen People* lag auf dem Sessel. (Zweifellos Stefanies – die Zehnjährige, die einen auf zwanzig machte.) Bitsy nahm sie zwischen Daumen und Zeigefinger hoch und ließ sie aufs Fensterbrett fallen. »Setz dich hier hin«, sagte sie zu ihrer Mutter. »Ist das bequem genug? Reicht mir bitte ein Kissen für Mom.«

Brad durchsuchte inzwischen den Stapel Videokassetten auf dem Fernseher. »Kinder, ihr habt mein Band aus dem Rekorder genommen«, beschwerte er sich. »Ich hatte es zum Abspielen eingelegt. Also, wo …? Ah, hab es.«

Einige der Älteren – die Hakimis und Brads Eltern – quetschten sich nebeneinander aufs Sofa. Dave setzte sich auf die Armlehne von Connies Sessel, und die anderen ließen sich auf dem Boden nieder – sogar Maryam, die mit kerzengeradem Rücken fast im Lotussitz saß. Abe erbot sich, für sie einen Stuhl aus dem Esszimmer zu holen, aber sie sagte: »Ich sitze lieber so, danke«, und sie zog Susan auf ihren Schoß und schlang die Arme um sie.

Vor einiger Zeit waren Sami und Ziba für ein Wochenende weggefahren und hatten Susan bei Maryam gelassen. Bitsy war erstaunt, als sie das hörte. Wenn sie selber mal kurz wegmusste – nie länger als ein paar Stunden und nur aus Gründen, die sich nicht vermeiden ließen, wie Arzttermine –, ließen sie jemanden von der Babysitteragentur kommen, eine Frau, die in Erster Hilfe und Wiederbelebungsmaßnahmen ausgebildet war. Ihre Mutter war sowieso zu gebrechlich, um ein Kind hüten zu können, und ihre Schwiegereltern hatten deutlich zu verstehen gegeben, dass sie ein eigenes, sehr ausgefülltes Leben führten. Aber unter keinen Umständen hätte sie erwogen, Jin-Ho irgendwo über Nacht zu lassen. Sie würde vor Sorge verrückt werden! Kinder waren so zerbrechlich. Das wusste sie jetzt. Wenn man sich vorstellte, was alles passieren konnte, angesichts der elektrischen Steckdosen und der Schnüre der Jalousien, der Salmonellen in Hühnchenfleisch und der giftigen Möbelpolitur, der Luftröhren verstopfenden Essensbröckchen, der unverschlossenen Medizinflaschen und der tödlichen sechs Zentimeter Badewasser zu viel, dann schien es wie ein Wunder, dass Kinder es überhaupt schafften, erwachsen zu werden.

Sie griff nach Jin-Ho und zog sie näher zu sich, obwohl das hieß, Cousine Polly gleich mitzuziehen.

Brad sagte: »Es geht los!«, und trat einen Schritt vom Fernseher zurück. Auf einem nostalgisch anmutenden, blassblauen Hintergrund wie aus Moiréseide stand in Kupferstichschrift: *Die Ankunft von Jin-Ho*. »Erstklassig«, sagte jemand leise, und Mac rief: »Das hat eine Firma gemacht, die ich mir aus den Gelben Seiten herausgesucht habe. Sehr preiswert –«

»Schsch!«, wurde er abgefertigt, denn jetzt kam eine Stimme aus dem Fernseher, seine, die aber offizieller klang. »Okay, Leute, wir sind jetzt alle am Flughafen Baltimore/Washington. Freitagabend, fünfzehnter August, neunzehnhundertsiebenundneunzig. Es ist neunzehn Uhr neununddreißig. Das Wetter ist warm und feucht. Ankunftszeit des Flugzeugs ist in, Moment …«

Brad zog die Vorhänge zu, wodurch die Moiréseide ein dunkles Blau annahm, und setzte sich dann neben Bitsy auf den Fußboden. »Sieh hin, mein Herzblatt«, sagte er zu Jin-Ho. Sie lutschte am Daumen, die Augen auf Halbmast. (Sie hatte mittags nicht geschlafen, vielleicht, weil sie die Aufregung gespürt hatte.)

Ein Gewimmel von Dickinsons und Donaldsons kam ins Bild, alle trugen Sommersachen. Man konnte sehen, dass es heiß gewesen sein musste, denn sie machten allesamt einen ermatteten und verschwitzten Eindruck, selbst die Elegantesten wirkten nicht mehr so ganz taufrisch. Bis auf Pat und Lou vielleicht – kühl und kreidebleich wie zwei Porzellanfiguren. (Obwohl man Pat von der Couch her sagen hörte: »Du lieber Himmel! Bin ich alt!«) Eine der Cousinen stiefelte durch das Bild, in einer heraushängenden grün karierten Bluse. »Das bin ich! Mit meiner alten Bluse«, rief die kleine Deidre, und Jeannine sagte: »Schsch.«

»Ich habe diese Bluse ge*liebt!*«

»Da vorn seht ihr die stolzen Eltern«, verkündete Macs Stimme im Off. »Brad und Bitsy, beide sind überglücklich. Bitsy ist heute Morgen um fünf Uhr aufgestanden. Heute ist ein bedeutender Tag in ihrem Leben.«

Bei seinen Worten bekam Bitsy feuchte Augen. Insgeheim aber, fand sie, sah sie eher verängstigt als glücklich aus. Und so unfertig. So zaghaft und schüchtern, als hätte es der Mutterschaft bedurft, um sie erwachsen werden zu lassen. Sie klammerte sich an ihr Tonbandgerät und sprach unhörbar hinein, das Kinn unvorteilhaft gesenkt. Neben ihr hielt Brad mit beiden Händen einen Kindersitz fest, als erwartete er, dass ihre Tochter direkt vom Himmel hineinplumpsen würde.

Die Szene brach ab, und dann kam plötzlich, etwas verwirrend, Mac selbst ins Bild, der von jemand anderem gefilmt worden war. Er stierte in seine Videokamera. Etwas hinter ihm stierte Onkel Oswald in *seine* Kamera. Bitsy dachte an ein Weihnachten in ihrer Kindheit, als sie und ihre Brüder Fotoapparate bekommen hatten, und alle Fotos dieses Tages zeigten nicht etwa Gesichter, sondern Kameras im Anschlag, die jeweils auf denjenigen gerichtet waren, der gerade das Bild machte.

Die Stimme im Off – jetzt sprach Abe – sagte: »Ich habe angefangen, durchzuzählen, wer alles da war, und habe bei vierunddreißig aufgegeben. Also, Jin-Ho, wenn du dir das hier irgendwann in der Zukunft ansiehst, kannst du sehen, wie erpicht deine neue Familie darauf war, dich kennen zu lernen.«

Alle Augen richteten sich auf Jin-Ho. Aber die schlief fest.

Connie kam ins Bild, sie sah so gesund aus wie seit Monaten nicht mehr, neben ihr war Dave, und dann kam Linwood. Er lehnte an einer Wand und drückte konzentriert auf seinem Gameboy herum. Abe stellte alle vor, die er gerade filmte. »Also, hier ist deine Tante Jeannine. Hier ist Bridget, deine Cousine, und hier ist deine Cousine Polly.« Die Kamera fuhr unruhig an zwei Unbekannten vorbei, ruhte kurz auf Laura und schwenkte dann zurück, zu Linwood. Vom Zusehen konnte einem übel werden. Bitsy schloss einen Moment die Augen, und als sie sie wieder aufmachte, merkte sie, dass, wer immer das Band geschnitten hatte, das Gleiche empfunden haben musste. Denn jetzt sprach nicht mehr Abe, sondern wieder Mac. »Also, Leute, jetzt ist es eine ganze Weile später. Es hat eine ziemliche Verspätung gegeben. Aber jetzt ist das Flugzeug endlich gelandet, und wir sehen die ersten Passagiere, die von der Brücke kommen. Ein großer Augenblick. Ein großer, großer Augenblick.«

Bitsy sah einen sehr hoch gewachsenen jungen Mann und merkte, dass sie sich an ihn erinnern konnte. Sie sah zwei Geschäftsleute, einen Jungen mit einem Rucksack, eine Frau, die ihre Tasche fallen ließ, um zwei Kinder in Schlafanzügen zu umarmen. Wie seltsam: Diese Leute kamen ihr so vertraut vor, und doch hatte sie seit jenem Abend keinen Gedanken mehr an sie verschwendet, und es war ihr auch nicht bewusst gewesen, dass sie sie in ihrem Kopf gespeichert hatte. Es war, als würde man ein Buch zum zweiten Mal lesen und an eine Stelle kommen, bei der man sich im Bruchteil einer Sekunde an jedes Wort wieder erinnert, noch ehe man es gelesen hat, auch wenn man die Stelle nicht auswendig aufsagen könnte.

Die Dame von der Agentur, zum Beispiel. Die Koreanerin in ihrem marineblauen, der Uniform einer Fluggesellschaft ähnelnden Kostüm, mit ihren breiten Wangenknochen und den strengen, bürokratischen Umgangsformen. Bitsy hatte sie in dem Augenblick, in dem sie und Brad ihre Tochter in Besitz nahmen, aus ihrem Kopf verbannt, sie exorziert, könnte man fast sagen – und doch erschienen ihr die beiden feinen Falten unter den Augen der Frau so vertraut, dass sie sich fragte, ob sie vielleicht das ganze letzte Jahr jede Nacht von ihr geträumt hatte. Und die Windeltasche! Seht euch das an. Rosa Plastik, billig und schlecht gemacht, die Ränder der Griffe lösten sich schon auf. Sie hatten sie gleich weggeworfen und eine Tasche vorgezogen, die Bitsy aus einem selbst gewebten Stoff genäht hatte, aber hier war sie wieder, wie der Sarg eines Staatsmannes, der noch einmal in den Abendnachrichten zu sehen war, nachdem man den ganzen Tag damit zugebracht hatte, die Beisetzung zu verfolgen.

Und Jin Ho. Ah, da: Die Kamera zoomte auf ihr Gesicht und blieb dort. Sie war so viel kleiner! Ihr Gesicht viel winziger. »Sieh doch mal, Jin-Ho!«, sagte Brad leise, aber zu Bitsy, denn das Kind, das in Pollys Schoß schlief, schien mit dem Baby auf dem Bildschirm fast nichts mehr gemein zu haben. Der Schmerz, den Bitsy plötzlich spürte, war fast wie Trauer, als wäre diese erste Jin-Ho irgendwie aus dem Leben getreten.

Die Dame von der Agentur übergab das Baby an Bitsy. Bitsy drückte es fest an sich, und die Familienmitglieder lächelten und tupften sich mit ihren Taschentüchern die Augen. Auf dem Bildschirm und davor machten alle gurrende Geräusche, es hörte sich an wie in einem Taubenschlag voller Trauertauben.

Oh, war eine Adoption nicht *besser* als eine Geburt? Dramatischer, bedeutsamer. Bitsy bedauerte die armen Frauen, die lediglich geboren hatten.

Offensichtlich filmte jetzt jemand anderes, weil man nun

Mac sehen konnte, der das Baby Jin-Ho mit forschenden Augen betrachtete. Vielleicht war es Onkel Oswald, der mit seiner Kamera noch einen letzten Schwenk über die ganze Gesellschaft machte und dann zurück auf die Fluggastbrücke und die letzten vereinzelten Passagiere zoomte, einen Mann mit Stock und ein grauhaariges Paar und – oh!

Da war Susan.

»Wir haben sie drauf! Sie ist drauf!«, rief Bitsy laut. »Da ist sie, in ihrer Trage!«

Und da waren auch Sami und Ziba. Da war Maryam, die hinter ihnen her kam, in ihrer tadellosen Haltung und ihrem gebieterischen, signalhornklaren: »Hier sind wir. Yazdan.« Alle drei waren auffallend wenig beladen. Keine Fotoapparate, Videokameras oder Tonbandgeräte. Diese Leute reisten mit leichtem Gepäck. (»Die Erinnerung ist in meinem Kopf« – hatte Ziba es nicht so ausgedrückt? Bitsy war plötzlich neidisch.) Die Kamera folgte ihnen zur Brücke und konzentrierte sich dann wieder auf Susan oder das Wenige, das man von ihr sehen konnte, nämlich nur ein rosa T-Shirt und ein spärliches schwarzes Haarbüschel. Bitsy beugte sich neben Brad vor, suchte Ziba zwischen den Gästen. Sie entdeckte sie neben Sami auf dem Boden, am Bücherregal. »Bringt der Film nicht alles zurück?«, rief sie, und Ziba sagte: »Aber sie ist so winzig!«, ohne die Augen vom Bildschirm zu nehmen. »Sie ist wie ein ganz anderer Mensch!«, sagte sie.

»Ich weiß.«

»Das macht mich traurig.«

»Oh, ich *weiß!*«, rief Bitsy, und wenn sie näher bei Ziba gewesen wäre, hätte sie sie umarmt, und sie hätte auch Sami umarmt, mit seiner niedlichen kleinen Brille, die im Schein des Fernsehers wie Tränen glitzerte.

Dann konzentrierte sie sich wieder auf den Film und merkte, dass er schon zu Ende war. Die Titel glitten über die Moiréseide. Mit besonderem Dank an das *Loving Hearts Korean American Adoption Center.* Brad drückte auf die Fernbedienung, stand auf, um die Vorhänge zurückzuziehen, und Tageslicht durchflutete den Raum. Die Gäste blinzelten und reckten sich. Jin-Ho schlief noch, ihr Kopf schwankte an Pollys Brust, aber das war in Ordnung. Sie würde noch viele Jahre Gelegenheit haben, sich den Film anzusehen. Bitsy streichelte Jin-Hos in Satin gehüllte Beine, stand umständlich auf und bahnte sich den Weg zu Sami und Ziba. Sami hatte eine hellwache, zappelnde Susan auf dem Arm und hörte sich Macs Ratschläge hinsichtlich der besten Videokamera-Marke an, aber Ziba wandte sich Bitsy zu und umarmte sie. »Warum bin ich so *traurig?*«, fragte sie Bitsy. »Ist das nicht albern?« Sie riss sich zusammen und wischte sich die Augen. Sie hinterließ einen feuchten Fleck an Bitsys Schulter. »Es war der glücklichste Tag meines Lebens. Ein Tag, den ich nie vergessen werde.«

»Ich auch nicht, aber wollen wir dahin zurück?«, fragte Bitsy sie.

»Niemals!«

Beide lachten.

»Komm, hilf mir, eine frische Kanne Tee zu brühen«, sagte Bitsy.

Sie bahnten sich den Weg durch die Menge, was nicht einfach war. Andere hatten auch feuchte Augen und wollten sie umarmen. Bitsys Mutter sagte. »Es hat mir das Herz gebrochen, unsere Jin-Ho so allein ankommen zu sehen«, und Bitsys Vater sagte: »Allein? Sie hatte diese nette Koreanerin dabei.«

»Ja, aber du verstehst schon, was ich meine.«

»Vielleicht sind wir deshalb so traurig«, sagte Bitsy zu Ziba, als sie in die Küche kamen. »Wir haben uns inzwischen daran gewöhnt, die Mädchen zu haben; wir vergessen, dass sie nicht immer bei uns waren. Wir sehen, wie sie aus dem Flugzeug kommen, und wir sagen: »Oh nein, sie haben diese lange Reise ohne uns gemacht! Wo waren *wir?*«

»Und sie haben die ersten fünf Monate ihres Lebens ohne uns gelebt«, sagte Ziba. »Ganz allein. Mussten es allein schaffen!«

Wieder lagen sie sich, unter Tränen lachend, in den Armen.

»Oh Ziba, wer außer uns versteht, was wir fühlen?«, fragte Bitsy, lehnte sich gegen die Spüle und fischte in ihrer Tasche nach einem Taschentuch. »Ich wünschte, du würdest hier in der Nähe wohnen. Ich hasse es, in mein Auto steigen zu müssen, wenn ich dich sehen will. Ich hätte dich am liebsten gleich nebenan. Wir könnten uns über den Zaun hinweg verständigen, und die Mädchen könnten zusammen spielen, wann immer sie Lust haben, ohne diese ganzen umständlichen Verabredungen.«

Sie sah es direkt vor sich: ein zwangloses Kommen und Gehen, das Schlagen der Fliegengittertür, wenn die Mädchen hinausrannten, um sich gleich nach dem Frühstück zu treffen. Vielleicht könnten die Sansoms in Nummer 2410 an die Yazdans verkaufen. Sie waren in fortgeschrittenem Alter, und ihr Sommerhaus auf Cape Cod war viel, viel schöner als jede dieser pompös wirkenden neuen Whopper-Villen hier in Hunt Valley. Sie putzte sich die Nase und sagte: »Wir könnten gegenseitig auf die Kinder aufpassen. Bald würden die Mädchen es kaum bemerken, wenn eine von uns weg wäre.«

»Wenn sie etwas älter sind, könnten sie mal bei der anderen übernachten«, sagte Ziba.

Inzwischen hatte sich Maryam zu ihnen gesellt. Sie schob Bitsy sanft beiseite, um den Wasserkessel füllen zu können. »Wenn sie so viel zusammen sind«, sagte Bitsy, »würden sie finden, dass Adoption etwas ganz Natürliches ist. Ich meine, sie würden das einfach wissen. Keine Selbstzweifel hegen oder sich minderwertig vorkommen.«

»Muss der Herd extra angezündet werden?«, fragte Maryam.

»Oh, Pardon! Nein, nur diese eine Flamme; die andern gehen so«, sagte Bitsy. »Weißt du«, sagte sie und drehte sich wieder zu Ziba, »als ich in meiner Lyrik-Gruppe war, habe ich etwas über diese beiden Dichterinnen gelesen, die sich so viel zu sagen hatten, dass sie sich eine separate Telefonleitung legen ließen und die Hörer immer daneben legten, sodass sie ständig in Kontakt blieben. Nicht, dass ich das selbst auch so machen möchte, aber kann man diesen Drang nicht verstehen?«

»Sie ließen ihn Tag und Nacht daneben liegen?«, fragte Ziba. »Würde die Telefongesellschaft ihnen nicht dieses Piepsignal schicken?«

»Nun, ich weiß nicht ... ich habe mir vielleicht ein paar Einzelheiten nicht richtig gemerkt«, sagte Bitsy. »Ich meine es ja nur theoretisch. Ich habe mich gefragt, ob sie sich erhofften, jedes Wörtchen verstehen zu können. Was, wenn eine zufällig dann redete, wenn die andere in einem anderen Zimmer war? Bestimmt konnten sie sich nicht überall im Haus hören.«

Maryam sagte vom Herd aus: »Wie interessant, dass du dir gerade darüber Gedanken machst.«

»Pardon?«, sagte Bitsy.

»Warum machst du dir keine Gedanken darüber, dass vielleicht *zu viel* zu hören sein könnte statt zu wenig? Private Sachen, die eine Familie für sich behalten sollte.«

»Oh«, sagte Bitsy. »Nun, ja, natürlich.« Sie warf Ziba einen Blick zu. »Natürlich, das wäre ... Nun, vielleicht hatten sie die Hörer nicht jede Sekunde daneben liegen.«

»Ah«, sagte Maryam. »Na dann ...«

»Ich meine, es geht nicht darum, dass ich es selber so machen möchte. Das habe ich ja *gesagt*. Ich sagte, dass ich diesen Drang verstehen könnte.«

Maryam sagte nichts. Sie hatte eine beunruhigende Art, eine Unterhaltung abzubrechen, wie Bitsy wusste. Sie maß schweigend die Teeblätter mit einem Löffel in die Teekanne. Es war Ziba, die das Gespräch wieder aufnahm. »Noch etwas über das Video«, sagte sie. »Es kam mir vor, als könnte ich die Gerüche riechen. Ich erinnerte mich daran, wie Susan duftete, als ich sie zum ersten Mal auf dem Arm hatte, wie eine sehr würzige Sorte Vanille. Und jetzt riecht sie überhaupt nicht mehr so. Jetzt riecht sie mehr wie normale Vanille. Hast du dich auch an die Gerüche erinnert?«

»Hmm, nein … aber ich weiß, was du meinst«, sagte Bitsy. Aber ihr Herz war nicht mehr dabei. Eine Mattigkeit hatte sich über sie gelegt, und sie fühlte sich plötzlich in ihrer eigenen Küche fehl am Platz. Sie stand hier im Weg. Sie hatte nichts zu tun. Sie hatte eigentlich gar nichts im Leben zu tun, abgesehen von Jin-Ho. Sie hatte nie ihr Pädagogikstudium abgeschlossen, sie hatte nie einen richtigen Job gehabt. Sie hatte sich ein bisschen hier und ein bisschen da betätigt, zum Beispiel Yoga unterrichtet und an Lyrikseminaren teilgenommen, und sie konnte Töpfern und Weben – kleine selbst erfundene Beschäftigungen, ohne regelmäßiges Einkommen oder eine eigenständige Krankenversicherung. Brad sagte, ihre Webarbeiten seien schön, natürlich sagte er das. Tatsächlich hatte sie seit Monaten nicht mehr am Webstuhl gesessen, und als sie letzte Woche eine ihrer alten Kreationen trug und sich zufällig oben in dem großen Spiegel sah, bemerkte sie plötzlich, dass sie sich genauso gut gleich einen Teppich hätte überwerfen können. Der Stoff war so grob und so grell gestreift, ein bretthartes Viereck, aus dem ihre nackten Arme und Beine hager und sehnig herauskamen.

»Oh«, sagte sie. »Ich müsste mich mal kümmern …«, und sie drehte sich um und verließ die Küche. Sie ging ziellos durch das Esszimmer, wo Laura und ihre sexy Tochter sich über die Kaffeemaschine hinweg anfauchten. Sie kam an Linwood vorbei, der an der Tür herumlungerte und am Daumennagel knabberte, an Bridget, die Susan zu dem Minischaukelstuhl schleppte. In einer ruhigen Ecke des Wohnzimmers sah sie ihre Mutter sitzen – der Mensch, nach dem sie gesucht hatte, wie sie merkte. Sie schlängelte sich an Mr und Mrs Hakimi vorbei, die offensichtlich im Moment niemanden zum Reden hatten, aber was ging sie das an? Sie setzte sich auf die Armlehne des Sessels ihrer Mutter. »Oh, gut«, sagte ihre Mutter sofort, und Bitsy schöpfte Trost aus dem Gedanken, dass zumindest ein Mensch in diesem Raum froh war, sie zu sehen. Aber dann sagte ihre Mutter: »Hier«, und gab ihr einen Zettel.

»Was ist das?«, fragte Bitsy.

»Das ist der Name einer Frau.«

Bertha MacRae, las Bitsy und eine Telefonnummer, in einer ordentlichen, runden Handschrift.

»Eine Frau, die ins Haus kommt«, sagte ihre Mutter.

»Ins Haus kommt?«

Ihre Mutter sah sie unverwandt an. In letzter Zeit hatte sich die Form ihrer Augen verändert. Die unteren Lider hatten sich gesenkt und hingen herunter, was ihr einen vorwurfsvollen Ausdruck verlieh, obwohl sie keine Frau war, die je irgendjemandem etwas vorwarf. »Ich glaube nicht, dass sie eine richtige Krankenschwester ist. Sie muss irgendeine Hilfskraft sein, aber sie hat eine Lizenz. Sie ist ausgebildet. Und sie hat mehrere Schwestern, die die Schichten übernehmen könnten. Offenbar werden die vierundzwanzig Stunden in drei Schichten eingeteilt.«

»Wo hast du das her?«

»Von Maryam. Diese Frau hat Maryams Mann gepflegt, als er im Sterben lag.«

Das Wort »Sterben« klang scharf und schockierend, was Connie aber nicht zu bemerken schien. Sie sprach ruhig weiter. »Maryam sagt, dass die Frau noch arbeitet. Sie stehen noch in Verbindung. Bei den Schwestern ist sie sich nicht sicher, aber sollten sie nicht zur Verfügung stehen, dann, meint Maryam, würde diese Frau sicher noch andere Leute kennen.«

Sie nahm Bitsys Hand. Connies Hand war jetzt so trocken geworden, dass ihre Fingerspitzen sich runzlig anfühlten, als käme sie gerade aus der Badewanne. »Willst du mir bei deinem Vater helfen?«, fragte sie.

»Helfen wobei, Mom?«

»Du weißt, dass er dagegen sein wird. Er wird mir sagen, dass er mich pflegen kann. Aber er kann nicht alles allein schaffen, Bitsy. Nicht morgens, mittags und abends. Und ich möchte so frei sein, um alles bitten zu können. Ich möchte darum bitten können, ohne mir Sorgen machen zu müssen, dass ich zu fordernd bin.«

Bitsy sagte: »Oh, Mom«, und senkte den Kopf, um ihre Wange an den Scheitel ihrer Mutter legen zu können. Connies spärliches Haar war so dünn, dass es sich warm anfühlte. »Natürlich werde ich dir helfen«, sagte sie.

»Danke, Liebes.«

Bitsy wusste, dass sie Maryam dankbar sein sollte, stattdessen stieg eine Welle von Abneigung in ihr hoch. Ihr kam es so vor, als hätte man ihr etwas gestohlen. Oder als hätte man ihr einen Plan vereitelt, das traf es genauer. Obwohl sie eigentlich gar keinen Plan gehabt hatte und es eine Erleichterung für sie hätte sein müssen, dass jemand anders einen hatte.

Die Kinder lachten und tollten herum, die Männer redeten über technische Details und Mr Hakimi belehrte Mrs Hakimi offensichtlich über irgendetwas, obwohl er Farsi sprach und Bitsy ihn nicht verstand. Sie musste von seinem Tonfall auf die Bedeutung seiner Worte schließen, als wäre sie eine Fremde in einem fremden Land.

4 Sami hatte eine Nummer parat, die er gerne vor der Verwandtschaft zum Besten gab. Er war berühmt dafür. Wenn sie bei ihrem Nachmittagstee im Wohnzimmer herumsaßen – ein paar von Zibas Brüdern und Schwägerinnen, zu Besuch aus L.A., oder vielleicht ein paar Tanten oder die Cousins und Cousinen, die in Texas wohnten –, gab ihm einer der Anwesenden nicht ganz zufällig sein Stichwort: »Diese Amerikaner: Verstehst du die?« Danach erzählte besagte Person, um die Sache weiter ins Rollen zu bringen, eine kleine Anekdote. Zum Beispiel: »Unsere Gastgeberin fragt, woher wir stammen, und ich antworte, aus dem Iran. ›Oh!‹, sagt sie. ›Persien!‹ ›Nein‹, sage ich, ›Iran. Persien ist nur eine britische Erfindung. Das Land hieß von Anfang an immer Iran.‹ ›Also, ich mag Persien lieber‹, erklärt sie. ›Persien klingt schöner.‹«

Die Anwesenden ließen daraufhin gemeinhin missbilligendes Schnalzen hören und nickten, weil sie diese Sorte Wortwechsel zur Genüge kannten, und dann richteten sich alle Blicke erwartungsvoll auf. Sami rollte mit den Augen. »Ach ja«, sagte er, »die persische Passion. Die kenne ich nur allzu gut.« Manchmal reichte das schon, dass alle grinsten; sie wussten genau, was jetzt kam.

»Du hättest ihr Folgendes sagen sollen: ›Na, dann! Wenn das so ist! Lassen Sie sich nicht von bloßen zweieinhalbtausend Jahren Geschichte abhalten, Madam.‹« (Das »Madam« kam wie von selbst. Er verfiel bei solchen Gelegenheiten gern in einen angestaubten, stocksteifen Sprachstil.) »Du kannst Gift darauf nehmen, dass sie sich mit dir anlegt. ›Nein, nein‹, wird sie beharren. ›Iran ist eine neumodische Erfindung. Der Namenswechsel wurde erst in den dreißiger Jahren beschlossen. In den dreißiger Jahren wurde der *echte* Name wieder eingeführt‹, erklärst du ihr, und sie wird darauf erwidern: ›Na, egal. Ich, jedenfalls, bleibe bei Persien.‹«

Oder er nahm die verrückte Logik der Amerikaner aufs Korn. »Aufgrund dieser Logik verklagen sie sich ständig gegenseitig vor Gericht. Sie glauben fest an Ursache und Wirkung. Irgendwer hat immer Schuld!, sagen sie. Du stolperst auf der Straße, weil du nicht hinschaust, und brichst dir das Bein? Verklage die Stadt! Verklage den Laden, wo du deine Brille gekauft hast, und den Arzt, der sie dir verschrieben hat! Du fällst die Treppe runter, knallst mit dem Kopf gegen den Einbauschrank, rutschst auf den Badezimmerfliesen aus? Verklage deinen Hausbesitzer! Und verklage ihn nicht nur auf Erstattung der Arztkosten; verklage ihn auf Schmerzensgeld, wegen des emotionalen Traumas, der öffentlichen Demütigung, des Angriffs auf das Selbstwertgefühl!«

»Oh-oh, das mangelnde Selbstwertgefühl«, pflegte dann eine Verwandte zu seufzen, und alle lachten.

»Sie betrachten Unglück als persönliche Beleidigung«, fuhr Sami fort. »Sie haben ihr ganzes Leben Glück gehabt, und sie können sich nicht vorstellen, dass irgendein Unglück das Recht hat, ihnen zuzustoßen. Das muss ein Irrtum sein!, sagen sie. Sie waren doch immer so vorsichtig! Sie haben alle Sicherheitshinweise haargenau beachtet – den GEFAHR-Aufkleber auf dem Föhn mit der Aufschrift *Nach jedem Gebrauch Stecker herausziehen* und den Aufdruck auf der Plastiktüte *Dies ist kein Spielzeug* und die Recycling-Broschüre, die warnt: *Achtung! Halten Sie sich gut fest, bevor Sie sich auf die Milchtüte stellen, um diese flach zu treten.*«

Oder er stellte eine kleine Betrachtung über den unerschütterlichen Glauben der Amerikaner an, dass sie grundsätzlich für den Rest der Welt von atemberaubendem Interesse seien. »Stellt euch das vor: Ein Freund meines Vaters, ein berühmter

Dichter, bekam eine Art Stipendium, um hierher zu kommen. In jedem einzelnen Bundesstaat führten sie ihm ihre Schlachtvieh-Fütterungsmethoden vor. ›Sehen Sie, mein Herr, wir wenden die modernsten Methoden des Rotationsanbaus an, um eine angemessene Versorgung sicherzustellen …‹ Einem Dichter! Einem Stadtmenschen, in Teheran geboren und aufgewachsen!«

Oder er nahm ihre viel gerühmte Offenheit unter die Lupe. »Auf der Stelle sind sie deine dicksten Freunde, ›Hallo, ich liebe dich‹ oder ›Guten Tag, darf ich Ihnen meine Eheprobleme erzählen‹ – aber haben sie euch je wirklich einen Platz in ihrem Leben eingeräumt? Überlegt mal! Überlegt!«

Oder ihr Anspruch, die Toleranz für sich gepachtet zu haben. »Sie behaupten, ihre Kultur kenne keine Einschränkungen. Kultur ohne Grenzen, eine Laissez-faire-Kultur, eine Mach-dein-Ding-Kultur. Dabei halten sie die Einschränkungen nur geheim. Sie warten, bis du zu weit gehst, und dann werden sie sehr abweisend, kühl und undurchschaubar, und du weißt nicht, warum. Mein Cousin Davood? Der Neffe meiner Mutter? Er hat ein halbes Jahr hier gelebt und ist dann nach Japan gezogen. Er fand, dass einem in Japan wenigstens die Regeln vermittelt werden. Wenigstens gibt man dort zu, dass Regeln *existieren*. Er fühlt sich dort viel wohler, meint er.«

Danach erzählten die anderen ähnliche Geschichten – von Freundschaften, die aus unerklärlichen Gründen in die Brüche gingen, von verdattertem Schweigen nach harmlosen Fragen. »Man darf jemanden nicht nach dem Preis seines Kleids fragen. Man darf jemanden nicht danach fragen, was sein Haus gekostet hat. Man weiß gar nicht, was man überhaupt fragen darf!«

Diese Gespräche wurden auf Englisch geführt, weil Sami kein Farsi sprechen wollte. Er weigerte sich schlichtweg, seit damals in der Vorschule, als er festgestellt hatte, dass keiner seiner Klassenkameraden so sprach. Und da, fand seine Mutter, lag eigentlich die Ironie der Geschichte. »Du mit deinem Baltimore-Akzent«, sagte sie, »geboren in Amerika, aufgewachsen in Amerika, nie woanders gelebt: Wie kannst du solche Sachen sagen? Du bist doch selbst Amerikaner! Du machst dich über deine eigenen Leute lustig!«

»Ach, Mom, ich mache doch nur Spaß«, sagte er.

»Für *mich* klingt das gar nicht nach Spaß. Und wo wärst du ohne dieses Land? Ich frage dich! Dein Problem ist, dass du alles selbstverständlich findest. Du kennst das Gefühl nicht, wenn man sich bei jedem Wort in Acht nehmen muss, jede Meinung für sich behalten muss und sich immer umguckt, wer einem wohl zuhört. Oh, ich hätte nie gedacht, dass du so etwas sagen würdest! Als Jugendlicher warst du amerikanischer als die Amerikaner.«

»Na, siehst du«, konterte er. »Kapierst du, was du da gerade gesagt hast? ›Amerikanischer als die Amerikaner.‹ Hast du dich nicht manchmal gefragt, warum?«

»In der Highschool hast du dich nur mit Blondinen verabredet. Ich war darauf gefasst, dass ich Sissy Parkers Schwiegermutter würde.«

»Ich hatte nie auch nur die geringste Absicht, Sissy zu heiraten!«

»Also, ich hätte nie erwartet, dass du dir ein iranisches Mädchen aussuchst.«

»Keine Ahnung, wie du darauf kommst«, sagte er.

Es war nicht ganz ehrlich, weil er in seinem Herzen auch immer geglaubt hatte, dass er eine Amerikanerin heiraten würde. Als Kind hätte er gerne eine Brady-Bunch-Familie gehabt, wie im Fernsehen – so einen lässigen, kumpeligen Vater mit kariertem Hemd und eine Mutter, die sportlich war und nicht exotisch. Er hatte angenommen, dass seine Schulkameraden zuhause jede Menge Bratwürstchen aßen, im Garten Football spielten und bei Kinderfesten Äpfel mit dem Mund aus einem Wasserbecken fischten – in seiner Fantasie stellte er sich vor, dass seine Frau ihm ein solches Leben bescheren würde. Aber dann, in seinem letzten College-Jahr, hatte er Ziba getroffen.

Anders als die Töchter der alten Freunde seiner Eltern hatte Ziba etwas Nonchalantes, Lässiges. Sie war selbstbewusst und offen. Sie kam nach ihrer ersten gemeinsamen Seminarsitzung (»Die industrielle Revolution« – Sommersemester) direkt auf ihn zu und sagte: »Iran, stimmt's?« »Stimmt«, sagte er. Er machte sich auf das übliche Geplänkel gefasst – aus welchem Teil, in welchem Jahr, wen kennst du noch – alles halb kokett, halb mit jener übertriebenen Achtung geäußert, so wie iranische Frauen beim anderen Geschlecht eben auftraten. Stattdessen sagte sie: »Ich auch. Ziba Hakimi«, und dann hob sie die Hand, machte eine Klimperbewegung mit den Fingern und ging zu ihren Freunden – amerikanischen Freunden, männlich und weiblich gemischt. Sie trug Jeans und ein Tears-for-Fears-T-Shirt, und damals war ihr Haar so kurz, dass sie es mit Gel zu etwas Stachligem strubbeln konnte, fast wie ein Punk.

Aber als er sie besser kennen lernte (als sie jeden Tag ein bisschen länger miteinander redeten und sich angewöhnten, zusammen aus dem Seminarraum zu gehen), staunte er, wie wortlos sie sich oft verstanden. Die gemeinsame Herkunft umgab sie wie ein unsichtbarer Umhang. Sie fragte ihn Mitte März, ob er auch am folgenden Wochenende nach Hause fahren würde, und sie brauchte nicht zu erklären, dass sie damit das Neujahrsfest meinte. Er traf sie auf der Treppe zur Bibliothek, wo sie mit einer Freundin einen Snack aß, und der Snack bestand nicht in Chips oder Keksen oder Ring-Ding-Kuchen, sondern in einer Birne, die sie mit dem gleichen kleinen silbernen Messer in Scheiben schnitt wie seine Mutter, wenn es zum Nachtisch Obst gab.

In jenem Sommer, nach Ende des Semesters, fuhr er oft nach Washington, um sie zum Essen oder ins Kino auszuführen, und er lernte eine ganze Reihe ihrer Verwandten kennen. Die Hakimis waren ihm zugleich vertraut und fremd. Er kannte die Sprache, in der sie sich unterhielten, das Essen, das sie auftrugen, die Musik, die sie hörten, aber ihre üppigen Partys waren ihm ebenso zuwider wie der Übereifer, mit dem sie mit teuren Marken-Statussymbolen protzten – Rolex, Prada und Ferragamo. Ihre politischen Ansichten wären ihm zweifellos noch unangenehmer gewesen, wenn er nicht den gesunden Menschenverstand besessen und einen Bogen um solche Themen gemacht hätte (Zibas Eltern vergötterten den Schah.)

Was würde seine Mutter von diesen Leuten halten? Eigentlich wusste er es. Er brachte Ziba zu Besuch mit nach Hause, aber ihre Verwandtschaft ließ er außen vor. Und seine Mutter, die Ziba liebenswürdig begrüßte, regte nie ein Treffen beider Familien an. Aber das hätte sie vielleicht ohnehin nicht getan. Sie konnte sehr reserviert sein.

Im Herbst gingen Sami und Ziba wieder zur Universität – Sami, um noch einen Magister in Europäischer Geschichte draufzusatteln, Ziba, um ihr letztes Studienjahr in Angriff zu nehmen. Da waren sie bereits bis über beide Ohren ineinander verliebt. Sami hatte ein schäbiges Apartment außerhalb des Campusgeländes, und Ziba verbrachte jede Nacht bei ihm, ließ aber – wegen ihrer Familie – ihre Sachen im Wohnheim. Ihre Familie kam ständig zu Besuch. An jedem Wochenende tauchten sie auf, schleppten folienverhüllte Platten mit gekochten Auberginen an und Becher mit selbst gemachtem Joghurt. Sie umarmten Sami, küssten ihn auf beide Wangen und erkundigten sich nach seinem Studium. In Mr Hakimis Augen war »Europäische Geschichte« kein optimales Studienfach. »Was willst du damit machen? Unterrichten?«, sagte er. »Wenn du Professor wirst, unterrichtest du Studenten, die auch Professoren werden und wieder Studenten unterrichten, die ebenfalls Professoren werden. Dabei fallen mir nur diese Insekten ein, die nur ein paar Tage leben, um ihre Spezies zu reproduzieren. Findest du das sinnvoll? Ich nicht!«

Sami gab sich nicht die Mühe, dagegen zu argumentieren. Er lachte in sich hinein und sagte: »Na ja, jedem das Seine.« Aber irgendwie – wie war es dazu gekommen? – nahm er dennoch, als er Ziba im folgenden Jahr Ende Juni heiratete, eine Stelle in der Immobilienfirma ihres Onkels an. Peacock

Homes baute und verkaufte Häuser in gehobenen Wohngegenden – nördliches Virginia oder Montgomery County –, und sie wollten Baltimore County erobern. Zuerst arbeitete Sami dort nur probehalber. Versuch es einfach, hieß es, und wenn es dir nicht gefällt, dann geh im Herbst wieder zur Universität. Es gefiel ihm aber. Bald machte es ihm Spaß, dass er Wünsche wahr werden lassen konnte – dass Paare ihm ihre lang gehegten, rührend konkreten Träume anvertrauten. (»Soll unbedingt einen Backofen auf Augenhöhe haben. Unbedingt eine Schreibecke neben dem Eisschrank, wo die Frau den wöchentlichen Speiseplan austüfteln kann.«) Er bereitete sich auf die Prüfung für Immobilienkaufleute vor und bestand sie. Er und Ziba zogen in das neueste Projekt der Firma, und Ziba fand Arbeit im Inneneinrichtungsstudio »Siroos Design« ihres Cousins Siroos, (»Seriöses Design«, nannten die Kunden es manchmal), wo sie die Häuser einrichtete, die Peacock Homes verkaufte.

Falls Maryam enttäuscht war, dass Sami sein Studium abgebrochen hatte, erwähnte sie es mit keinem Wort. Also, natürlich war sie enttäuscht. Aber sie erklärte ihm, es sei seine Entscheidung. Sie war herzlich zu den Hakimis und liebevoll zu Ziba; er wusste, dass sie Ziba mochte, und er glaubte, das war nicht nur so, weil sie Iranerin war. Zu ihrer Verlobung hatte sie ihnen einen Ring geschenkt, den er noch nie gesehen hatte, einen antiken Ring mit einem Diamanten, der selbst dem kritischen Blick der Hakimis standhielt. Oder auch nicht. Er war nicht *riesig*. Aber zumindest erklärten sie in aller Öffentlichkeit ihre Zufriedenheit. Oh, beide Seiten benahmen sich ausgesprochen gut.

Bei Samis amerikanischen Tiraden kamen auch die Donaldsons nicht ungeschoren davon. Eher ging er noch härter mit ihnen ins Gericht. Sie waren ideale Zielscheiben – besonders Bitsy mit ihren handgewebten Kleidern, ihrer Öko-Attitüde und ihren modischen Phrasen. Sie habe die Beerdigung ihrer

Mutter »ein Fest« genannt, erzählte er der Verwandtschaft. »Sie sagte: ›Ich hoffe, dass ihr beide auch auf das Fest für meine Mutter kommt.‹«

»Vielleicht war es ein Versprecher vor lauter Kummer?«, fragte Zibas Vater.

»Nein, sie sagte es später noch einmal. Sie meinte: ›Und bitte, sagt auch Maryam wegen dem Fest Bescheid.‹«

In diesem Fall war es Ziba, die widersprach. »Was ist daran so schlimm?«, fragte sie Sami. »Die Leute sagen doch auch oft, dass sie zusammenkommen, um ›ein Leben zu feiern‹. Das ist doch ein gängiger Begriff.«

»Genau das meine ich«, sagte er zu ihr. »Der Begriff ›Fest‹ ist einfach nachgeplappert, das ist nur ein schickes Modewort.«

»Ach, schäm dich, Sami. Die Donaldsons sind unsere besten Freunde! Sie sind wunderbar zu uns!«

Sie waren wirklich wunderbar. Sie waren so entgegenkommend, so warmherzig, so gastfreundlich. Aber beste Freunde? Da hatte Sami seine Zweifel. Nicht dass er noch bessere Freunde hätte vorweisen können, aber manchmal ging ihm Bitsy wirklich auf die Nerven. Und er konnte nicht anders – er musste sich über sie lustig machen. Sie forderte es geradezu heraus! »Hör dir das an«, sagte er zu Zibas Schwägerin. »Vor ein paar Wochen beschloss Bitsy, dass es Zeit sei, ihre Tochter ans Töpfchen zu gewöhnen. Mit ›positiver Verstärkung‹ wollte sie vorgehen. In ›positiver Verstärkung‹ ist Bitsy ganz groß. Also, was tut sie? Sie lädt zur Töpfchen-Party ein! Sie steckt Jin-Ho in Unterhosen mit Wonder-Woman-Aufschrift und verschickt Einladungen an vier weitere, gleichaltrige Kinder, Susan eingeschlossen. Ich glaube, eigentlich war für alle Gäste Unterhosen-Zwang, aber sie hat ein Auge zu gedrückt, was ein Glück für uns war, denn Susan ist noch nicht so weit. Wir brachten Susan mit Windel. Jedenfalls trug Jin-Ho eine Unterhose – sie hob immer ihr Kleid hoch, um sie vorzuführen – und zwei der anderen Kinder auch. Aber dann muss einem – ich nenne keine Namen – ein kleines Malheur passiert sein, denn nach und nach machten alle Eltern vielsagende Gesichter und schnupperten verdächtig, warfen sich fragende Blicke zu, und schließlich sagte jemand: ›Hm, findest du nicht auch …?‹ Aber da war es schon zu spät. *Viel* zu spät, denn offensichtlich war das Malheur im Garten hinterm Haus passiert, wo alle Kinder spielten, und sie waren alle ein Dutzend Mal reingetreten, bevor sie zum Trinken ins Haus kamen, waren damit über Teppiche getrampelt, auf Esszimmer-Stühle geklettert …« Er lachte so sehr, dass er kaum noch Luft bekam, und die Verwandten schüttelten die Köpfe und versuchten sich ihr Lachen zu verkneifen. »Also ehrlich!«, sagte er. »Das war vielleicht ein Party-Thema!«

Ziba sagte: »Oh, Sami, sei ein bisschen barmherzig.«

»Und wenn wir schon von Partys sprechen«, fuhr er fort, »findet ihr es nicht auch ur-amerikanisch, dass die Donaldsons den Tag, an dem ihre Tochter in dieses Land kam, wichtiger finden, als den Tag, an dem sie geboren wurde? Zum Geburtstag bekommt sie ein paar Geschenke, aber an dem Tag, als sie nach Amerika kam, gibt's eine ausgewachsene Ankunftsparty mit allen Schikanen, beiden Großfamilien und einer richtigen Zeremonie mit eigenem Lied und Videovorführung. Siehe da! Du hast das gelobte Land erreicht! Den Hort aller Wohltaten!«

»Hört nicht hin«, erklärte Ziba ihren Verwandten.

Ihre Verwandten waren schließlich selbst heilfroh, nach Amerika gekommen zu sein; dennoch mussten sie lächeln. Sami sagte: »*Ihr* versteht das. Und ratet mal: Dieses Mal mussen wir die Party …«

»Wir *müssen* nicht; ich habe es angeboten«, sagte Ziba. »Wir sind dran«, erklärte sie den Verwandten. »Letztes Jahr haben sie die Party veranstaltet. Aber bei ihnen gab es nur Kuchen und Getränke, und ich finde es immer netter, wenn man den Leuten ein richtiges Essen vorsetzt.«

»Ja! Ein iranisches Essen«, sagte eine der Schwägerinnen.

»Mit Kebabs«, sagte eine andere, »mit *morgh polo* und *sabzi polo* und vielleicht einem netten *shirin polo* –«

Sami sagte: »Holla«, aber er wurde von Zibas Tante Azra übertönt. »Ich habe gerade ein Geheimrezept für echte Rosenwasser-Eiscreme bekommen«, sagte sie, und dann lehnte sie sich vor und hielt eine Hand vor den Mund, als seien Spione anwesend, und flüsterte: »Man nehme einen Viertelliter Schlagsahne –«

»Ihr versteht überhaupt nicht, was ich meine!«, warf Sami dazwischen.

Aber er sah ein, dass er kein Publikum mehr hatte.

Zum Zeitpunkt der Ankunftsparty waren zufällig sieben Verwandte zu Besuch: zwei von Zibas Brüdern und deren Frauen, zwei junge Nichten und Tante Azra. Und natürlich mussten Zibas Eltern aus Washington vorbeikommen, um am Trubel teilzuhaben; das bedeutete also neun zusätzliche Personen, die bei den Partyvorbereitungen im Haus waren. Sie brauchten eine Woche. Oder besser, die Frauen brauchten eine Woche. Die Männer hielten sich aus der Schusslinie. Sie saßen im Wohnraum neben der Küche, um nicht im Weg zu sein, waren so allerdings nur durch eine Anrichte getrennt und damit nah genug, um die Gespräche der Frauen mitzuhören; sie tranken Tee aus kleinen Gläsern, befühlten ihre Gebetsperlen und stießen leise amüsierte Grunzer aus, wenn ihnen etwas besonders Gutes zu Ohren kam.

Tante Azra, zum Beispiel, war dabei, ihren Ehemann zu verlassen. Sie war allein aus Teheran angereist, um ihre Kinder in Texas zu besuchen, und hatte sich inzwischen entschlossen, einfach dazubleiben. Sie hatte festgestellt, dass sie keinen Sex mochte. (Die Männer sahen sich an und zogen die Augenbrauen hoch.) Es sei eine unappetitliche, anstrengende Angelegenheit, verkündete sie und ließ einen Deckel auf den Reistopf scheppern. Die Frauen wollten wissen, wie ihr Mann auf ihre Mitteilung reagiert habe. »Na ja«, sagte sie. »Ich habe ihn Freitag früh angerufen. Freitagmorgens ist am besten, weil dann zuhause Nachmittag ist, und ich wusste, dass er später seinen Bruder zum Pokern besuchen würde. Dort würde man ihn sicher trösten. Besonders die Frau seines Bruders – Ashraf. Könnt ihr euch noch an Ashraf erinnern? Mit dem unglückselig grünlichen Teint, aber sehr freundlich und mitfühlend. Damals, als ich die Fehlgeburt hatte, kam sie zu mir nach Hause und sagte: ›Ich mache dir ein bisschen Halva, damit du zu Kräften kommst, Azi-jun.‹ Ich sagte: ›Oh, ich habe keinen Appetit‹, aber sie sagte: ›Verlass dich auf mich.‹ Und dann ging sie in die Küche, schickte Akbar fort – damals hatten die Leute noch Personal; könnt ihr euch an Akbar erinnern? Er und sein Zwillingsbruder kamen aus irgendeinem Dorf zu uns, kaum, dass sie sprechen konnten, und am Körper trugen beide nur Lumpen. Der Bruder hinkte, aber er war sehr stark, und er nahm sich unseren Garten vor und züchtete die prächtigsten Rosen. Nie zuvor haben unsere Rosen so üppig geblüht. Tatsächlich sagte meine Nachbarin, Mrs Massoud, einmal – die Mrs Massoud, deren Sohn sich in ein Baha'i-Mädchen verliebt hatte …«

»Aber dein Mann?«, posaunte Zibas Vater über die Anrichte hinüber. »Was ist mit deinem Mann?«

Die Frauen warfen sich Blicke zu, und Azra rückte dichter an sie heran und redete leise weiter.

»Es würde ein schlechtes Licht auf sie werfen, wenn sie uns erst mit all diesen Nebensächlichkeiten langweilt und wir dann erfahren, dass sich ihr Ehemann erschossen hat«, sagte Mr Hakimi zu den anderen Männern.

Er sprach Farsi. Alle sprachen Farsi, außer wenn sie mit Sami oder Susan redeten. Jedes Mal, wenn Sami zu diesen Versammlungen stieß (schließlich arbeitete er tagsüber), begrüßten ihn alle auf Englisch: »Wie viele Häuser hast du heute verkauft? Hm?« Aber bevor Sami darauf antworten konnte, ging Mr Hakimi wieder zum Farsi über, um seinen Söhnen zu erklären: »Mamal meint, der Immobilienmarkt sei in den letzten Monaten ausgezeichnet gewesen.« Einfach so ließ man das Englisch fallen. Was Sami in Ordnung fand. Es erleichterte ihn. Es befreite ihn von der Last, seinen Teil beizutragen. Er hob Susan auf den Schoß und machte es sich als Zuhörer gemütlich.

Wie diese Männer, die den Klatsch der Frauen verfolgten – von ihrem Klatsch geradezu *abhängig* waren, weil er Verbundenheit stiftete –, überließ sich Sami dem dahinplätschernden familiären Farsi, verstand etwa neunzig Prozent und ließ die restlichen zehn Prozent einfach an sich vorbeirauschen. Die Männer diskutierten die Investmentempfehlung eines Cousins; die Frauen erörterten, ob noch eine Prise Safran ans Essen musste; die Nichten zankten sich um einen Walkman. Wenn Sami lange genug schwieg, vergaßen ihn die anderen manchmal völlig und sagten Dinge, die nicht für seine Ohren bestimmt waren – unterhielten sich über Onkel Ahmads neue Steuertricks oder ließen ein paar bissige Bemerkungen über Maryam fallen. (»Also, Khanom würde schon Betrug wittern, wenn man unten in den Reistopf Kartoffeln gäbe«, wobei ihr »Khanom« – für Familienoberhaupt – bissig klang. Wenn sie über seine Mutter schimpften, beleidigte ihn das weniger, als man meinen sollte, weil er fand, dass sie es verdiente. Schließlich nannte sie nach all der Zeit Zibas Mutter immer noch »Mrs Hakimi« und nicht »Gita-jun«. Er wusste, dass es kein Versehen war.

»Wo ist der Zimt? Wer hat ihn genommen?«, fragte Ziba. Ihr Farsi klang schriller als das seiner Mutter, fremd genug, um ihr einen zusätzlichen Reiz zu geben. »Ich habe ihn gefragt, wann er wieder wegfährt«, sagte eine Schwägerin zur anderen, »und er sagte, dass er nicht sicher sei, wann; entweder vor der Hochzeit oder danach. ›Und an welchem Tag ist die Hochzeit?‹, habe ich gefragt, und er hat gesagt, keine Ahnung, er müsse erst noch jemanden zum Heiraten finden.« Zibas Mutter, in eine Verkehrsschild-gelbe Schürze gehüllt, auf der ACHTUNG! MANN AM GRILL stand, hievte vernehmlich keuchend einen Topf auf die Anrichte. Iranische Frauen rackerten sich richtig ab, stellte Sami immer wieder fest. Die Gerichte, die sie zubereiteten, waren ausgesprochen arbeitsintensiv – Hunderte von handgerollten, gefüllten Weinblättern, Dutzende butterbepinselter Teigböden –, und jede Mahlzeit erforderte so viele Gerichte auf einmal. Tante Azra formte mit gekonnten kleinen Klapsen einige Pfund Lammhackfleich zu einer enormen Kugel. Die Männer erhoben sich aus ihren Sesseln und verschwanden zum Rauchen in den Garten. Mr Hakimi bevorzugte dicke schwarze Zigarren, die wie brennende Gummireifen rochen, und Zibas beide Brüder (mittleren Alters und so kahlköpfig wie ihr Vater) hatten Nikotinflecken an den Fingern, weil sie zwei Päckchen Zigaretten pro Tag rauchten. Sie fanden es eine Zumutung, dass sie drinnen nicht rauchen durften. »Passiv rauchen!«, spottete einer abfällig auf Englisch, bevor er ins Farsi zurückfiel. »Ich habe ein Leben lang in Anwesenheit meiner Töchter geraucht, und schau sie dir an! Die sind bei weitem gesünder als Susan.«

Alle fanden Susan zu klein für ihr Alter und zu blass. Sie fanden auch ihr Aussehen zu chinesisch, aber nachdem Ziba ihnen ein paar Mal die Meinung gesagt hatte, sagten sie es nicht mehr laut.

»Wie würde deine Familie auf ein Kind aus Asien reagieren?«, hatte Sami Ziba gefragt, als sie zum ersten Mal das Thema Adoption aufgebracht hatte. Ziba erwiderte, wie aus der Pistole geschossen: »Mir ist völlig egal, wie meine Familie reagiert; ich hätte gerne ein Baby.« Und weil es an Sami lag, dass sie kein eigenes haben konnten, fühlte er sich veranlasst, ihren Plan zu unterstützen. Seine Zweifel hatte er vor allen, außer seiner Mutter, verborgen; ihr hatte er sein Herz ausgeschüttet, hatte sie mehrmals in der Woche so verstohlen zuhause besucht, als sei sie die sprichwörtliche andere Frau, hatte in ihrer Küche gesessen, seinen Tee kalt werden lassen, händeringend geredet und geredet, und Maryam hatte unverwandt zugehört. »Ich weiß, Ziba glaubt, dass wir jemanden retten«, sagte er. »Ein Kind, das sonst keine Chancen hat, ein benachteiligtes Waisenkind. Aber ein Leben zum Besseren zu wenden ist nicht so einfach, wie sie denkt! Unheil anzurichten ist so leicht, Gutes zu tun dagegen so schwer, finde ich. Man kann leicht ein Gebäude in Schutt und Asche bomben, aber eins zu bauen ist schwer; einem Kind zu schaden ist leicht, aber ein Problemkind zu kurieren ist schwer. Ich glaube nicht, dass Ziba das weiß. Ich glaube, sie stellt sich vor, dass wir irgendein Glückskind erwischen und ihm ein perfektes Leben verpassen.«

Er wartete darauf, dass seine Mutter ihm widersprach (er *wollte,* dass sie ihm widersprach), aber sie sagte nichts. Sie trank einen Schluck Tee und stellte ihre Tasse ab. Er sagte: »Und die Kinder kommen ja nicht mit Umtauschgarantie. Man kann sie nicht einfach zurückschicken, wenn es nicht gut läuft.«

»Ein eigenes Kind kann man auch nicht umtauschen«, sagte seine Mutter.

»Aber da besteht weniger Gefahr, dass man es tun möchte. Ein eigenes Kind ist blutsverwandt; man erkennt typische Wesenszüge, und die kann man besser ertragen.«

»Oder schlechter«, sagte seine Mutter. »Eigene Wesenszüge, die man selber nie gemocht hat. Auch das passiert gelegentlich.«

Tatsächlich? Darauf ging er lieber nicht weiter ein. Er stand auf und lief in der Küche im Kreis, die Fäuste tief in den Taschen geballt, und als er ihr den Rücken zukehrte, sagte er: »Also, hmm, ich mache mir Sorgen, dass dieses Kind sich hier nicht zuhause fühlt. Es wird auf andere Leute immer einen unübersehbar fremdländischen Eindruck machen, so koreanisch oder chinesisch wirken. Weißt du?«

Er drehte sich um, und stellte fest, dass seine Mutter ihn irgendwie amüsiert betrachtete, aber sie blieb stumm.

»Ich weiß, es klingt sehr oberflächlich.«

Sie winkte ab und nahm noch einen Schluck Tee.

»Und dann«, sagte er. »Wenn wir schon davon reden. Es wäre so offensichtlich, dass wir nicht die echten Eltern sind. Es gäbe nicht einmal den Hauch einer Ähnlichkeit.«

Seine Mutter sagte: »Ach, na ja. Wenn deine Kinder dir ähneln, neigst du dazu zu vergessen, dass sie *nicht* sind wie du. Viel besser, dass man daran jeden Augenblick erinnert wird.«

»Ich glaube nicht, dass ich diese Erinnerung brauche«, sagte er.

»Ich weiß noch, während deiner Highschool-Zeit habe ich einmal mitbekommen, wie du ein Mädchen anriefst und dich mit ›Hallo, hier Sami Yaz-den‹ meldetest. Es war ein richtiger Schock: mein ach so amerikanischer Sohn. Ich war froh und traurig zugleich.«

»Na, ich wollte doch dazugehören!«, sagte er. »Ich war nicht so amerikanisch! Nicht in deren Augen, jedenfalls. Nicht für meine Mitschüler.«

Sie machte wieder diese Handbewegung. Sie sagte: »Wie auch immer. Du befürchtest, dass du dieses Kind vielleicht nicht lieben wirst. Das wirst du aber. Ich versprech's dir.«

Er wusste nicht, was er anmaßender fand: dass sie seine Gedanken lesen oder dass sie seine Gefühle voraussagen konnte.

Aber sie hatte natürlich Recht, in beiden Fällen. In den letzten Wochen vor Susans Ankunft träumte er fast jede Nacht, dass ihr Baby irgendein Monster wäre, einmal eine Art Eidechse und einmal zwar ein menschliches Wesen, aber eins mit senkrechten Pupillen wie eine Ziege, und er träumte auch, dass Ziba nichts davon ahnte und sich ärgerlich abwendete, als er sie warnen wollte. Dann aber – kaum dass er Susans feines Haar gesehen hatte und ihr schmales, ängstliches Gesicht, das man trotz aller Beteuerungen Zibas überhaupt nicht hübsch nennen konnte – war es wie ein Erdrutsch gewesen, und sein Beschützerinstinkt hatte ihn wie eine Woge gepackt, und wenn das keine Liebe war, dann wurde es bald welche. Susan war die größte Freude seines Lebens. Sie war unendlich reizend, lustig und faszinierend, und ja, schließlich auch wunderschön, was er in mancher Hinsicht bedauerte, weil ihre anfängliche Unansehnlichkeit ihm so zu Herzen gegangen war. Ihre Wangen rundeten sich, aber sie spitzte immer noch den Mund, als ginge sie in ihrem tiefen Innern ständig mit sich zu

Rate, und ihre Haare wuchsen, bis man sie zu zwei kleinen pinseligen Rattenschwänzchen binden konnte – über jedem Ohr einen. Wenn er mit ihr zwischen den Verwandten saß, kuschelte sie sich vertrauensvoll an ihn und tätschelte ab und zu sein Handgelenk oder sah zu ihm hoch, und ihr Atem roch nach dem billigen Traubensaft, den sie am liebsten trank.

Die Frauen waren inzwischen bei Azras Einbürgerungschancen angelangt – konnte sie auf eine Green Card hoffen? –, und Sami konnte bei manchen der bürokratischen Begriffe nur raten, was gemeint war. »Ali hat gesagt, ich bräuchte …« das und das und das. Dann kamen die Männer wieder aus dem Garten, eingehüllt in einen fast sichtbaren Tabak- und Ascheschleier, und die Frauen hielten inne und verkündeten, es gebe kein Tomatenmark mehr. Was die Männer ganz glücklich machte. »Ich gehe! Ich gehe!«, wetteiferten die drei. Sie liebten amerikanische Supermärkte. »Sami, kommst du mit?« –Letzteres auf Englisch. Er hatte den Eindruck, dass er ja sagen müsste, obwohl er sich ungern vom Gespräch der Frauen losriss, das – als die Autoschlüssel endlich aufgetaucht waren – inzwischen bei Zibas Überzeugung angelangt war, dass Bitsy offenbar Maryams Haus schöner fand als dieses. Atusa, ihre älteste Schwägerin, sagte, das müsse sie sich einbilden. »Khanoms kleines unmodernes Haus schöner finden als dieses große, schicke, moderne? Du bist nur nervös, Ziba-jun. Du bist nur nervös wegen deiner Party.«

Zögernd setzte Sami Susan neben ihren Cousinen ab und schloss sich den Männern an.

»Herzlichen Glückwunsch zum Ankunftstag, allesamt!«, jubelte Bitsy. »Haben wir nicht perfektes Wetter? Wir haben das Video mitgebracht. Wir haben einen Propangasanzünder für die Kerzen mitgebracht – viel sicherer für die Mädchen als Streichhölzer. Wir haben die Fotos vom letzten Jahr mitgebracht, die können wir aufstellen.«

Sie gab Sami einen kleinen Kuss auf die Wange und ging

weiter, um Ziba zu umarmen, und ein Stück hinter ihr kam Brad mit einer übervollen Einkaufstasche. Zu guter Letzt kam Jin-Ho, wanderte langsam über den Weg zum Haus und betrachtete andächtig ihre neuen Sandalen, die zu groß und zu steif waren wie alle neuen Schuhe. (Also: dieses Jahr keine koreanische Tracht.) Sami machte sich immer ein bisschen Sorgen, dass Jin-Ho größer als Susan war und schwerer. Jedes Mal, wenn er sie sah, empfand er einen gewissen Konkurrenzdruck.

»Also, ich habe noch mal über das Lied nachgedacht«, sagte Bitsy gerade zu Ziba. »Mit ›She'll Be Coming Round the Mountain‹ war ich doch nie richtig glücklich.«

Inzwischen schwang die hintere Tür des Donaldson'schen Wagens auf, und Bitsys Vater quälte sich langsam hervor, hievte sich heraus wie ein Mann, der bis ins Mark erschöpft war. Man hatte ihn sicher lange zum Kommen überreden müssen. Seit Connies Tod hatte Bitsy ihn zu jedem gesellschaftlichen Anlass mitgeschleppt, aber er trug nicht mehr viel zu den Gesprächen bei und ließ seinen großen grauen Kopf hängen.

»Hallo, Dave!«, rief Sami. Dave hob einen Arm, ließ ihn sinken und stapfte verbissen den Weg hoch.

»Kennt ihr ›Waiting for a Girl Like You‹?«, fragte Bitsy. »Das ist die eine Möglichkeit. Außer, es ist zu schwierig; was meint ihr? Oder dann gibt's noch die Beatles ›I Saw Her Standing There‹, kennt ihr das noch? Mir ist eingefallen, wenn wir das rechtzeitig mit den Kindern einüben … oh, hallo, Mrs Hakimi! Herzlichen Glückwunsch zum Ankunftstag!«

Mrs Hakimi trug geblümte schwarze Seide und ihr Mann einen Anzug, aber die Verwandten, die hinter ihr aus dem Haus kamen, waren weniger fein gemacht – besonders Tante Azra sah in ihrem ärmellosen Oberteil und ihren engen, jede Speckrolle und Falte betonenden Stretch-Caprihosen eher aus, als wolle sie zum Aerobic-Training gehen. »Guten Tag! Guten Tag!«, murmelten alle, was wie ein einziges »Tag … Tag … Tag« klang. Sie standen in Zweier- und Dreiergruppen auf der Treppe vor der Haustür, sodass es mit der Zeit schwierig wurde, einzutreten. Währenddessen fuhr noch ein Wagen vor – Abe und Jeannine mit ihren drei Mädchen. Direkt dahinter kam Maryam, und während sie eine riesengroße Kuchenschachtel vom Rücksitz bugsierte, parkte ein anderer Wagen mit einem beängstigenden Schaben am Bordstein. »Menschenskind!«, hörten alle Mac stöhnen. Er saß vorn auf dem Beifahrersitz, und Linwood war am Steuer. Offenbar hatte Linwood, seit Sami ihn das letzte Mal gesehen hatte, seinen Führerschein gemacht. Laura, die hinten saß, stieg aus und ging, ohne sich umzublicken, den Weg hoch, wohingegen Mac eine lange Rede über den gegenwärtigen Preis neuer Reifen hielt.

»Wo ist Stefanie?«, rief Bitsy.

Laura zog eine Grimasse und sagte: »Tambourmajor-Zeltlager.«

Sami wartete auf Bitsys Reaktion. Vor einer Woche hatte sie am Telefon einen Anfall bekommen, weil Brads Eltern eine Kreuzfahrt machten, obwohl sie genau wussten, dass sie die Ankunftsparty verpassen würden. »Stell dir vor! Eine Kreuzfahrt!«, hatte sie Ziba erzählt. »Während ihre einzige Enkeltochter ihr zweites Lebensjahr in diesem Land feiert!« Aber nun sagte sie lediglich: »Oh, schade«, beiläufig, mit undeutlicher Stimme. Vielleicht war sie erleichtert. Beim letzten gemeinsamen Treffen hatte Stefanie den Kleinen die Zehennägel in einem grässlichen grellen Blau lackiert.

Abes drei Mädchen steuerten direkt auf Jin-Ho und Susan zu, und Zibas Nichten konnten sich endlich von den Erwachsenen losreißen und hinter ihnen herlaufen. Sie gingen in den Garten, wo Sami ein Klettergerüst mit Schaukel aufgebaut hatte. Inzwischen hatten Bitsys Brüder Samis neues Auto entdeckt. »Sieh mal an!«, sagte Abe. »Ein Honda Civic!« Alle Männer stapften hinüber, um das Auto zu inspizieren, auch die Hakimis, die es natürlich schon kannten. Selbst Dave zeigte sich interessiert. Bald schon war er in eine Diskussion verwickelt, weil Linwood behauptete, dass Airbags mehr Schaden als Nutzen anrichteten. Die Frauen gingen ins Haus, und als die Männer ihnen endlich folgten, bot Maryam gerade Bitsy und ihren beiden Schwägerinnen Pistazien an. Sie waren die Einzigen im Wohnzimmer. Alle Hakimi-Frauen drängten sich in der Küche, machten sich zu schaffen, schepperten mit Topfdeckeln und klapperten mit Geschirr, bis es Zeit war, die Gäste zu Tisch zu rufen.

Man hatte lange und ausführlich über die Frage debattiert, wie das Essen für die Gäste angerichtet werden sollte. Sami hatte für ein Buffet plädiert. »Ich sehe keine andere Wahl«, hatte er zu Ziba gesagt. »Es werden über zwanzig Personen sein! Und so viele passen nicht an unseren Tisch.«

»Ein Buffet ist aber nicht so familiär«, sagte Ziba. »Ich möchte, dass es richtig familiär wird.«

»Na ja, wie willst du das mit über zwanzig Leuten schaffen, Zi?«

»Ich setze die Kinder extra, die älteren kümmern sich um die jüngeren. Das sind, also, zwei, vier, sieben … Und wenn ich dann noch Beistelltische ans Ende des Esstischs rücke …«

Sie setzte sich schließlich durch. Die Kinder machten es sich in der Frühstücksecke in der Küche gemütlich, und im Esszimmer umringten die Erwachsenen eine riesige Tischfläche mit einem großen Paisley-Tischtuch darauf, die fast von einer Wand zur anderen reichte. Man musste schon genau hinsehen, um den Übergang zu den Beistelltischen zu entdecken. Die Hauptgerichte standen auf dem Sideboard aufgereiht – große Töpfe und Platten und Schüsseln –, und die kleineren Gerichte drängten sich auf vier Tabletts in einer Ecke. Bitsys Verwandte konnten es nicht fassen. »Ich habe in meinem ganzen Leben noch nicht so viel Essen auf einmal gesehen!«, sagte Jeannine. »Das ist ja ein Bankett!« Aber Ziba erwiderte: »Ach, das ist doch gar nichts.«

»Es gibt noch mehr Kebabs«, verkündete Sami. »Los aufessen, alle Mann hoch.« Er ging in die Küche, wobei er einen

Bogen um Bitsy machte, die gerade ein Lied probte. *Welches* konnte er nicht feststellen, denn offenbar war eine Meuterei im Gange. Mehrere Kinder übertönten sie lautstark mit »She'll be Coming Round the Mountain«. »They'll be wearing red pyjamas, when they come«, verballhornte Bridget den Text gerade, und die anderen, auch Zibas beide Nichten, juchzten: »Ritsch, ratsch!«, und hämmerten mit dem Besteck auf den Tisch. Bitsy rief: »Kinder! Bitte!« Sami grinste und nahm die Platte mit den Fleischstücken von der Anrichte. Als er durch die Hintertür ging, traf ihn die Stille wie ein Schlag. Seine Ohren dröhnten noch ein bisschen, und als er das Fleisch auf den Grill legte, ließ er sich zur Erholung alle Zeit der Welt.

Als sie sich zum zweiten Mal auftaten, erwähnte Ziba die Vorschule. »Habe ich dir davon erzählt?«, hörte Sami sie Bitsy fragen. »Susan fängt im Herbst bei Julia Jessup an.«

Bitsy nahm sich gerade noch eine Grilltomate. Sie hielt inne und schaute Ziba an: »Was ist Julia Jessup?«, fragte sie.

»Das ist die Vorschule, in die Sami gegangen ist. Die, bei der Maryam jetzt arbeitet.«

»Sie fängt da in *diesem* Herbst an?«, fragte Bitsy nach.

Ziba nickte strahlend.

»Aber sie ist erst zwei Jahre alt!«, sagte Bitsy.

»Zweieinhalb«, verbesserte Ziba. »Julia Jessup nimmt sie ab zwei.«

»Das kann schon sein«, sagte Bitsy. Vor Empörung saß sie kerzengerade, drückte den Rücken fast zum Hohlkreuz durch, und die Grilltomate schwebte auf dem Vorlegelöffel. »Aber nur weil man sie dort ab diesem Alter schon annimmt, muss sie doch nicht schon hingehen.«

»Nicht?«, fragte Ziba.

»Zwei ist *viel* zu klein! Sie ist doch noch ein Baby!«

Ziba öffnete den Mund und schaute in Richtung Küche, aber von ihrem Platz aus konnte sie Susan nicht sehen.

»Hör mal«, sagte Bitsy streng. Sie ließ die Tomate mit einem

Plumps auf ihren Teller fallen. »Ich habe mich bemüht, zu verstehen, warum du arbeiten gehst …«

»Nur ein paar Tage in der Woche!«, unterbrach Ziba sie. (Dies war ein wunder Punkt zwischen ihnen, wusste Sami aus früheren Diskussionen.) »Und eigentlich eher halbtags.«

»Manchmal arbeitest du sogar samstags«, trumpfte Bitsy auf.

»Aber Sami ist samstags bei ihr! Und Maryam wochentags, oder meine Familie, wenn sie zu Besuch ist.«

»Ja, und das kann ich auch noch verstehen«, fuhr Bitsy betont geduldig fort. »Aber ein winziges Kleinkind in die Vorschule zu schicken, eins, das noch Windeln trägt …« Sie zögerte. »Stimmt's? Sie *trägt* doch noch Windeln? Sie ist noch nicht sauber, oder?«

Ziba schüttelte den Kopf. Bitsy kam jetzt richtig in Fahrt: »Und obendrein noch ein Kind, das einen so schwierigen Start hatte«, sagte sie. »Wenn du überlegst, welche Anpassungsleistung sie bis jetzt –«

»Also, das ist ja interessant«, sagte Zibas Bruder Ali plötzlich. Er lehnte sich zu Maryam vor, die ihm am Tisch gegenübersaß. »Ich wusste gar nicht, dass du in einer Vorschule arbeitest, Khanom. Kein Mensch hat mir davon erzählt. Unterrichtest du die Kleinen?«

Sami konnte nicht umhin, den Mann zu bewundern. Das Leben in der Großfamilie hatte seine diplomatischen Fähigkeiten eindeutig gefördert. Und Maryam war darin ebenso geschickt. Sie gönnte ihm – dankbar für sein Interesse – ein strahlendes, entschiedenes Lächeln. »Oh, nein, ich helfe nur halbtags im Büro«, erklärte sie. »Als Sami dort Schüler war, habe ich oft ehrenamtlich ausgeholfen, weißt du. Ich habe Akten abgelegt, ich habe Schreibmaschine getippt, ich habe telefoniert …« Sie blickte freundlich in die Runde. »Und dann ist mein Mann gestorben, und ich hatte sozusagen einen kleinen Panikanfall in puncto Finanzen. Was bei Witwen anscheinend oft passiert. Sie haben eine völlig ausreichende Pension oder Lebensversicherung oder was auch immer, aber zum ersten

Mal stehen sie auf eigenen Füßen, und deshalb werden sie ganz panisch.«

»Tatsächlich«, sagte Bitsys Vater. »Und geht es Witwern auch so?«

Sami konnte nicht sagen, ob Dave ehrlich interessiert war oder auch nur zur Rettung der Stimmung beitragen wollte. Und nach ihrem prüfenden Blick zu urteilen, wusste auch Maryam es nicht genau. »Ach«, sagte sie schließlich. »Also, Witwer: Ich glaube, die verfallen eher angesichts des Haushalts in Panik. Die machen sich Sorgen, weil sie keine Frau mehr haben, die sich um sie kümmert. Manchmal verzweifeln sie geradezu. Dann machen sie traurige Fehler.«

Dave lachte kurz auf. »Ich werd's mir merken.«

Sami erwartete ihren Protest – eine Versicherung, dass sie es nicht persönlich gemeint hatte –, aber sie nickte nur. Und dann tauchte Linwood im Durchgang zur Küche auf – an einem seiner Brillengläser klebten ein paar Reiskörner – und räusperte sich und verkündete, dass Jin-Ho Bauchweh habe.

»Oje«, sagte Bitsy. »Sicher von der ganzen Aufregung.« Sie stand auf, legte ihre Serviette beiseite und ging in die Küche.

Ziba war der Spaß vergangen. Sami sah es mit einem Blick, auch wenn es sonst niemandem auffiel. Sie betrachtete ihren Teller, aß nicht, spielte mit der Gabel. Er saß zu weit weg und konnte leider nicht zu ihr hinübergreifen und ihre Hand streicheln. Er suchte ihren Blick, doch sie sah nicht hoch. Stattdessen fing er zufällig Mrs Hakimis Blick auf. Mrs Hakimi hatte offenbar darauf gelauert, denn kaum schaute er in ihre Richtung, lächelte sie breit. Er hatte keine Ahnung, wie viel sie von dem Gespräch mitbekommen hatte. Er lächelte zurück und sah weg.

Warum konnte Ziba Bitsys Bemerkungen nicht einfach abschütteln? Warum reagierte sie so empfindlich auf Bitsys Kritik? Vielleicht sollten sie sich iranische Freunde suchen. Schluss mit dem Anpassungskrampf, Schluss mit dem Konkurrenzkampf!

Er hörte, wie Brad am anderen Ende des Tischs zu Tante Azra sagte, dass er sie beneide. »Beneiden«, sagte Tante Azra langsam. Sami wusste, dass sie das Wort wiederholte, weil sie nicht genau wusste, was es hieß, aber Brad nahm sicher an, dass sie seinen Satz in Frage stellte. Er erwiderte: »Nein, ich meine es ganz ehrlich! Absolut. Eines Tages, in nicht zu ferner Zukunft, werden die Immigranten die neue Elite dieses Landes sein. Weil sie nicht so schuldbeladen sind. Ihre Vorväter haben den amerikanischen Ureinwohnern kein Land gestohlen, und sie haben nie Sklaven besessen. Sie haben ein völlig reines Gewissen.«

Tante Azra starrte ihn mit blankem Erstaunen an. Sami war ziemlich sicher, dass das Wort »Gewissen« sie außer Gefecht gesetzt hatte.

Wenn Ziba nicht so niedergeschlagen gewesen wäre, hätte sie Sami bestimmt wegen der letzten Runde Kebabs gedrängt. Er rutschte mit dem Stuhl zurück und stand auf. »Lasst noch eine Lücke frei, Leute! Die letzte Ladung kommt gleich«, sagte er. Er ging nach draußen in die Küche, wo ihm Bitsy den Weg versperrte. Sie kniete neben Jin-Ho am Kindertisch. »Süße?«, fragte sie. »Willst du dich hinlegen?« Jin-Ho schüttelte den Kopf. Susan, die neben Jin-Ho saß, lehnte sich vor und betrachtete Jin-Hos Gesicht mit kurios teilnahmsvoller Miene.

Dann sagte Bitsy: »Oh.«

Sie warf einen Blick in Jin-Hos Becher, der bis auf ein paar Eiswürfel leer war. »Du hast Brause getrunken«, sagte sie zu Jin-Ho.

Jin-Ho schob die Unterlippe vor und sah weg.

»Na, kein Wunder!«, sagte Bitsy. »Kein Wunder, dass du Bauchweh hast! Du meine Güte!«

Sami sagte: »Ach, lass sie doch in Ruhe, Bitsy.«

Bitsy wirbelte herum und sah zu ihm hoch.

Er spürte, wie ihm das Blut zu Kopf stieg, ein Anfall begeisterter Wut. »Lässt du nie locker?«

»Wie bitte?«

»Du und deine spitzen Bemerkungen, über Brause, weißen Zucker, arbeitende Mütter, Vorschulen …«

»Ich verstehe nicht«, sagte Bitsy zu ihm. Sie stand auf, hielt sich an Jin-Hos Stuhllehne fest. »Habe ich was Falsches gesagt?«

»Du hast nur Falsches gesagt, und du kannst dich bei meiner Frau entschuldigen.«

»Ich … bei Ziba? Ich verstehe nicht!«

»Dann denk mal nach«, sagte er, und schob sich an ihr vorbei in Richtung Hintertür.

Hinter ihm sagte Susan mit einem sehr kleinen Stimmchen: »Papa? Ist Bitsy *böse?*«

»Äh«, sagte er. Er hielt inne, drehte sich um und sah sie an. Sie hatte die Augenbrauen besorgt hochgezogen, wie zwei Balken, die ein Dach bildeten. Er sagte: »Nein, Susi-jun, schon gut. Ich glaube, ich bin nur schlecht gelaunt.«

Erst als er das Wort für »schlecht gelaunt« suchte – wörtlich »hitzig gelaunt« –, begriff er, dass er und Susan Farsi gesprochen hatten. Das war ein Schock und aus irgendeinem Grund auch eine Befriedigung. Er schaute Bitsy triumphierend an. Sie hielt sich immer noch an Jin-Hos Stuhl fest und betrachtete ihn fassungslos. Dann ging er hinaus in den Garten.

Die Kebabs waren inzwischen viel zu stark durchgebraten. Das Lammfleisch konnte man vielleicht noch retten, aber das Huhn sah wie Leder aus. Er benutzte einen Topflappen, um die Spieße einen nach dem anderen auf die Platte zu legen, und dann hob er den Rost, um die Kohle mit der Grillzange auseinanderzuschieben. Sein Herz schlug inzwischen ruhiger. Die Wut war verraucht, und er kam sich ein bisschen albern vor.

Als die Fliegengittertür zuklickte, drehte er sich um und sah Brad näher kommen. Brad sah in seinem Orioles-T-Shirt und den schlabbernden Bermuda-Shorts unordentlich und unbehaglich aus. Er blieb einen halben Meter vor ihm stehen und schlug nach einem Insekt, das seinen Kopf umschwirrte. Dann sagte er: »Na, wie ist's?«

»Okay«, sagte Sami. Er drehte sich wieder zum Grill. Er stocherte mit der Zange ein Stück Kohle beiseite.

»Wir hatten da wohl ein kleines Missverständnis«, sagte Brad.

Sami stocherte noch eine Kohle beiseite. Dann sagte er: »*Wir* hatten kein Missverständnis.«

»Schon gut«, sagte Brad. »Komm, sag, was passiert ist.«

»*Wir* waren alle guter Dinge«, sagte Sami. »Dann kommt deine Frau an und verletzt die Gefühle meiner Frau.«

»Aber wie denn?«

Sami sah ihn an. Er sagte: »Da fragst du noch?«

»Ja, das frag ich dich, mein Freund.«

»Du hast doch mit am Tisch gesessen; du hast doch gehört, wie sie unsere komplette Kindererziehung in Grund und Boden verdammt hat; du hast doch miterlebt, wie sie unsere Party ruiniert hat …«

»Ruiniert …? Ach, komm, Sami«, sagte Brad. »Ich weiß, dass Bitsy manchmal sehr direkt ist, aber …«

»Penetrant ist das bessere Wort dafür«, sagte Sami.

»Also, jetzt mach aber mal einen Punkt …«

»Penetrant und rechthaberisch und anmaßend und … penetrant«, sagte Sami.

Wie um das zu demonstrieren, trat er einen Schritt voran und versetzte Brad mit der Handfläche einen Schubs gegen die Brust. Brads Brust unter seinem T-Shirt fühlte sich schwammig an, fast wie ein Busen. Das ließ Sami noch einmal ausholen, diesmal härter. »Jetzt reicht's aber!«, sagte Brad und schubste ihn, wenn auch halbherzig, zurück. Sami ließ die Grillzange fallen, griff ihn mit beiden Händen und versuchte ihm mit dem Kopf in den Magen zu boxen, und Brad packte Samis Haar mit beiden Fäusten, warf sich gegen ihn, stürzte ihn der Länge nach zu Boden – glücklicherweise neben den Grill – und landete keuchend auf ihm. Einen Augenblick lagen beide da, als überlegten sie, was nun kommen würde. Sami war benommen und bekam kaum Luft. Er hörte hohe, dünne

Töne von der Hintertür – die verstörten Schreie der Frauen, die sich auf Farsi oder Englisch nicht unterschieden, und dann strömten alle die Treppe herunter.

Brad rollte von Sami weg, stolperte auf die Beine und wischte sich mit dem Ärmel das Gesicht. Sami setzte sich erst hin und stand dann auf. Er beugte sich vor, keuchend, und schüttelte seinen Kopf, um einen klaren Gedanken zu fassen.

Eigentlich hätte er entsetzt über sich sein müssen. Er hätte sich schämen müssen, dass irgendwer dies mitbekommen hatte. Stattdessen empfand er ein Hochgefühl. Er konnte kein ernstes Gesicht machen, als er seine Gäste betrachtete, die starr vor Schreck dastanden. Die Kinder waren stumm, und die Männer gafften mit offenen Mündern, und die Frauen pressten die Hände an die Wangen. Er drehte sich zu Brad, sah ihn blöde grinsen, und sie fielen sich mit einem Plumps in die Arme. Sami schlug auf Brads breiten, feuchten Rücken und stolperte ungeschickt tanzend durch den Garten und war sich darüber klar, dass sie für die Verwandtschaft wie zwei Typen aus einer Soap-Opera aussahen – zwei wilde, verrückte Amerikaner, zwei typisch amerikanische Jungs.

5 Brad und Bitsy sprachen davon, ein zweites Kind zu adoptieren. Ein Wahnsinn, dachte Dave. Was er natürlich nicht sagte. Er sagte: »Das ist also beschlossene Sache.« Aber Bitsy musste etwas in seinem Ton herausgehört haben, denn sie sagte: »Schon gut, Dad, raus damit. Was hast du dagegen?«

»Nichts!«, entgegnete er. »Warum fragst du?«

»Du findest, ich bin zu alt, ist doch so.«

»Überhaupt nicht«, sagte er.

Das zumindest stimmte. Offen gestanden, er wusste nicht genau, wie alt sie war. Fünfunddreißig? Vierzig? Connie hätte es gewusst. Er rechnete schnell nach. Okay, dreiundvierzig. Aber darum ging es ihm nicht. Er hatte vor allem das Gefühl, dass man sein Glück nicht herausfordern sollte. Er war bei der ersten Adoption so besorgt gewesen und so erleichtert, als alles gut ging. Jin-Ho war sein interessantestes Enkelkind. Und wahrscheinlich das gescheiteste, oder das zweitgescheiteste, nach Linwood. Warum es nicht dabei belassen? Sie hatten so viel erreicht. Außerdem machten Kinder viel Mühe. Er fand, dass Brad und Bitsy sich mit nur einem zufriedengeben könnten.

Genauso hatte er es bei seinen eigenen Kindern empfunden. Er hatte sich zögernd auf die Elternschaft eingelassen und bedauernd auf die sorglosen Tage seiner jungen Ehe zurückgeschaut, und obwohl das erste Baby die reine Freude war, hatte er sich nicht nach weiteren Kindern gesehnt. Wenn Connie ihm nicht dauernd in den Ohren gelegen hätte, wäre Bitsy als Einzelkind aufgewachsen. Natürlich hatten die beiden Jungen auch Freude gemacht, und er hätte sie um keinen Preis mehr hergegeben, aber er konnte sich immer noch sehr deutlich daran erinnern, dass er in einem Durcheinander von Wutanfällen, nassen Windeln und kleinen scharfkantigen Bauklötzen gesessen und gedacht hatte: zu viele Kinder und zu wenig Connie. Er war sich fast selber wie ein Kind vorgekommen, wenn er um Connies Aufmerksamkeit buhlte, nach den kleinsten Fitzelchen von ihr griff, um ihr Gehör und ihren nachdenklichen, konzentrierten Blick rang.

Was hätte Connie zu Bitsys neuem Plan gesagt?

Oh, vermutlich: »Mach, Liebes. Ich bin sicher, es wird wunderbar werden.«

Connie fehlte ihm mehr, als er sagen konnte. Tatsächlich versuchte er, es *nicht* zu sagen. Sie war 1999 gestorben, im März, vor mehr als einem Jahr. Vor bald anderthalb Jahren. Er merkte, dass die Leute fanden, er müsse jetzt über das Schlimmste hinweg sein. Zeit, sich zusammenzureißen! Zeit, nach vorn zu schauen! Aber in Wahrheit war es jetzt schwerer als gleich nach ihrem Tod. Damals war er so dankbar gewesen, dass sie nicht mehr leiden musste. Außerdem war er einfach völlig erschöpft gewesen. Er hatte nur schlafen wollen.

Aber jetzt war er so einsam wie Gott. Er war quälend, schmerzhaft einsam, und er rumpelte im Haus herum mit viel zu viel freier Zeit und nicht genug zu tun. Es war Sommer. Die Schule war zu Ende, nicht nur für das Schuljahr, sondern in seinem Fall für immer, denn im Juni hatte er sich pensionieren lassen. War das ein Fehler gewesen? Er hatte immer noch andere Interessen gehabt – seine Hobbys und seine Ehrenämter und seine Arbeit für die Gemeinde –, aber jetzt konnte er sich zu nichts aufraffen. Er seufzte viel und redete laut mit Connie. Er sagte: »Ich werde endlich das Türschloss reparieren«, oder: »Hol's der Teufel, ich wollte doch Eier kaufen.« Einmal oder zweimal sah er sie flüchtig, aber in Situationen, die so unwahrscheinlich waren, dass er sich beim besten Willen nicht vormachen konnte, sie wäre wirklich da gewesen. (An einem heißen Julinachmittag, zum Beispiel, stand sie hinten im Garten an der Vogelfutterröhre und zog sich mit den Zähnen einen verschneiten Handschuh aus.) Befriedigender waren Erinnerungen an früher, die plötzlich aus dem Nichts auftauchten, so lebensecht wie Familienvideos: Das eine Mal kurz nach ihrer Heirat, als sie mit ihrem VW Käfer in die Einfahrt fuhr und vom Hintersitz Rauchschwaden aufstiegen (irgendetwas mit der Heizung) und sie die Tür aufriss, heraussprang und sich in seine Arme warf; oder wie sie einmal dem lokalen Fernsehsender seinen Namen genannt hatte, als der Held des Alltags gesucht wurde, und er so ablehnend und ungnädig reagiert hatte, als sie es ihm sagte (sein Heldentum hatte darin bestanden, drei Kinder zu jeder Tages- und Nachtzeit mit dem Auto irgendwohin zu fahren, nicht darin, Menschen aus brennenden Häusern zu retten), obwohl ihm jetzt wegen ihrer Geste die Tränen kamen.

Er dachte, das halte ich nicht mehr aus.

Er dachte, man hätte mir erlauben sollen, zuerst an einem mir weniger wichtigen Menschen zu üben. Ich weiß nicht, wie man das macht.

Er vergaß, *dass* er es geübt hatte – an vier Großeltern und den Eltern. Aber das konnte man wirklich nicht vergleichen.

Er hatte sie während ihrer Krankheit so lange gepflegt, dass es ihm zur zweiten Natur geworden war, und jetzt konnte er nicht glauben, dass sie ohne ihn zurechtkam. Ging es ihr gut, dort wo sie war? Hatte sie alles, was sie brauchte? Er fand den Gedanken unerträglich, dass sie sich vielleicht verlassen fühlen könnte.

Dennoch war er überhaupt nicht religiös und hatte sich nie ein Leben nach dem Tod vorgestellt.

Er ließ ihre Stimme auf dem Anrufbeantworter, denn löschen hätte er als einen Akt der Gewalt empfunden. Er wusste, dass es manche beunruhigte, ihre herzliche Begrüßung zu hören: »Hier sind die Dickinsons! Hinterlassen Sie uns eine Nachricht!« Das erkannte er an dem einleitenden »Äh …«, wenn er den Anrufbeantworter abhörte. Aber Bitsy empfand es, sagte sie, als Trost. Einmal hatte sie ihn angerufen und mit zittriger Stimme gefragt: »Dad? Darf ich dich um einen Gefallen bitten? Kann ich deine Nummer ein paar Mal anrufen, ohne dass du rangehst? Ich habe heute einen melancholischen Tag und wollte Moms Stimme hören.«

Es war Bitsy, die mit ihm trauerte, mehr, viel mehr als ihre Brüder. »Erinnerst du dich noch an die Cremetorte deiner Mutter?«, fragte er sie oder: »Erinnerst du dich an das Lied, das sie immer gesungen hat, das mit der Witwe und ihrem Baby?« Und er musste sich keine Entschuldigung ausdenken, weil er es aufbrachte. Bitsy machte vorbehaltlos mit: »Und dann ihr Tomatengelee«, sagte sie, und: »Ja, natürlich, und wie ging noch mal das andere Lied? Das mit dem Lumberjack?«

Aber selbst bei Bitsy dosierte er diese Gespräche. Er wollte sie nicht beunruhigen. Er wollte nicht, dass sie ihm einen ihrer besorgten Blicke zuwarf. »Geht es dir gut, Dad? Geht es dir *wirklich* gut? Willst du heute Abend zum Essen kommen? Wir haben die Nachbarn eingeladen, aber du bist mehr als willkommen, das verspreche ich. Es würde dir guttun, rauszukommen.«

Es würde ihm nicht guttun rauszukommen. Das wenigstens wusste er genau. Wenn er in Gesellschaft war, konnte er immer nur denken, was ist daran so *wichtig?* Dieses Gerede über das Wetter, über Politik, Vermögenssteuern, Kinder – überflüssig, jedes Wort. Und die Nachbarn, die vorbeikamen und Aufläufe und Gebäck mitbrachten. »Stell dir vor!«, erzählte Tillie Brown hinter einer mit Klarsichtfolie abgedeckten Platte: »Ich bin wieder Großmutter geworden!«

»Wie bitte?«

»Meine Tochter hat gerade ihren vierten kleinen Jungen bekommen!«

»Gütiger Himmel«, sagte er und sah auf die Platte hinunter. Gekochter Lachs, wie es aussah. Die Geschenke rührten ihn, aber sie beunruhigten ihn auch. Machten sie sich überhaupt

Gedanken darüber, wer das alles essen sollte? Er war allein! Und außerdem schmeckte zurzeit sowieso alles wie Sägemehl.

Einige allein stehende Damen gaben ihm zu verstehen, dass sie gern mal abends mit ihm essen gehen würden – aber längst nicht so viele, wie der Volksmund einen glauben machen wollte. Er ging nie darauf ein. Selbst wenn er Interesse gehabt hätte, was er nicht hatte, war ihm die Mühe, sich an einen neuen Menschen anzupassen, viel zu viel. Das erste Mal war anstrengend genug gewesen. Er sagte: »Also, das ist wirklich nett von Ihnen«, und das war es dann. Sie kamen auch nicht darauf zurück. Er hatte den Verdacht, dass sie genauso froh waren wie er, sich nicht bemühen zu müssen. Mehr und mehr schien sich jeder nur so dahinzuschleppen, wohin er auch sah.

Bitsy sagte, sie hofften, dieses zweite Kind in China adoptieren zu können. In China sei das Elend größer, sagte sie. Aber die Bewerbung war komplizierter als in Korea, und es war auch schwieriger, an das Kind selbst zu kommen. Sie würden hinfahren müssen, um es zu holen. Und es werde definitiv ein Mädchen, sagte sie. Sie sah zu Jin-Ho hinüber, die in einiger Entfernung von der Veranda, auf der sie saßen, im Sandkasten spielte. »Zwei kleine Mädchen«, sagte sie zu Dave. »Wäre das nicht süß? Zum Glück war Brad noch nie der Typ, der meinte, einen Sohn haben zu müssen.«

»Nehmt ihr Jin-Ho mit nach China?«, fragte Dave.

»O du lieber Gott, nein! Zu all diesen fremden Mikroben? Außerdem wird die Reise sehr kompliziert. Es ist nicht nur der Flug; wir werden mehrere Wochen bleiben müssen, um den Papierkram zu erledigen.« Plötzlich stellte sie mit einer entschlossenen Bewegung ihr Eisteeglas ab und sah ihn an: »Eigentlich wollte ich dich etwas fragen«, sagte sie. »Glaubst du, dass wir sie bei dir lassen könnten?«

»Bei mir?«

»Jetzt, wo du pensioniert bist.«

»Aber –«

»Du weißt, wie sehr sie dich liebt.«

»Aber, Liebes, es ist schon sehr lange her, dass ich mich um eine Dreijährige gekümmert habe.«

»Unglücklicherweise«, sagte Bitsy, »wird sie dann wohl eher vier oder fünf sein. Vielleicht schon zur Vorschule gehen. Die ganze Prozedur könnte ein paar Jahre dauern, hat man uns gesagt.«

»Oh«, sagte Dave. »Na, dann …«

Ihm schoss durch den Kopf, dass er in ein paar Jahren genauso gut schon tot sein könnte. Er war überrascht, wie sehr der Gedanke ihn aufheiterte.

Diesmal waren die Donaldsons an der Reihe, die Ankunftsparty der Mädchen auszurichten. Bitsy überlegte schon, welcher Tag dafür am besten geeignet wäre. »Der Fünfzehnte fällt in diesem Jahr auf einen Dienstag«, sagte sie zu Dave, »und deswegen hat Ziba angefragt, ob wir nicht den Sonntag davor feiern könnten. Aber … ich weiß nicht. Zugegeben, der Sonntag ist günstiger, aber ich würde es vorziehen, am tatsächlichen Datum zu feiern, du nicht?«

»Nun, wie auch immer«, sagte Dave.

»Ich meine das echte, das tatsächliche Ankunftsdatum der Mädchen in unser aller Leben!«

»Natürlich«, sagte er hastig. »Klar. Genau am Fünfzehnten.«

Er hatte das Gefühl, in die Ecke gedrängt worden zu sein, wie so oft bei Bitsy. Oh, seine Tochter hatte es immer geschafft, das Leben schwerer zu machen als nötig, für sich selbst und für ihre Umgebung. Von Kindesbeinen an hatte sie leidenschaftlich und unbeirrbar ihre Meinungen vertreten, und obwohl sie meistens Recht hatte, konnte er sehen, dass es sehr wohl Momente gab, in denen sich so mancher wünschte, einmal anderer Meinung als sie sein zu können. Vielleicht war die globale Erwärmung letzten Endes nicht so schlecht!, konnte er sie förmlich denken hören. Vielleicht war der Weltfriede weniger erstrebenswert, als sie dachten!

Connie hatte immer gesagt, Bitsys Problem sei, dass sie dem Guten in sich misstraute. Im tiefsten Herzen sei sie unsicher, fürchtete, unwürdig zu sein. Es half Dave, sich selbst hin und wieder daran zu erinnern. (Und wie sollte er sich in Zukunft ohne Connies verzeihenden Blick auf die Welt zurechtfinden?)

Als dann der Tag feststand – der Dienstag, was für ein Schock –, ging es um das Menü. Bitsy fand offenbar, dass die Yazdans »die Regeln verändert« hatten, wie sie sich ausdrückte, als sie im vergangenen Jahr ein komplettes Essen servierten. »Ich meine, überleg doch mal, was wir im ersten Jahr gemacht haben«, sagte sie zu Dave am Telefon. »Wir haben die einfachsten Erfrischungen bereitgestellt, Tee und Kaffee und Kuchen. Aber letztes Jahr! Letztes Jahr gab es so viel zu essen, damit hätte man ein ganzes Obdachlosenheim einen Monat lang durchfüttern können. Jin-Ho hatte Bauchschmerzen und verschlief den Film, sie hat kein Stück davon gesehen.«

»Und?«, sagte Dave. »In diesem Jahr machst du es wieder auf deine Art.«

»Aber die Yazdans finden das vielleicht ungastlich. Du weißt, wie sehr sich bei ihnen immer alles um das Essen dreht. Und wenn ich ein Menü servierte, könnte ich nie so viele Gerichte kochen. Dafür habe ich nicht genug Töpfe und Pfannen! Und meine Töpfe und Pfannen sind nicht *groß* genug.«

»Mach doch deine gute herbe Zitronenlimonade mit den kleinen Zitronenschalenstückchen«, sagte Dave so schmeichelnd, wie er konnte, »und vom Bäcker holst du einen Blechkuchen …«

Aber Bitsy hörte nicht zu. Sie sagte: »Meine Gemüselasagne, was meint du? Oder mein pakistanisches Essen? Nein, warte; nichts mit Reis. Apropos großer Topf! Erinnerst du dich noch, wie ich mal *habichuelas negras* serviert habe? Der erste Yazdan, der sich Reis nahm, hat sich fast die ganze Schüssel genommen.«

Dave lachte. Ihm gefielen die Yazdans. An der Oberfläche

schienen sie alle unkompliziert zu sein, so unschuldig und leicht zu beeindrucken, aber hin und wieder bekam er kurze Einblicke in ein komplexes Innenleben. Mr Hakimi, zum Beispiel. *Da* gab es mit Sicherheit einige dunklere Flecken. »Werden die Hakimis kommen?«, fragte er Bitsy hoffnungsvoll.

»Ja, und einer von Zibas Brüdern, aber ich weiß nicht mehr, welcher. Sie hat immer so viele Verwandte um sich herum; werden die nicht an ihren Arbeitsplätzen vermisst? Andererseits, unsere Familie … ich bin sehr verärgert wegen Mac und Laura. Sie wussten, dass wir den Ankunftstag feiern; sie hätten mit Linwood auch zu einem anderen Zeitpunkt in diesem Sommer oder in diesem Jahr die Runde durch die Colleges machen können. Aber nein, nein. O nein. Und dann Brads Eltern; nun, typisch, finde ich. Die und ihre endlosen Kreuzfahrten: Als wäre es ihnen ganz egal! Ich frage mich, ob sie sich anders verhalten würden, wenn Jin-Ho ihr leibliches Enkelkind wäre.«

Wenn Jin-Ho ihr leibliches Enkelkind wäre, hätte man diese blödsinnige Ankunftsparty gar nicht erst erfunden, dachte Dave. Aber er sagte: »Ach, komm. Sie haben einfach Angst, dass sie nicht genug mit ihrer Zeit anfangen könnten, deswegen haben sie zu viele Termine.«

Guter Gott, er klang wie Connie. Vielleicht fand Bitsy das auch, denn statt mit ihm zu streiten, wechselte sie das Thema. Sie sagte: »Erinnerst du dich an das Musical *Guys and Dolls?*«

»Was? *Guys and Dolls?*«

»Erinnerst du dich an einen Song, den sie gesungen haben, ›I'll Know When My Love Comes Along‹?«

»Oh. Das Lied.«

»Ich habe immer das Gefühl, dass ›She'll Be Coming Round the Mountain‹ zu unfeierlich ist«, sagte Bitsy.

Wenn er die Telefonschnur so lang zog, wie es nur irgend ging, überlegte Dave, könnte er an die Fernbedienung des Fernsehers kommen. Er stellte die Abendnachrichten an und drückte dann den Ton weg, damit Bitsy es nicht merkte.

Der Morgen des Ankunftstages war schwül und feucht, im Westen türmten sich dicke Wolken, die auf ein kühlendes Gewitter hoffen ließen. Aber es kam keins, und gegen Abend grauste es Dave bei dem Gedanken, sich anständig kleiden und in die Hitze hinausgehen zu müssen. Zuhause hatte er sich angewöhnt, einfach in Badeshorts herumzulaufen. Er schleppte sich die Treppe hinauf, zu seinem Kleiderschrank, blieb träge davor stehen, kraulte sich das graue Haar auf der Brust und überlegte, was er anziehen könnte. Schließlich entschied er sich für ein leichtes Baumwollhemd und Khakihosen. Er hätte noch mal unter die Dusche gemusst, aber er hatte keine Lust. Er ging ins Bad und spritzte sich stattdessen kaltes Wasser ins Gesicht.

Eins hatte er bei Bitsys Partys gelernt: Es brachte nichts, früh hinzugehen. Kurz bevor ihre Gäste kamen, kommandierte sie alle herum. Er hätte Servietten falten oder Stühle umstellen müssen oder irgendetwas ähnlich Unnötiges. Deshalb ließ er sich Zeit, bis er losging, und als er bei den Donaldsons ankam, sah er, dass schon mehrere Autos am Bordstein parkten. Die Mädchen waren auf dem Gehweg – Susan fuhr eifrig auf Jin-Hos Dreirad, während Jin-Ho danebenstand und zuschaute. (Aus irgendeinem Grund war es immer Susan, die zuerst an die Spielsachen kam, hatte Dave bemerkt. Sie war zwar kleiner und dünner, aber drollig entschlossen.)

»Hallo, ihr beiden«, sagte er. »Seid ihr zwei bereit für die Party?«

Jin-Ho rief: »Opa!«, und ging zu ihm, um ihn zu umarmen. Susan sah mit ihrem üblichen skeptischen Gesichtsausdruck zu ihm hoch. Er legte ihr die Hand auf den Kopf, als er an ihr vorbeiging. Sie hatte zwei dünne Zöpfe, kein Vergleich mit Jin-Hos dickem glatten Pagenschnitt, und die vollkommene Rundung ihres kleinen Schädels unter seiner Hand hatte etwas Rührendes.

»Wir warten auf Polly und die anderen«, sagte Jin-Ho. Polly war die älteste von Abes drei Töchtern – dreizehn jetzt; gerade im richtigen Alter, um kleine Mädchen zu faszinieren. »Mama hat gesagt, wir können nach draußen, wenn wir nicht zu nahe an die Straße gehen. Mama weiß nichts von dem Hemm.«

»Dem Hemm?«, fragte Dave.

»Susan hat den Dreiradhemm nicht auf.«

»Ah«, sagte Dave. Ja, jetzt sah er, dass der Helm auf der obersten Stufe der Verandatreppe lag – ein schnittiges schwarzes käferförmiges Teil, mit Rennstreifen an den Seiten. »Nun, ich glaube, das Leben wird trotzdem weitergehen«, sagte er.

»Hä?«

Er winkte ihr zu und ging zum Haus weiter. Als er zur Veranda kam, ging die Fliegengittertür auf und Bitsy sagte: »Endlich!« Sie kam raus und küsste ihn auf die Wange. Sie trug ein Sommerkleid aus einem ihrer gefälligeren selbst gewebten Stoffe – lilafarbene Streifen mit Blau drin –, obwohl es weit geschnitten war, was er unvorteilhaft fand. Er mochte es, wenn man bei einer Frau die Taille sah. (Connie hatte immer behauptet, dass diese Vorliebe die männliche Angst vor Schwangerschaft verriet.) »Jetzt sind alle da, bis auf Abe«, sagte Bitsy. »Alle Iraner …« Dann beugte sie sich vor und flüsterte ihm ins Ohr: »Sie haben noch einen mitgebracht.«

»Wie bitte?«

»Die Yazdans haben noch einen Gast mitgebracht.«

»Oh.«

»Ohne mich vorher zu fragen.«

»Na ja, ich denke, in ihrer Kultur ist es vielleicht …«

Dann stieß er fast mit Ziba zusammen, die genau hinter der Tür stand. »Hallo, Ziba«, sagte er und ließ sich auch von ihr einen Kuss geben. Wie immer trug sie ein hautenges T-Shirt und noch engere Jeans, und ihre Absätze waren so hoch, dass sie leicht schwankte, als sie einen Schritt beiseitetrat. »Herzlichen Glückwunsch zum Ankunftstag«, sagte sie. Sie zeigte auf einen klapperdürren Jugendlichen, der neben ihr stand, die Hände fest unter die Achselhöhlen gesteckt. »Das ist Kurosh«, sagte sie. »Siroos' Sohn.«

Dave hatte keine Ahnung, wer Siroos nun wieder war, aber er sagte: »Na, hallo. Alles Gute zum Ankunftstag«, und der Junge befreite eine Hand und begrüßte ihn.

»Danke, Sir«, sagte er akzentfrei. »Und alles Gute zurück«, was, wenn man lange genug darüber nachdachte, nicht ganz zum Anlass passte.

Brad kam schwitzend herangeschlendert und grinste. »Mehr oder weniger das gleiche Wetter wie am ersten Ankunftstag, nicht wahr?«, sagte er. Er führte Dave ins Wohnzimmer, wo Mr und Mrs Hakimi neben einem von Zibas Brüdern (dem ältesten, der fast ihr Vater hätte sein können, mit dieser Glatze und dem ledernen Gesicht) und dessen mütterlich wirkender Frau saßen. Die vier bildeten eine dekorative Reihe auf der Couch, die Männer in Anzügen und die Frauen im guten kleinen Schwarzen, und es war möglicherweise ihre steife Zurückhaltung, die Brad veranlasste, Dave unbedingt dazusetzen zu wollen. »Sie erinnern sich an Bitsys Vater?«, sagte er. Die Hakimis lächelten strahlend und machten Bewegungen, als wollten sie aufstehen, sogar die Frauen, aber dann blieben sie sitzen – eine Geste, die Dave von früheren Gelegenheiten her vorausgesehen hatte.

Sami, der für die Drinks verantwortlich zu sein schien, stand an dem breiten Fensterbrett, das als Anrichte diente. »Hallo, Dave!«, rief er. »Kann ich Ihnen einen Scotch anbieten? Ich habe gerade einen für Ali gemacht.«

»Nun … warum nicht?«, sagte Dave. Er war froh, dass er nun den Namen des Bruders wieder wusste, aber an den der Frau konnte er sich immer noch nicht erinnern.

»Haben Sie die Bilder gesehen?«, dröhnte Mr Hakimi. »Sehen Sie sich die Bilder an! Sehr schön!«

Die Bilder standen in einer Reihe oben auf dem Kaminsims und auf dem eingebauten Bücherregal daneben – Fotos von den Ankunftspartys Nummer eins und Nummer zwei, die meisten nicht gerahmt und nach innen gebogen. Dave sah flüchtig hin, aber Mr Hakimi sagte: »Sehen Sie das da rechts!

Da sind Sie mit Jin-Ho!«, sodass Dave hingehen und die Brille aus der Hemdtasche ziehen musste, um sein Interesse zu bekunden. Das Foto ganz rechts außen zeigte ihn, wie er Jin-Ho an der Taille hochhob, damit sie mit dem langen Gas-Anzünder die Kerze anzünden konnte. Vielleicht war es nur die Anstrengung, sie hochzuheben, die sein Gesicht so sehnig und erschöpft aussehen ließ, aber er konnte nichts weiter denken als: Ich sehe höllisch schlecht aus. Ich sehe zerstört aus! Als Erwachsener hatte er immer ein paar Pfunde zu viel gehabt, er war groß und teigig und tollpatschig gewesen, aber auf dem Foto sah er hager aus, und sein Hals war sehnig. Connie war gerade fünf Monate tot, als das Foto aufgenommen wurde. Jetzt verstand er, dass er sich, ohne es selbst zu bemerken, von dieser Zeit erholt haben musste, denn er war so dankbar, dass diese Tage vorbei waren. Und er war sich fast sicher, dass er das verlorene Gewicht wieder drauf hatte.

»Sehen Sie, Großvater und Enkelin!«, sagte Mr Hakimi. »Einen Toast auf Großvater und Enkelin! Auf Ihre Gesundheit, Sir!« Und Sami drückte Dave ein eiskaltes Whiskyglas in die Hand.

Dass Bitsy für Cocktails gesorgt hatte, deutete darauf hin, dass sie ihren Plan durchzog, ein komplettes Menü zu servieren. Er dachte, dass ihr auch kaum etwas anderes übrig blieb, nachdem sie die Party auf einen Abend mitten in der Woche gelegt hatte. Also machte er sich resigniert auf einen langen Abend gefasst und darauf, sehr wenig von Bitsy zu sehen, da sie mit dem Essen beschäftigt sein würde. Er setzte sich in den Schaukelstuhl und hörte, wie er hoffte, mit aufmerksamem Gesicht zu, wie Sami und Brad über die Baltimore Orioles diskutierten. Er verfolgte die Spiele der Orioles nicht mehr. Wenn man einmal den Kontakt zu einer Baseballmannschaft verloren hatte – den Klatschgeschichten, den Miniaturdramen herzzerreißender persönlicher Krisen und wundersamer Comebacks –, dann war es schwer, großen Enthusiasmus aufzubringen. Und die Hakimis schienen noch weniger zu verstehen, gemessen an ihren wie eingefroren lächelnden Mienen. Nur wenn Maryam aus der Küche kam, wo sie offenbar half, wurden sie lebendig. Sie brachte ein Tablett mit irgendetwas, und als sie sich über die Reihe der Gäste auf der Couch beugte, lehnten sich alle eifrig vor, und Dave hörte fremdsprachiges Gemurmel, ein schnelles Hin und Her der Rede und plötzliches, leises Gelächter, und ihm wurde bewusst, das in den Köpfen dieser Menschen ganz viel vor sich ging, von dem er wegen ihres kümmerlichen, einfachen Englisch nicht das Geringste ahnte.

Wäre es nicht wie ein andauernder, schmerzlicher Verlust, die Muttersprache aufgeben zu müssen?

Maryam trug ein Oberteil mit tiefem V-Ausschnitt, der ihre schimmernden Schlüsselbeinknochen zeigte. Als sie mit dem Tablett zu ihm kam, sagte sie: »Schön, Sie zu sehen, Dave. Möchten Sie ein Kanapee?«

»Danke«, sagte er und nahm eins. Offenbar irgendeine Fischpastete.

»Sind Sie froh, dass Sie vielleicht ein neues Enkelkind bekommen?«

»Ein neues …? Oh. Ja, richtig«, sagte er. »Sehr froh«, weil er annahm, dass das von ihm erwartet wurde.

»Ich überlege gerade, ob das heißt, dass wir jetzt *zwei* Ankunftspartys feiern werden«, sagte sie.

»Um Gottes willen!«, sagte er, ohne nachzudenken. Maryam lachte.

Als Abe und Jeannine endlich mit ihren Töchtern auftauchten, hatten alle schon viel zu viele Vorspeisen gegessen. Beim Anblick des gewaltigen Festmahls, das sie im Esszimmer erwartete, stöhnten einige Gäste auf. »Bitsy, was hast du denn angestellt?«, fragte Jeannine. Es gab Platten mit kaltem Hühnchen, kaltem Lachs und Shrimps, daneben ein halbes Dutzend Gemüsegerichte und fast ebenso viele Salate. Wenn das ein Wettbewerb war, dann fürchtete sich Dave davor, darüber nachzudenken, was es im nächsten Jahr geben würde.

Der Kuchen zum Abschluss des Essens war der übliche

Blechkuchen mit der Sternenbannerverzierung, und das Lied war das übliche Lied, trotz Bitsys Vorstoß. »I'll know …«, stimmte sie hoffnungsvoll mit ihrer hohen, melodischen Stimme an, aber Abes drei ungestüme Töchter übertönten sie. »They'll be coming round the mountain when they come«, setzte Bridget ein, und Brad riss die Küchentür auf und präsentierte Jin-Ho und Susan, die so verdutzt wie jedes Mal dastanden und nicht wie angewiesen nach vorn gingen. »Tuut! Tuut!«, kreischten Abes Töchter. Sie hatten offensichtlich sehr viel mehr Spaß an den Klangeffekten als an dem Lied selbst: »Ritsch, ratsch! Halt, zurück! Hallo, Babe!« Erst fielen Abe und Jeannine ein, dann Sami gefolgt von Ziba und schließlich Dave, obwohl er seine Illoyalität abscheulich fand. Selbst die Hakimis brummten mit, so gut sie konnten, kicherten jedes Mal verschämt, wenn die Stelle mit dem »Tuut« kam, und warfen sich verstohlen Blicke zu.

Nach dem Kuchen war es Zeit für das Video. *Die Ankunft von Jin-Ho und Susan,* der Titel war ganz neu, die Buchstaben kursiv, keine Kupferstichschrift mehr. Die Gäste waren mehr oder weniger aufmerksam. Die Hakimis saßen aufrecht da, die Augen unverwandt respektvoll auf den Bildschirm gerichtet. Das andere Extrem verkörperte Jin-Ho, die sich mit der Krümelmonsterpuppe aus der Sesamstraße beschäftigte. Dave stand weiter hinten und sah aufmerksamer zu, als er sich anmerken ließ, weil er wusste, dass er Connie sehen würde. Er wollte nicht, dass die anderen mitbekamen, wie wichtig ihm das war. Sie würden sich Sorgen machen; sie würden versuchen, ihn abzulenken. Sie würden sagen, das sei selbstquälerisch.

Ja, da war sie, mit einem schönen Lächeln und vor der Brust zusammengelegten Händen, als würde sie beten. GRANDMA stand auf dem Button auf ihrem Revers. Sie trug zwar die Baseballkappe – sie war schon krank –, aber wie voll und rosig ihr Gesicht noch war! Wie kräftig sie da stand, neben ihm, aber nicht an ihn gelehnt. Er vergaß immer wieder, dass sie einmal so ausgesehen hatte. Wenn er sie jetzt vor sich sah, hatte sie die papierne, weiße Haut und die hervorstehenden Knochen einer Sterbenden.

Dann war sie weg. Oh, verdammt. Er überlegte, wie schon im Jahr davor, ob er das Band irgendwie an sich bringen und mitnehmen könnte, um es sich zu Hause allein anzusehen. Er würde nur die Sequenzen mit Connie immer und immer und immer wieder abspielen. Bei der lieb gewonnenen Hautkurve unter ihrem Kinn verweilen und dem Anblick des gemütlich eingebetteten Eherings an ihrem Finger.

Der Säugling Jin-Ho kam in den Armen seiner Überbringerin an und wurde umringt und in Besitz genommen. Einige Dickinsons und Donaldsons benahmen sich wie komplette Narren. Dann blitzte Susan kurz auf – jetzt sah man sie, jetzt nicht –, aber Dave beachtete diesen Teil kaum noch. Er wusste, von Connie würde es keine Aufnahmen mehr geben.

»Es war schwer, Connie zu sehen, nein?«, fragte Maryam.

Sie stand in der Nähe, zu seiner Linken. Die fremdländische Betonung ihres »nein?« irritierte ihn. Er hatte das Gefühl, sich weit außerhalb dieser zusammengewürfelten Gruppe zu befinden; es störte ihn, wieder hineingezerrt zu werden. Stur blickte er weiter auf den Fernsehschirm (der Abspann rollte noch in den früheren Kupferstichbuchstaben ab), als er antwortete: »Überhaupt nicht. Ich fand es schön, dass sie so gesund aussah.«

»Ah«, sagte Maryam. »Ja, das kann ich verstehen.« Dann sagte sie: »Ich denke immer, wenn jemand gekommen wäre, um mir aus heiterem Himmel mitzuteilen: ›Ihr Mann ist gerade gestorben‹, als er noch vollkommen gesund war, hätte ich es leichter gefunden. Ich habe mit angesehen, wie es ihm schlechter und immer schlechter ging, und das hat es so schwer gemacht.«

Er sah sie an. Er wunderte sich immer wieder über Maryams Zierlichkeit – eine so elegante Person sollte stattlich sein, fand er –, und jetzt musste er hinuntergucken, um ihr Profil betrachten zu können, ihre Augen, die auf den anderen Gästen ruhten, und ihre Finger, die graziös den Henkel der Teetasse umschlossen.

»Ich dachte, wenn ich doch nur den Mann, den ich einmal kennen gelernt hatte, betrauern könnte. Stattdessen hatte ich ihn in seinen späteren Versionen im Kopf, den Kranken, den noch Kränkeren, und dann den, der so unwirsch war und mich hasste, weil ich ihn mit all den Tabletten und Essen und Getränken belästigte, und zum Schluss den weit Entrückten, Schläfrigen, der eigentlich gar nicht mehr da war. Ich dachte, hätte ich nur den Tag bewusst erlebt, an dem er *wirklich* starb – sein wahres Selbst. Das war der Tag, an dem ich am tiefsten um ihn hätte trauern müssen.«

»Ich hatte vergessen, dass es bei ihm auch Krebs war«, sagte Dave.

Sie schwieg. Sie beobachtete, wie die anderen aus dem Zimmer strömten, die Kinder in den Garten und die Erwachsenen ins Wohnzimmer.

»Connie war zuletzt – sehr fordernd«, sagte Dave. Er wollte noch etwas hinzufügen, besann sich aber. Dann gab er sich einen Ruck und sagte es doch: »In gewisser Weise war sie fast *gemein*.«

Maryam nickte, ohne überrascht zu sein, und trank einen Schluck Tee.

»Ich glaube, das war unvermeidlich«, sagte er. »Menschen, die krank sind, bekommen das Gefühl, man schulde ihnen etwas. Sie werden irgendwie herrisch. Im wirklichen Leben war Connie nicht im Mindesten so. Das wusste ich. Ich hätte es ihr nachsehen müssen, aber das habe ich nicht. Manchmal habe ich sie angefahren. Ich habe oft die Geduld verloren.«

»Nun, natürlich«, sagte Maryam und stellte geräuschlos die Tasse wieder auf die Untertasse. »Das war die Angst«, sagte sie.

»Angst?«

»Ich weiß noch, als Kind – wenn meine Mutter Anzeichen von Schwäche zeigte, selbst wenn sie sich nur mit Kopfschmerzen ins Bett legte, wurde ich immer richtig wütend auf sie! Weil ich Angst hatte, deshalb.«

Er dachte darüber nach. Wahrscheinlich hatte sie Recht. Natürlich hatte Connies Verfall ihn wahnsinnig erschreckt. Aber irgendwie fand er diese Unterhaltung unbefriedigend, so als müsse er da noch etwas richtig stellen. Er trat einen Schritt zur Seite, um Siroos' Sohn vorbeizulassen, dann sagte er: »Es sind nicht nur ihre letzten Tage, die mir leidtun.«

Maryam hob leicht die Augenbrauen.

»Sondern ihr ganzes Leben. Unser ganzes Leben zusammen. Jedes gedankenlose Wort, das ich je gesagt habe, jede kleinste Unaufmerksamkeit. Kennen Sie das? Dass Sie sich diese Dinge ins Gedächtnis rufen? Ich war immer so ein Macher; ich meine, ich habe mich immer auf irgendein Projekt konzentriert und alles andere sausen lassen. Ich erinnere mich, dass ich einmal unser Haus mit einer selbst gebastelten Gegensprechanlage bestückt habe. Ich machte weder eine Mittagspause, noch ging ich mit Connie in den Film, den sie sehen wollte. Wenn ich jetzt daran denke, macht mich das ganz krank. Und ich denke, was würde ich jetzt nicht für einen Lunch mit ihr geben oder dafür, neben ihr im Kino zu sitzen!«

»Leute, kommt ihr?«, fragte Brad. »Im Esszimmer gibt es gleich einen Nachschlag Kuchen.«

»Danke«, sagte Dave, aber Maryam reagierte nicht. Sie trank noch einen Schluck Tee und sah dann auf ihre Tasse hinunter. »Hm, na ja«, sagte sie. »Wenn wir anders gewesen wären, ob sie uns dann geliebt hätten?«

»Wie bitte?«

»Wenn Sie nicht der Mann mit den vielen Interessen gewesen wären, der sich für seine Projekte begeistern kann – wenn Sie keine anderen Interessen außer Connie gehabt hätten und immer nach ihrer Pfeife getanzt hätten –, ob sie Sie dann geheiratet hätte?«

Aber sie schien keine Antwort zu erwarten, denn während er noch über ihre Worte nachdachte, sagte sie: »Jeannine! Polly ist aber in diesem Sommer in die Höhe geschossen!«

»Ja. Sie ist jetzt ein Teenager. Gott steh uns bei.«

Maryam lachte leise, drehte sich um, um mit ihr aus dem

Zimmer zu gehen, und Dave folgte ihnen. Noch ein Stück Kuchen schien ihm doch keine so schlechte Idee. Plötzlich hatte er richtig Hunger.

Der September kam, mit seinem Geruch nach trockenen Blättern, den man leicht mit dem Geruch frisch angespitzter Bleistifte verwechseln konnte. Die Kinder der Nachbarschaft gingen wieder mit ihren riesigen Büchertaschen zur Schule, und die College-Studenten brachen mit ihren überladenen Autos auf, und die Tatsache, dass er im Ruhestand war, war für Dave erneut wie ein Schlag ins Gesicht. Ungeachtet der herzlichen Verabschiedungen im Juni. Vergiss die Widmung im Jahrbuch *(Für unseren geliebten Mr Dickinson, der für drei Generationen von Woodbury-Mädchen die Physik lebendig werden ließ)* und die viel zu vielen Abschiedspartys mit ihrer reichen Ernte an Geschenken, zumeist Uhren, eine Ironie, wenn man bedachte, dass er nicht mehr zu wissen brauchte, wie spät es war. Jetzt war der Moment der Wahrheit gekommen: Der Herbst, mit dem der Rest der Welt wieder von neuem anfing, während Dave einfach weiter mitlief, einfach weiter mitlief, so wie im Sommer. Er hatte gedacht, er könne es kaum noch erwarten, alles hinter sich zu lassen. Sie hatten ihn geschafft, diese Woodbury-Mädchen! Aber jetzt merkte er, dass er ihre hohen, lebhaften Stimmen vermisste, die jeden Satz mit einem Fragezeichen beendeten, und ihre fast stündlich ausbrechenden sintflutartigen Gefühlskrisen, ihre geheimnisvollen Lachanfälle, obwohl er oft den Verdacht gehabt hatte, dass er derjenige war, über den sie lachten. Sie würden ihn schon vergessen haben. Er machte sich nichts vor. Sie drehten schon völlig durch wegen seines Nachfolgers, einem hübschen jungen Mann, frisch von Princeton. Es war wie ein Gang über den roten Teppich, und wenn man sich umdrehte, sah man, dass die Bediensteten ihn schon hinter einem aufrollten. Er war *weg*. Es erschütterte sein Selbstbild, als er gewahr wurde, wie viel es ihm ausmachte.

Er war immer ein Tüftler gewesen – ein fähiger Mechaniker und Zimmermann, aus dem Bauch heraus erfinderisch –, und deshalb hatte er gedacht, dass ihm der Ruhestand leichtfallen würde. Aber eines Tages, als er unten im Keller die Fassung einer Glühbirne mit einem Dreistufenschalter auswechseln wollte, merkte er plötzlich, dass er es keine Minute länger in der trüben, dumpfen, nach Erde riechenden Luft aushielt. Das blinde kleine Fenster über seinem Kopf erinnerte ihn an übermalte Scheiben in verlassenen Fabriken, und seine Arbeitsbank mit dem ordentlich aufgehängten, nach Größe und Funktion sortierten Werkzeug befand sich in einem kalten weißen Neonlichtwürfel, den ringsherum die Dunkelheit bedrängte, sogar an diesem sonnigen Nachmittag. Er bildete sich ein, keine Luft mehr zu bekommen. Er fragte sich, wie lange er wohl hier liegen würde, wenn er einen Schlaganfall hätte.

Oben, in der Küche (luftig und fast zu hell), stürzte er ein Glas Wasser hinunter und betrachtete die Ersatzfassung, die er in Gedanken mit hochgenommen hatte. Und in dem Moment kam ihm der Einfall, dass er die Werkbank nach oben bringen könnte. Nun, vielleicht nicht die ganze Werkbank oder die großen Werkzeuge, aber bestimmt die kleineren Sachen. Er könnte den Nebenraum nutzen, den sie immer als ihr Büro bezeichnet hatten. Er ging direkt von der Küche ab und diente als eine Art Abstellkammer für Connies Nähzeug, unbezahlte Rechnungen und alte Zeitschriften. Es gab ja schließlich niemanden, der etwas dagegen einwenden könnte. Er spürte ein Aufflackern seiner alten Lebensfreude, sie regte sich wieder. Er hatte etwas zu tun! Er stellte das Glas auf die Anrichte und ging in die Kammer, um sie zu inspizieren.

Das Haus war ein geräumiges Eigenheim in Mount Washington, in das sie vor mehr als vierzig Jahren eingezogen waren, als die Kinder klein waren, und aus reiner Trägheit hatten sie zugelassen, dass sich Gerümpel ansammelte. Außerdem war Connie von Natur aus unordentlich gewesen. Wie oft hatte Dave sich über eine auf einem Stuhl herumliegende Schere aufgeregt oder darüber, dass seine beste Zange nicht mehr da war, wo sie hingehörte. Der ganze Eckschrank war mit Stoffen vollgestopft, und er wusste, ohne nachzusehen, dass einige davon zugeschnitten, aber nicht genäht worden waren und dass die Schnittmuster noch an ihnen feststeckten; andere waren spontan vor zehn oder fünfzehn Jahren gekauft, aber nie benutzt worden, und Staub und Licht hatten die Bruchkanten ausbleichen lassen. Er empfand eine boshafte Freude, hier endlich, endlich, Ordnung schaffen zu können.

An diesem Nachmittag und den ganzen nächsten Tag stopfte er Sachen für die Wohlfahrt in blaue Plastiksäcke. Die Stoffe und die Strickutensilien, bündelweise Butterick-Schnitte, einen Nähkorb; eine halb fertige Babydecke, die vielleicht für das allererste Enkelkind angefangen worden war. Einen flachen Blechtuschkasten mit Wasserfarben, auf Tablettengröße eingetrocknet. Ein Skizzenbuch, vollkommen leer, mit vergilbten Ecken. Eine Lederzange, nach der er seit Weihnachten gesucht hatte. Ein Buch über das Sticken von Puppenhausteppichen aus der Roland Park Library, das bis zum 16. Mai 1989 zurückgegeben werden sollte. Eine Gebrauchsanleitung für eine elektrische Schreibmaschine, die sie nicht mehr besaßen. Eine Schachtel mit unbenutzten Dankkarten. Zwanzig Jahrgänge Steuerrückzahlungsbescheide, einige Jahre fehlten.

Die Steuerrückzahlungsbescheide behielt er nach nochmaliger Überlegung. Als er sie wieder herauszog, sah er zufällig den Nähkorb und nahm den ebenfalls wieder an sich, weil er schließlich hin und wieder doch mal einen Knopf annähen würde. Dann dachte er noch über andere Dinge nach, zum Beispiel das grüne Kästchen mit den Häkelnadeln, das er ganz zu Anfang weggeworfen hatte. Häkelnadeln konnten manchmal sehr nützlich bei kleinen Reparaturen sein. In welchen Abfallsack hatte er sie geworfen?

Am Ende des zweiten Tages sah der Raum viel, viel schlimmer aus als vorher. Man konnte sich kaum noch darin bewegen. Die Steuerrückzahlungsbescheide belegten den einzigen Lehnstuhl, und auf dem Sofa stapelten sich Fotoalben und prall gefüllte braune Umschläge mit noch mehr Fotos, die er später durchsehen wollte. Er konnte sich nicht einmal mehr hinsetzen. Es war wie eine Niederlage.

Er zog die oberste Schreibtischschublade auf, in der Hoffnung, dort die Steuerrückzahlungsbescheide deponieren zu können, und fand ein kleines Lager pharmazeutischer Artikel. Er nahm an, dass sie aus den frühsten Tagen von Connies Krankheit stammten. Denn später hatten sich die Utensilien – genau wie ihre Krankheit – deutlich sichtbar ausgebreitet und ihr ganzes Leben ausgefüllt. Im Wohnzimmer hatte ein Krankenhausbett gestanden und in der Diele ein Rollstuhl. Aber die Sachen im Schreibtisch waren klein und unauffällig: eine Schachtel mit in Alkohol getränkten Tupfern und ein digitales Thermometer, ein fotokopiertes Blatt mit Informationen über die Nebenwirkungen der Chemo.

Dave selbst hatte nie »Chemo« gesagt. Er weigerte sich, so familiär über etwas so Entsetzliches zu reden. Er benutzte das ganze Wort: Chemotherapie.

Connie hatte geschworen, sich nicht von ihr unterkriegen zu lassen. Sie war entschlossen, sie einfach leichtzunehmen. Eines Tages dann hatte Dave sich gewundert, dass er knöcheltief in Duschwasser stand, und als er nach unten blickte, sah er, dass ihr Haar den Abfluss verstopfte. Sie hatte es noch nicht bemerkt; erst abends fiel ihr der Kamm voller Haare auf. Und er hatte es ihr nicht gesagt. Das war der Anfang der immer breiter werdenden Kluft zwischen ihnen gewesen. Wohl oder übel blieb er in der Welt der unbekümmert Gesunden, und Connie begab sich in den Kreis der Leidensgenossen, die in Wartezimmern zueinander fanden, Symptome verglichen, alternative Therapien diskutierten und jede Menge Ratschläge für den Umgang mit den Nebenwirkungen austauschten. (Ein Mann schwor auf Dosenpfirsich.) Die pflegenden Angehörigen, Ringe unter den Augen und erschöpft, sahen einander mitfühlend an, sagten aber nichts.

Sie entfernte sich immer mehr von ihm. Stürzte sich in die

Schlacht gegen jedes neue Leiden, das sie nun plötzlich mal hier, mal da befiel, gerade wenn sie nicht damit rechnete, gerade wenn ein Testergebnis oder ein Arztbesuch ihnen neue Hoffnung machte, während Dave sich ganz allein um die Versicherung und die Arztrechnungen und die verschriebenen Medikamente kümmerte.

Manchmal dachte er, dass die Nebenwirkungen der Chemotherapie ansteckend waren. Er verlor den Appetit, ihm war ständig leicht übel, und wenn er sich beim Rasieren schnitt, schien ihm, dass sein Blut länger brauchte, bis es trocknete. Als er einmal Connie gegenüber dergleichen andeutete, sagte sie: »Hast du auch nur die leiseste Ahnung, wie banal sich das für einen Menschen in meinem Zustand anhört?« Die plötzliche Wut, die ihre Frage in ihm auslöste, war fast ein Genuss. Einen Moment lang befreite sie ihn von Schuldgefühlen. Aber nur einen Moment.

»Mein ganzes Leben lang«, sagte er jetzt zu Bitsy am Telefon, »habe ich immer ungeduldig die nächste Stufe erreichen wollen. Ich konnte es nicht erwarten, erwachsen zu werden, die Schule zu beenden, zu heiraten; ich konnte es kaum erwarten, dass ihr Kinder Laufen und Sprechen lernt. Ich habe die Dinge beschleunigt, wo ich nur konnte. Wozu? Das frage ich mich jetzt. Aber was das Schlimmste ist: Wenn ich an die Krankheit deiner Mutter zurückdenke, dann sehe ich, dass ich auch da den Punkt erreicht hatte, an dem ich nicht mehr erwarten konnte, dass auch das endlich ein Ende hätte. Ich bin über mich selbst entsetzt.«

»Aber natürlich konntest du es nicht erwarten«, sagte Bitsy mit tröstender Stimme. »Du hast dir vorgestellt, dass sie wieder gesund werden würde.«

»Nein, Liebes, das meine ich nicht«, sagte er, obwohl er einen Moment überlegte, so zu tun, als ob es so wäre. »Ich will damit sagen, dass ich mir gewünscht habe, deine Mutter würde endlich sterben.«

Die Stille war so lang, dass er schon bedauerte, es ihr gesagt zu haben. Manche Dinge sollte man besser für sich behalten. Schließlich sagte sie: »Dad, möchtest du, dass ich mit Jin-Ho kurz zu dir komme?«

»Nein!«, sagte er, denn er wollte nicht, dass sie sah, was mit dem Büro passiert war.

»Möchtest du herkommen? Du könntest mit uns zu Mittag essen. Nur Erdnussbuttersandwiches, aber du weißt, dass wir uns immer über deine Gesellschaft freuen.«

»Danke, aber ich möchte hier im Haus ein paar Dinge erledigen«, sagte er und verabschiedete sich.

Es war falsch, sie damit zu belasten. Er würde allein damit fertig werden müssen.

Er ging in die Küche und machte sich eine Schüssel mit Cornflakes zurecht, aber er brachte sie kaum hinunter und gab nach drei Löffeln auf. Er saß träge am Küchentisch und sah hinüber in den Nachbargarten, wo die Baumpfleger einen riesigen alten, verrotteten Ahorn zersägten. Gestern hatten sie die belaubten Enden der Zweige abgeschnitten und damit den Häcksler gefüttert, und er stellte sich vor, dass der Ahorn die Nacht in einem botanischen Schockzustand verbracht hatte. Aber sie hatten schließlich nur die kleinsten Äste entfernt. Ein so großer Baum konnte sich damit arrangieren. Doch heute Morgen waren die Männer zu den größeren Ästen übergegangen, und vielleicht hätte der Baum sich auch daran anpassen können, obwohl er schon so gedrungen und kurzarmig geworden war wie ein Kandelaber-Kaktus. Aber nun setzten sie ihre Kettensägen am Stamm selbst an, und all die früheren Anpassungsleistungen erwiesen sich als sinnlos.

Schwerfällig stand er auf und trug die Schüssel zum Spülbecken.

Nachts freute er sich jetzt auf den Schlaf, weil seine Träume so lebhaft geworden waren. Sie waren wie ein eigenständiges Leben; je farbloser sein Leben im Wachzustand wurde, umso bunter wurde es, wenn er schlief. Er träumte zum Beispiel, dass er einen Riesentiger besaß, mit einer struppigen gelblich weißen Haarmähne unter dem Kinn. Der Tiger kam leise in sein Zimmer getrottet und richtete sich geräuschlos auf, um dann seine Vorderpfoten aufs Fußende des Betts zu setzen und Daves schlafenden Körper zu betrachten. Schließlich schien er einen Entschluss gefasst zu haben, und er sprang aufs Bett, drückte dabei die Matratze tief hinunter, tappte über die Bettdecke und kam mit der Nase ganz dicht an Daves Gesicht heran. Dave konnte seinen heißen, nach Fleisch riechenden Atem spüren und das Kitzeln seiner Barthaare, obwohl sie ihn nicht berührten. Es war eine angenehme Erfahrung voller Wohlwollen, nicht im Mindesten beunruhigend. Aber wenn er aufwachte, war der Tiger weg, und er lag allein in seinem Bett.

Vielleicht wurden seine Träume vom Scharren der Tiere auf dem Dachboden über seinem Kopf beeinflusst – Eichhörnchen oder Waschbären oder Mäuse. Er hätte etwas unternehmen müssen, um sie loszuwerden, doch in diesen nächtlichen Geräuschen lag eine freundschaftliche Vertrautheit, und so verschob er es.

Wenn ein nichtexistenter Tiger ihn besuchen konnte, warum dann nicht Connie? Warum konnte sie nicht über ihn wachen, ganz dicht bei ihm, wie diese Dachbodenwesen?

Sie hatte immer geglaubt, dass ihre Vorfahren sie beschützen würden. Sie war spiritueller gewesen als er, wenn auch nicht im konventionellen Sinn religiös, und sie zitierte gern ein heidnisches Sprichwort: »Dankbarkeit ist die Wurzel aller Tugend«, was sie dahingehend interpretierte, dass man die Menschen, die vor einem gestorben waren, respektieren sollte. Sie stellte sich vor, dass ihre Großeltern ihr Mut zusprachen und sie durch die harten Zeiten geleiteten, wie auch ihre Urgroßeltern, die sie nie kennen gelernt hatte, und die Ur-Ur-Großeltern, und so weiter, bis zu den Ursprüngen. Warum also konnte Connie selbst sich nicht um Dave kümmern? Dass dies ein non sequitur, ein Trugschluss, war, darauf kam er erst sehr spät. Connie war nicht seine Ahnin. Sie waren noch nicht mal verwandt. Aber das vergaß er immer wieder. Er dachte an das Beratungsgespräch mit einem Arzt, in dem kurz und hypothetisch eine Knochenmarktransplantation erwähnt worden war. »Sie kann Knochenmark von mir haben!«, hatte Dave gesagt, und nur der fragende Blick des Arztes hatte ihn dazu gebracht, seinen Irrtum zu erkennen.

Er schloss wieder die Augen und dachte an sie. Wünschte sie herbei. Er vergegenwärtigte sich ihre konkretesten Merkmale: ihre langen weichen Ohrläppchen, ihre wie Spatzeneier gesprenkelten Handrücken, die leichte Heiserkeit ihrer Stimme, die so rührend unbefangen und uneitel klang. »Weißt du noch, wie es war, wenn du an einem Abend im Frühling verabredet warst?«, fragte sie. Sie redete nicht mit Dave, sie war am Telefon. Sie saß am Küchentisch, im Schoß eine Pflanzkelle, der Anruf hatte sie offensichtlich aus ihrer Gartenarbeit gerissen. »Jedes Jahr, wenn der Frühling kommt, muss ich daran denken. Die Jungs kamen in kurzärmligen Hemden, die noch frisch nach Mutters Bügelwäsche rochen, die Einfahrt hoch, und wir Mädchen trugen geblümte Kleider und Ballerinas ohne Strümpfe, und diese ersten nackten Beine im Frühling hatten etwas so Frisches und Freies an sich …«

Dave saß mit seinen beiden Söhnen und noch jemandem im Wohnzimmer. Mit wem? Irgendeine Nachbarin, eine Freundin von Connie, die kurz vorbeigekommen war. »Connie telefoniert«, sagte Dave, »aber sie müsste jede Sekunde fertig sein.« Er legte den Kopf schief, horchte auf einen abschließenden Tonfall in Connies Stimme, aber sie sprach gerade nicht, und jetzt merkte er, dass sie schon mehrere Minuten schwieg. Dann begriff er, dass die Stille real war – die Stille in seinem Schlafzimmer – und dass Connie nie mehr sprechen würde.

Die Fotos in dem ältesten Album zeigten Frauen in steifen Kleidern und komplizierten Frisuren, Männer mit Kragen, die so hoch waren, dass das Kinn darin begraben wurde, und Babys mit strengen Gesichtern in weißer weicher Spitze. Diese Menschen hätten ihn vielleicht interessiert, wenn er gewusst hätte, wer sie waren, aber er wusste es nicht. Die mit Tinte auf die Rückseiten geschriebenen Legenden waren von frustrierender Unvollständigkeit. *Sonntag, 10. September 1893, unmittelbar vor einem köstlichen Mittagessen* lautete eine. Oder: *Mit der schönen Amaryllis, die Mutter uns zu Weihnachten schenkte.* Anscheinend hatte sich niemand vorstellen können, dass der Tag kommen würde, an dem diese Menschen Fremde wären.

Die Fotos in den späteren Alben waren eindeutiger beschriftet, aber selbst wenn nicht, hätte er seine Großeltern väterlicherseits erkannt, die auf einer großen Wiese saßen, mit ihrer Erstgeborenen, die später seine Tante Louise werden sollte. Arme Tante Louise: Sie hatte ihre große Liebe an die Tuberkulose verloren und starb verwirrt, mit 88, in einem Pflegeheim, aber auf dem Foto stapfte sie mit ausgestreckten Ärmchen triumphierend auf die Kamera zu, und ihre Eltern verfolgten ihre Schritte mit dem stolzesten, glücklichsten Lächeln.

In den vierziger Jahren sahen die Leute überraschend glamourös aus, selbst seine Mutter in einem Hauskleid mit schrägen Streifen. In den Fünfzigern bekamen sie Farbe, meistens schreiende Rot- und Blautöne, aber sie wirkten jetzt unelegant und zerknittert, und die Haarschnitte der Männer waren zu kurz. Hatte Connie sich wirklich freiwillig in einem leuchtend rosa Futteralkleid sehen lassen, das an den Waden so eng wurde, dass man sich fragte, wie sie darin laufen konnte?

Danach musste das Leben hektischer geworden sein, denn die späteren Fotos waren nicht eingeklebt. Dave machte jeden der braunen Umschläge auf und warf einen Blick hinein: Bitsy mit vorstehenden Zähnen, bevor sie die Spange bekam; Abe mit einem Terrierwelpen, der, kurz nachdem sie ihn bekommen hatten, überfahren wurde; wieder Abe, bei seinem College-Abschluss. Im untersten, dünnsten Umschlag waren Jin-Ho und Susan, sie bepusteten sich gegenseitig mit Seifenblasen, aber selbst sie waren längst Vergangenheit, ihre Gesichter runder als heute und weniger ausgeprägt, weniger charakteristisch.

Oh, was sollte das alles, was sollte das alles, was für einen Sinn hatte das alles?

Er wischte den Eckschrank aus (wofür er drei ganze Staubtücher brauchte) und legte die Alben und die Umschläge in das unterste Fach. Er verstaute die Steuerrückzahlungsbescheide in der Schreibtischschublade, wo die pharmazeutischen Utensilien gelegen hatten. Er holte seinen Kasten mit den kleineren Werkzeugen aus dem Keller, die Box mit den vielen Fächern für Schrauben und Nägel, seine Reparaturanleitungen und die Blechbüchse mit den Klebern und stellte alles auf die oberen Schrankbretter, neben die Häkelhaken und Connies Nähkorb. Schleppte den Müll auf die Straße und die Tüten für die Wohlfahrt in den Kofferraum seines Autos. Wischte auf dem Schreibtisch und den Lampentischen Staub. Stopfte die Putzlappen in den Wäschekorb. Staubsaugte den Fußboden und das Sofa, das voller Papierschnipsel war.

Er war zu müde, um sich ein Abendessen zu machen. Stattdessen trank er zwei Gläser Scotch und ging zu Bett. Sein Schlaf war ein Schlaf der Betäubung, wie Watte, wie ein Tuch, das über sein Gesicht gelegt wurde. Er träumte, er wäre auf dem Land und ginge über ein weites Feld, offenbar ein Möbelfriedhof. Verlassene Möbelstücke standen nach Gruppen geordnet herum – ein Ruheplatz für Betten, ein Ruhefeld für Kommoden, eine Abteilung für Esstische. Dutzende von Lehnstühlen standen unter einem Maulbeerbaum, ihre Sitze leer, bis auf das Gras, das durch die Polsterung wuchs, und die Tatsache, dass sie im Kreis herumstanden, ließ sie noch einsamer aussehen. »Wie können sie das ertragen?«, fragte er, und jemand in der Ferne, ein Mann in ausgeblichenen Kleidern, sang: »Oooh, wie können sie das ertragen?« in einem höhnischen und grausamen Tonfall. Erschrocken blieb er stehen. Dann spürte er eine Hand in seiner, und als er sich umdrehte, sah er Maryam Yazdan, die ruhig die Stühle betrachtete. »Sie denken an alles, was sie durchgemacht haben«, sagte sie zu ihm. »Sie erinnern sich gern daran.« Aus irgendeinem Grund tröstete ihn das, und deshalb umschloss er ihre Hand fester, als sie sagte: »Wollen wir gehen?« Und als sie das Feld verließ, folgte er ihr.

Er wachte auf und starrte lange in die Dunkelheit.

6

Als Maryam von Samis und Zibas neuem Haus erfuhr, hatten die beiden bereits eine Anzahlung geleistet und das Datum für den Kaufvertrag festgelegt. Sie sagte: »Ein neues Haus? Ich wusste nicht, dass ihr danach sucht!«

»Oh, das wussten wir selbst kaum«, sagte Sami, und Ziba sagte: »Wir waren uns nicht sicher, ob wir das Richtige finden würden; warum es also gleich jemandem erzählen?«

Maryam war aber nicht irgendjemand, und sie war erstaunt über die Geheimniskrämerei. Bestimmt hatten beide den Immobilienmarkt durchgeforstet, Besichtigungstouren gemacht, die Vorzüge der verschiedenen Objekte gegeneinander abgewogen. Und dennoch hatten sie ihr gegenüber kein Sterbenswörtchen verlauten lassen!

Trotzdem sagte sie: »Also, das ist ja wunderbar! Herzlichen Glückwunsch.« Und sie tätschelte Susans Knie. Sie saßen zusammen in Maryams Wohnzimmer – Susan mit dem Bilderbuch auf dem Schoß neben ihr auf dem Sofa. »Bist du aufgeregt?«, fragte Maryam sie. »Hast du dein neues Zimmer schon gesehen?«

»Es hat eine Fensterbank zum Sitzen«, antwortete Susan.

»Eine Fensterbank zum Sitzen! Tatsächlich!«

»Wenn man das Kissen hochhebt, ist darunter Platz für meine Spielsachen. Ich bin mit Jin-Ho schon reingeklettert.«

Jin-Ho war in dem Haus gewesen?

Sie hatten es schon den Donaldsons erzählt?

Sami räusperte sich und sagte: »Wir haben Brad und Bitsy von dem Haus erzählt, weil es in ihrer Nachbarschaft liegt.«

»Aha. In Mount Washington«, sagte sie.

»Ich hoffe, du bist nicht enttäuscht, dass wir nicht näher zu dir ziehen, Mom. Wir haben Roland Park in Erwägung gezogen, aber die Atmosphäre in Mount Washington schien uns insgesamt – ich weiß nicht …«

Die Atmosphäre in Mount Washington schien insgesamt Donaldson-gerechter, dachte Maryam. Was man aber ungesagt lassen sollte. »Na, ihr seid ja immer noch sehr nah«, sagte sie. »Fünf bis zehn Minuten entfernt! Ich bin begeistert.«

Da beugten sich Sami und Ziba gleichzeitig vor und nahmen ihre Teetassen, als sei eine Last von ihnen abgefallen. Maryam nahm auch ihre Tasse und lächelte die beiden an.

Sie hatte das Gefühl zu wissen, warum sie ihr nichts erzählt hatten. Es war ihnen peinlich, dabei ertappt zu werden, wie sie wieder einmal die Donaldsons nachäfften. Oh, diese Donaldsons, mit ihrer naiven Annahme, dass ihr Lebensstil der einzig richtige sei! Gib deiner Tochter dies und nicht das zu essen; lass sie diese und nicht jene Programme sehen; wohne hier und nicht da. Wie amerikanisch sie doch waren.

Aber Sami und Ziba fanden die Donaldsons einzigartig, und Maryam hatte nicht das Gefühl, dass es an ihr war, den beiden die Augen zu öffnen.

Das neue Haus war in der Pettijohn Street, nur drei Straßen von Brad und Bitsy entfernt. Es hatte eine große Veranda, hohe alte Bäume und einen ausgedehnten Garten. Es gab aber nur ein Gästezimmer; also sagte Ziba, dass man ein Klappsofa für die Verwandten anschaffen müsse. Sie lud Maryam zum Einkaufen ein. Durch ihre Arbeit kannte sie natürlich alle Möbelgeschäfte, und sie äußerte sich mit viel Sachverstand über Stilrichtungen, Stoffe und Lieferfristen. »Oh, bitte! Nichts von Murfree-Mainsburgh«, erklärte sie einem Verkäufer. »Bei denen dauern Bestellungen ewig.« Maryam war beeindruckt, auch wenn sie insgeheim an Zibas Geschmack zweifelte. Als Fernziel verkündete Ziba, dass sie das gesamte Haus im amerikanischen Kolonialstil einrichten wolle, und deutete dabei auf Himmelbetten mit Spitzenvorhängen, mit Samt ausgeschlagene Memorabilien-Truhen, Drehhocker mit Drechselfüßen und eine Fernseh- und Hi-Fi-Konsole mit verschnörkeltem Gehäuse, alles auf Hochglanz poliert, aus schokoladenbraunem Holz – irgendwie unwirklich. Aber Maryam hatte davon ja keine Ahnung.

An einem Freitag, Ende April, zogen sie um – einem Tag, an dem Ziba nicht arbeitete, der für Maryam aber ein Werktag war, so dass sie Susan nur ein paar Räume weiter in der Vorschule abholen musste, als es Zeit zum Nachhausegehen war. Sie hatte sich bereit erklärt, Susan bis zum Abend zu sich zu nehmen.

Susan war noch in der Klasse der Dreijährigen – sie war erst im Januar vier geworden. Meist widerstand Maryam dem Drang, bei ihr vorbeizugucken, und wenn die Dreijährigen auf ihrem Weg zum Spielplatz an dem verglasten Büro vorbeihüpften, vermied sie es, von ihrem Schreibtisch hochzusehen. Deshalb war es ihr ein Vergnügen, einen Grund zu haben, direkt in die Klasse zu gehen. Die Kinder packten gerade ihre Malsachen weg, wuschen sich an den niedrigen Waschbecken die Hände, hingen ihre Kittel in die Fächer mit ihren Namensschildchen. Es dauerte einen Augenblick, bis Maryam Susan gefunden hatte, weil diese mit einem Buch am Lesetisch saß. War sie mit ihrem Kunstprojekt früh fertig geworden, oder hatte sie bei der Gruppenarbeit überhaupt nicht mitgemacht? Maryam sorgte sich immer, weil Susan neben ihren robusteren Klassenkameraden so in sich gekehrt wirkte. Die Lehrerinnen betonten allerdings, dass sie sich gut entwickelte. »Sie ist so ein … *Persönchen*«, hatte eine erst vor kurzem gesagt. Das entsprach genau Maryams Gefühl, und deshalb hatte sie sich beruhigt, für den Augenblick zumindest.

»Zeit zum Gehen«, erklärte sie Susan jetzt. »Heute kommst du mit zu mir nach Hause, weißt du noch?«

Susan klappte ihr Buch zu und stellte es ordentlich zurück

an seinen Platz im Regal, alles, ohne ein Wort zu sagen, doch dann, im Vorbeigehen, sagte sie zu einer der Lehrerinnen: »Heute Abend schlafe ich in meinem neuen Zimmer.«

»Oh, ich weiß!«, sagte die Lehrerin. Greta – die besonders lebhafte.

»Aber erst gehe ich zu Mari-jun, weil Mama noch mein Bett aufstellen muss.«

»Na, hast du ein Glück!«, sagte Greta und lachte breit zu Maryam hinüber. »Viel Spaß, ihr beiden!«

Maryam lächelte und bedankte sich, Susan dagegen spazierte ohne Erwiderung aus dem Raum. Und im Wagen weigerte sie sich, über ihren Schultag zu reden. Man sollte eigentlich annehmen, dass Maryam dies inzwischen kannte, aber sie fragte dennoch immer wieder: »Wie war die Schule? Was hast du gemacht?« Susan blickte dabei aus dem Seitenfenster und schwieg, was weniger unhöflich als diplomatisch gemeint schien – als sähe sie gnädig über Maryams Fauxpas hinweg. Sie saß immer noch in ihrem alten Kindersitz, weil sie so leicht war. Jin-Ho hatte bereits einen größeren, aber Susan war noch zu klein dazu, obwohl sie das immer wieder in Frage stellte.

In der vorhergehenden Woche hatte Maryam einen kleinen streunenden Kater aufgenommen, den sie wegen seines grauen Fells Moosh genannt hatte – Farsi für »Maus«. Susan hatte ihn sofort ins Herz geschlossen, und kaum angekommen, rannte sie durch alle Räume und rief: »Moosh? Moosh? Mooshi-jun! Wo bist du Mooshi-jun?«

»Warte, bis er *dich* findet«, riet Maryam ihr. »Komm in die Küche und iss ein bisschen was. Er wird ganz von selbst kommen.«

Genauso war es. Kaum saß Susan vor Milch und Keksen, als Moosh aus dem Nichts auftauchte und um die Beine ihres Stuhls strich. »Moosh!«, flötete sie. »Kann ich ihn füttern? Kann ich ihm von meiner Milch geben?«

»Nimm lieber diese Katzen-Bonbons«, sagte Maryam und reichte ihr eine Schachtel.

Susan rutschte von ihrem Stuhl und ging mit bloßen, spitzen Knien neben Moosh in die Hocke. Oben an der Wand läutete das Telefon, und Maryam reckte sich, um den Hörer abzunehmen. »Hallo?«, sagte sie.

»Hier ist Dave Dickinson; Maryam, wie geht es Ihnen?«

»Hallo, Dave. Gut; wie geht es Ihnen?«

»Soweit ich weiß, passen Sie heute Nachmittag auf Susan auf.«

»Ja, bis die Umzugsleute fertig sind.«

»Ich dachte, vielleicht wäre es in Ihrem Sinne, wenn ich Jin-Ho vorbeibringen würde, um Susan Gesellschaft zu leisten.«

»Oh, Sie haben heute Jin-Ho?«, fragte Maryam.

»Also, nein, aber ich könnte sie holen.«

»Das wäre sicher nett. Susan«, sagte sie, »möchtest du, dass Jin-Ho vorbeikommt?«

Susan sagte: »Ja!«, ohne den Kater aus den Augen zu lassen, der vorsichtig an dem Bonbon schnupperte, den sie ihm hinhielt. Also sagte Maryam zu Dave: »Wir würden uns freuen, Dave. Danke, dass Sie daran gedacht haben.«

Neuerdings machte er häufig solche Angebote. Sicher vermisste er Connie. Und Maryam vermutete auch, dass er sich schlecht mit seinem Ruhestand anfreunden konnte. Sie schloss es aus seiner Art, wie er alle Gespräche in die Länge zog, sich immer endlos verabschiedete und bei jeder Einladung der Donaldsons und Yazdans mit von der Partie war.

An diesem Nachmittag, nachdem er Jin-Ho vorbeigebracht hatte, blieb er, obwohl Maryam ihm erklärt hatte, dass sie problemlos auf beide Mädchen aufpassen könne. »Ich habe, weiß Gott, nichts Besseres vor«, verkündete er und zog ein komisches Gesicht. »Ich meine«, sagte er, »ich sitze *gern* hier. Wenn ich Ihnen nicht im Weg bin.«

»Ganz und gar nicht«, sagte Maryam. Eigentlich hatte sie die Zeit nutzen wollen, um etwas für Sami und Ziba zu kochen, aber sie fragte: »Kann ich Ihnen einen Tasse Tee machen? Oder einen Kaffee?«

»Lieber einen Kaffee. Oh, entschuldigen Sie, Sie haben sicher zu tun? Was Kaffee angeht, habe ich eigentlich keinen Notstand.«

Sie lächelte über seine Formulierung. Obwohl »Notstand«, wenn sie darüber nachdachte, genau das richtige Wort war, um Dave dieser Tage zu beschreiben. Er sah die Leute so erwartungsvoll an; er verfolgte jeden Schritt, den Maryam in der Küche tat. Und als sie ihm den Kaffee vorsetzte, war er so übertrieben dankbar. »Das ist wirklich freundlich von Ihnen«, sagte er. »Ich weiß Ihre Mühe sehr zu schätzen.«

»Es war keine Mühe«, erwiderte sie.

Solange er einfach dasaß, konnte sie getrost mit der Kocherei anfangen. Fast geräuschlos holte sie einen Topf aus dem Schrank, als ob er nicht merken sollte, was sie vorhatte. Während sie Wasser in den Topf ließ, sagte er etwas, das sie nicht verstand, und erst, nachdem sie den Hahn zugedreht hatte, fragte sie: »Wie bitte?«

»Ich habe gesagt, dass dieser Kaffee ausgesprochen köstlich schmeckt. Kaufen Sie ihn irgendwo Besonderes?«

»Nur im Supermarkt«, sagte sie lachend.

»Na, vielleicht liegt es daran, dass nicht ich, sondern wer anders ihn gemacht hat. Ich bin mein Selbstgekochtes entsetzlich leid.«

Etwas Graues huschte vorbei: Moosh flüchtete vor den Mädchen, die ihm dicht auf den Fersen waren. Er lief nicht, sondern ging eher hastig, versuchte, seine Würde zu wahren. So gelang es den Mädchen, ihn zwischen Tür und Tisch in die Enge zu treiben. »Mooshi-Moosh«, lockten sie. »Mooshi-jun!«, kam es selbst von Jin-Ho, die neben Susan hockte und auch einen Katzen-Bonbon hinhielt. Wie Susan trug sie Shorts, T-Shirt und an den Füßen Plastiksandalen, für die offenbar alle Kinder in diesem Jahr schwärmten.

»Mooshi? Heißt er so?«, fragte Dave.

»Moosh«, berichtigte Susan ihn.

»Hi, Moosh!«, sagte Dave herzlich. »Wo kommst du denn her?«

Susan drehte sich zu Maryam um und runzelte die Stirn. Sie sagte: »Ich wusste gar nicht, dass Moosh reden kann.«

»Kann er auch nicht«, sagte Maryam und löffelte Reis in den Topf. »Du musst für ihn antworten.«

»Oh.« Susan drehte sich wieder zu Dave um und sagte: »Mari-jun hat ihn unter der Veranda gefunden.«

»Da hat Moosh aber Glück gehabt!«, sagte er.

»Stell dir vor«, sagte Susan zu ihm. »Ich schlafe heute Abend in meinem neuen Zimmer.«

»Das habe ich schon gehört. Ihr habt ein ganzes neues Haus.«

»Der Möbelwagen zieht heute mit meinem Bett um.«

»Ist es ein normales Haus oder ein Zauberhaus?«, fragte Dave.

»Was?«

»Na ja, ich sehe zum Beispiel manchmal morgens, wenn ich laufen gehe, dieses Haus zwei Straßen weiter, das ich mir wirklich gerne anschaue. Es hat eine Schaukel auf der Veranda und eine Hängematte und eine Kuppel auf dem Dach. Aber an anderen Morgen sehe ich es nicht.«

Susan lehnte sich in der Hocke zurück und betrachtete ihn schweigend.

»Ich meine«, erklärte er ihr, »es ist nicht da.«

»Wohin ist es verschwunden?«

»Ich weiß nicht«, sagte er. »Manchmal ist es da und manchmal nicht. Das ist bei vielen Sachen so – öfter als wir uns bewusst sind.«

»Wirklich?« Sie sah Maryam an. »Wirklich?«, fragte sie Maryam.

»Es gab eins, und es gab keins«, zitierte Maryam, selbst überrascht über das, was sie sagte. »Außer Gott war keiner.«

Dave fragte: »Was ist das?«

»So fangen bei uns die Märchen an. So wie ›Es war einmal‹, wahrscheinlich.«

»Tatsächlich!«, sagte Dave. Er stellte seine Kaffeetasse ab. »Das ist ja faszinierend. Wie ging das noch mal? ›Es gab eins …‹«

»Ach, das ist eine ziemlich freie Übersetzung«, sagte sie.

»Nein, wirklich. Noch einmal, bitte.«

Sie konnte nicht sagen, warum sie plötzlich so erschöpft war. Sie ließ den Löffel in die Reisdose fallen. Zu ihren Füßen fragte Susan: »Was ist eine Kuppel, Mari-jun? Hat mein neues Haus eine Kuppel?«

Anstatt zu antworten, sagte Maryam zu Dave: »Wissen Sie, eigentlich ist es albern, dass Sie den ganzen Nachmittag hier Däumchen drehend rumsitzen müssen. Ich kann Jin-Ho genauso gut zurückbringen, wenn ich Susan nach Hause fahre.«

»Oh«, sagte er.

Sofort meldete sich ihr schlechtes Gewissen. »Natürlich ist es schön, dass Sie da sind«, sagte sie. »Aber es gibt keinen Grund, dass Sie so Ihren Tag vergeuden.«

»Ich *habe* keinen Tag, Maryam.«

Das überhörte sie geflissentlich. »Sie müssten eigentlich nur Jin-Hos Sitz in meinen Wagen verfrachten«, sagte sie, »wenn Sie so freundlich wären.«

Worauf er notgedrungenermaßen sagte: »Ja, natürlich, keine Ursache.«

Dann stand er auf, ließ die Hände traurig und trostlos seitlich baumeln. Aber sie ließ sich nicht erweichen.

Susan und Jin-Ho bauten den ganzen Nachmittag für Moosh ein Haus aus einem Pappkarton. Sie drängelten, bis Maryam ihnen eine Badematte als Polster für den Boden gab, und dann kritzelten sie mit einem Filzstift Fenster an die Kartonwände. Als Bett nahmen sie eine Schuhschachtel, die sie mit einem von Maryams Schals auslegten, obwohl Maryam sie warnte, dass Moosh so was vermutlich nicht benutzen würde. »Katzen haben einen Dickkopf, sie schlafen nie, wo man will«, sagte sie. Jin-Ho sagte: »Gut, dann ist die Schuhschachtel seine Kommode«, aber Susan – die selbst einen ziemlichen Dickkopf hatte – sagte: »Nein! Das ist sein Bett. Ich will, dass es sein Bett ist!«

»Na, dann – es kommt auf einen Versuch an«, erwiderte Maryam.

»Und wir haben auch eine Kuppel.«

Maryam lachte und widmete sich weiter ihrer Kocherei.

Gegen sechs Uhr rief Ziba an und teilte mit, dass der Umzug mehr oder minder erledigt sei. »Wenigstens stehen die Möbel an ihrem Platz.« Also wickelte Maryam den Reistopf in ein Handtuch, sammelte die Mädchen ein und verfrachtete sie ins Auto. Als sie Jin-Ho bei den Donaldsons ablieferte, kam Bitsy mit einer Styropor-Kühltasche voll Essen für Sami und Ziba nach draußen. »Das ist für morgen«, sagte sie, »und dann dachte ich, dass ich sie übermorgen zu uns zum Abendessen einlade. Möchtest du auch kommen? Ich könnte Dad dazu einladen.«

»Oh, danke, ich habe schon was vor«, sagte Maryam. Sie wollte nicht, dass Sami und Ziba den Eindruck bekamen, dass sie sich übermäßig in ihr Leben einmischte.

Auf dem Weg zum neuen Haus versuchte sie Susan ein Gefühl für die neue Umgebung zu geben. »Siehst du, wenn du alt genug bist und allein von Jin-Ho heimgehen kannst, kommst du erst an diesem großen Haus mit dem Spalier vorbei, und dann überquerst du die Straße – wenn du nach rechts und links geschaut hast –, und danach biegst du an der nächsten Straße rechts ab, bei dem Garten mit dem Vogelfutterspender ...«

Susan hörte schweigend zu, studierte jeden Anhaltspunkt, als würde sie ihn sich genau einprägen. Sie saß so schön da. Sie thronte in ihrem Sitz wie eine kleine Königin – mit großer Gelassenheit.

Ziba öffnete ihnen in einem von Samis alten Hemden die Tür. Ihr Gesicht glänzte vor Schweiß, und an einer Wange prangte ein Fleck. »Hereinspaziert!«, sagte sie zu ihnen. »Willkommen im neuen Zuhause, Susie-jun!« Mit Schwung hob sie Susan auf den Arm und zeigte ihr das Wohnzimmer. »Siehst du, wie schön es aussieht? Gefällt es dir? Siehst du, wo wir dein

Schaukelpferd hingestellt haben?« Maryam wandte sich mit dem Reistopf nach rechts, nicht nach links, und ging Richtung Küche. Sie hatte vorgehabt, Sami zum Wagen nach draußen zu schicken, um Bitsys Kühltasche zu holen, aber er war nirgends in Sicht, und Ziba trug inzwischen Susan die Treppe hinauf und schwatzte ziemlich aufgeregt, wie schön Susans Zimmer sei; also ging Maryam selbst die Tasche holen. Beim Auspacken sah sie, dass Bitsy nicht nur eine Art Schmortopf und einen Behälter mit Salat mitgegeben hatte, sondern obendrein noch einen Nachtisch – einen selbstgebackenen Kuchen. Sie stellte den Kuchen neben ihren Topf auf den Tisch. Im Topf befand sich Samis Lieblingsspeise: Reis mit Fisch und Mischgemüse, an sich eine komplette Mahlzeit, aber jetzt wünschte sie, dass sie noch eine Beilage zubereitet hätte.

Ziba betrat die Küche, Susan an der Hand, und fragte: »Bleibst du zum Essen bei uns?«

Maryam war davon ausgegangen, dass sie bleiben würde, aber die Frage ließ sie plötzlich zweifeln. Sie sagte: »Oh, also ich weiß, dass ihr noch viel Arbeit habt.«

»Du bist mehr als willkommen«, sagte Ziba, bestritt aber nicht, dass sie noch zu tun hatte.

Also lehnte Maryam wieder einmal ab und verabschiedete sich.

Als sie in ihren Wagen einstieg und zu Ziba und Susan hinüberwinkte, die auf der Veranda standen und zuschauten, überlegte sie, ob sie einen Fehler gemacht hatte. Hätte sie ihre Hilfe anbieten und das Essen auftischen, mitessen und hinterher abwaschen sollen? Oder war Ziba froh, sie los zu sein? Schwer zu sagen. Sie konnte verstehen, dass Sami manchmal – angesichts dieser verzwickten althergebrachten Höflichkeitsrituale, mit denen alle ihre wahren Gefühle verschleierten – die Geduld verlor.

Sie warf den beiden auf der Veranda einen letzten Blick zu, setzte den Wagen in Bewegung und fühlte sich dabei unsicher und unzufrieden.

Das neue Haus veränderte das Leben allerseits, und nur zum Besseren. Susan konnte mit den Nachbarskindern draußen spielen – keine komplizierten Verabredungen mit Spielkameraden mehr. Die Fahrt zur Vorschule dauerte zehn Minuten, die zum Lebensmittelladen noch weniger, und zu den Donaldsons war es nur ein kurzer Fußweg. Als die Schule während der Sommerferien schloss und Maryam wieder dienstags und donnerstags als Babysitter fungierte, machte sie es sich bei Sami und Ziba auf der Veranda vor dem Haus bequem und putzte Erdbeeren, während Susan Dreirad fuhr; oder sie pusselte mit Susan und Jin-Ho in dem kleinen Garten herum, den sie hinten zusammen angelegt hatten. Ende Juni wurden die ersten dünnen Mohrrüben reif, und beide Mädchen waren ganz hingerissen. Sie verspeisten sie zum Mittagessen, roh mit Dill-Joghurt-Dip. Selbst Susan, die sonst um jegliches Gemüse einen großen Bogen machte, verputzte drei Stück.

Im Sommer arbeitete Maryam nur einen Tag wöchentlich in der Vorschule. Sie kümmerte sich um die wenigen Rechnungen, erledigte die Korrespondenz, führte ein paar Telefongespräche, um Bestellungen aufzugeben oder die Routinewartung zu organisieren. Oft war der Hausmeister, der mit seinem breiten Besen über die bereits blitzblanken Flure fegte, die einzig andere Person im ganzen Gebäude. Die Schuldirektorin, Mrs Barber, verbrachte ihre Sommer in Maine, aber sie erkundigte sich von Zeit zu Zeit telefonisch, ob alles in Ordnung sei. »Oh, bestens«, erwiderte Maryam dann. »Die Handwerker sind hier, um einen neuen Boden unter dem Klettergerüst zu verlegen, Sie wissen doch? Und der Vater der Windham-Zwillinge ist nach Atlanta versetzt worden, also habe ich den beiden nächsten Familien auf der Warteliste zugesagt.« Sie wusste, dass sie geschäftiger klang, als sie wirklich war, so als wollte sie demonstrieren, dass sie für ihr Gehalt auch etwas tat.

Selbst während des Schuljahrs nahm ihre Arbeit sie nicht besonders in Anspruch, sondern ließ sich unter Leuten, die sie schon lange kannte, gemächlich erledigen. Sie kannte ihre

Aufgaben in- und auswendig, saß an ihrem makellosen Schreibtisch mitten im sogenannten »Goldfischglas«, zusammen mit Mrs Barber und Mrs Simms, der stellvertretenden Direktorin. In gewissem Sinne tröstete es sie, dass sie die unbedeutendsten Aufgaben perfekt erledigte. Am Ende eines jeden Tages leerte sie den Papierkorb ihres Computers, und genau einmal im Monat defragmentierte sie ihre Festplatte.

Im Juli fuhr sie nach Vermont, um ihre Cousine ersten Grades zu besuchen. Sie waren genau genommen doppelt verwandt, weil Farah die Tochter eines Onkels väterlicherseits und einer Tante mütterlicherseits war. Sie war mehrere Jahre jünger als Maryam und in jeder erdenklichen Hinsicht anders. Sie wohnte in einer rein amerikanischen Nachbarschaft und war mit einem Ex-Hippie verheiratet, den sie während ihres Studiums in Paris kennen gelernt hatte – und sie gab sich übertrieben iranisch. Sie erwartete Maryam am Flughafen dermaßen exotisch gekleidet, dass selbst die Leute in Teheran mit offenen Mündern dagestanden hätten: kastanienbraune Seidentunika über engen weißen Leggings, paillettenbestickte Ballerinas mit hochgezogener Spitze wie aus einer persischen Miniatur und goldene Halsketten wie ein breiter Kragen bis zum üppigen Busen.

»Maryam-jun! Maryam-jun!«, rief sie laut und hüpfte dabei aufgeregt. Alle übrigen Wartenden am Gate – die, verglichen mit ihr, blass und schäbig wirkten – drehten sich um und starrten sie an. »Salam, Maryam-jun!«, rief sie. Im ersten Augenblick hätte Maryam am liebsten so getan, als würde sie diese Frau nicht kennen; aber als sie ihr dann gegenüberstand, sah sie wieder, dass Farah die typischen Karimzadeh-Augen hatte, mandelförmig mit spitzen Augenwinkeln, und die typische schnurgerade Karimzadeh-Nase. Anders als Maryam färbte Farah ihr Haar nicht, und einzelne graue Haare stachen kraus und kringelig aus dem schwarzen Haarschopf hervor, wie früher bei ihrer gemeinsamen Großmutter.

Während der Fahrt vom Flughafen (in einem staubigen

beigefarbenen Chevrolet mit jeder Menge Ersatzteilen auf dem Rücksitz) überschüttete Farah sie mit einem solchen Schwall Farsi, als sei in ihrem Innersten ein gut verschlossener Quell entkorkt worden. Sie erzählte alle Neuigkeiten von zuhause, gab Telefongespräche nicht nur Wort für Wort wieder, sondern imitierte auch die entsprechenden Stimmen – das dünne Jammern ihrer Cousine Sholeh, das herrische Bellen ihres zweiten Cousins Kaveh. Farah pflegte einen viel engeren Kontakt zur Familie als Maryam. »Oh, ein Dutzend Mal pro Woche«, sagte sie, »geht mir irgendwer mit seinen Klagen auf die Nerven, und das auf meine Kosten.« Was bedeutete, dass die Anrufe von ihr ausgingen, aber wieso rief sie an, wenn sie es so nervtötend fand? Eine Variante des berühmt-berüchtigten Schuldgefühls von Überlebenden? »Sie reden ohne Punkt und Komma über die schwierigen aktuellen Lebensbedingungen – die kaum noch nennenswerte Unterhaltung, fast keine Filme mehr erlaubt, fast keine Musik mehr, kein Alkohol, abgesehen von dem, was Schmuggler nach Anbruch der Dunkelheit in Wäschebleiche-Flaschen anbieten. Sie halten mein Leben hier für ein einziges Vergnügen. Keine Ahnung haben sie davon, wie schwer es hier ist!«

Wenn ihre Verwandten sie so gesehen hätten, in Satin gehüllt und goldbehangen, hätten sie womöglich gelacht, aber Maryam wusste, was sie meinte. Es *war* hart hier, härter, als sich die Leute zuhause auch nur annähernd vorstellen konnten, und manchmal fragte sie sich, wie sie beide in diesem Land so lange überlebt hatten, wo alles so schnell passierte und alle Übrigen die Regeln kannten, ohne danach fragen zu müssen.

»Meine Schwester liest mir ganze Listen mit Dingen vor, die ich ihr schicken soll«, sagte Farah. »Sportschuhe, Kosmetik und Vitamintabletten. Dabei gibt es Vitamine im Iran! Richtig gute, aber sie bildet sich ein, dass amerikanische Vitamine stärker sind. Ich habe ihr eine Flasche Vigor-Vytes geschickt, und nach der ersten Pille hat sie behauptet: ›Ich fühl mich gleich viel jünger! Ich habe viel mehr Energie!‹«

Die Aussprache des Begriffs »Vigor-Vytes« ließ Farah unbewusst ins Englische fallen. Maryam kannte das auch von anderen Iranern. Sie redeten wie ein Wasserfall auf Farsi, und dann kam irgendein amerikanisches Wort – etwas Technisches wie Airbag oder Computer –, und in ihrem Kopf wurde ein Hebel umgelegt, und sie fuhren auf Englisch fort, bis ein Farsi-Wort den Hebel wieder zurückschaltete.

»Du erlebst das wahrscheinlich weniger, weil deine Brüder ihre Kinder bitten können, etwas zu schicken«, sagte Farah. »Oder zumindest Parviz kann es, mit seinen beiden in Vancouver, wo es fabelhafte Läden gibt.« (Dieser letzte Satz wechselte, ausgelöst durch die Erwähnung erst von Parviz, dann von Vancouver, in den Sprachen mehrfach hin und her.) »Und außerdem hast du mehr Rückgrat. Du kannst nein sagen. *Ich* sollte auch mehr Rückgrat beweisen. Aber ich bin, wie sagt man, nur ein Schuhabtreter.«

»Fußabtreter«, sagte Maryam.

»Fußabtreter. Auf mir trampeln sie nur herum.«

Maryam verkniff sich jeden Kommentar.

Mitlerweile rauschten sie, mit garantiert strafbarer Geschwindigkeit, durch neuenglische ländliche Gegenden, vorbei an kleinen, properen Gehöften, die aussahen, als gehörten sie zu einer Modelleisenbahnlandschaft. Jetzt bogen sie mit Schwung in einen Kiesweg ein, wobei es auf dem Rücksitz blechern schepperte. Kurze Zeit darauf parkten sie im Hof des grauen Holzschindel-Hauses der Jeffreys. »Oh, gut«, sagte Farah. »William ist zuhause.«

Er saß vorn auf der Veranda – ein drahtiger Mann in verblichenen Jeans. Als er den Wagen sah, stand er auf und schlenderte grinsend heran. »Salam aleikum«, sagte er, als Maryam ausstieg, und dann, auf Englisch, »Schön, dich zu sehen«.

»Schön, *dich* zu sehen«, erwiderte sie und drückte ihre Wange an die seine.

William war einer dieser Männer, die nie ganz ihre Jugend überwunden hatten, fand sie. Seine Jeans zierten Flicken aus einer amerikanischen Flagge, er trug ein schütteres Ziegenbärtchen und einen langen Zopf, der, seit er oben eine Glatze hatte, wirkte, als sei das Haar auf seinem Kopf mehrere Zentimeter nach hinten gerutscht. Seine Begeisterung für alles Iranische kam ihr ebenso pubertär vor. »Rate!«, sagte er nun zu ihr. »Ich habe dir zu Ehren *fesenjan* zum Abendessen gekocht.«

»Genau darauf habe ich Lust«, sagte sie.

William war allein für das Kochen und die Hausarbeit zuständig. Er verdiente auch das Geld fürs tägliche Leben; in einem nahen College unterrichtete er Kreatives Schreiben. Maryam fragte sich, womit Farah ihre Zeit verbrachte. Die beiden hatten keine Kinder – hatten offenbar keine gewollt –, und Farah war nie fest angestellt gewesen. Als sie Maryam nach oben zum Gästezimmer begleitete, sagte sie: »Also, ich *glaube,* das Bett ist frisch bezogen ... o ja, gut.« Die Wiesenblumen auf der Kommode, die wirr in einem Kännchen steckten, waren offenbar auch Williams Werk.

Nachdem Maryam ausgepackt hatte, trafen sie sich zum Cocktail im Wohnzimmer, das immer noch – ein typisch karger, neuenglischer Bauernhof – leer und scheunenhaft wirkte, jedoch mit Perserteppichen, Isfahani-Emaille und bunt leuchtenden Paisleystoffen eingerichtet war. William erzählte von seiner neuesten Erfindung: Er tüftelte an einem »Manager-Spielzeug« herum – es würde ihn, wie er schwor, steinreich machen. »Ein bisschen wie eine Lava-Lampe«, sagte er. »Die kennst du doch. Nur dass es viel edler aussieht.« Er holte es, um es ihr vorzuführen: ein Gefäß wie eine Sanduhr, aus durchsichtigem Plastik, gefüllt mit einer zähen Flüssigkeit. »Sieh mal«, sagte er und drehte es, »wie die Flüssigkeit sich nach unten schlängelt, herabrinnt – erst im, dann gegen den Uhrzeigersinn – und auf dem Boden eine Art Pyramide bildet, die mit einem Mal flach wird ... Hat das nicht etwas Hypnotisches?«

Maryam nickte. Sie fand es wirklich eigentümlich faszinierend.

»Ich bin drauf gekommen, als wir eine Flasche McGleam Shampoo fast aufgebraucht hatten und ich sie umgekippt habe, damit der Rest in die neue läuft – du weißt schon wie. Bis auf den letzten Tropfen habe ich die Flasche ausgequetscht. Und während ich es tropfen sah, dachte ich: Mann! Das ist ja ein richtiges Zen-Spielzeug, das Leuten bei der Konzentration hilft. Ein Allheilmittel gegen Bluthochdruck! Also habe ich ein Gefäß entworfen; mir die attraktivste Form überlegt ... Nur bei der Flüssigkeit hapert es noch. Ich meine, sie muss die richtige Konsistenz haben. Dick wie McGleam, aber nicht zu dick, natürlich, und durchsichtig wie McGleam, weil ich glaube, dass durchsichtig beruhigender ist –«

»Warum nimmst du dann nicht einfach McGleam Shampoo?«, fragte Maryam.

»Oh. McGleam.«

»Wäre das nicht die einfachste Lösung?«

»Aber ... Shampoo? Außerdem ist McGleam im Drugstore die teuerste Marke.« Er warf Farah einen zärtlichen Blick zu. »Für Farah-jun nur das Beste«, sagte er.

Farah wedelte träge mit der Hand in seine Richtung und meinte zu Maryam: »Was soll ich dazu sagen? Ich habe eben die nicht zu bändigenden Karimzadeh-Haare.«

Beim Abendessen (von Anfang bis Ende ein echt iranisches Essen, jeder Bissen authentisch) schwelgte Farah in Erinnerungen an ihre gemeinsame Kindheit. Sie sah die Vergangenheit in rosigerem Licht als Maryam. Ihre Erinnerungen drehten sich allesamt um überschwängliche Partys oder Kutschfahrten zum Sommerhaus der Familie in Meigun oder tagelange Picknicks im Beisein sämtlicher Verwandten mütterlicher- und väterlicherseits. Wo waren die Kräche und Klüfte, wo war der Onkel, der Opium rauchte, und der Onkel, der Geld veruntreute, der endlose, bitterböse Kampf der Tanten um die widerwillige Zuwendung des Vaters? Erinnerte sich Farah nicht an die Cousine, die sich das Leben nahm, weil man ihr verboten hatte, Medizin zu studieren, oder die Cousine, der man nicht erlaubte, den jungen Mann, den sie liebte, zu heiraten? »Oh, das waren so glückliche, glückliche Zeiten«, seufzte Farah, und William seufzte ebenso kopfnickend, als wäre er selbst dabei gewesen. Er liebte die iranischen Geschichten. Er half Farah auf die Sprünge, wenn sie ein Detail vergessen hatte. »Und die Münzen!«, sagte er. »Weißt du noch? Die funkelnagelneuen Goldmünzen, die man euch Kindern jedes Jahr zu Neujahr schenkte?« Maryam fand ihn anmaßend – obwohl sie doch eigentlich geschmeichelt hätte sein sollen, dass er sich so für ihre Kultur interessierte.

Es lag sicher an der Unterhaltung beim Abendessen, dass sie in jener Nacht von ihrer Mutter träumte. Sie sah ihre Mutter wie damals, als Maryam noch Kind war – mit tiefschwarzem Haar und ohne Falten, den Schönheitsfleck über den Lippen mit einem Augenbrauenstift betont. Sie erzählte Maryam die Geschichte von dem Nomadenstamm, hinter dem sie als Mädchen herspioniert hatte. Die Nomaden hatten sich auf dem Grundstück auf der anderen Straßenseite niedergelassen, waren geheimnisvollerweise spätnachts dort aufgetaucht. Die Frauen trugen Gold bis hierhin (wobei sie bis an den Ellenbogen deutete). Die Männer ritten blank gestriegelte Pferde. Eines Morgens erwachte sie, und alle waren verschwunden. In dem Traum, wie im wirklichen Leben, erzählte sie die Geschichte mit langsamer, zärtlicher Stimme, blickte dabei wehmütig drein, und Maryam fragte sich beim Erwachen zum ersten Mal, ob ihre Mutter nicht auch einfach gerne auf und davon gegangen wäre. Sie hatte ihrer Mutter nie auch nur eine einzige persönliche Frage gestellt, jedenfalls nicht, so weit sie sich erinnern konnte; und nun war es zu spät. Der Gedanke ließ eine leichte, geradezu angenehme Melancholie in ihr aufsteigen. Sie betrauerte noch immer den Tod ihrer Mutter, aber sie hatte sich so weit von ihr entfernt, lebte ein solch anderes Leben. Sie waren beinahe nicht mehr verwandt.

Im Gästezimmer wurde es langsam hell, und im Fenster über ihrem Bett erschienen ein rechteckiges blassgraues Stück

Himmel und ein schwarzer zackiger Streifen Fichten. Die Szenerie erschien ihr fremd wie eine Mondlandschaft.

In den folgenden Tagen fiel sie zurück in den Müßiggang der Frauen ihrer Kindheit. Sie und Farah saßen da, tranken Tee und blätterten in Hochglanzmagazinen. William wurstelte für gewöhnlich in seiner Werkstatt oder durchforstete die Eisenwarengeschäfte und Schrottplätze. Des Nachmittags begann er mit dem Kochen, und jeden Abend brachte er ein anderes iranisches Essen auf den Tisch. Stolz nannte er die Gerichte bei ihren Namen, in Farsi. »Nimm noch ein bisschen *khoresh*«, sagte er und betonte das kh dermaßen angestrengt, dass es wie Husten klang. Im Verlauf der Woche kam Maryam dieses Verhalten immer alberner vor. Obwohl – was war daran so schlimm? Sie wusste, dass sie ungerecht war.

Am letzten Abend ihres Besuchs fragte er: »Darf ich dir noch ein bisschen *polo* aufgeben?«, und sie konterte: »Warum sagst du nicht einfach Reis?«

Er sagte: »Wie bitte?«, und Farah schaute von ihrem Teller auf.

»Ich meine«, korrigierte Maryam sich, »danke, ich hätte gerne noch *polo*.«

»Habe ich es falsch ausgesprochen?«, fragte er sie.

»Nein, nein, ich habe nur …« Plötzlich konnte sie sich nicht ausstehen. Offenbar wurde sie langsam eine giftige alte Schachtel. »Entschuldigung«, sagte sie zu den beiden. »Ich glaube, es liegt an der Sprachmischung. Die bringt mich durcheinander.« Aber das war es eigentlich nicht, was sie irritierte.

Irgendwann, ein, zwei Jahre nach Kiyans Tod, hatte sie einer seiner Kollegen ins Konzert eingeladen. Eigentlich ein netter Mann, ein Amerikaner, geschieden. Ihr war so schnell kein guter Grund eingefallen, um abzusagen. Im Auto hatte sie erwähnt, dass Sami in Erwägung zog, am Tennis-Sommercamp teilzunehmen. »In Erwägung ziehen«, genau diese Wendung hatte sie benutzt, und der Mann hatte erwidert: »Du besitzt ein ausgezeichnetes Vokabular, Maryam.« Und kurz darauf hatte er zu ihr gesagt, dass er sie gerne in ihrer »Nationaltracht« sehen würde. Natürlich hatte sie sich nie wieder mit ihm verabredet.

Und einmal, als sie im Wartezimmer beim Arzt saß, hatte eine Arzthelferin gerufen: »Haben wir hier eine Zahedi?« Und die Dame am Empfang hatte geantwortet: »Nein, aber eine Yazdan.« Als wären sie austauschbar; als sei eine ausländische Patientin durch jede x-beliebige andere zu ersetzen. Und ihre Aussprache: *Yaz*-den. Aber selbst richtig ausgesprochen war der Name Yazdan bereits verstümmelt, die Kurzform eines längeren Nachnamens, den Kiyan aufgegeben hatte, als er ins Land kam. Außerdem war Maryam überhaupt keine Yazdan, wenn man es genau nahm. Sie war eine Karimzadeh, und zuhause wäre sie auch nach ihrer Eheschließung eine Karimzadeh geblieben. Die Person, auf die sich alle bezogen, existierte also eigentlich gar nicht. Im Grunde war sie eine amerikanische Erfindung.

Schluss damit. Sie reckte sich auf ihrem Stuhl und lächelte William über den Tisch an. »Ich glaube, dies ist das beste *ghormeh sabzi,* das ich je gegessen habe«, sagte sie.

Er sagte: »Mensch, merci, Maryam.«

Als sie wieder in Baltimore war, stellte sie fest, dass sich Susan selbst in dieser einen Woche verändert hatte. Mehrere Sommersprossen, feine zimtfarbene Sprenkel, zierten ihre Nase, und sie hatte gelernt, in Flip-Flops zu laufen. Sie stolzierte durch das Haus und gab, wenn die Gummisohlen an ihre Fersen schlugen, kleine Klatschgeräusche von sich. Sie hatte auch, sagte Ziba, den Tod entdeckt. »Mit einem Schlag ist sie darauf gekommen. Keine Ahnung, wie. Jede Nacht wacht sie jetzt zwei-, dreimal auf und fragt, ob sie bald sterben wird. Ich sage ihr dann: erst wenn sie ganz, ganz, ganz alt ist. Ich weiß, dass ich so was nicht versprechen sollte. Aber ich sage zu ihr: ›Kinder sterben nicht.‹«

»Genau richtig«, sagte Maryam entschieden.

»Ja, aber ...«

»Kinder sterben nicht.«

»Bitsy hat ihr erklärt, dass sie sich sowieso keine Sorgen zu machen brauche, weil sie als jemand anderes wiederkommen würde.«

Maryam runzelte die Stirn.

»Aber Susan antwortete: ›Ich will nicht jemand anders sein! Ich will ich sein!‹«

»Ja, natürlich«, erwiderte Maryam. »Sag ihr, dass Bitsy verrückt ist.«

»Oh, Mari-jun.«

»Keiner hat das Recht, seine verquasten Vorstellungen anderer Leute Kinder aufzuschwatzen.«

»Sie hat's doch nur gut gemeint«, sagte Ziba.

Maryam erlaubte sich ein verächtliches Zischen, obwohl sie wusste, dass Ziba Recht hatte. Bitsy wollte nur etwas zur Beruhigung beitragen. Und sie hatte sich während Maryams Ausflug nach Vermont als wahrer Segen erwiesen – hatte nicht nur am Dienstag und Donnerstag auf Susan aufgepasst, sondern obendrein noch den ganzen Samstag, weil Zibas Mutter mit einer akuten Blinddarmentzündung operiert werden musste. Deshalb ließ Maryam es sich nicht nehmen, am ersten Dienstag nach ihrer Rückkehr Jin-Ho tagsüber zu Susan einzuladen. Brad brachte sie vorbei, im Gepäck den in ein Handtuch eingewickelten Badeanzug, und die Mädchen plantschten den gesamten Morgen in dem aufblasbaren flachen Schwimmbecken herum. Nach dem Essen, während des gemeinsamen »Mittagsschläfchens« der beiden (das sie kichernd und flüsternd oben im Gästezimmer hinter sich brachten), kochte Maryam zwei große Portionen eines Auberginengerichts mit Huhn, und als es Zeit war, Jin-Ho nach Hause zu bringen, nahm sie einen der Töpfe als Geschenk für die Donaldsons mit.

Bitsy sagte: »Ahne ich, was es ist?«, kaum dass sie die Tür geöffnet hatte. »Rieche ich richtig? Du hast mein Lieblingsgericht gekocht!«

»Ein kleines Dankeschön«, sagte Maryam. »Du warst so lieb und hast auf Susan aufgepasst.«

»Mit großem Vergnügen. Möchtest du reinkommen?«

»Wir müssen wohl nach Hause«, erwiderte Maryam.

»Ich habe gerade eine Kanne Eistee gemacht.«

»Danke, aber …«

»Ich weiß – fast vergessen«, sagte Bitsy. »Was Tee angeht, bist du Puristin. Bei Eistee läuft's dir sicher kalt den Rücken runter.«

Maryam sagte: »Überhaupt nicht«, obwohl ihr dieses Gebräu tatsächlich suspekt war.

Offenbar nahm Bitsy das als positive Reaktion auf ihre Einladung, denn sie drehte sich um und ging voran, zurück ins Haus. Die Mädchen hüpften hinterher, Maryam folgte zögernd und fragte sich, wie sie zu dieser Einladung gekommen war. »Ich habe Ziba keinen Zettel geschrieben«, sagte sie und stellte ihren Topf auf den Küchentisch. »Sie wird sich wundern, wo wir sind.« Wobei sie sich auf einen Stuhl setzte.

»Weißt du, was du tun solltest?«, sagte Bitsy. Sie öffnete den Eisschrank und nahm die blaue Kanne. »Du solltest heute abend zu uns kommen, und dein Gericht mitessen, wenn du auf Susan aufgepasst hast.«

»Oh, das geht leider nicht«, entgegnete Maryam.

»Dad kommt nachher!«

»Ich gehe mit Freunden essen.«

Bitsy holte Gläser aus dem Schrank. Jin-Ho sagte: »Mama, können ich und Susan Popcorn machen?« Aber Bitsy sagte nur: »Wie schade. Freunde oder Freundinnen?«

»Wie bitte? Freundinnen. Mit meiner Freundin Kari.«

»Mama. Mama. Mom. Können ich und Susan …«

»Ich unterhalte mich gerade, Jin-Ho. Also, Maryam, gehst du eigentlich nie mit einem Mann essen?«

Maryam traute ihren Ohren nicht. Sie sagte: »Meinst du … ein Date? Du meine Güte, nein.«

»Warum eigentlich nicht«, sagte Bitsy. »Du bist doch eine sehr attraktive Frau.«

»Das habe ich endgültig hinter mir«, sagte Maryam entschieden. »Viel zu anstrengend.«

»Aber meinen Vater fändest du doch nicht anstrengend?«, bohrte Bitsy.

»Deinen Vater?«

»Mama, können ich und Susan Popcorn machen?«

»Ich *rede* gerade, Jin-Ho.« Bitsy stellte ein Glas Eistee vor Maryam. Ihr eigenes Glas hatte sie noch nicht gefüllt, aber das war ihr noch nicht aufgefallen. Sie nahm Maryam gegenüber Platz. »Mein Vater findet dich wunderbar«, sagte sie.

»Na ja … und ich finde ihn auch sehr nett.«

»Würdest du mit ihm zum Essen ausgehen?«

Maryam blinzelte.

»Er weiß nicht, dass ich dich frage. Er wäre entsetzt, wenn er es wüsste! Aber du bist so … Na ja, komm sei ehrlich, du kannst einen ganz schön einschüchtern. Wenn wir warten, bis er Mut geschöpft hat, warten wir bis in alle Ewigkeit!«

Maryam sagte: »Oh, ich …«

»Er schwärmt seit Monaten von dir«, sagte Bitsy. Sie beugte sich vor und faltete die Hände auf dem Tisch. Ihre Augen waren ganz rund und glänzend. »Sag mir nicht, dass du nichts davon bemerkt hast«, sagte sie.

»Du irrst dich bestimmt«, sagte Maryam und begriff gleichzeitig, dass Bitsy wahrscheinlich Recht hatte. All diese »zufälligen« Treffen; sein Bedürfnis dazubleiben; die endlosen Verabschiedungen … Sie seufzte und setzte sich kerzengerade auf ihren Stuhl. »Lass uns lieber über dein neues Baby reden«, sagte sie. »Ziba meint, dass du etwas von der chinesischen Adoptionsstelle gehört hast.«

Bitsy sagte: »Ach, ja, die …« Aber ihre Gedanken waren eindeutig nicht bei der Adoptionsstelle. Sie saß wie angewurzelt da, ernst, die Hände noch gefaltet und den Blick nach innen gerichtet.

»Sie haben ein Kind für dich ausgesucht, stimmt das?«

»Ja, ein … Mädchen.« Sie ordnete ihre Gedanken, endlich.

»Ja, natürlich ein Mädchen«, sagte sie. »Das ist es eigentlich fast immer. Aber trotzdem müssen wir noch lange warten. Wahrscheinlich bis kommendes Frühjahr, stell dir vor. Unsere Tochter wird zehn oder zwölf Monate sein, bevor wir sie zu Gesicht bekommen, und inzwischen gibt es sie die ganze Zeit! Ganz allein in diesem riesengroßen Waisenhaus!«

Und so weiter und so weiter, den ganzen bürokratischen Kleinkram, die Regeln und Bestimmungen. Maryam trank einen Schluck Eistee. Die Mädchen waren jetzt hinten auf der Veranda, spielten mit einem Spielzeug, das blechern eine Melodie klimperte: »Old MacDonald Has a Farm«. Die Nachmittagssonne schickte einen staubig goldenen Streifen über die Bodenfliesen, und die Küche wirkte wieder sicher und friedlich.

An jenem Abend fragte Maryam beim Essen Kari: »Fühlst du dich manchmal auch entblößt, weil du nur ein halbes Paar bist?«

Kari sagte: »Entblößt?«

»Ich meine, oh, nicht bedroht; das meine ich nicht, aber verletzlich? Ausgeliefert? Jeder kann auf dich zukommen und dich einfach … einladen?«

»Entsetzlich«, sagte Kari und musste lachen. Aber dann wurde sie sofort wieder ernst, und Maryam vermutete, dass sie die Frage genau verstanden hatte. Ganz bestimmt; sie war eine schöne, feingliedrige Frau mit betörend umschatteten Augen. Sicher wurde sie ständig von Männern eingeladen, auch wenn sie es nie erwähnte. »Ich erkläre ihnen, dass meine Kultur es verbietet«, sagte sie.

Maryam sagte: »Nicht wahr!«, weil sie immer davon ausgegangen war, dass Kari so emanzipiert war, wie man nur sein konnte.

»Ich sage: ›Wie bitte? Ausgehen? Mit einem *männlichen* Wesen? Du meine Güte!‹ Ich sage: ›Sie wissen sicher nicht, dass ich Witwe bin.‹ Sie sagen: ›Oh. Ach …‹ Denn natürlich wissen sie das, aber jetzt überlegen sie, ob es irgendein primitives türkisches Tabu gibt, das ihnen nicht bekannt war.«

»Das sollte ich auch tun«, sagte Maryam, nur halb im Scherz.

Dazu war es vermutlich aber schon zu spät. Oh, warum hatte sie sich Jahre lang abgequält, um als integriert, modern und aufgeklärt zu gelten?

»Verschleiere dich«, schlug Kari vor.

Dabei lachte sie schon wieder, also lachte Maryam mit und studierte weiter die Speisekarte.

Sami und Ziba waren mit der Ankunftsparty an der Reihe. Ziba, stellte sich heraus, hatte große Pläne. »Ich denke an ein ganzes Lamm am Spieß«, sagte sie eines Tages nach der Arbeit zu Maryam. »Wäre das nicht eindrucksvoll? Du kennst doch unsere griechischen Freunde, Nick und Sofia: Sie haben das zu Ostern veranstaltet. Nick hat ein Loch im Garten ausgehoben, und ihr Automechaniker hat ihnen einen Spieß geschweißt. Den können wir ausleihen, sagen sie. Was meinst du?«

»Das klingt nach viel Arbeit«, sagte Maryam.

»Die Arbeit macht mir nichts aus!«

»Und viel Essen. Wie viele Leute kommen denn?«

»Massen von Leuten; du weißt ja, wie das ist. Also, diesmal zufälligerweise nur zwei von meinen Brüdern, aber auch deren Frauen, drei der Kinder und meine Eltern. Und jede Menge Dickinsons und Donaldsons – Mac und Abe, zumindest, und Bitsys Vater …«

»Dennoch, ein ganzes Lamm!«, gab Maryam zu bedenken.

Aber Ziba war offenbar gerade etwas anderes in den Sinn gekommen. Sie schaute Maryam prüfend an. »Also«, sagte sie, »ich glaube, ihr Vater würde auch kommen, wenn du als Einzige hier wärst.« Ein Grübchen zeigte sich auf ihrer Wange. »Dann erst *recht*.«

»Das klingt, als ob du mit Bitsy geredet hättest«, sagte Maryam trocken.

»Ich brauche dazu keine Bitsy! Jeder Idiot sieht, was mit ihm los ist.«

»Also, das Thema interessiert mich nicht«, erwiderte Maryam. Sie nahm ihre Handtasche von der Couch.

Ziba sagte: »Oh, Mari-jun. Er ist so ein freundlicher Mann, und er wirkt immer so verloren. Außerdem wäre es praktisch für unsere beiden Familien. Könntest du nicht wenigstens mal mit ihm essen gehen?«

Maryam hörte auf, in ihrer Tasche nach den Schlüsseln zu kramen. »Um Himmels willen, Ziba! Wie kommst du nur darauf?«

»Warum nicht? Du bist allein; er ist allein …«

»Ich bin iranisch; er ist amerikanisch …«

»Was macht das schon?«

»Du hättest mit zu Farah kommen sollen«, konterte Maryam. »Dann würdest du so was nicht fragen. Ihr Mann macht ein Getue um ihr Fremdsein! Sie ist nicht einfach Farah; sie ist Madame Iran.«

»Dave würde so was nicht tun.«

»Oh, nein? ›Sagen Sie‹«, äffte sie seine ernste Stimme nach, »›was für Volksmärchen gibt es bei Ihnen zuhause, Maryam? Was haben Sie für Bräuche? Geben Sie's zu, insgeheim sind Sie abergläubisch?‹«

»Das hat er *nicht* gesagt.«

»Na, fast«, sagte Maryam. Sie hielt ihre Schlüssel in der Hand. Sie sagte: »Egal, ich gehe jetzt. Susie-jun? Susan? Ich gehe.«

Susan gab keine Antwort. Sie sang ein Lied aus der Sesamstraße und ritt dabei auf ihrem Schaukelpferd.

»Bis Donnerstag«, sagte Maryam zu Ziba.

Aber Ziba konnte ausgesprochen penetrant sein. Sie folgte Maryam bis in den Flur und sagte: »Ich bitte dich doch nicht, ihn zu heiraten.«

»Ziba! Es reicht!«

»Du musst nicht mal eine Romanze mit ihm anfangen. In diesem Land gehen Leute doch ständig miteinander essen! Es muss doch nicht gleich weitergehen. Aber so was verstehst du nicht, weil deine eigene Ehe arrangiert war und du nie die Möglichkeit hattest, mit einem Mann ins Kino oder Hamburger essen zu gehen.«

Dazu hätte Maryam einiges sagen können, aber sie winkte nur und ging. Eigentlich küssten sie sich sonst auf die Wangen. Heute nicht. Sie schritt über den Vorgartenweg. Sie spürte, wie Ziba hinter ihr her sah, aber sie drehte sich nicht um.

Was sie Ziba hätte sagen können, war Folgendes: Ihre Ehe war zwar arrangiert gewesen, aber ganz und gar nicht so, wie alle sich das vorstellten.

Sie war eine stark westlich orientierte, junge Frau gewesen, besonders frei denkend und fortschrittlich. Sie hatte die Universität von Teheran besucht, aber sie hatte kaum Zeit für ihre Seminare gehabt, weil sie politisch so aktiv war. Damals war der Schah noch sehr mächtig – der Schah mit seiner gefürchteten Geheimpolizei. Schreckliche, schreckliche Geschichten kursierten. Maryam nahm an verbotenen Zusammenkünften teil und trug winzige Kassiber von einem Versteck zum anderen. Sie überlegte, ob sie der kommunistischen Partei beitreten sollte. Dann wurde sie verhaftet, zusammen mit zwei jungen Männern, als sie zu dritt auf dem Universitätscampus Flugblätter verteilten. Die jungen Männer wurden mehrere Tage festgehalten, aber Onkel Hassan arrangierte Maryams Freilassung innerhalb einer Stunde. Sie wusste nicht genau, wie er das geschafft hatte. Zweifelsohne geschah es mit viel Kopfschütteln, Palavern und Zigaretten aus seinem flachen Silberetui. Vermutlich wechselte dabei auch Geld seinen Besitzer. Oder vielleicht auch nicht: Maryams Familie hatte Einfluss.

Doch nicht genug Einfluss, hieß es mahnend – nicht wenn sie sich weiter so aufführte und sich und den Rest der Familie in Gefahr brachte. Ihre Mutter schickte sie zu Bett, und ihre Onkel wüteten und schrien. Man erwog, sie ganz und gar von der Universität zu nehmen. Man plante, sie nach Paris zu schicken, wo ihr Cousin zweiten Grades, Kaveh, Naturwissenschaften studierte. Vielleicht konnte sie ihn heiraten. Denn irgendwen musste sie heiraten.

Dann erwähnte die Nachbarin Mrs Hamidi den Sohn ihrer Freundin. Er war Arzt in Amerika, Pathologe in gut bezahlter Stellung, mit regelmäßigen Arbeitszeiten und ohne Bereitschaftsdienst, und zufällig war er gerade für drei Wochen auf Heimaturlaub. Seine Mutter fand es an der Zeit, dass er heiratete. Sie hatte ihn mit diversen jungen Frauen bekannt gemacht, obwohl er jedes Interesse leugnete.

Mrs Hamidi kam zum Tee, im Schlepptau ihre Freundin und deren Sohn, Kiyan. Er war ein großer, leicht gebeugter, ernsthafter Mann in dunkelgrauem Anzug, und er schien Maryam, daran erinnerte sie sich mit einiger Belustigung, ziemlich alt. (Er war ganze achtundzwanzig.) Aber sie mochte sein Gesicht. Er hatte dichte Augenbrauen und eine große, eindrucksvolle Nase, und seine Mundwinkel verrieten, woran er dachte – meist wiesen sie nach unten, wenn die älteren Damen ihre Anspielungen machten, aber ein-, zweimal, bei Maryams frechen Bemerkungen, schnellten sie nach oben. Sie merkte gleich, dass Kiyans Mutter sie unverschämt fand, aber was machte das schon? Sie war fest entschlossen, aus Liebe zu heiraten, vielleicht wenn sie dreißig war.

Die Frauen redeten über das Wetter, die frühe Wärme in diesem Jahr. Maryams Mutter schwärmte, dass ihre Rosenbüsche bereits auszutreiben begonnen hatten. Alle Augen wanderten zu Maryam und Kiyan, die seit Beginn des Besuchs in Sesseln nebeneinanderhockten. »Maryam-jun«, sagte ihre Mutter mit honigsüßer Stimme, »würdest du nicht Agha Doktor gerne die Rosen zeigen?«

Maryam seufzte vernehmbar und erhob sich. Kiyan murmelte etwas, erhob sich aber auch.

Wie in allen Wohnzimmern, die Maryam jemals zu Gesicht bekommen hatte, standen an allen vier Wänden Dutzende gradlehniger Stühle in Reih und Glied und rahmten eine enorme, leere, quadratische Fläche ein, die sie mit Kiyan durchqueren musste, um den Raum zu verlassen. Als sie in der Mitte anlangten, packte Maryam plötzlich der Übermut – sie blieb stehen und vollführte, vor all diesen gaffenden Frauen, ein paar Charleston-Schritte, wobei sie kess ihre Arme über die Knie kreuzte. Niemand rührte sich. Dann drehte sie sich um, ging zur Tür hinaus, und Kiyan folgte ihr.

Im Hof deutete sie auf die dornigen, kahlen Büsche und sagte: »Man beachte die Rosen.«

Kiyans Mundwinkel schnellten, wie sie sah, wieder nach oben.

»Ebenso den Brunnen, den Jasmin, den Vollmond und die Nachtigall«, sagte sie.

Der Mond war natürlich gar nicht da, und auch keine Nachtigall, aber sie hob schwungvoll den Arm in die Richtung, wo sie hätten sein können.

Kiyan sagte: »Tut mir leid, das hier.«

Sie drehte sich und betrachtete ihn genauer.

»Es war nicht meine Idee«, sagte er.

Seine Sprache klang eine Spur fremd. Es war kein richtiger Akzent, und es war mit Sicherheit auch keine Affektiertheit. (Anders als bei ihrem Cousin Amin, der aus Amerika zurückgekehrt war und behauptete, er könne kein Farsi mehr, und der einmal einen Hahn als »Ehemann einer Henne« bezeichnet hatte.) Aber man merkte, dass Kiyan in seiner Muttersprache etwas aus der Übung war. So wirkte er weniger Respekt fordernd; jünger, als sie ursprünglich gedacht hatte. Sie spürte, dass sie sich für ihn erwärmte. Sie sagte: »Meine Idee war es auch nicht.«

Sie setzten sich auf eine steinerne Bank und unterhielten sich über alles, was dem Land in seiner Abwesenheit widerfahren war. »Ich habe gehört, dass es Demonstrationen gegen unseren Allmächtigen Schah gegeben hat«, sagte er. »Du meine Güte, wie schlecht und unzivilisiert die Menschen doch sind«, und dabei konnten die beiden sich ihr Lachen kaum verkneifen. Sie tauschten ihre Ansichten über Politik aus, über die Menschenrechte und die Frauenfrage. Bei jedem Thema waren sie sich einig. Ein Wort ergab das andere, und sie ließen ihren Gedanken freien Lauf. Dann, nach fast einer halben Stunde, deutete Kiyan mit dem Kopf in Richtung Haus – sie folgte seinem Blick und sah drei ihrer Tanten sich am Fenster drängen. Als die Tanten merkten, dass die beiden sie entdeckt hatten, wichen sie hastig zurück und verschwanden. Kiyan grinste Maryam an: »Wir sind für sie eine echte Attraktion.«

Maryam sagte: »Ach, die Ärmsten.«

»Lass uns morgen zusammen ins Kino gehen. Dann sind sie völlig aus dem Häuschen.«

Sie lachte und sagte: »Warum nicht.«

Am nächsten Abend gingen sie ins Kino, am übernächsten – einem Tag, an dem die Universität geschlossen war – in ein Kebab-Restaurant und am Abend zu einer Party bei einem seiner Freunde. Damals hatten junge Frauen – auch wenn Maryam sich trotzdem beschwerte – mehr Freiheiten als je zuvor und je danach, und ihre Familie fand nichts dabei, sie ohne Aufsicht ausgehen zu lassen. Außerdem war man überzeugt, dass Kiyans Absichten ehrenhaft seien. Er und Maryam würden mit an Sicherheit grenzender Wahrscheinlichkeit heiraten.

Aber nichts lag ihnen ferner. Sie waren sich einig, dass die Ehe ein Käfig war – einengend, ein Zustand, den man lediglich zur Fortpflanzung wählte.

Des Nachts spürte sie seine Gegenwart in ihren Träumen. Nie erschien er körperlich, aber sie fing seinen leichten Muskat-Duft ein; beim Gehen spürte sie seine hohe Statur neben sich; sie war sich seines eigentümlichen Blicks bewusst, ernst und amüsiert zugleich.

Schade, dass er, als sie sich kennen lernten, schon fünf Tage von den geplanten einundzwanzig im Lande war. Das Ende seines Besuchs rückte näher. Die Frauen in Maryams Familie begannen sich Sorgen zu machen und stellten eindeutigere Fragen. Ein, zwei hoffnungsvoll dreinblickende Onkel tauchten jedes Mal wie aus dem Nichts auf, wenn Kiyan ins Haus kam.

Maryam tat, als merke sie nichts davon. Sie gab sich munter und sorglos.

Eines Tages nach ihrem Englisch-Seminar ging sie mit zwei Freundinnen eine hohe Treppe hinab und sah Kiyan unten warten. Der Frühling hatte eine Pause eingelegt, und Kiyan trug ein lässiges, braunes Kordjackett, hatte den Kragen hochgestellt. So wirkte er mit einem Mal sehr amerikanisch, sehr *anders*. Er schaute nicht in ihre Richtung, sondern zu den Leuten, die in den Bus stiegen. Der Anblick seines markanten Profils versetzte ihr einen sehnsuchtsvollen Stich bis in ihr Innerstes.

Dann drehte er sich um, entdeckte sie und sah ohne Lächeln zu, wie sie näher kam. Als sie voreinander standen, sagte er zu ihr: »Vielleicht sollten wir tun, was sie wollen.«

Sie sagte: »Gut.«

»Du kommst mit mir nach Amerika?«

Sie sagte: »Ich komme mit.«

Zusammen gingen sie los. Maryam drückte ihre Bücher an die Brust, und Kiyan vergrub seine Hände tief in den Hosentaschen.

So wie die Dinge standen, war es für sie unmöglich, ihn schon bei seiner Abreise vier Tage später zu begleiten. Im Juni wurden sie ferngetraut – Kiyan in Baltimore am Telefon, Maryam in Teheran in ihrem bodenlangen Brautkleid ganz nach westlicher Mode, umgeben von Hochzeitsgästen beider Familien. Am nächsten Abend flog sie nach Amerika. Die Mutter hielt einen Koran über Maryams Kopf, als sie aus der Haustür des elterlichen Anwesens ging, und alle Frauen weinten. Wer hätte geglaubt, dass sie dieses Ereignis seit dem Tag ihrer Verhaftung herbeigebetet hatten.

Sie gehörte nicht zu den Iranern, die Amerika als gelobtes

Land betrachteten. Für sie und alle ihre Studienfreunde waren die Vereinigten Staaten eine einzige große Enttäuschung – eine Demokratie, die zu ihrer Verblüffung alles darangesetzt hatte, die Monarchie zu unterstützen, als der Schah unter Beschuss gestanden hatte. Deshalb reiste sie in ihre neue Heimat mit einer Mischung aus Erwartung und Ablehnung. (Insgeheim jedoch sträflich froh, dass sie nie wieder an einer politischen Versammlung teilnehmen musste.) Hauptsache, sie war mit Kiyan zusammen. Nicht einmal ihre engsten Freundinnen wussten, wie Kiyan all ihre Gedanken beherrschte. Als sie ihn bei ihrer Ankunft in Baltimore am Flughafen warten sah, in einem kurzärmligen Hemd, aus dem seine unvertrauten, dünnen Arme staken, erschrak sie. War dies die gleiche Person, die in all diesen Wochen ihre Tagträume beherrscht hatte?

Sie war neunzehn Jahre alt und hatte noch nie eine Mahlzeit gekocht oder einen Fußboden gewischt oder ein Auto gefahren. Aber Kiyan ging einfach davon aus, dass sie irgendwie klarkommen würde. Entweder besaß er nicht den geringsten Funken Mitgefühl, oder er empfand einen erfreulichen Respekt vor ihren Fähigkeiten. Manchmal glaubte sie Ersteres, manchmal Zweites, je nach Tagesform. Sie hatte gute Tage, und sie hatte schlechte Tage – anfangs mehr schlechte. Zweimal packte sie den Koffer und wollte wieder nach Hause fahren. Einmal nannte sie ihn einen Egoisten und leerte ein ganzes Glas Joghurt auf seinen Teller. Sah er denn nicht, wie allein sie sich fühlte, nur eine Frau, wehrlos?

Telefongespräche nach Übersee waren damals noch nicht gang und gäbe, und deshalb schrieb sie ihrer Mutter Briefe. Sie schrieb, *Ich gewöhne mich sehr gut ein* und *Ich habe mehrere Freunde gefunden* und *Ich fühle mich hier sehr wohl,* und mit der Zeit wurden ihre Worte wahr. Sie nahm Fahrunterricht und machte ihren Führerschein; sie besuchte Abendkurse an der Towson State University; sie gab ihr erstes Abendessen. Es dämmerte ihr, dass sich Kiyan nicht so an den American Way of Life akklimatisiert hatte, wie ursprünglich gedacht. Er kleidete sich formeller als seine Kollegen und verstand nicht immer ihre Scherze, und seine Kenntnis der Umgangssprache war überraschend lückenhaft. Diese Feststellung ernüchterte sie nicht, sondern machte ihn noch liebenswerter. Des Nachts schliefen sie dicht aneinandergekauert, wie zwei Cashewnüsse. Liebevoll drückte sie ihre Nase in die dichten feuchten Locken in seinem Nacken.

Diesen Teil der Geschichte hätten auch die mächtigsten Tanten der Welt nicht arrangieren können.

Sami äußerte Zweifel bezüglich des Lamms am Spieß. Er machte sich Sorgen, dass es die Nachbarschaft stören könnte. Also setzte Ziba andere Gerichte auf die Speisekarte, und ihre Mutter kam für eine Woche, um beim Kochen zu helfen. Nachmittags gesellte sich Maryam zu ihnen. Gemeinsam schälten sie Auberginen und pürierten Kichererbsen, hackten Zwiebeln, bis ihnen die Tränen über die Wangen strömten. Susans Aufgabe war es, den Reis zu waschen und einzuweichen. Maryam wurde warm ums Herz, wenn sie Susan auf einem Stuhl vor der Spüle stehen sah, eine winzige Person mit einer Schürze bis zu den Füßen, die sich so wichtig vorkam, wenn sie andächtig den Reis im kalten Wasser hin und her rührte. Bei der Arbeit übte sie das Lied, das Bitsy gerade den Mädchen beibrachte. Bitsy hatte es offenbar aufgegeben, der Verwandtschaft ihr »ewiges verflixtes ›Coming Round the Mountain‹« auszureden, und konzentrierte sich stattdessen auf die beiden Ankömmlinge. Sie hatte eine CD mit koreanischen Kinderliedern bestellt – doch weder auf der CD selbst noch auf der Hülle stand ein einziges englisches Wort. »Soweit wir wissen, sind es Trauergesänge«, hatte sie Ziba vorgejammert. Aber das Lied, für das sie sich dann entschieden hatte, war – mit seiner munteren, lebhaften Melodie und dem Oh-la-la-la im Refrain – alles andere als ein Klagelied. Maryam fand es hinreißend, obwohl Susan erklärte, dass sie und Jin-Ho eigentlich ein anderes schöner fänden. Sie sang nur eine Zeile des anderen Lieds – die etwa »Po po po« lautete – und brach dann aus irgendeinem Grund in großes Gekicher aus. Darüber lächelte Maryam und schüttelte den Kopf. Sie war erstaunt über die Leichtigkeit, mit der Susan diese Musik aufgenommen hatte, als reichten ihre koreanischen Wurzeln doch tiefer als vermutet. Und dennoch stand sie da und schwenkte ihr Sieb voll Reis mit der gekonnten, vorwärts schwingenden Bewegung einer iranischen Hausfrau.

In der heimeligen Atmosphäre der Küche wagte Mrs Hakimi den schüchternen Vorstoß, Maryam beim Vornamen zu nennen. »Maryam, ich weiß nicht, ist hier schon genug Minze drin?«, fragte sie in Farsi. Unglückseligerweise fiel Maryam so schnell nicht Mrs Hakimis Vorname ein, und sie behalf sich mit: »Oh, das kannst du doch viel besser einschätzen als ich« – benutzte dabei das vertraute »du«. Sie wusste eigentlich nicht, warum sie noch so förmlich miteinander umgingen. Im Grunde hätten sie einander inzwischen so nah wie zwei Schwestern sein müssen. Sie vermutete, dass die Hakimis sic zu unabhängig fanden. Oder zu ungesellig. Oder sonst irgendwas.

Ziba widmete sich inzwischen der Gästeliste. »Schade, dass es von unserer Seite nicht mehr Gäste gibt«, sagte sie. »Schade, dass Sami keine Brüder und Schwestern hat. Es gibt immer so viele Donaldsons! Könntest du nicht vielleicht Farah einladen?«

»Oh«, sagte Maryam, »also …« Und ließ den Satz unvollendet.

Das Problem lag darin, dass Farah die Einladung wahrscheinlich annehmen würde. Und William würde sicher mitkommen, wenn Merkur nicht rückläufig war oder sonst irgendeine New-Age-Konstellation vorherrschte. Sie würden eine Woche oder länger bei Maryam bleiben, und sie müsste bei ihren vielen Gruppen-Aktivitäten mitmachen. Farah kam fabelhaft mit den Hakimis zurecht. Bei ihrem letzten Besuch in Baltimore musste Maryam sie zu drei verschiedenen Dinner-Einladungen nach Washington kutschieren, zusätzlich zu dem Dinner, das sie selbst gab, um sich bei allen zu revanchieren.

Es stimmte, dass sie nicht besonders gesellig war.

An jenem Nachmittag ging sie nach Hause und war froh, dass sie allein war, dankbar für ihr stilles, wohlgeordnetes Leben. Zum Abendessen trank sie ein Glas Rotwein und aß eine Scheibe Cheddarkäse. Im Fernsehen sah sie einen Film über die Lebensgewohnheiten des Grizzlybären.

Mittendrin rief Dave Dickinson an. Er sagte: »Ich habe gerade über das Wochenende nachgedacht. Kann ich Sie zur Party fahren?«

»Danke schön, aber …«

»Es kommt mir dumm vor, zwei Wagen zu nehmen.«

»Aber ich muss früh da sein«, sagte sie, »weil ich beim Vorbereiten helfe.«

»Könnte ich nicht auch helfen?«

»Nein, ich glaube nicht«, sagte sie. »Außerdem wohnen Sie um die Ecke. Es ist Unsinn, wenn Sie einen Umweg machen.«

Er sagte: »Ich glaube, ich dachte nur, dass es nett wäre, wenn Sie mir Gesellschaft leisten würden.«

»Jedenfalls danke.«

Dann war es still.

»Also, auf Wiedersehen!«, sagte sie.

Sie legte auf.

Der Bär, der durch die Wälder streifte, hatte ein verfilztes, raues Fell, das sie traurig machte, und sie drückte den Aus-Knopf auf der Fernbedienung.

7 Das chinesische Waisenkind war endlich so weit. (Wie ein Muffin, dachte Dave, als er das hörte.) Brad und Bitsy packten Babysachen in drei Größen ein, Spielzeug für das Waisenhaus, Geld in roten Geschenkumschlägen, Wegwerfwindeln, Babyflaschen, Trockenmilch, Pflaumen- und Pfirsichmus, Zinksalbe, Puder gegen Ausschlag, Baby-Aspirin, ein Thermometer, Antibiotika für Säuglinge und Erwachsene, Müsli- und Energieriegel, Vitaminkapseln, Wasserreinigungstabletten, Melatonin, Kompressionsstrümpfe, einen Netzadapter, ein Erste-Hilfe-Set für Zähne und Atemmasken gegen Luftverschmutzung. Dave fuhr sie zum Flughafen, und er hatte einige Mühe, alles in seinem Kofferraum zu verstauen.

Er wohnte mit Jin-Ho in ihrem Haus, nicht in seinem, weil ihre Eltern fanden, dass drei Wochen für eine noch nicht ganz Fünfjährige zu lang wären, um sie aus ihrer gewohnten Umgebung zu reißen. Er schlief im Elternschlafzimmer – ein Arrangement, bei dem er sich wie ein Eindringling vorkam, aber Bitsy hatte darauf bestanden. (Es lag gleich neben Jin-Hos Zimmer.) Jeden Morgen sah er beim Aufwachen als Erstes eine Fotografie von Brad und Bitsy, die sich an irgendeinem Strand umarmten. Sein zweiter Blick fiel auf Bitsys Ohrringständer, der mit großen klobigen, handgefertigten runden Scheiben aus Kupfer, Holz und Keramik behängt war.

Es war Anfang Februar, sodass Jin-Ho jeden Morgen Vorschule hatte. Das war eine Hilfe. Und abends waren sie fast immer bei Mac oder Abe oder den Yazdans oder bei Nachbarn zum Essen eingeladen. Aber die restliche Zeit hatten Dave und

Jin-Ho ganz für sich. Er sagte sich, dass sie sich jetzt richtig kennen lernen könnten. Wie viele Großväter bekamen eine solche Chance? Und er freute sich wirklich über ihre Gesellschaft. Sie war ein lebhaftes, wissbegieriges Kind, dessen Mund nie stillstand, das Brettspiele liebte und verrückt nach jeder Art von Musik war. Aber seine unterschwellige Nervosität verlor er nie ganz. Sie war schließlich nicht sein Kind. Was, wenn irgendetwas passierte? Wenn sie draußen spielte, merkte er, dass er alle paar Minuten aus dem Fenster nach ihr sah. Selbst beim Überqueren der schmalen, verkehrsarmen Straße, in der sie lebte, musste sie seine Hand nehmen, trotz ihrer Proteste. »Meine Mom muss ich nie anfassen«, sagte sie, »wenn sie neben mir geht.«

»Nun, ich bin nicht deine Mom. Ich bin ein Schwarzseher. Tu mir den Gefallen, Jin-Ho.«

Abends wurde sie manchmal ein ganz klein wenig kleinlaut, ein- oder zweimal kamen ihr fast die Tränen. »Was glaubst du, machen sie jetzt grade?«, fragte sie dann. Oder »Wie lange dauert es noch, bis sie wiederkommen?« Und wenn er so anders als Bitsy war, wurde sie gelegentlich ungeduldig. Er kämmte ihr Haar nicht ganz richtig; er schnitt ihren Toast falsch. Aber die meiste Zeit hielt sie sich gut. Sie wusste, dass ihre Eltern ihr eine Schwester mitbringen würden – etwas, was sie sich sehr wünschte. Sie erzählte, wie sie Xiu-Mei mit der Flasche füttern und sie im Kinderwagen herumschieben würde. Xiu-Mei wurde für Daves ungeübtes Ohr ungefähr wie »Shaomay« ausgesprochen. (Zuerst hatte er »Charmaine« verstanden.) Er fand, dass es ein bisschen hart klang, aber Jin-Ho war toleranter. Es hieß: »Ich und Xiu-Mei« dieses, und »ich und Xiu-Mei« jenes. »Ich und Xiu-Mei werden uns ein Zimmer teilen, sobald sie nachts durchschläft«, sagte sie.

»Was, wenn sie an deine Spielsachen geht? Stört dich das nicht?«, fragte er.

»Sie kann mit meinen Spielsachen spielen, so viel sie will! Und ich werde ihr das Alphabet beibringen.«

»Du wirst die perfekte große Schwester sein«, sagte er.

Jin-Ho strahlte, zwei kleine Kerben der Zufriedenheit kräuselten sich um ihre Mundwinkel.

Er staunte, dass sie keine geregelten Schlafenszeiten hatte – keinen festen Stundenplan. Das moderne Leben war so formlos. Er musste an die Leinen denken, an denen die Leute heutzutage ihre Hunde spazieren führten: Große Spulen erlaubten es den Hunden, so weit voraus zu rennen, wie sie wollten. Dann schalt er sich selbst einen alten Knacker. Er rieb sich die Augen, als sie am Tisch Candyland spielten, ein endloses Würfelspiel. »Bist du nicht müde, Jin-Ho?«, fragte er. Sie ließ sich nicht einmal dazu herab, ihm zu antworten, schob nur ihren Lebkuchenmann vier Felder weiter vor.

Wenn sie vormittags in der Vorschule war, fuhr er nach Hause und schaute nach, ob alles in Ordnung war, holte die Post und hörte den Anrufbeantworter ab. Seine Alltagsroutine fehlte ihm. Wenn man irgendwo zu Besuch war, konnte man nicht herumwerkeln; weder übertrieben aufräumen noch schnell etwas reparieren. Obwohl er tat, was er konnte. Er entlüftete sämtliche Heizkörper bei Brad und Bitsy und hobelte eine klemmende Türkante ab. Er brachte von zuhause Klauenfett mit und verbrachte einen Abend damit, den verschrammten Lederrucksack einzucremen, den Bitsy immer für ihre Gänge zum Bauernmarkt nahm. »Was ist das?«, fragte Jin-Ho, die sich an seinen Arm lehnte und den Lakritzgeruch von Knete verströmte.

»Das ist Rinderklauenfett. Sehr gut für Leder.«

»Was sind Rinderklauen?«

»Du kennst keine Rindviecher? Na, so was«, sagte er. »Also. Es gibt scheue braune Rinder und freche braune Rinder. Dieses ganz besondere Fett kommt von …« Er hob die Büchse hoch und musterte sie mit zusammengekniffenen Augen, hielt sie auf Armeslänge von sich weg, »… kommt von einem scheuen braunen Rind«.

Solche Geschichten hatte er immer seinen eigenen Kindern

erzählt; er war berühmt dafür. Sie sahen ihn dann immer mit heimlicher Schadenfreude an und stachelten ihn an weiterzuerzählen. Aber Jin-Ho zog die Brauen zusammen und sagte: »Haben sie das scheue braune Rind getötet?«

»Oh nein. Sie haben nur seine Klauen ausgedrückt. Die Rinderklauen sind sehr fettig, musst du wissen.«

»Tut das Ausdrücken weh?«

»Nein, nein, nein. Die Rinder sind sogar dankbar dafür, weil sie sonst ausrutschen und über den Fußboden schlittern würden. Deswegen sind sie keine guten Haustiere. Sie würden die Teppiche ruinieren.«

Ihr Gesichtsausdruck blieb besorgt. Sie starrte ihn schweigend an. Jetzt bedauerte er, dass er damit angefangen hatte, wusste aber nicht, wie er da rauskommen sollte. Vielleicht war sie zu jung, um zu merken, wann jemand sie auf den Arm nahm. Vielleicht hatte sie keinen Humor. Oder vielleicht – das war es eigentlich – brauchten sie Publikum. Noch einen Erwachsenen, dessen Schnauben verriet, dass es ein Witz war. Früher war das Connie gewesen. Connie hätte ihm gutmütig die Leviten gelesen: »Ehrlich, Dave. Du bist schrecklich.« Und zu den Kindern hätte sie gesagt: »Glaubt ihm kein Wort.«

Er stellte die Dose mit dem Klauenöl hin. Er wünschte sich, sofort ins Bett fallen zu können.

Maryam rief an und lud die beiden zum Abendessen ein. »Ich werde auch Sami und Ziba fragen«, sagte sie, »damit Jin-Ho jemanden zum Spielen hat.« Der wahre Grund war natürlich, dass die Anwesenheit anderer Leute den Abend unpersönlicher gestalten würde. Sie war wie ein aufgeschlagenes Buch.

Sie hatte nicht das geringste romantische Interesse an ihm. Er hatte gelernt, diese Tatsache zu akzeptieren. Sie schien sich für niemanden zu interessieren, das tröstete ihn ein bisschen. Zumindest brauchte er es nicht persönlich zu nehmen.

Er hatte neuerdings angefangen, sich umzusehen und sich zu fragen, wen es sonst noch geben könnte. An seinem letzten

Geburtstag war er siebenundsechzig geworden. Er könnte noch gut zwanzig Jahre vor sich haben. Sicher würde er nicht gezwungen sein, all diese Jahre allein zu leben, oder etwa doch?

Aber andere Frauen kamen ihm, verglichen mit Maryam, glanzlos vor. Sie hatten weder ihren ruhigen, dunklen Blick noch ihre eleganten, ausdrucksvollen Hände. Sie strahlten nicht die Ruhe und Selbstsicherheit aus, die sie verströmte, wenn sie allein in einer Gesellschaft war.

An diesem Abend hatte sie sich ein buntes Seidentuch um den Haarknoten im Nacken geschlungen, das ihr den Rücken hinunterwehte, als sie sich umdrehte, um sie in das Wohnzimmer zu führen. Sami und Ziba waren schon da und saßen auf dem Sofa, zwischen ihnen die Katze, die sich zusammengerollt hatte. Susan war oben. Sie kam auf hohen Absätzen die halbe Treppe heruntergestöckelt und forderte Jin-Ho auf, sich mit ihr zusammen zu verkleiden. »Mari-jun hat ganz viele Kleider für uns in eine Kiste gelegt«, sagte sie. »Spitzen! Satin! Samt!« Um ihre Schultern bauschte sich ein weiter roter Rock wie ein Cape.

Die Mädchen verschwanden nach oben, und Dave setzte sich und nahm ein Glas Wein an. Zuerst sprachen sie über die Neuigkeiten von Brad und Bitsy. Brad hatte aus China an alle eine E-Mail geschickt. Sie hätten Xiu-Mei abgeholt, berichtete er, und sie sei vollkommen. Sie reisten jetzt mit den anderen Eltern in eine Stadt mit einem U. S.-Konsulat, und sobald sie Xiu-Meis Papiere in Ordnung gebracht hätten, würden sie sich auf die Heimreise machen. Alle, bis auf Maryam, die keinen Computer besaß, hatten die E-Mail gelesen. (Ihr Haus war so spartanisch, dass es Dave den Atem nahm. Kein Kabelfernsehen, kein Videorekorder, kein schnurloses Telefon, kein Anrufbeantworter. Nicht das übliche Gewirr von elektrischen Kabeln, wohin man auch sah.) Sami hatte ihr eine Kopie ausgedruckt, und jetzt setzte sie sich ihre Schildpattbrille auf die Nase und las laut vor: »»Xiu-Mei ist winzig, und sie kann noch nicht sitzen, aber wir legen sie jeden Tag auf unser Bett und ziehen sie an den Händchen hoch, um es ihr zu zeigen. Sie denkt, es ist ein Spiel. Ihr müsstet sehen, wie sie lacht.‹«

Maryam ließ den Brief sinken und warf den anderen über den Brillenrand einen Blick zu. »Elf Monate, und sitzt noch nicht!«, sagte sie.

»Im Waisenhaus liegen sie den ganzen Tag auf dem Rücken«, erklärte Dave.

»Aber gibt es nicht einen natürlichen Drang, sich aufzusetzen? Bemühen sich Babys nicht immer, in die Vertikale zu kommen?«

»Früher oder später schon. Nur dass sie länger brauchen, wenn sie niemand beachtet.«

Maryam sagte: »Ah, ah, ah« – eine Reihe von Seufzern –, und setzte die Brille ab.

Zu Daves Überraschung war das Abendessen ganz und gar amerikanisch: gebratenes Hühnchen, geröstete Kräuterkartoffeln und gedünsteter Spinat. Er fühlte sich seltsam entmutigt, weil es so gut gelungen war. Musste sie *alles* können? Er freute sich, als er merkte, dass die Kartoffeln auf der Unterseite ein kleines bisschen zu kross geraten waren. Aber vielleicht war es Absicht; diese Iraner, mit ihrem scharf angebratenen Reis und dergleichen …

Vielleicht lag er falsch, wenn er sich sagte, dass er ihr mangelndes Interesse an ihm nicht persönlich nahm.

Jin-Ho erschien zum Essen in einer schwarzen Seidenbluse und knöchelhohen Stiefeln mit Bleistiftabsätzen. Susan trug ein T-Shirt, das so lang war wie ein Kleid. Es war mit dem Wort FOREIGNER bedruckt. »Foreigner?«, sagte Dave. Er nahm an, dass es Sami gehörte. »Du warst mal ein Fan von Foreigner?«, fragte er ihn.

»Oh nein, das war mal Moms Hemd.«

»*Sie* waren ein Foreigner-Fan?«, fragte er Maryam.

Sie lachte. »Es geht nicht um die Rockgruppe«, sagte sie. »Es geht um das Wort. FOREIGNER – AUSLÄNDER. Sami hat das Hemd für mich aus Spaß bedrucken lassen, als ich eingebürgert wurde. Wissen Sie, es war so traurig, als ich Amerikanerin wurde.«

»Traurig!«

»Für mich war es schwer, die iranische Staatsbürgerschaft aufzugeben. Ich habe es sogar herausgeschoben. Die endgültigen Papiere habe ich erst einige Zeit nach der Revolution bekommen.«

»Also, ich hätte gedacht, dass Sie glücklich darüber gewesen wären«, sagte Dave.

»Oh, na ja, sicher! Ich war sehr glücklich. Aber dennoch … Ich war auch traurig. Ich habe es mir hin und her überlegt – der ganz normale Einwanderertango.«

»Das tut mir leid«, sagte Dave. Er kam sich wie ein Dummkopf vor. Er hatte noch nicht mal gewusst, dass das normal war. Er sagte: »Natürlich, das muss schwierig gewesen sein. Ich bitte um Verzeihung, dass ich mich so chauvinistisch angehört habe.«

»Überhaupt nicht«, sagte Maryam, und dann wandte sie sich Ziba zu und bot ihr noch mehr Spinat an.

Das passierte ihm immer mit Maryam – er sagte etwas Unbeholfenes oder ließ etwas fallen oder warf etwas um. In ihrer Gegenwart kamen ihm seine Hände zu groß und seine Schritte zu laut vor.

Das Thema Staatsbürgerschaft brachte Sami auf seinen Cousin Mahmad. »Er ist kanadischer Staatsbürger«, erzählte er Dave. »Er ist der Sohn von Moms Bruder Parviz. Er lebt jetzt mit seiner Zwillingsschwester in Vancouver. Und letzten Monat sollte er einen Vortrag auf einem Ärztekongress in Chicago halten. Er scheint so was wie ein Spezialist für die Regeneration der Leber zu sein. Aber gerade als er an Bord des Flugzeugs gehen wollte, wurde er von offizieller Stelle daran gehindert. Der 11. September, natürlich. Seit dem 11. September ist jeder orientalisch aussehende Mann ein Verdächtiger. Sie haben ihn abgeführt, durchsucht, eine Million Fragen gestellt … Nun, das Ende vom Lied: Er verpasste seinen Flug.

›Sorry, Sir‹, hieß es. ›Sie können den nächsten nehmen, wenn wir bis dahin fertig sind.‹ Plötzlich hat Mahmad laut losgelacht. ›Was ist los?‹, haben sie ihn gefragt. Er lachte weiter. ›Was ist denn?‹, fragten sie. ›Mir ist gerade bewusst geworden‹, sagte er, ›dass ich nicht in die Vereinigten Staaten muss! Sie waren es, die mich eingeladen haben. Ich muss nicht hin. Und ich will nicht hin. Ich will wieder nach Hause. Auf Wiedersehen.‹«

Maryam sagte wieder: »Ah, ah, ah«, obwohl sie die Geschichte schon kennen musste.

»Das ist eine verdammte Schande«, sagte Dave. Wieder hatte er den Drang, sich zu entschuldigen.

»Und wenn Brad und Bitsy in Baltimore ankommen«, sagte Sami, »habt ihr euch schon überlegt, wo die Freunde sie abholen sollen? Wenn wir schon beim 11. September sind. Als die Mädchen ankamen, standen wir alle am Gate, aber jetzt, keine Ahnung, werden wir uns draußen rumdrücken und uns von der Polizei anschreien lassen müssen.«

Jin-Ho sagte: »Polizei! Polizei schreit uns an?«

»Nein, nein, natürlich nicht«, sagte Ziba zu ihr. »Sei still, Sami. Red von etwas anderem.«

Und Maryam kam ihr zu Hilfe und fragte, ob sie jetzt den Nachtisch essen wollten.

Nach dem Essen gingen alle, weil Susan ins Bett musste. (Also hatten nicht alle modernen Familien einen geregelten Tagesablauf abgeschafft.) Dave bot ihr nicht an, noch zu bleiben und ihr beim Aufräumen zu helfen. Er wusste, dass Maryam nein sagen würde, und außerdem hatte er auch nicht das Bedürfnis zu bleiben. Der Abend hatte ihn aus dem Gleichgewicht gebracht. Er wollte nur noch nach Hause.

Als er sich an der Tür bei Maryam bedankte, sagte sie: »Wenn Sie und Jin-Ho etwas brauchen sollten, bitte rufen Sie mich an.«

»Oh, das mache ich«, sagte er.

Aber er wusste, er würde nicht anrufen. Im grellen Licht der Verandalampe wirkte Maryam unzugänglich und streng. Sie hatte die Arme auf eine Weise vor der Brust gekreuzt, die er als Abwehr empfand, obwohl er wusste, dass sie sich nur gegen die kühle Abendluft wappnete. Er erinnerte sich an den leicht amüsierten Gesichtsausdruck, den sie häufig in Bitsys Gegenwart annahm, und daran, dass sie sich einmal darüber beschwert hatte, dass Amerikaner nur amerikanische Literatur lesen würden, und an ihre Klage, dass man in diesem Land nichts von Joghurt verstünde. Es war schon gut so, dass er sie nicht öfter sah als sonst.

Als er Jin-Ho ins Auto setzte, hörte er zufällig Sami und Ziba in ihrem Auto direkt vor seinem. »Wo ist Susans Teddy?«, fragte Ziba. »Hast du ihren Teddy?« Und Sami sagte. »Er müsste hinten liegen. Ich glaube nicht, dass sie ihn mit ins Haus genommen hat.« Ihr unangestrengtes Zusammensein – diese Kameradschaftlichkeit einer langen Ehe – machte Dave ganz schwach vor Sehnsucht.

Am Abend von Xiu-Meis Ankunft fuhr Dave mit Bitsys Auto zum Flughafen. Es war jetzt mit einem zweiten Kindersitz ausgestattet – dem, aus dem Jin-Ho herausgewachsen war, dem für Babys. Jin-Ho saß in ihrem großen Kindersitz daneben, hatte einen Button mit GROSSE SCHWESTER angesteckt und hielt eine riesige rechteckige, in rosa Papier mit Punkten eingewickelte Schachtel fest. In der Schachtel war ein grüner Plüschfrosch, fast so groß wie sie selbst. Dave hatte etwas Kleineres vorgeschlagen, aber Jin-Ho ließ sich nicht beirren: »Er muss Xiu-Mei *auffallen*«, hatte sie gesagt. Also gab er nach.

Bitsys Auto war voller zerknüllter Papiertücher und Kekskrümel und Spielzeugteile aus Plastik. Es zog auch leicht nach links; er musste daran denken, es ihr zu sagen. Er fuhr langsamer als sonst, gab immer nach, wenn sich ein anderes Auto vor ihn setzen wollte. Der Abend war nass und neblig; nicht kalt, aber feucht. Er ließ das Gebläse die ganze Zeit an.

Jin-Ho wollte wissen, ob Xiu-Mei Heimweh haben würde. »Was, wenn sie hier ist und findet, dass es hier nicht so schön ist wie in China?«, fragte sie

»Oh, das wird sie nicht. Sie wird sich umsehen und sagen: ›Toll hier! Hier gefällt es mir!‹«

»Sie kann doch noch nicht sprechen, Opa.«

»Da hast du Recht. Wie dumm von mir«, sagte er.

Jin-Ho schwieg einen Moment und trat rhythmisch gegen den Vordersitz, was ärgerlich gewesen wäre, wenn jemand dort gesessen hätte. »Erinnerst du dich noch, dass ich und Susan versucht haben, ein Loch nach China zu graben?«

»Ich erinnere mich sehr gut«, sagte Dave. »Dein Dad hat sich den Fuß verstaucht, als er im Dunkeln hineingetreten ist.«

»Die Kinder in China«, sagte Jin-Ho, »graben sie sich nach Amerika durch?«

»Also, darüber habe ich noch nie nachgedacht, aber vielleicht tun sie das. Sicher; warum nicht?«

»Wäre das nicht cool?«

»Sehr cool.«

»Dann würden sie eines Tages plötzlich aus der Erde kommen, gerade wenn ich mit meinen Freundinnen draußen spiele. Sie würden sagen: ›He! Wo sind wir?‹, und ich würde sagen: ›Baltimore, Maryland‹«.

»Wirklich, sehr cool«, sagte er.

Er überlegte, ob er sie jetzt auf ein paar logistische Probleme hinweisen sollte, aber wozu die Mühe? Außerdem gefiel ihm diese unkomplizierte Malbuchversion der Welt, in der Kinder in Maojacken und Kinder in Levis-Jeans sich so mühelos verständigten.

Im Parkhaus des Flughafens fuhr er an Abes Volvo vorbei, der gerade einparkte. Und dann rief Jin-Ho auf dem Fußgängerübergang: »Da ist Susan! Ich sehe Susan!« Susan ging vor ihren Eltern her, schwang eine Einkaufstüte. Die drei drehten sich um und warteten auf Jin-Ho und Dave. »Ich habe für Xiu-Mei einen Frosch!«, sagte Jin-Ho. Sie musste sich den Hals verrenken, um an der Schachtel vorbeisehen zu können, aber sie hatte sich geweigert, sie Dave für sie tragen zu lassen.

»Und ich habe für sie ein Badetuch mit einer Kapuze und

einen Waschlappen und eine gelbe Ente und eine Flasche mit Baby-Shampoo«, sagte Susan.

»Schön, dass ihr gekommen seid«, sagte Dave zu den Yazdans.

»Oh, das wollten wir uns doch nicht entgehen lassen«, sagte Ziba. »Jin-Ho, lass mich deinen Button lesen. Du bist also jetzt die große Schwester!«

Maryam war nirgendwo zu sehen. Dave war sich nicht sicher, ob man ihr die Ankunftszeit überhaupt mitgeteilt hatte.

Als sie im Terminal waren, verabschiedete sich Dave von den Yazdans und ging mit Jin-Ho zum Abschnitt D. Es war verabredet, dass sie beide direkt vor dem Sicherheitscheck warten würden, sodass sie die Ersten wären, die sie in Empfang nahmen. Dann würden sie zum Gepäckband gehen, wo die anderen sich versammeln sollten.

Jin-Ho sah sehr feierlich und wichtig aus. Sie stand neben Dave, hielt ihr Geschenk fest und starrte unverwandt die ankommenden Passagiere an, obwohl das Flugzeug aus L. A. noch nicht gelandet war. Zuerst versuchte Dave, sie zu unterhalten, indem er ihr zeigte, was es zu sehen gab (»Hättest du gedacht, dass so viele Menschen mit ihrem eigenen Kissen verreisen?«), aber Jin-Hos höfliche, abwesende Reaktionen brachten ihn schließlich zum Schweigen. Er wippte auf den Hacken hin und her und betrachtete die verschiedenen Gesichter jeden Alters und jeglicher Hautfarbe – alle hatten sie den gleichen benommenen Gesichtsausdruck.

Dann kamen sie endlich – Brad bahnte den Weg, beladen mit Reisetaschen und Handgepäck, und Bitsy folgte dicht hinter ihm, an der linken Schulter ein Bündel in einer rosa Decke. Bitsy wirkte erschöpft, aber als sie Dave und Jin-Ho sah, erhellte sich ihr Gesicht, und sie kam schnell auf sie zu. Brad hinterher. Er wäre fast in die falsche Richtung gegangen.

»Jin-Ho!«, sagte Bitsy. »Du hast uns so sehr gefehlt!« Sie kniete sich hin und umarmte Jin-Ho. Immer noch auf Knien, streckte sie ihr das rosa Bündel entgegen, das Gesicht nach vorn.

Xiu-Mei hatte abstehende schwarze Ponyfransen und

Schlitzaugen, wodurch sie leicht verdrießlich wirkte. Es war unmöglich, ihren Mund zu sehen, weil sie an einem Schnuller saugte.

»Xiu-Mei, das ist deine große Schwester«, sagte Bitsy zu ihr. »Sag ›Hallo, Jin-Ho!‹«

Xiu-Mei sog noch heftiger an ihrem Schnuller, sodass er wippte. Jin-Ho starrte sie schweigend an. Dave merkte zu spät, dass er keine Kamera dabeihatte. In der unteren Etage würden mehrere sein, aber das war die Szene, die sie gern aufgenommen gehabt hätten. Nicht dass es viel zu sehen gab. Wie die meisten Momente, die das Leben verändern, war auch dieser enttäuschend undramatisch.

»Ein Höllenflug«, sagte Brad zu Dave. »Ab Mississippi hatten wir Turbulenzen, und der Start und die Landung taten Xiu-Mei in den Ohren weh. Alle haben geschworen, dass ein Schnuller helfen würde, aber, Mann, sie hat sich die Seele aus dem Leib gebrüllt.«

Tatsächlich ruhte noch eine einsame Träne auf Xiu-Meis Wange.

»Ich habe ein Geschenk für sie«, sagte Jin-Ho.

»Das ist aber nett von dir!«, sagte Bitsy. »Was bist du doch für eine liebe Schwester!« Sie warf Dave einen dankbaren Blick zu, stand auf und legte sich Xiu-Mei wieder an die Schulter. »Wollen wir runtergehen, zu den anderen?«

»Erst muss sie ihr Geschenk aufmachen«, sagte Jin-Ho.

»Nicht jetzt, Liebes. Vielleicht nachher.«

Dave erwartete, dass Jin-Ho darauf bestand, aber sie ging lammfromm neben Bitsy her. Er befreite sie von ihrem Geschenk, damit sie Schritt halten konnte. Er nahm Brad ein paar Taschen ab und folgte ihnen zur Rolltreppe nach unten. Jin-Ho sah plötzlich so groß aus, bemerkte er wehmütig. Er erinnerte sich, dass er das gleiche Gefühl bei Bitsy gehabt hatte, als sie ihren neuen Bruder nach Hause brachten. Ihre Hände kamen ihm damals wie Riesenpranken vor und ihre Knie sehr knochig.

Von unten brandete Beifall auf. Das Empfangskomitee stand am Ende der Rolltreppe – Freunde und Verwandte, eingemummt in Winterkleidung, mit Geschenken, Luftballons und Spruchbändern. Sowie Brad unten angekommen war, ließ er seine Taschen fallen, nahm das Baby mitsamt der Babydecke und hielt es hoch über seinem Kopf. »Hier ist sie, Leute!«, verkündete er. »Ms Xiu-Mei Dickinson-Donaldson.« Fotoapparate blitzten, und Videokameras richteten sich auf Xiu-Mei, die in die Arme von Brads Mutter überging. »Ist sie nicht zauberhaft!«, sagte Brads Mutter und drückte sie fest an sich. »Ist sie nicht entzückend! Ich bin deine Großmuter Pat, meine Süße.«

Xiu-Mei starrte sie an, und der Schnuller wippte.

Jetzt konnte Bitsy sich Jin-Ho zuwenden – dem Himmel sei Dank – und ihre Hand nehmen. Alle gingen zum Gepäckband, wo die Koffer und Rucksäcke gerade kamen. »Du hättest mal sehen sollen, was sie uns jeden Morgen zum Frühstück gegeben haben«, sagte Bitsy zu Jin-Ho. »So viele Sachen, die wir noch nie gegessen haben! Das hätte dir gefallen.« Jin-Ho sah skeptisch aus. Lauras Fotoapparat blitzte ihr ins Gesicht. Polly – inzwischen fünfzehn und zu Tode gelangweilt bei Familientreffen – rückte die Kopfhörer ihres CD-Spielers zurecht und sah zu einem Jungen in einem Footballtrikot hinüber. Die Kleidung der Leute war eine wilde Mischung. Manche kamen augenscheinlich direkt aus tropischen Gefilden und trugen Hawaiihemden und Flip-Flops, andere unförmige Skistiefel und dicke Daunenjacken. Ein junges Paar ging vorbei, schleppte Segeltuchtaschen in Form und Größe von Bügelbrettern, von den Reißverschlüssen ihrer Jacken baumelten Skipässe, die Frau warf ihr strähniges dunkles Haar zurück, und der Mann beschrieb gerade einen kapitalen Sturz. Sein irischer Akzent war so stark, dass er kaum zu verstehen war; und direkt hinter ihnen kam ... tatsächlich, Maryam, ohne Eile, die Hände in den Manteltaschen. Sie ging zu Jin-Ho, die jetzt an der Seite stand, während Bitsy mit den Augen das Gepäckband absuchte. »Ist deine Schwester da?«, fragte Maryam sie, und Jin-Ho sagte: »Großmutter Pat hat sie.«

Maryam sah zu Brads Mutter hinüber. Sie wurde von mehreren Frauen umringt, die Xiu-Mai gurrend begrüßten. »Sehr niedlich«, sagte sie, ohne den Versuch zu machen, näher heranzugehen.

»Wir *nehmen* an, dass sie niedlich ist«, sagte Dave. »Aber wir können erst sicher sein, wenn sie den Schnuller aus dem Mund nimmt.«

»Bringt das alles wieder zurück?«, fragte sie ihn. »Den Tag, an dem Jin-Ho ankam?«

»O ja. Mein Gott, ja.«

Aber er hatte das nur wegen Jin-Ho gesagt, damit sie sich nicht ausgeschlossen fühlte. Denn diesmal schien nichts so zu sein, wie an dem Abend vor viereinhalb Jahren. Oh, alle gaben sich große Mühe. Lou ging mit einem Mikrofon herum und nahm die Glückwünsche auf. Bridget und Deidre sangen zweistimmig »She'll Be Coming Round the Mountain«, und eine von Bitsys Freundinnen aus der Lesegruppe hielt ein WILLKOMMEN XIU-MEI-Schild hoch. Aber die Stimmung war diesmal, da man ihnen nicht erlaubt hatte, sich direkt an der Fluggastbrücke zu versammeln, anders. Die vielen Menschen passten irgendwie nicht richtig zusammen, verliehen dem Ganzen etwas Gewöhnliches, und die Begeisterung klang gezwungen.

Maryam erzählte Jin-Ho von ihrer, Jin-Hos, Ankunft. »Dein Flugzeug hatte Verspätung«, sagte sie. »Und wir mussten stundenlang herumstehen und warten. Wir waren natürlich früh gekommen, weil wir alle so gespannt auf dich waren. Aber du kamst nicht! Und kein Wort der Erklärung über den Grund der Verspätung.«

Wenn man ihr zuhörte, könnte man denken, dass sie seinerzeit nur wegen Jin-Ho gekommen war. Dave vergaß völlig, dass sie sich damals noch gar nicht kannten.

Susan sagte: »Unser Flugzeug hatte Verspätung?« Sie drängte

sich zwischen Jin-Ho und Maryam. »Ich wusste nicht, dass unser Flugzeug Verspätung hatte. Du?«, fragte sie Jin-Ho.

Jin-Ho zuckte die Achseln und sah weg. (Manchmal fragte sich Dave, ob sie lieber nicht an den Ankunftstag erinnert werden wollte.)

»Sie haben überhaupt keine Durchsage gemacht«, erzählte Maryam weiter. »Aber dann kam der Moment, als wir merkten, dass sich irgendetwas tat. Sie öffneten die Tür der Brücke, und wir stellten uns alle auf …«

Brad stapelte inzwischen mit ein paar anderen einen Berg von Gepäck neben dem Band – es waren sogar noch mehr Teile als vor Antritt der Reise. Endlich trat Brad zurück und las laut seine Liste vor: »Duffelbag: ist da. Kleidersack: ist da. Roter Koffer, blauer Koffer, kleiner blauer Koffer …« Bitsy hatte sich Xiu-Mei zurückerobert, ging durch die Menge und lud das Begrüßungskomitee zu sich nach Hause ein. »Weiß der Himmel, wie es dort aussehen mag. Vergesst nicht, dass ich die letzten drei Wochen nicht zu Hause gewesen bin«, sagte sie (und beleidigte damit Dave ein bisschen, der das Haus vormittags noch von oben bis unten geputzt hatte). »Aber wir würden uns freuen, euch alle dort zu sehen, und Jeannine, die gute Seele, hat die Erfrischungen besorgt.« Röte stieg von ihrem Hals hoch – immer ein Zeichen von Aufregung bei Bitsy –, und sie wirkte linkisch und überdreht. Dave durchfuhr ein Stich aus Liebe und Mitleid. Er hätte nicht genau sagen können, warum.

»Also, ich bin ein alter Esel«, sagte Lou fröhlich. »Ich habe mein Mikro einem völlig Fremden unter die Nase gehalten. Ich dachte, er wäre ein Nachbar oder so was. Aber er war riesig nett. Er sagte: ›Bedauerlicherweise habe ich nicht das Vergnügen, diese Leute zu kennen, aber ich wünsche Ihnen natürlich das Beste und finde, dass Sie sich über dieses schöne Baby sehr glücklich schätzen können.‹ Natürlich kann ich ihn immer noch löschen, aber ich glaube, ich lasse ihn vielleicht drin.«

»Lass ihn auf jeden Fall drin«, sagte Bitsy. »Ist er noch hier? Wir sollten ihn einladen, mit zu uns zu kommen!« Sie schob Xiu-Mei etwas mehr über ihre Schulter und wandte sich an Dave. »Dad, fährst du mit uns? Kannst du dich zwischen die beiden Kindersitze quetschen?«

»Das wird nicht nötig sein«, sagte er. »Ich werde bei …«

Er sah sich suchend nach Abe oder Mac um und blickte plötzlich in Maryams Gesicht. Sie sagte: »Selbstverständlich kann ich Sie mitnehmen.«

Noch ehe er etwas erklären konnte, sagte Bitsy: »Großartig. Danke, Maryam. Und danke, dass Sie zu Xiu-Meis Begrüßung gekommen sind.«

»Die wollte ich mir nicht entgehen lassen«, sagte Maryam, aber mit dieser ruhigen, gleichmütigen Stimme, bei der Dave sich immer fragte, ob sie sich über irgendetwas amüsierte.

Alle strebten Richtung Parkhaus, schleppten Gepäckstücke, und Dave ging voran, um zu zeigen, wo er das Auto abgestellt hatte. Jin-Ho protestierte, als er versuchte, ihr Geschenk im Kofferraum zu verstauen. »Das muss ich Xiu-Mei geben!«, sagte sie. »Sie kann es während der Fahrt aufmachen.«

»Okay, mein Herz!«, sagte er. »Bis gleich.«

Er gab Brad den Schlüssel und ging dann mit Maryam los, die ihr Auto eine Ebene höher geparkt hatte. Im Parkhaus war es kühler als draußen, und beide gingen schnell, ihre Schritte hallten scharf auf dem Beton.

»Ist das nicht seltsam«, sagte Maryam. »Ein völlig fremder Mensch wird für immer Teil Ihrer Familie sein, einfach so. Nun, das gilt natürlich auch für die Geburt eines Kindes, aber … ich weiß nicht, so finde ich es noch erstaunlicher.«

»Für mich ist beides erstaunlich«, sagte Dave. »Ich erinnere mich daran, dass ich mir vor Bitsys Geburt ständig Sorgen gemacht habe, dass sie zu uns beiden vielleicht nicht passen könnte. Ich habe zu Connie gesagt: ›Überleg mal, wie lange wir gebraucht haben, um uns darüber klar zu werden, wen wir heiraten wollen, und dieses Baby kommt einfach aus dem

Nichts angetanzt, ohne Hintergrundinformationen, ohne Persönlichkeitstest. Was ist, wenn wir entdecken, dass wir keine gemeinsamen Interessen haben?‹«

Maryam lachte und zog ihren Mantel fester zusammen.

Sie sprachen nicht mehr, bis sie in ihr Auto eingestiegen waren, sich auf den Highway eingefädelt und die Mautstelle hinter sich gelassen hatten. Dann sagte Dave: »Und Sami und Ziba? Glauben Sie, dass sie noch eins adoptieren werden?«

»Ich vermute, sie haben das Gefühl, sich nur ein Kind leisten zu können«, sagte Maryam. »Angesichts der Kosten für Privatschulen heutzutage.«

»Sie glauben nicht an das öffentliche Schulsystem?«

Sie warf ihm einen kurzen Blick von der Seite zu, sagte aber nichts, fuhr einfach schweigend weiter. Ihr Profil, das von den vorbeifahrenden Scheinwerfern silbrig eingerahmt wurde, war eisig und streng, ihre sanft gebogene Nase unwirklich gerade.

»Na ja, ich schätze, das ist eine sehr persönliche Entscheidung«, sagte er schließlich.

»Ja«, sagte sie.

Er spürte, wie er aufbegehrte. Mit welchem Recht verhielt sich diese Frau so überlegen? Er sagte: »Wissen Sie, manchmal schadet es nichts, sich auf eine kleine kontroverse Diskussion einzulassen.« Sie warf ihm einen noch kürzeren Seitenblick zu und sah dann wieder auf die Straße.

»Sie könnten mir zum Beispiel erzählen, dass die öffentlichen Schulen in Baltimore grottenschlecht sind. Ich könnte antworten, nun ja, aber wenn die Eltern sich einmischen würden, hätte ich noch Hoffnung, dass wir das ändern können. Dann könnten Sie sagen, dass Sie die Zukunft Ihrer Enkeltochter nicht wegen einer Hoffnung aufs Spiel setzen wollten. Damit könnte ich umgehen. Ich wäre nicht am Boden zerstört!«

Sie redete immer noch nicht, schien aber ein Lächeln zu unterdrücken.

»Sie tun so, als wären Sie dermaßen im Recht, dass Sie sich nicht die Mühe machen müssen zu argumentieren«, sagte er.

Sie sagte: »*Ich?*« Und jetzt starrte sie ihn überrascht an.

»Mir kommt es so vor, als dächten Sie: Oh, diese ungehobelten Amerikaner, was wissen die schon?«

»Das denke ich überhaupt nicht!«

»Amerikaner zu sein ist schwerer, als Sie sich vorstellen«, sagte er. »Glauben Sie nicht, dass wir nicht merken, wie der Rest der Welt uns wahrnimmt? Als ich noch ins Ausland gefahren bin und diese Reisegruppen sah, meine Landsleute, zuckte ich zusammen, obwohl ich wusste, dass ich ganz genauso aussah. Dieses Genauso ist so verflixt: Ob es mir passt oder nicht, wir sitzen alle in einem Boot, und wo immer das Schiff hinfährt, fahre ich auch hin, selbst wenn es sich manchmal verhält, wie – wie ein Rüpel in der Grundschule. Wissen Sie, ich kann nicht einfach von Bord springen!«

»Im Gegensatz zu uns Iranern«, sagte Maryam trocken, »die wir ausnahmslos als einzigartige und absolut individuelle Menschen angesehen werden.«

»Na ja«, sagte er und kam sich ein bisschen dumm vor. Er wusste, dass er überreagiert hatte.

»Haben Sie gesehen, wie die Leute sich heute am Flughafen vor Sami, Ziba und mir zurückgezogen haben? Nein, vermutlich nicht. Sie haben es gar nicht wahrgenommen. Aber so ergeht es uns jetzt seit dem 11. September. Oh«, sagte sie, »manchmal habe ich es so satt, Ausländer zu sein, ich möchte mich einfach hinlegen und sterben. Es macht viel Arbeit, Ausländer zu sein.«

»Arbeit?«

»Viel Arbeit und Mühe, und wir haben es immer noch nicht geschafft, ganz dazuzugehören. Susan hat das letzte Weihnachten formuliert, als sie einmal nach der Schule mit mir nach Hause fuhr. Sie sagte: ›Ich wünschte, wir könnten Weihnachten wie alle anderen feiern. Ich will nicht anders sein‹, sagte sie. Das brach mir das Herz.«

»Nun …«, sagte Dave. Er wählte seine Worte vorsichtig, um nicht wieder einen von Maryams Blicken zu provozieren.

»Hmm, vielleicht könnten Sie ihr einen kleinen Weihnachtsbaum zugestehen. Wäre das ein Problem?«

»Sie hatte ja einen Baum«, sagte Maryam. Sie kamen jetzt in die Stadt, und sie sah in den Seitenspiegel, weil sie die Spur wechseln wollte. »Sie hatte einen *großen* Baum. Das Wenige konnten wir für sie tun.«

»Na dann … Ich weiß nicht, Weihnachtsschmuck? Ein Kranz, eine Lichterkette?«

»Natürlich. Mistelzweige auch.«

»Ah. Und … würde es gegen Ihren Glauben gehen, ihr ein paar kleine Geschenke zu machen?«

»Sie hat Dutzende von Geschenken bekommen. Und selbst welche verschenkt.«

»So, so«, sagte er. Er schwieg einen Moment. »Vielleicht ein Strumpf«, sagte er schließlich. »Hat sie einen Strumpf hingehängt?«

»Oh ja.«

»Und Weihnachtslieder? Ich meine natürlich nicht die eher christlichen Lieder, aber vielleicht ›Jingle Bells‹ und ›Knecht Ruprecht kommt‹, und was gibt's noch? ›Es kommt ein Schiff geladen …‹«

»Sie hat mit den Kindern von nebenan gesungen. Sie sind die Straße auf und ab marschiert und haben alle Weihnachtslieder gesungen, die es nur gibt, auch das vom Jesulein zart und so weiter.«

»Tja, dann«, sagte. »Dann weiß ich nicht –«

»Aber im Auto hat sie mir genau an jenem Tag gesagt: ›Es ist nicht das Gleiche. Es fühlt sich nicht so an. Nicht wie das echte Weihnachten.‹«

Er lachte.

»Ach du lieber Gott«, sagte er. »Das gilt für jedes Kind in diesem Land!«

Sie bremste an einer Ampel und sah zu ihm hinüber.

Er sagte: »Wissen Sie nicht, dass das alle Kinder behaupten? Sie sagen: ›Andere Familien feiern schöner. Im Fernsehen ist es viel schöner! Ich habe es mir viel schöner vorgestellt.‹ So geht das! Sie hegen alle diese Bilderbucherwartungen.«

Sie schien ihn zu verstehen, merkte er. Hinter ihrer Stirn klärte sich etwas.

»Das Kind ist hundert Prozent amerikanisch«, sagte er.

Sie lächelte und fuhr an.

Den Rest des Weges legten sie in einem Schweigen zurück, das Dave nicht zu unterbrechen versuchte, weil sie tief in Gedanken zu sein schien. An roten Ampeln tippte sie mit einem Fingernagel auf das Steuer, als klopfte sie den Rhythmus eines inneren Dialogs, und als sie vor Brads und Bitsys Haus abbremste, sagte sie: »Sie haben natürlich Recht.«

»Ich?«

»Ich bin viel zu überempfindlich, weil ich Ausländerin bin.«

»Was? Moment. Das habe ich nicht gesagt.«

Aber sie nickte bedächtig. »Ich bilde mir zu viel darauf ein«, sagte sie. Sie hatte jetzt angehalten, ließ aber den Motor laufen; sie wollte also nicht mit reinkommen, dachte er. Sie blieb sitzen, sah durch die Windschutzscheibe nach vorn. »Man könnte es auch Selbstmitleid nennen«, sagte sie. »Ein Zug, den ich verabscheue.«

»Das würde ich nie sagen! Sie haben kein Fünkchen Selbstmitleid an sich.«

»Nein, sehen Sie«, sagte sie, »Sie können sich, was das betrifft, ein ganzes Gedankenmuster zurechtlegen. Sie können anfangen zu glauben, dass Ihr Leben von Ihrem Ausländerstatus *definiert* wird. Sie denken, alles würde anders sein, wenn Sie nur dazugehörten. ›Wenn ich doch nur wieder zuhause wäre‹, sagen Sie, und Sie vergessen, dass Sie dort nach all den Jahren auch nicht dazugehören würden. Es wäre gar nicht mehr Ihr Zuhause.«

Ihre Worte waren für Dave tieftraurig, aber ihre Stimme klang kühl, und ihr Profil blieb unbewegt. Ein gelbes Licht flackerte immer wieder über ihr Gesicht, weil Gäste zwischen ihrem Auto und der Lampe am Eingang vorbeigingen.

Dave sagte: »Maryam.«

Sie drehte sich um und sah ihn an, wie von weit entfernt, ihr Gesicht freundlich, aber nachdenklich.

»Sie gehören dazu«, sagte er zu ihr. »Sie gehören genau so dazu wie ich oder wie Bitsy … Es ist genau wie mit Weihnachten. Wir denken *alle,* die anderen gehörten mehr dazu.«

Zumindest schien sie ihm zuzuhören. Sie legte den Kopf schräg und sah ihn weiter an. Plötzlich war er befangen. Er hatte nicht so feierlich klingen wollen. »Wie auch immer«, sagte er leichthin: »Kommen Sie nicht mit rein?«

Sie sagte: »Oh …«

»Bitte«, sagte er, und er griff nach dem Zündschlüssel und stellte den Motor ab. Sie protestierte nicht. »Kommen Sie mit rein«, sagte er und gab ihr den Schlüssel. Und dann hatte er das Gefühl, dass die Worte noch eine weitere Bedeutung annahmen, und er sagte: »Kommen Sie rein, Maryam. Kommen Sie rein«, und ihre Finger schlossen sich nicht nur um den Schlüssel, sondern auch um seine Finger, und sie saßen da, Hand in Hand, und sahen einander ernst an.

8

Also, Ziba wusste nicht, was sie davon halten sollte. Die Vewandtschaft löcherte sie mit Fragen – die Frauen vor allem: ihre Mutter und ihre Schwägerinnen und Nahid, die Frau von Siroos. »Ist Maryam … ist sie …? Könnte es einen besonderen Grund dafür geben, dass sie immer mit dem Vater dieser Bitsy auftaucht?«

Sie erschien mit ihm zur Neujahrsparty der Hakimis im März, der echten, der voll und ganz iranischen, zu der Zibas Eltern alljährlich in ein großes Hotel in Washington einluden. Normalerweise wäre sie nicht gekommen. »Khanom dünkt sich zu fein für unser schlichtes Familientreffen«, erzählte man sich gern im Kreis der Verwandten, obwohl es auf diesen Festen in Wirklichkeit alles andere als schlicht zuging und möglicherweise genau das der Grund war, warum Maryam zuvor immer mit Bedauern abgesagt hatte. Man kleidete sich ausgesprochen elegant, die Musik war laut, und es wurde bis tief in die Nacht gefeiert. Aber in diesem Jahr war sie da. Sie trug einen langen schwarzen Seidenkaftan mit Goldstickerei, hatte ihr tiefschwarzes glattes, glänzendes Haar im Nacken zu einem Knoten zusammengefasst und ihr schönes ovales Gesicht fantastisch perfekt geschminkt. An ihrer Seite erschien Dave Dickinson, in ausgebeultem grauen Anzug, blauem Hemd und gestreifter Krawatte, vielleicht der ersten Krawatte, die Ziba seit der Beerdigung seiner Frau an ihm sah. Er war fast der einzige Amerikaner unter den Gästen. Oh, ein paar jüngere Cousins hatten Blondinen geheiratet – die iranische Vorliebe für Blondinen ließ sich nicht ablegen –, doch der Mann fiel auf, weil er so hellhäutig und farblos war. Was ihm nichts auszumachen schien. Er sah sich mit offenem, heiterem Gesicht um, betrachtete die aufwändigen Dekorationen und die Musiker mit ihren persischen Santurs und den Tamburinen und die herausgeputzten Kinder, die zwischen den Erwachsenen herumtobten. Als er das üppige Buffet sah, schlug er seine großen Hände zusammen, als könnte er sein Glück kaum fassen. Darüber mussten einige Gäste schmunzeln, aber Ziba hatte fast Mitleid mit ihm, obwohl er selbst nichts zu merken schien.

Ziba hatte gewusst, dass er kommen würde, aber nur, weil ihre Eltern es ihr in letzter Minute erzählt hatten. Maryam hatte nichts gesagt. »Hat sie *dir* etwas gesagt?«, hatte sie Sami gefragt, und Sami hatte den Kopf geschüttelt. Das war kurz vor der Party gewesen, und trotzdem war es für sie jetzt, wenige Stunden später, ein Schock, Dave in dieser quirligen Menschenmenge zu sehen. Er stand am Marmorportal neben einer kannelierten Säule. Zwischen ihm und Maryam kaum fünf Zentimeter Abstand. Ziba sah genau hin. (Wie alle.) Den ganzen Abend lang klebte er an Maryam wie ihr Schatten, obwohl er sie kein einziges Mal berührte. Maryam vermittelte den Eindruck, als sei er einfach ein Bekannter. Sie legte nie die Hand auf seine, wenn sie mit ihm sprach; sie hakte sich nicht bei ihm ein, als sie zu Sami und Ziba gingen, um sie zu begrüßen. Sie standen also am Anfang ihrer Beziehung: das erste oder zweite Date? Vielleicht war es aber auch gar kein Date, sondern eine Kulturexpedition, die Daves Neugier entsprungen war. Oder eine Bequemlichkeit von Maryam, die nachts nicht gern Auto fuhr. (Aber wenn das der Fall war, warum fuhr sie dann nicht einfach bei Sami und Ziba mit?)

Am nächsten Morgen rief Ziba als Allererstes Bitsy an. Bitsy sagte, er habe ihr kein Sterbenswörtchen erzählt.

Bei Maryams eigenem Neujahrsfest im April, das sie seit der Ankunft der Mädchen jeden Frühling ausrichtete, war Dave schon da, als Sami und Ziba ankamen. Und sie waren *früh* gekommen. Wie immer trafen sie, kurz bevor es losgehen sollte, ein, um noch zu helfen, obwohl Maryam alles bis auf das kleinste Detail vorbereitet hatte. Dave bot ihnen Getränke an, Dave ging, um die Tür zu öffnen, als Zibas Eltern klingelten. Und wieder berührten er und Maryam sich körperlich nicht, und er machte ihr Komplimente über das Essen, so wie irgendein x-beliebiger Gast – wollte den Namen eines der Gewürze wissen, schien das Menü vorher nicht gekannt zu haben.

Als Bitsy und Brad auftauchten, sagte Bitsy: »Oh, da bist du ja, Dad! Wir haben den ganzen Vormittag versucht, dich zu erreichen, um zu fragen, ob du mit uns zusammen fahren willst.«

Den ganzen Vormittag?, dachte Ziba. Seit wann genau war er schon hier?

Zibas Mutter riet ihr später, Maryam darauf anzusprechen. »Sie ist deine Schwiegermutter!«, sagte sie am Telefon. »Du siehst sie fast täglich! Frag sie einfach: ›Sollen wir schon Kleider für die Hochzeit kaufen?‹«

»*Khanom* fragen?«, sagte Ziba.

In der Regel protestierte Ziba, wenn ihre Familie Maryam hinter ihrem Rücken mit »Khanom« titulierte. Es hieß nur »Madame«, aber in diesem besonderen Ton hätte es auch genauso gut »Ihre Hoheit« bedeuten können. Ziba tat so, als hätte sie etwas dagegen. Sie verriet nie, wie einschüchternd sie Maryam immer fand. »Ihr müsst sie einfach nur kennen lernen«, sagte sie oft zu ihnen, und sie hoffte von ganzem Herzen, dass ihr selbst das eines Tages gelingen würde. Jetzt aber gestand sie: »Ich würde mich nie trauen, sie danach zu fragen!«

Ihre Mutter sagte: »Gut, dann Sami. Sami würde sie es doch sicher erzählen.«

Sami erklärte, es würde ihm rein gar nichts ausmachen, sie zu fragen. Aber er wartete, bis er Maryam wiedersah, wie Ziba merkte. Er griff nicht einfach zum Telefon, um das Thema anzusprechen. (Ziba nahm sich zusammen und sagte nichts. Zwischen ihnen herrschte eine gewisse Vorsicht, ein zurückhaltender, feinfühliger Ton, wenn es um seine Mutter ging.) Am nächsten Sonntagnachmittag, als sie bei Maryam anhielten, um Susan bei ihr abzusetzen, weil sie ins Kino gehen wollten, sagte Sami: »Was, kein Dave? Mir kommt es so vor, als ob Dave zurzeit überall ist, wohin ich auch sehe.«

»Kein Dave«, sagte Maryam heiter. »Susan, komm, schau dir den Garten mit mir an! Ich muss mich entscheiden, welche Blumen ich pflanzen will.«

Sie hatte nicht angebissen, sagte man das nicht so?

»Und wenn sie tatsächlich ein Paar sind«, wagte Ziba Sami zu fragen, sobald sie wieder im Auto saßen, »wie würdest du das finden? Würde es dich –«

»Ich fände es gut«, sagte Sami.

»Weil ich mir vorstellen kann, dass es dir vielleicht seltsam vorkommt, deine Mutter mit einem neuen Mann zu sehen.«

»Ich wünsche ihr alles Glück der Welt. Das hat sie wirklich verdient. Das Zusammenleben mit meinem Vater war nicht einfach.«

»Nein?«

»Oh nein.« Er bremste an einer Kreuzung.

»Das hast du mir nie erzählt.«

»Oh, er war sehr launisch. Himmelhoch jauchzend und zu Tode betrübt«, sagte Sami. »Man wusste nie, woran man bei ihm war. Als ich klein war, studierte ich morgens immer sein Gesicht, um zu sehen, ob es ein guter oder ein schlechter Tag werden würde.«

»Deine Mutter spricht ganz anders von ihm!«

»An guten Tagen war er sehr freundlich – fragte mich nach der Schule, wollte mir bei meinen Hausaufgaben helfen. An schlechten Tagen ... zog er sich in sich selbst zurück. Er wurde mürrisch und unzufrieden; verlangte, dass man sich um ihn kümmerte. ›Maryam, wo ist dies?‹ und ›Maryam, wo ist das?‹. Er musste unbedingt seinen speziellen Tee haben und seine trockenen englischen Verdauungskekse. Sehr herrisch. Er war ein ausgesprochen herrischer Mensch. Ich habe mir immer gewünscht, dass Mom sich mehr gewehrt hätte.«

Ziba sagte: »Wirklich.«

Sie fragte sich, warum Sami das bis jetzt nie erwähnt hatte. Männer! dachte sie. Und dann wurde sie von einem Gefühl der Dankbarkeit überflutet, dass er so völlig anders war als sein Vater. Es gab keinen zuverlässigeren, ausgeglicheneren und liebenswerteren Menschen als Sami, und er half ihr gewissenhaft bei der Hausarbeit und dem Kind. Die Frauen ihrer Familie staunten. Sie rutschte so dicht an ihn heran, wie es der Sicherheitsgurt erlaubte, und legte kurz den Kopf auf seine Schulter. »Das muss schwer für dich gewesen sein«, sagte sie.

Aber er sagte: »Oh, so schlimm war es nicht«, und dann: »Wann, hast du gesagt, fängt der Film an?«

Männer.

Im Mai tauchte ein neues Gerät in Maryams Küche auf. Ein elektrischer Wasserkessel mit einer dazugehörenden Teekanne – beides aus modisch mattiertem Edelstahl, und die Teekanne passte genau auf den Wasserkessel. Sie musste sie nicht mehr kippelig übereinanderstellen. »Oh, wo kommt das denn her?«, fragte Ziba.

»Von diesem Importshop in Rockville«, sagte Maryam.

»Du bist ganz allein nach Rockville gefahren?«

»Mit Bitsys Vater.«

»Ah.«

Ziba wartete. Maryam maß den Tee ab.

»Ich dachte, dir gefällt die handgemalte japanische Thousand-Faces-Kanne mit dem Goldrand«, sagte Ziba schließlich.

»Ja, schon«, sagte Maryam. »Aber diese hier ist auch hübsch. Und außerdem ist sie … ein Geschenk.«

»Ah«, wiederholte Ziba.

Maryam stand mit dem Rücken zu Ziba, die deshalb ihren Gesichtsausdruck nicht erkennen konnte.

Es war jetzt das Lieblingsthema zwischen Ziba und Bitsy, wann immer sie sich sahen. Was ging hier vor?, rätselten sie. Und warum machten die beiden sich die Mühe, es geheim zu halten? Wussten Maryam und Dave nicht, dass beide Familien entzückt wären, wenn sie zusammenkämen? Sie zählten die kümmerlichen Hinweise auf, die sie zusammengesammelt hatten: Maryam stand nicht mehr so oft zum Babysitten zur Verfügung; Dave war beim Abspielen einer iranischen LP der Sängerin Shusha erwischt worden. »Shusha!«, sagte Ziba. »Maryams Lieblingssängerin! Und Maryam ist der einzige Mensch, den ich kenne, der noch keinen CD-Spieler hat.«

Obwohl sie jetzt einen Anrufbeantworter besaß. Nachdem Sami und Ziba sie so lange dazu gedrängt hatten! Aber sie schien nicht zu wissen, wie man ihn bediente. Die Ansage wiederholte aus irgendeinem Grund die Standardbegrüßung des Herstellers: »Bitte ... hinterlassen ... Sie ... eine ... Nachricht«, sagte eine roboterhafte männliche Stimme ohne Betonung. Und dann wurde sie geheimnisvollerweise durch eine neue Ansage, von ihr selbst gesprochen, ersetzt, obwohl sie behauptet hatte, Samis Hilfe für die Aufnahme zu benötigen. Als er kam, so wie sie ihn gebeten hatte, sagte sie nur leichthin: »Oh, es ist alles wieder in Ordnung, glaube ich. Aber danke.« Als ob sich die Ansage unbemerkt und wie durch Zauberhand von allein installiert hätte.

Das musste Dave gemacht haben. Vor allem musste Dave den Anrufbeantworter gekauft haben – noch ein Geschenk. Sie pflegte immer zu behaupten, ein Anrufbeantworter würde ihr Leben nur komplizieren. »Was wollt ihr mir denn sagen: dass man euch nicht zumuten kann, mich ein zweites Mal anzurufen, wenn ihr mich nicht erreicht?«, hatte sie stoisch erklärt. Ein typischer Maryam-ismus, eine jener majestätischen Anwandlungen, bei denen Ziba immer für den Bruchteil einer Sekunde die Augen schließen musste.

»Oh«, sagte Bitsy, »sie gehen zusammen aus, na und.«

»Aber wenn, warum es dann nicht zugeben?«, fragte Ziba.

»Vielleicht ist es Maryam peinlich. Sie hat mir einmal erzählt, sie hätte das alles hinter sich; vielleicht kommt sie sich jetzt dumm vor, weil sie ihre Meinung geändert hat.«

»Schwer vorstellbar, dass Maryam sich dumm vorkommt«, sagte Ziba.

Sie lächelten sich an.

Früher war Ziba in Bitsys Gegenwart schrecklich schüchtern gewesen. Bitsy war ihr so viel älter und fähiger vorgekommen; so kreativ, so leidenschaftlich interessiert an Politik und Recyclingproblemen und alldem und immer mit einer fundierten Meinung. Aber das war, bevor Bity sich selbst in die Quere kam und sich entschuldigte, dass sie Amerikanerin sei, eine aus der Ersten Welt, ein »Weißbrot«, wie sie sich ausdrückte. Ewig machte sie Ziba Komplimente über ihr exotisches Aussehen und fragte sie nach ihren Ansichten zu den unterschiedlichsten internationalen Problemen. Dabei hatte Ziba gar keine ausgeprägten Ansichten oder jedenfalls keine anderen als die, die sie in der *Baltimore Sun* las, wenn sie mal Zeit dazu hatte. Aber irgendwie galt sie trotzdem als Autorität.

Und in letzter Zeit war sie zu einer moralischen Stütze für Bitsy avanciert – fast wie eine ältere Verwandte –, weil es mit der kleinen Xiu-Mei viele Schwierigkeiten gab. Es schien, als hätte Xiu-Mei Probleme, Wurzeln zu schlagen. Sie war ein sehr süßes Kind, warmherzig und liebevoll, aber jeder herumfliegende Virus schaffte es, sie niederzuwerfen. Und zweimal seit ihrer Ankunft hatte sie ins Krankenhaus gemusst. Bitsy hatte das erschöpfte, von Schlafmangel gezeichnete Aussehen der Mutter eines Neugeborenen. Manchmal war sie noch um zehn Uhr vormittags im Nachthemd. Sie fuhr Jin-Ho wegen jeder Kleinigkeit gereizt an, und anscheinend wuchs ihr auch der Haushalt über den Kopf. Also erledigte Ziba einiges für sie, holte Jin-Ho von ihren Verabredungen zum Spielen ab, und sie baute Bitsy auf, so gut sie konnte: »Xiu-Mei ist jetzt so viel größer als am Tag ihrer Ankunft«, sagte sie. »Und schau, wie sie sich an dich klammert!«

Zuerst hatte Xiu-Mei nicht gewusst, wie man sich anklammert. Es war gut möglich, dass sie noch nie in die Arme genommen worden war. Sie bog den Rücken nach hinten, wurde steif und abweisend, wenn man sie hochnehmen wollte. Aber jetzt kuschelte sie sich in Bitsys Schoß und hielt sich an einer Falte ihres Ärmels fest, beobachtete genau ihre Umgebung über ihren rosa Plastikschnuller hinweg. Bitsy sagte, sie bedaure, ihr je einen Schnuller gegeben zu haben, aber was hätte sie denn sonst machen sollen auf diesem so problematischen Heimflug? »Jetzt haben wir in jedem Zimmer einen Schnuller«, sagte sie. »Für den Notfall. Und drei oder vier in ihrem Bettchen und ein halbes Dutzend in ihrem Wagen. Wenn ich sie füttere, muss ich ihn ihr aus dem Mund reißen, ihr einen Löffel eintrichtern und ihn dann wieder reinstecken, und sie wehrt sich die ganze Zeit. Ich glaube, dass sie deshalb so dünn ist.«

Sie *war* dünn – dünn und schmächtig und zu klein für ihr Alter, und mit vierzehn Monaten machte sie noch keine Anstalten zu krabbeln. Aber niemand zweifelte an ihrer Intelligenz. Sie sah jedes Gesicht so unverwandt an, als wollte sie Lippen lesen, und wenn Jin-Ho und Susan in ihrer Nähe spielten, war sie besonders aufmerksam, folgte jeder ihrer Bewegungen mit ihren schräg stehenden leuchtend schwarzen Augen.

»Wenn sie doch Mittagsschlaf machen würde«, sagte Bitsy. »Ich glaube, dann würde ich hier alles in den Griff kriegen. Aber sie weigert sich. Ich lege sie in ihr Babybett, und sie fängt an zu schreien. Nicht einfach zu weinen – sie schreit, mit dieser hohen, durchdringenden, jämmerlichen Stimme. Manchmal, spätabends, erinnere ich mich, dass ich eigentlich tagsüber etwas Bestimmtes erledigen wollte. Aber was? Was hatte ich noch mal machen wollen? Und dann fällt es mir ein: mich kämmen.«

»Das erinnert mich daran«, sagte Ziba, »dass ich finde, die Ankunftsparty könnten wir diesmal bei uns zuhause feiern.«

»Warum? Bei euch war sie doch letztes Jahr.«

»Ja, aber mit Xiu-Mei und alldem –«

»Bis dahin sind es noch drei Monate«, sagte Bitsy. »Wenn sich mein Leben bis dahin nicht gebessert hat, bin ich in der Psychiatrie.«

»Ein Grund mehr, bei uns zu feiern«, sagte Ziba und riskierte einen Scherz. Aber Bitsy konnte nicht darüber lachen.

Deshalb wechselte Ziba das Thema und fragte, ob Bitsy glaube, die Kinder seien im Sommer alt genug für ein Tages-Ferienprogramm. »Oh, keine Ahnung«, sagte Bitsy lahm. »Was soll ich dazu sagen?«

Es hatte eine Zeit gegeben, da hätte sie sehr viel dazu zu sagen gehabt. Ziba trauerte dieser Zeit nach.

An einem Juninachmittag öffnete Ziba die Haustür, und auf der Veranda stand Maryam – in maßgeschneiderter Bluse, Leinenrock, hellbraunen Leinenpumps und auf dem Kopf einen Fahrradhelm.

»Was in aller Welt …!«, sagte Ziba.

»Es tut mir leid, hier so unangemeldet hereinzuplatzen«, sagte Maryam. »Darf ich hereinkommen?« Und dann trat sie ein, ohne die Antwort abzuwarten. Der Helm war schwarz und orange – das Orange eine Flamme über den Ohren –, und der Riemen unter dem Kinn brachte ein Fleischpolster zur Geltung, das Ziba noch nie aufgefallen war. »Ich war einkaufen, wie du siehst«, sagte sie und deutete wie zum Beweis auf ihren Rock. »Und als ich wieder zuhause war, dachte ich, ich könnte probeweise mal den Helm aufsetzen, den ich gekauft habe. Ich wollte sicher sein, dass ich weiß, wie er funktioniert.«

»Du hast dir einen *Fahrradhelm* gekauft?«

»Aber offensichtlich weiß ich nicht, wie er funktioniert, denn als ich ihn zugemacht hatte, bekam ich ihn nicht wieder auf.«

Ziba bekämpfte den Drang loszulachen. Ihr Gesicht blieb unbewegt, aber Maryam sagte trotzdem: »Ja, ich weiß: Das ist schon ein Anblick, den ich hier biete! Aber ich dachte, ich frage lieber dich, als dass ich zu einem meiner Nachbarn gehe.«

»Ja, natürlich« sagte Ziba tröstend. »Gut, dann wollen wir mal sehen …« Sie trat einen Schritt vor, um nach dem seitlich angebrachten Plastikverschluss greifen zu können. Sie drückte darauf, aber nichts passierte. Sie fühlte nach einer Verriegelung, aber sie fand keine.

Susan, die hinten im Garten gespielt hatte, kam genau in diesem Moment mit einer Gießkanne herein und sagte: »Ooooooh, Mari-jun! Was hast du denn auf?«

»Nur einen Fahrradhelm, meine Kleine«, sagte Maryam. »Schaffst du es?«, fragte sie Ziba.

»Nein, aber gib mir eine Minute. Ich bin sicher, da muss eine …« Ziba fuhr mit den Fingern am Riemen entlang. Sie konnte das leicht herbe Eau de Parfum riechen, das Maryam trug, und sie fühlte die Hitze ihrer Haut. »Was genau hast du geschlossen, als du ihn aufgesetzt hast?«, fragte sie.

»Ich glaube, es war diese Schnalle, aber jetzt weiß ich es nicht mehr. Der Verkäufer in dem Geschäft sagte, dass es mit einem Klick aufgeht, aber ich weiß nicht – autsch.«

»Entschuldigung«, sagte Ziba. Sie hatte versucht, den Riemen über Maryams Kinn zu streifen, aber das erlaubte die Konstruktion offensichtlich nicht. Was wusste sie schon von solchen Sachen? Der einzige Sport, den sie als kleines Mädchen betrieben hatte, war Volleyball gewesen – und zwar mit einem *maghnae* auf dem Kopf, einem schwarzen schweren engen Kopftuch, das die Geräusche dämpfte und die ganze Brust bedeckte. »Ich muss irgendetwas übersehen haben«, sagte sie. »Hier ist die Schnalle, hier der Riemen …«

»Wo ist dein Fahrrad?«, fragte Susan Maryam.

»Ich habe kein Fahrrad, jun-am.«

»Wozu brauchst du dann den Helm?«

»Ich hatte vor, mit einem Fahrrad von einem Freund zu fahren.«

Susan zog die Stirn kraus. Ziba trat einen Schritt zurück. »Sami wird es können.«

»Sami? Ist er zuhause?«

»Nein, aber ich erwarte ihn jede Minute. Komm rein, und setz dich, und wir warten auf ihn.«

»Ach, du meine Güte«, sagte Maryam. Sie trat vor den goldgerahmten Spiegel, der gegenüber der Eingangstür hing. »Glaubst du nicht, dass dieses Plastikteil –«, sagte sie und starrte ihr Spiegelbild an.

»Ich habe es mit diesem Plastikteil versucht«, sagte Ziba. »Komm und setz dich, Maryam. Ich mach uns einen Tee. Oder … kannst du trinken, mit dem Helm auf dem Kopf?«

»Keine Ahnung«, sagte Maryam. »Oh, ich will keinen Tee. Vielleicht sollten wir den Riemen einfach mit der Schere durchschneiden.«

»Es bringt doch nichts, diesen nagelneuen Helm zu ruinieren. Komm rein, und warte auf Sami.«

Maryam folgte Ziba ins Wohnzimmer, aber sie sah nicht glücklich aus.

»Ist es Danielles Rad?«, fragte Susan, die hinter Maryam her kam.

Ziba lachte laut auf, endlich. Sie stellte sich Danielle LeFaivre vor, die hochmütigste aller Freundinnen Maryams, wie sie im Carolina-Herrera-Kostüm und mit Vierhundert-Dollar-Pumps verbissen tretend Fahrrad fuhr. Maryam seufzte und setzte sich auf das Sofa. »Nein«, sagte sie. »Ein anderer Freund.« Und dann wechselte sie das Thema. »Was hast du denn gegossen?«, fragte sie Susan. »Wächst bei dir schon was?«

»Nein, ich habe nur so gepantscht.«

»Gestern war ich bei der Gärtnerei und habe ein paar Töpfe Katzengras für Moosh gekauft«, sagte Maryam zu ihr. »Ich habe mir gedacht, dass du und ich es vielleicht an dieser Stelle unter dem Küchenfenster einpflanzen könnten, wenn du mich das nächste Mal besuchst.«

»Gehört das Fahrrad Dave?«, fragte Ziba unvermittelt.

Dann tat es ihr leid, denn Maryam brauchte lange, bis sie sagte: »Es hat Connie gehört.«

»Oh.«

»Dave hat vor, mit mir an diesem Wochenende ins Umland zu radeln. Er hat immer noch Connies Rad in der Garage, aber er fand es sicherer, wenn ich mich nicht auf Connies Helm verlasse.«

»Oh, da hat er Recht!«, sagte Ziba. »Das ist wie mit Kindersitzen, finde ich. Man soll sie nicht weiterverkaufen. Sie halten nicht ewig.«

Als Sami die Haustür aufschloss, sah es aus, als wähnten sie sich beide gerettet, so schnell reagierten sie auf das Geräusch.

Sami war nicht so überrascht, wie er hätte sein können, fand Ziba. Als er hereinkam, sagte er nur: »Hallo, Mom. Was ist denn mit dem Helm?«

»Ich habe mich gefragt, ob du mir helfen könntest, ihn abzunehmen«, sagte sie.

»Ja, natürlich«, sagte er und machte etwas an dem Riemen, man hörte ein Schnapp-Geräusch, und er nahm ihr den Helm vom Kopf.

»Danke«, sagte Maryam. »Und danke, Ziba, dass du es versucht hast.« Sie stand auf, klemmte den Helm unter den Arm und nahm ihre Handtasche vom Sofa.

»Ich wünsch euch einen schönen Fahrradausflug«, sagte Ziba.

»Danke«, sagte Maryam, die schon im Flur war.

Sami sagte: »Aber Mom? Weißt du denn jetzt, wie du ihn wieder aufmachst?«

Sie sagte: »Oh, ich werde es schon herausfinden. Auf Wiedersehen.«

Es schien, als könnte sie nicht schnell genug von ihnen wegkommen.

Im Juli fuhr Maryam, wie jedes Jahr, nach Vermont. Sie brachte Moosh bei Sami und Ziba unter, und Ziba hatte eingewilligt, Mitte dieser einen Woche ihre Zimmerpflanzen zu gießen.

Am Mittwochvormittag fuhr Ziba, nachdem sie die Mädchen beim Ferienprogramm abgesetzt hatte, zu Maryams Haus. Als sie aufschloss und hineinging, kam sie sich wie eine Diebin vor; so privat und intim wirkte das kleine dämmrige

Wohnzimmer. Sie ließ die Haustür offen, wie um zu beweisen, dass sie nichts zu verbergen hatte, und ging in die Küche. Eine einzige abgespülte Tasse samt Untertasse stand auf der Ablage der Spüle. Sie füllte die Gießkanne, die Maryam auf den Tisch gestellt hatte, und dann ging sie durch das Haus, blieb bei jeder Pflanze stehen, prüfte die Erde mit den Fingerspitzen. Die meisten Pflanzen waren in Ordnung; die Woche war mild und feucht gewesen.

Oben ging sie zuerst in das Gästezimmer, in dem sie Susan so oft mittags hingelegt hatte, wenn sie hier zu Besuch waren. Das Doppelbett mit dem gehäkelten weißen Überwurf, die Spiegelkommode mit dem Paisleyschal und der Keramiktopf mit dem Farn (der Wasser brauchte) waren ihr vertraut. Und Samis altes Zimmer – jetzt mehr oder weniger eine Abstellkammer, eine Kombination aus Nähzimmer und Büro und so weiter – war ganz offensichtlich kurz vor Maryams Abreise aufgeräumt worden. Der Schreibtisch war leer, und das Einzelbett mit der jungenhaft gemusterten Überdecke, auf dem Maryam oft Bügel- und Flickwäsche deponierte, war frei.

Maryams Zimmer war ihr weniger vertraut, und Ziba ging hinein und sah sich unwillkürlich die Dinge an, die auf der Spiegelkommode standen. Aber es waren dieselben wie im letzten Jahr: ein bemalter Federkasten aus Holz in Form einer dicken Zigarre, eine auf einer kleinen Staffelei stehende persische Miniatur und ein Mosaikkästchen. Keine Fotos, weder neue noch alte; die befanden sich geordnet in einem Album im Bücherregal des Wohnzimmers. Sie hatte den Eindruck, dass Maryam sich vor langer Zeit entschieden hatte, welche Gegenstände sie um sich haben wollte, und keinen Grund sah, je wieder etwas daran zu verändern.

Ziba gab gerade dem am Fenster hängenden Efeu Wasser, als sie zufällig hinausblickte und Dave Dickinson sah, der den Weg zum Haus hochkam. Was hatte der denn hier zu suchen? Sie leerte die letzten Tropfen der Kanne und ging dann schnell nach unten. Als sie die Eingangstür erreichte, spähte er bereits durch die Fliegengittertür, eine Hand über die Augen gelegt. »Hallo?«, sagte er. »Oh, Ziba!«

»Ich gieße gerade die Blumen«, sagte sie.

»Ja, natürlich, darauf hätte ich auch kommen können.« Er wich etwas zurück, und sie trat auf die Veranda. (Sie fand, dass sie ihn ohne Maryams Wissen nicht reinbitten konnte.) Er trug ein buntes Baumwollhemd und Khakihosen, in denen er vielleicht geschlafen hatte, und sein grauer Lockenkopf sah zerzaust und feucht aus. »Ich fuhr gerade vorbei und habe gesehen, dass die Tür offen stand«, sagte er, »und ich habe mich gefragt, ob alles in Ordnung ist.«

Wieso er in einer reinen Wohnstraße, die nirgends hinführte, »vorbeifuhr«, erklärte er nicht. Und dann fragte er: »Hast du von ihr gehört?«, ohne sich die Mühe zu machen zu sagen, wen er meinte.

»Nein, aber das ist normal«, sagte Ziba. »Sie ist schließlich nur eine Woche weg.«

»Ich habe mit ihr direkt nach ihrer Ankunft gesprochen«, sagte Dave.

»Tatsächlich?«

»Nur um sicher zu sein, dass sie gut angekommen ist.«

Er drehte sich um und sah auf die Straße. Wie beiläufig fragte er: »Ich nehme an, *du* hast ihren Mann nicht gekannt?«

»Ich?«, sagte Ziba. Die Frage kam so unerwartet, dass sie überlegte, ob sie sie falsch verstanden haben könnte. »Mein Güte, nein«, sagte sie. »Ich war noch gar nicht in diesem Land, als er starb.«

»Ja, ich nahm auch nicht an …« Sein Blick folgte dem Auto einer Rasenspezialfirma, das rumpelnd vorbeifuhr. Dann drehte er sich wieder zu Ziba. Sein zerzaustes Haar ließ den ganzen Mann etwas verwirrt aussehen, so als wäre er derjenige, den das Gespräch überrumpelt hatte. »Sie scheint immer noch sehr an ihm zu hängen«, sagte er. »Sicher war er ein wunderbarer Mensch.«

Ziba überlegte, ob sie ihm nicht erzählen sollte, dass Kiyan launisch und schwierig gewesen war. Sagte sich dann aber, nein, lieber nicht.

»Aber trotzdem: Du hast vielleicht bemerkt, dass ich sie mag«, sagte er.

»Hmm, ja.«

»Oder sogar liebe.«

Ziba spürte, dass sie aus irgendeinem Grund errötete. »Nun, liebt Maryam dich auch?«, fragte sie.

»Das weiß ich nicht.«

Sie fand es interessant, dass er meinte, es könnte wenigstens möglich sein. Sie sagte: »Aber du musst doch eine leise Ahnung haben.«

»Nein«, sagte er. »Ich weiß nicht, was ich denken soll!«

Diese letzten Worte schienen sich ihm von ganz allein entrungen zu haben. Er schwieg abrupt, als wäre er selber schockiert. Etwas gelassener sagte er dann: »Ich weiß nicht, was sie von mir erwartet. Ich weiß nicht, wie ich mich verhalten soll. Ich lade sie ein, und wir gehen aus, zum Essen oder ins Kino; sie scheint meine Gesellschaft zu mögen, aber … Es ist, als stünde zwischen uns eine Wand aus Glas. Ich weiß nicht, was sie empfindet. Ich frage mich, ob sie immer noch, wie soll ich sagen, ob sie ihrem Mann immer noch treu ist. Oder sich vielleicht an ihn *gebunden* fühlt, wegen irgendeiner iranischen Sitte.«

»Nein«, sagte Ziba. »Eine derartige Sitte gibt es nicht.«

»Nun, was ist es dann? Sollte ich vielleicht Sami um Erlaubnis bitten, ehe ich ihr den Hof mache?«

Sie musste leise kichern. Jetzt war es Dave, der errötete. »Entschuldigung, aber woher soll ich das wissen?«, sagte er.

»Nun, ich weiß es auch nicht«, sagte sie. »Maryam gehört einer völlig anderen Generation an. Aber ich versichere dir, sie erwartet nicht, dass du Samis Erlaubnis einholst.«

»Dann bin ich überfragt«, sagte er.

Sie hörte das Wort zum ersten Mal, aber sie bewunderte, wie gut es seinen Zustand beschrieb.

»Also«, sagte sie. »So schwer kann das doch nicht sein. Du

magst sie, sie mag dich. Sie *muss* dich mögen, denn, das kannst du mir glauben, Maryam würde sich nie mit dir abgeben, wenn es nicht so wäre. Wo ist das Problem? Ich bin sicher, dass sich früher oder später alles klärt.«

»Ganz bestimmt«, sagte er.

Aber sie merkte, dass sie ihn irgendwie enttäuscht hatte, weil er sie so gütig ansah. Er sagte: »Danke, dass ich mich bei dir ausweinen durfte.« Und er tätschelte ihr die Schulter, drehte sich um und ging die Verandatreppe hinunter.

Bitsy sagte: »Oh, armer Dad.«

Denn natürlich erzählte ihr Ziba alles, sie wartete noch nicht mal, bis sie die Kinder wieder vom Ferienprogramm abgeholt hatte. Sie fuhr direkt von Maryam zu den Donaldsons, klingelte Sturm und stürzte mit einem »Stell dir mal vor!« hinein.

»Ich hoffe nur, dass er nicht leidet«, sagte Bitsy. Sie wechselte gerade Xiu-Meis Windel auf dem Wohnzimmerteppich, hielt aber inne, solange sie Ziba zuhörte, und bemerkte nicht einmal, dass Xiu-Mei nach der Schachtel mit den Feuchttüchern griff.

»Warum sollte er leiden?«

»Nun, er ist so naiv, der arme liebe Mann. Er ist so unerfahren.«

»Es ist ja nicht so, dass Maryam so erfahren wäre«, sagte Ziba.

»Nein, aber –«

»Soweit wir wissen, hat sie nur ihren Mann gekannt.«

»Nein, aber – nun, du hast natürlich Recht«, sagte Bitsy. Aber irgendetwas schien ihr trotzdem Sorgen zu machen.

»Ich dachte, du freust dich«, sagte Ziba.

»Oh, ich freu mich. Wirklich. Ich freu mich.« Sie nahm endlich die Schachtel mit den Feuchttüchern wieder an sich und entwand Xiu-Meis Faust einen ganzen Wisch. »Aber ich würde mich noch sehr viel mehr freuen, wenn du mir erzählt hättest, dass sie wie verrückt hinter ihm her ist, ihn zu jeder Tages- und Nachtzeit anruft und ihn nicht aus den Augen lässt.«

»Maryam hat ihren Stolz«, sagte Ziba steif. »Sie ist eine Dame. In unserem Land tut eine Dame so etwas nicht.«

Wahrscheinlich war es das erste Mal, dass sie je diese Phrase »in unserem Land« aussprach. Immer war sie sehr bemüht zu betonen, dass dies hier ihr Land sei, und sie wusste nicht genau, was jetzt plötzlich anders war. Bitsy musste es bemerkt haben, denn sie sagte sofort: »O ja, sie ist eine *wundervolle* Frau, und ich bin wirklich sehr, sehr froh, dass sich zwischen den beiden etwas tut.«

Dann wechselten sie das Thema. Ob Xiu-Mei nicht ein ganz kleines bisschen dicker geworden sei?, fragte Ziba. Und Bitsy meinte, jetzt da Ziba es erwähne, ja, anscheinend, und vielleicht sollten sie sie wiegen. Und so gingen sie nach oben ins Bad, und Bitsy stellte sich mit Xiu-Mei im Arm auf die Waage, dann stieg sie wieder runter und übergab Ziba das Kind und wog sich wieder. Schließlich rechneten sie. Sie waren überdreht und schwatzten ununterbrochen.

An der Wand über der Toilette hing ein gerahmtes Schwarzweißfoto von Dave und Connie in jüngeren Jahren, mit Bitsy und ihrem Bruder Abe, sie trugen alle zerzauste Perücken und hässliche, zerlumpte Kleider. Dave zierten Schnurrbart und Brille à la Groucho Marx, Connie und Bitsy riesige Plastik-Schneidezähne, und in Abes Gebiss waren vier Zähne schwarz angemalt. Soweit Ziba wusste, war das Foto im Sommer von Macs Verlobung aufgenommen worden. Connie hatte einen Abzug an Lauras Eltern geschickt, mit einem Brief, in dem stand, dass die zukünftige Schwiegerfamilie sich vorstellen wolle. Ein Scherz, natürlich, aber Ziba konnte nicht sofort darüber lachen, als man ihn ihr erklärte. Wie konnten Leute sich selbst so wenig ernst nehmen?, fragte sie sich.

Und was hatte ein Familienfoto auf der Toilette zu suchen?

Manche Dinge bei den Amerikanern würden sie immer … überfragen.

Vielleicht hatte Maryam in der Woche ihrer Abwesenheit schätzen gelernt, was sie an Dave hatte. Als sie aus Vermont zurück war, sah man die beiden jedenfalls häufiger zu zweit, sie schienen *zusammen* zu sein. Sie ergänzten gegenseitig die Geschichten, die einer von ihnen erzählte, und erinnerten einander liebevoll an gemeinsame Erlebnisse und saßen ziemlich eng nebeneinander auf dem Sofa. Wenn Maryam etwas sagte, strahlte Dave die anderen an, als wollte er sie auffordern, seine Bewunderung zu teilen. Wenn Dave etwas sagte, dann war es Maryam, die lächelte, aber mit gesenktem Blick. Sie benahmen sich wie Teenager, sagte Sami zu Ziba. Er sei froh, seine Mutter so glücklich zu sehen, meinte er, aber er selbst würde sich doch etwas komisch vorkommen.

Bitsy erklärte, sie käme sich dabei alt vor. Entzückter als sie könne man gar nicht sein, sagte sie, aber: »O Gott, wie lange ist es her, dass du selbst so gestrahlt hast, wenn eine bestimmte Person ins Zimmer kam? Sei ehrlich, Ziba.«

Sie unterhielten sich auf der Ankunftsparty, die in diesem Jahr schließlich doch bei den Yazdans, nicht bei den Donaldsons stattfand. Xiu-Mei hatte in der Woche zuvor drei Tage im Krankenhaus gelegen – irgendeine Verstopfung, die jetzt behoben war, Gott sei Dank –, und Bitsy hatte deshalb in allerletzter Minute nachgegeben. Sie brachte mit, was sie bereits gemacht hatte, einen Auflauf und selbstgebackenes Brot, und Ziba und Maryam sprangen ein und bereiteten den Rest in sechsunddreißig Stunden vor.

Wie das Schicksal es wollte, war die Gästeliste in diesem Jahr so lang wie seit Jahren nicht mehr. Sogar eine Vertreterin aus Maryams Familienzweig war gekommen: Roya, die Frau ihres Bruders, die mit ihrer Freundin Zuzu in den Vereinigten Staaten war, um Zuzus Sohn in Delaware zu besuchen. Zuzu hatte sich davor gefürchtet, allein zu reisen, hieß es. Offenbar konnte man sie auch nicht allein bei ihrem Sohn lassen, oder Roya hatte ebenfalls Angst, allein zu reisen, denn Roya brachte Zuzu mit nach Baltimore, und die beiden wohnten bei Maryam. Einerseits war das eine Hilfe: Sie halfen bereitwillig bei den Essensvorbereitungen, und Zuzu, die ursprünglich aus einer Stadt am Kaspischen Meer stammte, bereitete einen eindrucksvollen gefüllten Fisch zu, das Prunkstück der Tafel. Andererseits waren sie traditionell scharfäugige, sofort alles witternde Frauen, die, kaum waren sie zehn Minuten anwesend, Dave Dickinson höchst aufmerksam musterten. Sie beobachteten jede seiner Bewegungen und tuschelten miteinander über jeden noch so unerheblichen Satz, den er äußerte. Vielleicht kämpften sie nur damit, alles zu verstehen (beide sprachen nicht viel Englisch), aber Ziba hatte den Verdacht, dass sie klatschten. Sie fand es interessant, dass beide offenbar noch nichts von ihm gehört hatten; sie wohnten seit drei Tagen bei Maryam, aber als er kam, wurde er ihnen anscheinend erstmals vorgestellt, und ihre erste uninteressierte Reaktion zeigte deutlich, dass sie nicht wussten, was für ein besonderer Gast er war. Dann sagte er: »Aha. *Salade olivieh!*«, und rieb sich die Hände. Er ging um den Tisch herum und betrachtete die Gerichte, die in zwei langen Reihen aufgestellt worden waren. »*Fesenjun!*«, sagte er, mit einem »u« in der letzten Silbe, was weniger förmlich und viel familiärer klang als *»fesenjan«*. »Ist das von dir?«, fragte er Maryam, und sie nickte, lächelte ihn süß mit geschlossenen Lippen an, und in diesem Moment wurden die beiden Frauen sehr, sehr aufmerksam.

»*Doogh!*«, sagte er. Ich liebe *doogh*«, erklärte er ihnen, und er sagte es mit einigem Stolz, offenbar wusste er, dass die meisten Amerikaner sich schon bei dem Gedanken an kalte Joghurtsuppe mit Salz schüttelten. Er sprach das »gh« mit bewusst komischer Anstrengung aus, gurgelte fast in dem Bemühen, es tief aus der Kehle kommen zu lassen, und die Frauen lachten tatsächlich – kicherten zumindest, hielten sich die Hand vor den Mund und wechselten einen schnellen Blick. Er lachte ebenfalls. Er musste glauben, dass sie sich blendend verstünden. Und Maryam dachte vielleicht dasselbe, denn sie lächelte von der anderen Seite des Tisches her. Es war Ziba, die schließlich zu ihm hinging und ihn am Ellenbogen nahm. »Warte, bis du die Baklava siehst«, sagte sie. »Meine Mutter hat sie heute Morgen gebracht.«

Was die beiden Frauen aber nur dazu anspornte, sich wieder anzusehen. (»Sieh nur, wie familiär Maryams Schwiegertochter mit ihm umgeht!«) Dave sagte: »Deine Mutter hat ihre Baklava zubereitet? Ich liebe ihre Baklava.« Und zu den Frauen sagte er: »Sie macht den Teig komplett selbst. Sie glauben nicht, wie gut er ist.«

Sie kräuselten die Lippen, als würden sie etwas abwägen. Gedankenvoll sahen sie zu Maryam hinüber.

Die Baklava wurde diesmal als Ankunftstagskuchen gereicht. Ziba hatte sie über und über mit winzigen amerikanischen Fahnen bespickt und auf einem Beistelltisch am Ende des Buffets bereitgestellt. Die Kerzen hatte sie weggelassen, und sie machte sich nicht die Mühe, die Mädchen erst noch aus dem Zimmer zu schicken. Stattdessen stimmte sie ohne Umstände »She'll Be Coming Round the Mountain« an, und die anderen fielen ein – auch die Mädchen. Falls Bitsy enttäuscht war, so zeigte sie es nicht. Vielleicht war sie zu müde, um sich aufzuregen. Xiu-Mei schlief mit schaukelndem Kopf und halb aus dem Mund gerutschten Schnuller an ihrer Schulter, und Bitsy bewegte sich im Takt des Liedes. »Tuut, tuut«, sangen die Mädchen kreischend. »Hi, Babe!« Sie sangen lauter als alle anderen, als hätten sie die ganzen Jahre nur auf diese Gelegenheit gewartet.

Und später lief das Video fast ohne Zuschauer; die meisten kannten es auswendig. Jin-Ho verzog sich in eine Ecke und spielte mit ihren beiden Cousinen Schwarzer Peter. Linwood und seine Freundin flüsterten und schmusten. Ein paar Frauen fingen an aufzuräumen, während die anderen Gäste in Grüppchen zusammenstanden und hin und wieder auf den Bildschirm sahen und ein paar Bemerkungen darüber machten, wie klein die Mädchen gewesen waren oder wie voll Brads Haar mal gewesen war, um dann ihre Unterhaltungen fortzusetzen. Als Ziba mit einem Stapel Teller direkt vor dem Bildschirm vorbeiging, musste sie sich nur bei Susan und Bitsy dafür entschuldigen. Susan saß auf dem Teppich und sah sich das

Video an. Bitsy hockte mit Xiu-Mei im Schaukelstuhl und schien kurz vorm Einschlafen. Aber dann fragte Bitsy plötzlich unvermittelt: »Erinnerst du dich, wie wir uns immer versichert haben, diesen Tag um keinen Preis noch einmal erleben zu wollen?«

»Ich erinnere mich«, sagte Ziba

»Aber jetzt glaube ich, dass ich ihn *gern* noch einmal erleben würde. Ich hätte noch keine Fehler gemacht. Ich wäre noch die vollkommene Mutter und Jin-Ho noch die vollkommene Tochter. Oh, nicht, dass ich ... ich meine, ich wollte damit nicht sagen ...«

»Ich weiß, was du meinst«, sagte Ziba zu ihr, und sie hätte Bitsy in den Arm genommen, wenn sie nicht die Kuchenteller in den Händen gehabt hätte.

Nicht zum ersten Mal fragte Bitsy: »Wie, glaubst du, haben sie gelebt, ehe sie zu uns kamen? Sie haben in diesen Monaten Erfahrungen gemacht, von denen wir nie etwas wissen werden. Ich bin mir sicher, dass sie gut behandelt wurden, aber, oh, es bringt mich um, es bringt mich einfach um, dass ich nicht da war, um Jin-Ho in die Arme zu nehmen, als sie am Tag ihrer Geburt zum ersten Mal die Augen aufschlug.«

An dem Tag, an dem Susan geboren wurde, hatte Ziba sich auf der anderen Seite der Welt befunden und sich gefragt, ob es ihr möglich sein würde, das Baby einer völlig Fremden zu lieben. Und nach Susans Ankunft hatte sie wochenlang nachts geweint, ohne zu wissen, warum sie weinte, bis sie plötzlich dachte: Was ist mit meinem *eigenen* Baby passiert?

Zwei Dinge, die sie nie irgendjemandem erzählen würde – nicht Bitsy und nicht einmal Sami.

Zu Bitsy sagte sie: »Ach, schau sie dir an. Sie hat sich doch prächtig entwickelt, oder?« Denn Jin-Ho lachte schadenfroh, als Deirdre die Karte betrachtete, die sie gerade gezogen hatte, und Verzweiflung mimte.

In der Küche traf Ziba auf ihre Mutter, die die Teller abstreifte. Roya und Zuzu füllten die übrig gebliebenen Speisen in Frischhaltedosen, und Maryam zog die Schnüre eines großen Müllbeutels zu. Dave sagte: »Oh, Maryam-jun! Das sollst du nicht schleppen. Lass mich das machen!« Und er ging zu ihr, um ihn ihr abzunehmen. Maryam richtete sich auf und strich sich eine Haarsträhne aus dem Gesicht. Roya stellte die Salatschüssel weg und warf Zuzu einen langen Blick zu.

Ab September ging Susan in den Kindergarten. Sie war an einer Privatschule in Baltimore County angenommen worden. Sami fuhr sie jeden Morgen hin, da er in der Gegend arbeitete, und Ziba holte sie montags, mittwochs und freitags wieder ab. Aber der Kindergarten ging nur bis mittags, was bedeutete, dass Maryam sie dienstags und donnerstags abholen musste. Maryam nahm dann Susan mit zu sich nach Hause, sie aßen zusammen, und Susan blieb bei ihr, bis Ziba sie ein paar Stunden später abholte. Ziba sagte zu Maryam, sie mache sich Sorgen, dass dies zu viele Umstände bereite, da Maryam jetzt so viele gesellschaftliche Verpflichtungen habe, aber Maryam sagte: »Was meinst du damit?« Ziba gab keine Antwort.

Wenn Ziba zu Maryam kam, war Dave oft schon da. Er saß in der Küche, wo Maryam das Abendessen vorbereitete und Susan mit der Katze spielte. (Später fragte Ziba dann ihre Tochter: »Hat Dave mit euch zu Mittag gegessen?«, und meistens sagte Susan: »Mmhm.« Und verriet nicht, ob er sogar noch früher da gewesen war. Den ganzen Vormittag? Oder die ganze Nacht?)

Es war rührend, dass Dave sich jedes Mal die Mühe machte aufzustehen, wenn sie hereinkam. »Hallo! Schön, dich zu sehen«, sagte er und fuhr sich mit der Hand durch die dichten grauen Locken. Vor ihm, auf dem Tisch, stand immer ein Becher mit Kaffee – er trank Kaffee rund um die Uhr –, und daneben lag ein unordentlicher Stapel Zeitungen. Er las Maryam gern laut daraus vor und gab seine Kommentare dazu ab. Sobald Ziba sich umdrehte, um Susan zu begrüßen, setzte er sich wieder hin und fuhr da fort, wo er aufgehört hatte. »Hör dir das an«, sagte er zu Maryam. »Hier steht, ein Mann wurde verhaftet, weil er als Jogger den Straßenverkehr behinderte; gütiger Himmel!« Maryam lächelte und füllte seinen Kaffeebecher aus einer Kanne auf, die sie immer für ihn auf dem Herd hatte. »Oh, danke!«, sagte er. Er vergaß nie, ihr zu danken – noch ein anrührender Wesenszug. Obwohl Ziba vermutete, dass die Vorleserei aus der Zeitung manchmal ermüdend sein könnte. »Die Anwohner beschweren sich, dass die Tänzerinnen des Clubs oben ohne tanzen«, las er von einer anderen Seite vor. »›Oben ohne‹ Wie findest du das?« Maryam lachte leise, während sie ihre Thousand-Faces-Teekanne mit dem Goldrand ausspülte. Wo war ihr neuer elektrischer Kocher? Ah, ganz nach hinten geschoben, halb verdeckt von einem Päckchen Pita.

Susan sagte, ein Junge namens Henry habe zu ihr Pupskopf mit Pupsgesicht gesagt. »Ach, das sind einfach nur Jungs«, sagte Maryam zu ihr, und Dave verkündete mit einiger Dringlichkeit: »Also, hier haben wir noch ein paar Eltern, die gegen die Multiplikationstabellen protestieren.« Ziba musste an ein Kind denken, das am Ärmel der Mutter zupft, wenn sie telefoniert, und Kekse, Milch, Saft fordert oder über Bauchschmerzen klagt, alles in dem verzweifelten Versuch, Mutters Aufmerksamkeit zurückzugewinnen. »Sie sind der Meinung, mechanisches Auswendiglernen würde den Lerneifer der Schüler dämpfen«, sagte Dave, »und sie verstünden nicht, warum jemand Grammatikregeln auswendig lernen solle. Das sei altmodisch. Behaupten sie.« Er ließ die Zeitung sinken und sah Susan über seine Lesebrille an. »Grammatikregeln *muss* man auswendig lernen, und, junge Dame, lass dir von niemandem etwas anderes einreden.«

Susan sagte: »Okay.«

»Wenn ein gewisser Fernsehmoderator etwas von Grammatik verstünde, hätte er in den Nachrichten nicht verkündet, dass der Vater von zwei Kleinkindern jetzt als Windpockenepidemie das Land heimsuchen würde.«

»Hä?«

Maryam zündete die Flamme unter dem Teekessel an. »Hattest du heute den Termin mit der Leopardenfell-Dame?«, fragte sie Ziba.

»Ja, und du ahnst es nicht, jetzt will sie Vorhänge in Tigeroptik für ihr Schlafzimmer. Ich sagte: ›Aber die Tapete dort hat Zebrastreifen!‹ Sie sagte: ›Selbstverständlich. Es ist ein Themenzimmer‹.«

Maryam lehnte sich mit dem Rücken an den Tresen und kreuzte die Arme. Sie hatte sich eine lange weiße Schürze vor ihre schwarze Hose gebunden, wirkte frisch und fast etwas zu dünn. »Gestern Nacht hatte ich einen beunruhigenden Traum. Deine Erwähnung der Zebrastreifen hat mich wieder darauf gebracht. Ich fuhr in einer fremden Stadt Auto und wollte in den Zoo, und ich konnte keinen Parkplatz finden. Schließlich parkte ich in einer Seitenstraße. Und dann sagte ich zu der Frau am Kartenschalter: ›Oh, ich weiß nicht mehr, wo ich geparkt habe!‹ Ich sagte: ›Einen Moment noch, ich muss mich nur vergewissern, dass ich mein Auto wiederfinde.‹ Ich drehte mich um und ging in eine Straße, dann in eine andere, aber ich konnte mein Auto nicht finden. Die Straßen sahen alle gleich aus.«

»Maryam, liebes Herz?«, sagte Dave und ließ die Zeitung sinken. »Beunruhigt dich zurzeit irgendetwas?«

»Wieso? Nicht dass ich –«

»Weil ich das als Angsttraum bezeichnen würde. Du nicht auch, Ziba?«

Ziba sagte: »Nun …«

»Ich muss morgen Abend zu Danielle fahren«, sagte Maryam. »Und du weißt, wie weit weg sie wohnt.«

»Aha, das ist es«, sagte Dave zu ihr. »Du hasst es, nachts Auto zu fahren! Du bist nachtblind. Du verfährst dich immer.«

»Nicht immer.«

»Nein, nein …«

»Ich werde fahren! Ich steh dir auf Abruf zur Verfügung! Ich werde dich zu ihr fahren und dich zu einer verabredeten Zeit wieder abholen.«

»Das ist albern«, wehrte Maryam ihn ab.

»Oh, lass ihn doch, Mari-jun«, sagte Ziba.

»Ja, lass mich doch, Mari-jun. Außerdem«, sagte Dave und zwinkerte Ziba zu, »auf diese Weise werde ich endlich deine berühmte Danielle kennen lernen.«

»Du kennst Danielle nicht?«, fragte Ziba.

»Ich kenne keine ihrer Freundinnen.«

»Wieso nicht, Maryam! Du solltest ihn vorstellen«, sagte Ziba. »Bitte ihn herein, wenn er dich abholen kommt.«

Normalerweise wäre sie nicht so direkt gewesen, aber plötzlich verspürte sie eine Ungeduld, die sich fast zu Wut auswuchs. Könnte Maryam nicht etwas mehr Wärme zeigen? Sie liebte den Mann doch offensichtlich. Warum war sie so halsstarrig, so stur, so abweisend?

Aber Maryam sagte: »Ich werde mein eigener Chauffeur sein, danke.« Sie wandte sich wieder ihrer Teekanne zu.

Dann jammerte Susan, dass Moosh sich in ihr Haar kralle, und Ziba fragte, was sie erwarte, wenn sie ihm mit den Zöpfen vor der Nase herumwedele, und Dave sagte: »Hört euch das an! Jetzt projizieren die Kirchen den Wortlaut der Hymnen auf Leinwände, mit springenden Punkten an den Seiten, die die Zeilen markieren, wie bei den Songs bei der Lawrence Welk Show. Sie behaupten, es sei zu anstrengend für die Leute, den Strophen im Gesangbuch zu folgen. Du lieber Gott! Zu anstrengend!«

Maryam schnalzte mit der Zunge. Ziba bat Susan, ihre Sachen zusammenzusuchen, weil sie gehen müssten.

Als die Donaldsons im Oktober zu ihrer Laubaktion einluden, war Maryam dabei. Nach der allerersten Party dieser Art war sie nicht mehr erschienen. (»Ich habe selbst Laub zu harken«, pflegte sie zu sagen, obwohl ihre Eichen zu dem Zeitpunkt gerade erst anfingen, sich zu verfärben.) Aber nun kam sie, stieg aus Daves Auto und winkte den anderen zu. Sie ging ins Haus, um erst mal ihre Tasche abzustellen und eine Flasche

Wein, und dann gesellte sie sich zu Dave, der schon eine Stelle dicht am Haus harkte. Die Mädchen halfen in diesem Jahr auch, jedes schwang eine Kinderharke, und sie wetteiferten, wer den größten Haufen zusammenkratzen konnte. Xiu-Mei saß auf einer Persenning, die Brad ausgebreitet hatte, und versuchte, an die bronzefarbenen Ösen zu kommen. Man merkte, dass sie nicht viel Übung darin hatte, die Hände einzusetzen. Sie bewegten sich so unsicher und ungeschickt, wie die Greifhände bei diesen typischen Rummelplatzspielen.

Der Tag war vollkommen für die Aktion – ein strahlender, leicht windiger Nachmittag, der so warm war, dass nach und nach alle ihre Pullover auszogen. Brads Mutter, die sonst immer einfach nur dekorativ herumstand, sammelte die Pullover ein und legte sie neben Xiu-Mei. Bitsy machte eine kleine Pause und ging ins Haus, um nach dem Abendessen zu sehen. Brads Vater fing mit Sami eine langweilige Diskussion über Wohneigentum an, und Dave ließ seinen Rechen fallen, um zu den Mädchen zu gehen und irgendetwas mit ihnen zu bereden. Ziba konnte nicht verstehen, was er sagte. Sie hörte nur, dass Sami Lou erzählte, wie schwer einem die Versicherungen heutzutage den Kauf eines Hauses machten.

Bitsy kam wieder aus dem Haus – mit einer Karaffe und einem Stapel Gläser. »Wer will Limonade?«, rief sie. Und die Mädchen schrien: »Ich! Ich!« Ziba ließ ihre Harke fallen und ging zu Bitsy, um ihr zu helfen, aber die Männer arbeiteten weiter. Maryam auch, bis Dave sagte: »Maryam? Willst du eine Pause machen und Limonade trinken?«

»Oh«, sagte sie. »Vielleicht später.« Sie harkte an der Einfahrt, mit gleichmäßigen gemächlichen Bewegungen. Sie mochte keine süßen Getränke, wie Ziba wusste – wäre aber nie so unhöflich, das zuzugeben.

Dave ging zu Bitsy und ließ sich ein Glas geben. Dann beugte er sich hinunter und flüsterte mit den Mädchen. Jin-Ho sagte: »Oh«, und gab Bitsy ihr Glas zurück. Susan sagte: »Hier, Mama«, und gab ihr Glas Ziba. Sie folgten Dave, der über den Rasen zu Maryam ging. Bitsy sah Ziba an, hob fragend die Augenbrauen, aber Ziba wusste auch nichts.

»Maryam?«, sagte Dave. »Möchtest du dich nicht setzen? Ich habe dir ein Glas Limonade gebracht.«

»Oh, danke, aber –«

»Setz dich, Mari-jun! Setz dich!«, sagte Susan, und Jin-Ho sagte: »Bitte, *bitte* setz dich.« Sie zogen sie an den Armen und kicherten. Maryam war verwirrt, kein Wunder; sie konnte sich hier nur direkt auf die Erde setzen. Aber schließlich ließ sie sich einfach zu Boden ziehen und setzte sich umständlich im Schneidersitz auf ein Stückchen moosiges Gras, das schon geharkt worden war. Dann reichte Dave ihr die Limonade.

Weiter weg sagte Sami zu Lou: »Die Versicherungsgesellschaften tun so, als hätten sie völlig vergessen, dass das Risiko zu ihrer Jobbeschreibung gehört. Sie weigern sich, ein Haus zu versichern, das schon mal ein leckes Dach gehabt hat; egal, wie lange das her ist –«

Dave rief: »Sami?«

Sami hörte auf zu reden und sah zu ihm hinüber.

»Mädchen«, sagte Dave.

Immer noch kichernd, kramten die Mädchen etwas aus ihren Taschen. Sie drückten sich an Maryam und machten irgendetwas direkt über ihrem Kopf. Maryam sagte: »Was –?« Sie versuchte, die Hände abzuwehren, aber sie waren überall, vier hartnäckige kleine Fäuste machten schnelle, knirschende Geräusche. »Das ist Zucker!«, rief Susan. »Wir zerreiben Zucker!«

»Was zum –?«

»Maryam«, sagte Dave. »Willst du mich heiraten?«

Maryam hörte auf, sich übers Haar zu fahren, und starrte ihn an. Die Mädchen machten weiter, aber Dave sagte: »Okay, Kinder, das reicht jetzt.« Widerwillig traten sie einen Schritt zurück.

Maryam sagte: »Was?«

»Das ist ein feierlicher Heiratsantrag«, sagte er und fiel neben ihr auf die Knie. »Willst du meine Frau werden?«

Statt zu antworten, sah sie die Mädchen an. Sie hatten die

Hände tatsächlich voller Zuckerstückchen – die weißen rechteckigen Würfel, die in den gelben Dominoschachteln verkauft wurden.

Der Zucker hätte kegelförmig sein müssen. So machte man es im Iran: grobe weiße Zuckerkegel, mehrere Zentimeter hoch. Gerieben von erwachsenen Frauen, von denen man wusste, dass sie glücklich verheiratet waren. Und sie hätten ihn über dem Brautschleier gerieben, und die Kristalle wären dann nicht in Maryams Haar gerieselt, wie grässliche Schuppen. Und Zucker wurde nie bei einem Heiratsantrag zerrieben. Nur bei der Hochzeit.

Entweder war Dave falsch informiert worden, oder er hatte beschlossen, die Tradition umzuformen. Sie zu verdrehen oder zu verschönern. Sie zu amerikanisieren, könnte man sagen.

Maryam blickte zu den anderen hinüber. Bitsy lächelte über ihrer Karaffe. Pat verschränkte die Hände, als betete sie. Sami und Lou starrten mit offenen Mündern, und Ziba … machte was? Vielleicht biss sie gespannt die Zähne zusammen, weil es zu traurig wäre, wenn Maryam diesen armen, lieben, lächerlichen Menschen ablehnen würde.

Maryam sah wieder zu Dave. Sie sagte: »Ja.«

Beifall.

Am Sonntag wachte Ziba mit Kopfschmerzen auf, sie hatte viel zu viel Champagner getrunken. Es war eine lautstarke Feier gewesen, die bis in die Nacht ging, sodass es schließlich Maryam war, die sie abbrach. Da schliefen die beiden Mädchen schon fest auf der Couch, was Ziba längst bemerkt hätte, wenn sie nicht so beschwipst gewesen wäre. Sami musste Susan ins Auto tragen. (Und Ziba praktisch auch.) Er selber hatte sehr wenig getrunken, weil er fahren musste, und so hatte er heute Morgen gute Laune – sogar ausgesprochen gute Laune – und zog sich zufrieden die Socken an, während Ziba jammerte: »Oh, oh, mein Kopf«, und blinzelnd zum Wecker sah. Neun Uhr fünfzehn. »O Gott«, sagte sie. »Wo ist Susan?«

»Unten. Fernsehen.«

»Mein Kopf fühlt sich an, als hätte ich eine Bowlingkugel drin. Drehe ich ihn so rum – Bumm. Und andersherum – Bumm!«

»Willst du eine Aspirin?«

»Ich habe Angst, dass ich sie gleich wieder hochwürge.«

»Ich habe dich gewarnt«, sagte Sami.

»Sami, fang gar nicht erst damit an. Okay?«

Er stand auf und ging auf Strümpfen ins Badezimmer. Sie hörte, wie die Tür des Medizinschränkchens aufgeschoben wurde. »Eine oder zwei?«, rief er.

»Vier«, sagte sie.

Sie hörte, wie er Wasser ablaufen ließ.

»Ich hoffe, dass es Maryam nicht so schlecht geht«, sagte sie.

»Sie hat nicht so viel getrunken, das hätte ich bemerkt.«

»Oh, großartig. War ich die Einzige?«

»Na ja, Brad hat auch ganz schön was geschluckt, und mir kam es so vor, als wären Pat und Lou auch ziemlich –«

Es klingelte an der Haustür.

Sami kam aus dem Bad und warf ihr einen fragenden Blick zu.

»Geh nicht hin«, sagte Ziba.

Aber einen Moment später rief Susan: »Mama? Mari-jun ist da.«

»O Gott«, sagte Ziba und ließ sich ins Kissen zurückfallen.

»Ich geh hin«, sagte Sami. Er legte zwei Aspirin auf den Nachttisch, stellte einen Pappbecher mit Wasser daneben und ging aus dem Zimmer. Kurz darauf hörte Ziba seine muntere Stimme: »Hi, Mom!« Dann Gemurmel – normale Morgenstimmen, von denen Ziba noch übler wurde.

Tja, es führte kein Weg daran vorbei; sie musste sich zeigen. Sie setzte sich auf und schluckte ein Aspirin. Dann wälzte sie sich aus dem Bett und ging zum Schrank, um ihren Bademantel zu holen.

Als sie schließlich unten war, saß Maryam am Küchentisch

und sah Sami zu, der Wasser in den Kessel laufen ließ. Ob nun Maryam viel oder wenig Champagner getrunken hatte – sie sah erschöpft und schlecht aus, als wäre sie zu lange aufgeblieben. In dem schwarzer Blazer wirkte ihr Gesicht fast gelb, und sie hatte keinen Lippenstift aufgelegt.

»Morgen, Mari-jun!«, sagte Ziba, bemüht, frisch und munter zu klingen.

»Guten Morgen, Ziba«, erwiderte Maryam. Dann sagte sie: »Ich habe Sami gerade gesagt, dass ich mich entsetzlich fühle.«

»Oh, wirklich? Ich mich auch. Ich weiß nicht, was ich mir dabei –«

»Das ist der schlimmste Fehler meines Lebens.«

»Wie bitte?«, fragte Ziba.

Sie sah zu Sami. Er stand jetzt neben dem Herd und wartete, dass das Wasser kochte.

»Mom wollte gar nicht ja sagen«, erklärte er ihr.

»Wollte nicht …?«

Maryam sagte: »Ich wollte …« Ihr entfuhr ein leises Lachen, obwohl ihr Gesicht ernst blieb. »Ich wollte nur höflich sein«, sagte sie.

»Höflich!«, echote Ziba.

»Also, was hättest du denn gemacht? Wenn jemand dich auf den Präsentierteller hebt und dich vor allen Leuten fragt? Es ist komisch«, sagte Maryam, »ich habe mich immer über diese Heiratsanträge in aller Öffentlichkeit gewundert. Über die Männer, die ihre Anträge auf Werbeflächen plakatieren oder ein Flugzeug mieten, das ein Spruchband hinter sich herzieht. Was, wenn die Frauen gar nicht heiraten wollen? Aber dann stehen sie da und können sich nicht wehren, so im Licht der Öffentlichkeit. Und was können sie dann noch sagen, außer: Ja.«

Ziba war sprachlos. Dann räusperte Sami sich und sagte: »Tja, also, ich hatte immer angenommen, dass diese Paare vorher schon eine Art Einverständnis gefunden hätten, sodass die Männer sich der Antwort ziemlich sicher sein können. Willst du damit sagen, dass du und Dave nie über das Thema geredet habt?«

»Nie«, sagte Maryam. Dann zögerte sie. »Oder wenigstens nicht so direkt.«

Sami legte den Kopf schräg.

»Es stimmt, wir sind seit … einiger Zeit ein Paar«, sagte sie. »Ich gebe zu, dass er mir sehr viel bedeutet. Und meine erste Reaktion gestern war ein ›Ja‹; das will ich gar nicht abstreiten. Aber keine zwei Minuten später dachte ich, ›O mein Gott, was habe ich getan?‹.«

Bei diesem Satz sah sie Ziba an. Statt ihr zu antworten, ließ sich Ziba ihr gegenüber auf einen Stuhl sinken. Sie wusste nicht, ob das flaue Gefühl in ihrem Bauch von ihrem Kater herrührte oder von ihrer Bestürzung.

»Er ist so amerikanisch«, sagte Maryam und schlang die Arme um sich, als wäre ihr kalt. »Er nimmt so viel Raum ein. Er ist offenbar nicht in der Lage, ein Zimmer so zu lassen, wie es ist; immer muss er etwas ändern, den Ventilator anstellen oder den Thermostat höher drehen oder eine Schallplatte abspielen oder die Vorhänge aufziehen. Er hat mein Leben mit schnurlosen-Telefonen und Anrufbeantwortern bestückt und mit einem Schickimicki-Teekessel, aus dem mein Tee nach Metall schmeckt.«

»Aber Mari-jun«, wagte Ziba einzuwenden. »Das ist nicht amerikanisch; das ist einfach … männlich.« Dann warf sie Sami einen schnellen Blick zu, aber er war zu sehr mit seiner Mutter beschäftigt, um beleidigt zu sein.

»Nein, das ist amerikanisch«, sagte Maryam. »Ich kann es nicht erklären, aber es ist so. Die Amerikaner sind alle überlebensgroß. Man glaubt, wenn man mit ihnen zusammen ist, wird man auch größer, aber dann erkennt man, dass sie einen schrumpfen lassen; sie machen sich breit und drängen dich an den Rand. Ich spürte förmlich, wie ich wegrutschte. Das habe ich jetzt schon eine ganze Weile so empfunden! Und dann, ehe ich es sagen konnte, hat er diese Sache gemacht, in aller Öffentlichkeit.«

Sie artikulierte ihre Worte ungewöhnlich gespreizt, fand

Ziba, und ihr Akzent war stärker, vielleicht um zu beweisen, dass sie absolut keine Amerikanerin war – sondern genau das Gegenteil von amerikanisch. Und in dieser für sie so untypisch zusammengekauerten Haltung erweckte sie tatsächlich den Eindruck, als wäre sie geschrumpft.

»Sein Getue mit unserer Tradition«, sagte sie. »Unser Essen, unsere Lieder, unsere Feiertage. Als wollte er sie stehlen!«

»Oh, na ja, aber, Mom«, wandte Sami ein. »Das ist ein *guter* Zug, sein Interesse an unserer Kultur.«

»Er übernimmt uns«, sagte sie, ohne zuzuhören. »Er fällt bei uns ein. Er gibt mir das Gefühl, kein eigenständiger Mensch mehr zu sein. Diese Zuckerzeremonie war doch nichts anderes als Diebstahl. Denn er hat sie sich ausgeborgt, und dann hat er sie geändert, sie so verdreht, wie sie ihm in den Kram passte.«

Obwohl sie selber fast das Gleiche gedacht hatte, sagt Ziba: »Ach Maryam, er wollte einfach seinen Respekt für unsere Gebräuche zeigen.« Sie war plötzlich von Mitgefühl für ihn erfüllt, erinnerte sich an Dave auf Knien, an sein eifriges, offenes Gesicht. »Du kannst ihm nicht seinen Amerikanismus vorwerfen und ihm dann ankreiden, dass er versucht, iranisch zu handeln. Das ist unlogisch.«

»Vielleicht bin ich unlogisch, aber ich empfinde es so«, sagte Maryam.

Das Wasser kochte jetzt, und Sami drehte sich um und nahm den Kessel von der Flamme. Ziba verstand nicht, wieso er so ruhig blieb. Sie fragte Maryam: »Könntest du es nicht noch mal überschlafen? Vielleicht hast du nur – wie sagen sie noch dazu? – kalte Füße bekommen.«

»Ich *habe* es überschlafen«, sagte Maryam. »Sonst hätte ich es ihm gestern Nacht noch gesagt. Aber nein, alles, was ich gestern Nacht sagte, war, es sei schon spät und ich sei müde. Er solle mich zu Hause absetzen, und ich würde dann vormittags zu ihm kommen. Und jetzt bin ich erst zu euch beiden gekommen, um euch die Situation zu erklären, weil ich weiß, dass alle wütend auf mich sein werden. Ihr alle. Und ich kann es euch nicht verdenken. Es wird eine Belastung für eure Freundschaft mit Brad und Bitsy sein.«

»Oh, mach dir darüber keine Sorgen«, sagte Sami, obwohl Ziba sich genau darüber Sorgen machte. Gerade waren sie drauf und dran gewesen, sich einzureihen, eine große glückliche Familie zu werden! Würden sie vier jetzt aufhören, Freunde zu sein? Und was sollten sie den Mädchen erzählen?

Aber Sami sagte: »Wenn du ihn nicht heiraten kannst, dann kannst du ihn eben nicht heiraten. Dazwischen gibt es nichts.«

»Danke, Sami-jun«, sagte Maryam.

Jetzt sah sie Ziba an, aber Ziba schwieg.

Dann sagte Maryam, sie müsse gehen – »Ich möchte das hinter mich bringen«, erklärte sie –, und sie schlug den Tee aus und nahm ihre Handtasche. »Auf Wiedersehen, Susan«, rief sie, als sie am Wohnzimmer vorbeiging. Sami folgte ihr, aber da er keine Schuhe anhatte, begleitete er sie nicht bis zum Auto. Er blieb an der Haustür stehen, Ziba blieb einige Schritte hinter ihm. »Fahr vorsichtig«, sagte er. Ziba schwieg weiter. Sie bekämpfte erfolglos ihre Wut. Das hätte nie passieren dürfen, hätte sie am liebsten gesagt. Hätte es am liebsten herausgeschrien. Das alles war so unnötig und so grausam, und es gab keine Entschuldigung für Maryams Verhalten, von Anfang bis Ende nicht.

Maryam ging die Stufen zur Straße hinunter und presste ihre Tasche an sich. Sie wirkte viel kleiner als sonst. In ihrem schwarzen Blazer und den schwarzen schmalen Hosen sah sie einsam und zierlich aus, eine Frau mit geradem Rücken, schmächtig und ganz allein.

9 Jin-Hos kleine Schwester hatte ungefähr hundert Stunden am Tag den Schnuller im Mund. Sie nahm ihn nur raus, wenn sie aß, aber sie aß nicht gern, das dauerte also nicht lange. Da sie nicht aß, war sie winzig wie ein Spätzchen. Sie war zweieinhalb Jahre alt, aber Jin-Ho konnte sie immer noch tragen. Deshalb sagte Jin-Hos Mutter, der Schnuller müsse weg. Vielleicht würde Xiu-Mei sich dann mehr für ihr Essen interessieren.

Nur, es klappte nicht. »Binky! Binky!«, brüllte Xiu-Mei. (So nannte sie die Schnuller, weil Oma Pat sie so nannte). Jin-Hos Mutter sagte: »Der Binky ist nicht mehr da, mein Herz«, aber Xiu-Mei ließ sich nicht beruhigen. Sie schrie und schrie, und Jin-Hos Mutter ging nach oben, hatte Kopfschmerzen und machte ihre Schlafzimmertür zu.

Dann trug Jin-Hos Vater Xiu-Mei im Haus herum und sang ihr das Lied »Big Girls Don't Cry« vor, aber sie weinte trotzdem immer weiter. Schließlich sagte er ein böses Wort und setzte sie nicht gerade sanft auf die Couch und ging in die Küche. Jin-Ho auch, weil das Geschrei ihr in den Ohren wehtat. Sie malte in ihrem Malbuch, während ihr Vater den Geschirrspüler ausräumte. Er machte dabei viel Lärm, genug, um Xiu-Mei zu übertönen, und hin und wieder sang er geistesabwesend das Lied weiter: »›Bi-ig girls … do-on't … cry-y-y‹«, sang er mit hoher Mädchenstimme. Normalerweise machte es Jin-Ho verrückt, wenn ihre Eltern sangen, weil sie nie den Ton ganz richtig trafen. Aber jetzt fand sie es okay, weil er nur Spaß machte. »›Do-on't cry-y-y‹«, sang er, und das »don't« war so tief, dass er das Kinn einziehen musste, um so weit runterzukommen.

Dann hörte Xiu-Mei auf zu schreien. Jin-Hos Vater ließ vom Geschirrspüler ab und warf Jin-Ho einen Blick zu. Es war sehr, sehr still. Er ging auf Zehenspitzen ins Wohnzimmer zurück, und Jin-Ho rutschte von ihrem Stuhl und schlich hinter ihm her.

Xiu-Mei saß auf der Couch, las in ihrem Lieblingsbilderbuch und saugte heftig an einem Schnuller, den sie zwischen den Kissen gefunden haben musste.

Denn sie hatte nicht nur einen Schnuller, sie hatte Dutzende. Vielleicht tausend. Sie hatte in jedem Zimmer zehn, und dann noch welche in ihrem Kinderwagen und in ihrem Babybett und in beiden Autos, sodass sie ihr nie ausgingen. Jin-Hos Mutter hatte heute Vormittag ganze Hände voll eingesammelt, aber sie hätte es nie schaffen können, alle auf einmal einzuziehen.

Deshalb gab Jin-Hos Mutter am Nachmittag, als Xiu-Mei schlief, einen neuen Plan bekannt. Sie würden eine Party geben. Sobald Xiu-Mei aufgewacht war, sagte sie es ihr: »Stell dir vor, Xiu-Mei! Nächsten Samstag feiern wir eine Riesenparty, und die Binkyfee wird kommen und alle deine Binkys holen und dir dafür ein wunderbares Geschenk dalassen.«

Sogar Jin-Ho erzählte ihr das. (Ihr Mutter hatte gesagt, sie solle mit ihr darüber reden.) »Nur noch sechs Tage, bis sie kommt, Xiu-Mei!« Xiu-Mei sah sie einfach an und machte mit ihrem Schnuller ein schlürfendes Geräusch. Sie sagte selten viel, weil sie meistens einen Schnuller im Mund hatte.

»Was kriegt sie denn?«, fragte Jin-Ho, aber ihre Mutter sagte: »Oh, das ist ein Geheimnis«, was wahrscheinlich hieß, dass sie es nicht wusste. Jin-Ho war nicht dumm. Wenn die Binkyfee fliegen konnte, dann musste sie etwas bringen, das normale Sterbliche sich nicht einmal vorstellen konnten.

»Hat die Binkyfee *mir* ein Geschenk gebracht?«, fragte sie ihre Mutter.

Ihre Mutter sagte: »Nun, eigentlich nicht, weil du nie einen Schnuller gebraucht hast. Das hat die Binkyfee sehr beeindruckt! Sie hat dich dafür wirklich sehr bewundert.«

»Ich hätte es schöner gefunden, wenn sie mir ein Geschenk gebracht hätte«, sagte Jin-Ho.

Ihre Mutter lachte, als hätte Jin-Ho einen Witz gemacht, obwohl es ihr ernst war.

»Und woher weiß sie, wann sie kommen soll?«, fragte Jin-Ho.

»Nun, sie ist doch eine Zauberin.«

»Warum ist sie denn dann nicht heute Morgen gekommen, dann hättest du die Binkys nicht selber einsammeln müssen?«

»Oh, das war einfach ein … Verständigungsproblem«, sagte ihre Mutter.

»Was ist, wenn dir am Samstag wieder ein Verständigungsproblem passiert, und –«

»Es wird klappen, okay?«, sagte ihre Mutter. »Vertrau mir. Ich garantiere es dir.«

»Aber wenn es heute Morgen nicht geklappt hat –«

»Jin-Ho«, sagte ihre Mutter. »Schluss jetzt! Wir werden der Fee einen Brief schreiben. Bist du dann zufrieden?«

»Ich denke, das wäre sicherer«, sagte Jin-Ho.

Daraufhin setzte sich ihre Mutter an den Computer und druckte eine Grußkarte aus, mit einem Storch, der ein Baby trug, weil sie keine mit einem Schnuller finden konnte. Sie klappte sie auf und schrieb in Druckbuchstaben, damit Jin-Ho es selber lesen konnte: BITTE KOMM AM SAMSTAG, DEM 20. SEPTEMBER 2003, UM XIU-MEIS BINKYS ZU HOLEN. Sie steckte die Karte in einen Bankscheck-Umschlag, und am Abend, als sie draußen auf der Terrasse Hühnchen grillten, legte sie den Umschlag auf den Rost, und sie beobachteten, wie er in Rauch aufging. Jin-Hos Vater sagte: »Hey, Bitsy«, und schubste mit der Grillzange einen Hühnchenschenkel von den verkohlten Papierstücken weg. Jin-Hos Mutter sagte: »Ich weiß, ich weiß! Du brauchst es mir nicht zu sagen!« Dann ließ sie sich auf eine Liege plumpsen. »Wieso habe ich mir das eingebrockt?«, fragte sie ihn.

Aber dann besserte sich ihre Laune. »Komm, setz dich zu mir, Herzchen«, sagte sie zu Xiu-Mei, und Xiu-Mei tapste zu ihr und kletterte auf ihren Schoß. Diesmal war ihr Schnuller gelb und hatte die Form einer liegenden Acht. »Vor langer Zeit lebte einmal eine winzige funkelnde Fee, die Binkyfee.«

»Ich hoffe wirklich, dass wir das nicht bereuen werden«, sagte Jin-Hos Vater.

Wen einladen? Jeden, der kommen würde, sagte Jin-Hos Vater. Sie besprachen es beim Abendessen. Er sagte. »Lade den verdammten Postboten ein, wenn du willst. Lade die Müllmänner ein.«

»Ja! Alphonse!«, sagte Jin-Ho.

»Wer ist Alphonse?«

»Einer von den Müllmännern.«

»Natürlich meinen Vater«, sagte Jin-Hos Mutter. »Und deine Eltern. Und meine Brüder und deren Familien. Nun, es ist ein Vorwand für ein Familientreffen. Die Schnuller-Geschichte ist eigentlich reine Nebensache. Und die Copelands mit ihrer kleinen Lucy, als Gesellschaft für Xiu-Mei. Und vielleicht … was meinst du? Die Yazdans? Oder nicht.«

Sie sah Jin-Hos Vater an, aber Jin-Ho war diejenige, die antwortete. Sie sagte: »Immer kommen die Yazdans! Immer muss ich mit Susan spielen. Sie will immer bestimmen.«

»Sie kommen gar nicht immer«, sagte ihr Vater. »In Wirklichkeit haben wir sie schon fast einen Monat nicht mehr gesehen. Wir wollen es nicht auf die Spitze treiben, Bitsy. Ich finde, wir sollten sie einladen.«

»Nun, meine Schuld ist es nicht, dass wir sie nicht sehen«, sagte Jin-Hos Mutter. Sie gab Xiu-Mei einen Hühnchenflügel in die Hand. Xiu-Mei durfte bei Tisch keinen Schnuller mehr haben, trotzdem drehte sie den Flügel ausgiebig hin und her und legte ihn dann auf ihren Teller. »Du weißt, dass Ziba sich seit der Trennung mir gegenüber anders verhält«, sagte Jin-Hos Mutter. »Sie ist … ich weiß nicht. Verkrampft.«

»Sie hat Angst, mehr nicht. Sie befürchtet, dass du es ihr nachträgst.«

»Also, das ist absurd. Sie weiß, dass ich ein fairer Mensch bin. Warum sollte ich *sie* für etwas verantwortlich machen, das ihre Schwiegermutter angerichtet hat?«

Sie meinte Maryam. Susans Großmutter. Die fast Jin-Hos Großvater geheiratet hätte. Und dann wäre sie auch Jin-Hos Großmutter gewesen. (Jin-Hos Vater hatte ihr erklärt, dass Jin-Hos Mutter dann auch Jin-Hos Tante wäre. »Du könntest deine Mom ›Tante Bitsy‹ nennen«, hatte er gesagt. Jin-Ho sagte: »Hä? Versteh ich nicht.«) Aber Maryam hatte es sich anders überlegt, und jetzt sahen sie sie nicht mehr. Im Frühling gab sie kein Neujahrsessen, und sie war nicht in der Stadt, als sie die diesjährige Ankunftsparty feierten. »Passenderweise« war sie nicht in der Stadt, hatte Jin-Hos Mutter kommentiert. Jin-Ho wünschte, sie könnte auch nicht in der Stadt sein. Sie hasste die Ankunftspartys.

»Ich habe eine Idee«, sagte Jin-Hos Vater. Er sprach jetzt mit Jin-Ho. »Wir laden die Yazdans wirklich ein, aber wir laden für dich noch eine Freundin von dir aus der Schule ein, damit du jemanden zum Spielen hast, der nicht immer bestimmen will.«

»Oh! Brad?«, warf Jin-Hos Mutter ein. »Warum komplizierst du meine Gästeliste? Das ist eine zusätzliche Komplikation!«

»Hör mal, Liebes, weißt du noch, wie es war, als du ein Kind warst – deine Eltern haben dir immer die Kinder ihrer Freunde aufgedrängt, auch wenn die Kinder ihrer Freunde Langweiler waren.«

»Susan Yazdan ist kein Langweiler!«

»Ich wollte nur sagen –«

»Ich würde Athena einladen«, erklärte Jin-Ho bestimmt.

Jin-Hos Mutter sagte: »Oh.«

Athena war Afro-Amerikanerin, was Jin-Hos Mutter gut fand.

»Einverstanden«, sagte sie zu Jin-Ho. »Aber versprich mir, dass Susan sich nicht ausgeschlossen fühlt. Sie ist ein Gast. Versprochen?«

»Klar.«

Dabei war es genau andersherum. Susan war diejenige, die einen dazu bringen konnte, sich ausgeschlossen zu fühlen.

Jin-Hos Mutter fügte hinzu: »Eines Tages, Süße, wirst du diese Freundschaft sehr zu schätzen wissen. Ich weiß, dass du das jetzt nicht so empfindest, aber du wirst sehen. Eines Tages werdet ihr vielleicht gemeinsam nach Korea reisen und eure biologischen Mütter besuchen.«

»Warum sollten wir das wollen?«, fragte Jin-Ho.

»Ihr könntet! Wir würden es euch nicht verbieten. Wir würden euch unterstützen und ermutigen!«

»Nun, um auf das Thema zurückzukommen –«, sagte Jin-Hos Vater.

Jin-Ho dachte nicht daran, nach Korea zu reisen. Sie mochte noch nicht mal koreanisches Essen. Sie wollte diese Trachten mit den steifen scharfen Innennähten nicht anziehen, und sie hatte sich noch kein einziges Mal in ihrem Leben dieses blöde Video angesehen.

Jin-Hos Großvater war der Ansicht, sie sollten das Ganze eher schrittweise angehen. »So als wolltest du das Rauchen aufgeben«, sagte er. »Du kannst von Xiu-Mei nicht erwarten, dass sie an einem einzigen Tag einen kalten Entzug schafft.«

»Nun, ich verstehe, was du meinst«, sagte Jin-Hos Mutter. »Vielleicht hast du Recht.«

Sie saßen im Fernsehzimmer. Es war Montagnachmittag, und sie legte die Wäsche zusammen, während sie darauf warteten, dass Xiu-Mei aufwachte.

»Gut«, sagte sie. »Lass mich überlegen, wie wir das hinkriegen könnten. Vielleicht sollte ich ihr heute erklären, dass es von nun an im Auto keinen Binky mehr gibt. Nur noch bei uns im Haus. Nie mehr außer Haus.«

»Dann musst du aber die ganzen Binkys auf dem Rücksitz wegmachen«, sagte Jin-Ho.

»Ja, ja. Ich weiß … Sie sind überall! Ich kann nicht glauben, dass ich diese teuflischen Dinger tatsächlich alle selber gekauft habe!«

Sie schüttelte einen Kopfkissenbezug mit einem peitschenartigen Knall aus und legte ihn zusammen. »Morgen«, fuhr sie fort, »sage ich dann, dass es im Garten auch keine Binkys mehr gibt. Du weißt, wie gern sie auf der Schaukel sitzt. Sie wird ohne ihren Binky auskommen müssen, wenn sie schaukeln will, werde ich ihr sagen. Und ab Mittwoch darf sie ihre Binkys nur noch in ihrem Bett haben. Und am Donnerstag nicht mehr beim Mittagsschlaf, und am Freitag wird es dann die letzte Nacht mit einem Binky sein, vor der Party am Samstag.«

»Ich hatte eher an einen ganzen Monat gedacht oder an zwei«, sagte Jin-Hos Großvater. »Warum hast du es denn so eilig?«

»Ich kann keinen Monat mehr warten. Ich halte es nicht mehr aus. Diese verdammten Dinger machen mich noch verrückt!«

Jin-Ho und ihr Großvater sahen sich an. Manchmal war Jin-Hos Mutter schon irgendwie verrückt.

»In der Schule haben wir heute über die Planeten geredet«, sagte Jin-Ho.

»Tatsächlich!«, sagte ihr Großvater, seine Stimme klang fröhlicher als sonst. »Und welcher Planet gefällt dir am besten, Jin-Ho?«

»Pluto, weil er irgendwie einsam aussieht.«

»Ich könnte mich irgendwie damit abfinden, wenn sie besser essen würde«, sagte Jin-Hos Mutter. »Aber ich glaube, sie ist mit ihrem Nuckel so zufrieden, dass sie gar nicht das Bedürfnis nach Essen hat. Ich finde es deprimierend, ein Kind zu haben, das nicht isst! Ich mache mir solche Mühe, gesunde

Mahlzeiten zuzubereiten, das volle Korn, ohne Pestizide, ganz organisch, und sie … verschmäht sie einfach!«

Jin-Hos Großvater bückte sich, um seinen Regenhut unter dem Stuhl hervorzuholen. Als er gekommen war, hatte es genieselt, aber jetzt schien es aufgehört zu haben. Als er aufstand, sagte er: »Ich gebe dir noch was zu bedenken, Bitsy. Hast du je einen Teenager mit Schnuller gesehen? Denk mal drüber nach.«

»Ja! Ja!«, rief Jin Ho. »Ich!«

»Du?«

»Die Mädchen von der Western High!«, sagte sie. »Die tragen manchmal goldene Nuckel an einer Kette um den Hals.«

»Nun, vielen Dank, dass du uns darauf aufmerksam gemacht hast«, sagte ihr Großvater. »Aber, Bitsy, du weißt, was ich damit sagen will. Früher oder später wird Xiu-Mei von ganz allein damit aufhören.«

Dann ging er eilig weg, als wollte er die Antwort von Jin-Hos Mutter gar nicht hören.

Jin-Hos Großvater kam früher nicht so oft zu Besuch, aber seit Maryam ihre Meinung geändert hatte, kam er fast täglich vorbei und redete und redete und redete mit Jin-Hos Mutter. Er redete mit ihr über Politik oder seinen ehrenamtlichen Job als Nachhilfelehrer oder eine Fernsehsendung, aber ehe man es sich versah, wechselte er das Thema und war bei Maryam. »Manchmal fahre ich zu meinem Haus«, sagte er, »zum Beispiel, wenn ich von euch komme oder vom Briefkasten oder von wo auch immer, und ehe ich in meine Straße einbiege, denke ich, was, wenn sie dort ist und auf mich wartet? Sie könnte auf meiner Veranda warten, weil sie sich bei mir entschuldigen will, und sagen, dass sie nicht wisse, was in sie gefahren sei, und mich anflehen, ihr zu verzeihen. Ich sehe nicht hoch, wenn ich um die Ecke biege, weil ich nicht möchte, dass sie denkt, ich hätte sie erwartet. Ich bin etwas gehemmt, weil ich weiß, dass sie mich beobachtet. Ich habe das Gefühl, dass meine Haltung absolut verkrampft ist. Ich möchte locker wirken, weißt du, aber nicht *zu* locker. Sie soll nicht denken, dass es mir gut geht; sie soll nicht glauben, dass sie mich nicht verletzt hat.«

Wenn er so redete, tätschelte Jin-Hos Mutter ihm die Hand und machte kleine beruhigende Geräusche, aber sehr hastig, als könnte sie es nicht erwarten, diesen Teil hinter sich zu bringen. Dann fing sie an, über Maryam herzuziehen. »Warum verschwendest du noch einen Gedanken an sie, Dad … warum hast du überhaupt je einen Gedanken an sie verschwendet, ehrlich, ich verstehe es nicht. Sie war es nicht wert! Sie war gemein! Oh, ich hätte es ihr niemals vorgeworfen, wenn sie einfach gesagt hätte: ›Nein, danke.‹ Es stimmt ja, dass ihr erst wenige Monate zusammen gewesen seid. Und außerdem sind viele Frauen ihres Alters der Ansicht, dass sie nicht wieder heiraten *können,* wegen der Krankenversicherung ihres Mannes oder der Witwenrente und etwas in der Art. Hinzu kommt, dass es keine weise Entscheidung von dir war, sie so zu überrumpeln, das musst du zugeben. Ohne Vorwarnung, vor uns allen. Aber sie hätte es dir gleich klar und deutlich sagen müssen – das Thema taktvoll abbiegen, es vom Tisch wischen müssen, mit einem Lächeln. Stattdessen sagt sie: ›Ja!‹ Und wir feiern alle! Wir beglückwünschen euch, prosten euch zu! Jin-Ho und Susan haben sich schon ausgerechnet, wie sie jetzt verwandt sind. Dann, peng. Einfach … peng. Sagt sie dir, du sollst abhauen.«

»Nun, nicht direkt ab –«

»Warum hätte sie sich nicht wenigstens weiter mit dir treffen können. Ihr hättet doch noch zusammen ausgehen können. Warum musste es alles oder nichts sein.«

»Ah. Nun, genau genommen«, sagte Jin-Hos Großvater, »war es wohl mehr meine Entscheidung als –«

»Ich habe von Anfang an gespürt, dass sie kalt ist. Jetzt, wo es vorbei ist, kann ich es ja sagen. Sehr kalt und sehr überheblich«, sagte Jin-Hos Mutter.

»Sie ist einfach eine Frau, die gewisse Grenzen wahrt, Liebes.«

»Wenn sie ihre Grenzen so schätzt, warum ist sie denn dann emigriert?«

»Bitsy, um Himmels willen! Als Nächstes erklärst du noch, sie solle dieses Land lieben oder wieder gehen!«

»Ich spreche nicht von Ländern; ich spreche von einem grundlegenden … Charakterfehler.«

Jin-Ho machte sich immer Sorgen, dass ihre Mutter die Gefühle ihres Großvaters verletzte, wenn sie Maryam kritisierte. Aber er kam weiter zu Besuch, also machte es ihm wohl nichts aus.

Als Xiu-Mei ihren Mittagsschlaf beendet hatte, ging ihre Mutter mit ihnen einkaufen – ohne Nuckel. Xiu-Mei weinte die ganze Fahrt lang. Sie weinte auch im Laden, aber Jin-Hos Mutter gab ihr eine Banane, und das half etwas. Sie schniefte, aber sie aß etwas von der Banane. Als sie auf der Rückfahrt wieder zu weinen begann, tat Jin-Hos Mutter so, als würde sie es nicht hören und redete einfach weiter, besprach mit ihr die Party. »Ich habe bunten Zucker gekauft und Schokostreusel und die kleinen silbernen Bonbons … ich glaube, kleine Törtchen sind besser als ein großer Kuchen, was meinst du?«

Jin-Ho sagte: »Hmhmm«, sie hatte sich die Finger in die Ohren gestopft.

Kaum waren sie zu Hause, fischte Xiu-Mei einen Nuckel unter der Heizung im Flur hervor und verschwand schmollend im Fernsehzimmer.

Am Dienstag, als Jin-Ho nach der Schule vom Fahrdienst abgesetzt wurde, saß ihre Mutter in ihrem dicken irischen Pullover auf der Treppe vor dem Haus. »Was machst du hier?«, fragte Jin-Ho, und ihre Mutter sagte: »Auf dich warten, natürlich.« Aber normalerweise wartete sie nie vor der Tür auf sie. Und dann sagte sie: »Ich überlege, ob wir heute vielleicht unseren Snack auf der hinteren Veranda essen könnten«, was sonderbar war, weil sie richtiges Herbstwetter hatten – sonnig, aber so kühl, dass Jin-Ho eine Jacke trug. Aber es ergab einen Sinn, als ihre Mutter das Tablett fertig hatte, um es nach draußen zu tragen. »Kommst du, Xiu-Mei?«, fragte sie. Xiu-Mei schob ihre Kängurumama mit Baby in ihrem roten kleinen Einkaufswagen in der Küche herum. »Aber du musst deinen Binky im Haus lassen«, sagte ihre Mutter, und Xiu-Mei blieb abrupt stehen und sagte: »Nein!«, wobei ihr der Nuckel aus dem Mund auf den Boden fiel. Sie bückte sich, stopfte ihn sich wieder in den Mund und schob den Wagen weiter. Sie mussten ohne sie nach draußen gehen.

Während sie ihren kleinen Imbiss zu sich nahmen, Erdnussbutterkekse und Apfelsaft, redete Jin-Hos Mutter wieder über die Party. Ihr gefiel die Wettervorhersage nicht; ein Hurrikan bewegte sich schnell auf die Küste zu. »Dieses eine Mal ist das Wetter wirklich wichtig«, sagte sie, »weil ich mir eine richtig gute Lösung für die Binkys ausgedacht habe. Wir werden sie an Heliumluftballons binden und sie in den Himmel fliegen lassen. Schön, nicht? Dann gehen wir ins Haus und finden das Geschenk, das die Fee dagelassen hat.«

»Könnte der Hurrikan uns wegwehen?«, fragte Jin-Ho. (Sie hatte im Fernsehen gerade *Der Zauberer von Oz* gesehen.)

»Hier im Landesinneren nicht, aber er könnte viel Regen bringen. Wir können nur hoffen, dass es bis dahin vorbei ist. Sie haben ihn für Donnerstag angekündigt, das heißt, wir hätten dann zwei Tage, um alles wieder herzurichten, aber seit wann sind die Wetterfrösche dafür bekannt, dass sie genau wissen, was sie verkünden?«

Dann drehte sie sich zum Haus und rief: »Xiu-Mei? Hast du deine Meinung geändert? Leckere Erdnussbutterkekse, Liebes!«

Sie hatten die Verandatür offen gelassen, so das Xiu-Mei sie gehört haben musste. Aber sie sagte kein Wort. Man hörte nur das Gequietsche ihres Einkaufswagens. Jin-Hos Mutter seufzte und streckte den Arm nach ihrem Apfelsaft aus. Sie zog den Pulloverärmel wie einen Handschuh über die Hand, ehe sie das Glas nahm.

Mittwoch war der Binky-nur-im-Bett-Tag. Jin-Hos Vater meinte, *er* könne dazu nur sagen, dass er heilfroh sei, außer Haus arbeiten zu dürfen. Dann eilte er eine halbe Stunde früher als sonst weg. Und Jin-Ho war froh, dass sie zur Schule musste, denn sie wusste schon, wie sich die Dinge weiterentwickeln würden. Als das Auto vom Fahrdienst vor der Tür hupte, hatte Xiu-Mei schon das ganze Haus gründlich abgesucht und keinen einzigen Schnuller gefunden. Sie waren alle in einem Weinkarton oben auf dem Kühlschrank, was sie aber nicht wusste. Sie rollte sich unter dem Küchentisch zu einem Ball zusammen und fing sehr laut zu weinen an. Jin-Hos Mutter war im Bad und hatte die Tür zugemacht. Jin-Ho rief: »Tschüs, Mama«, und nach einem Moment rief ihre Mutter zurück: »Tschüs, Süße. Ich wünsch dir einen schönen Tag.« Ihre Stimme klang, als würde sie auch weinen.

Deswegen grauste es Jin-Ho etwas, wieder nach Hause zu gehen. Aber als sie hereinkam, war es im Haus ruhig – eine fröhliche, summende Ruhe, keine verbissene Stille. Ihre Mutter stand am Herd und kochte Kakao, und ihr Großvater saß mit der Zeitung am Tisch. Xiu-Mei saß auf ihrem Hochstuhl und nuckelte an ihrem Schnuller.

»Nun, hallo, Ms Dickinson-Donaldson«, sagte ihr Großvater, und Jin-Ho sagte: »Hallo, Opa«, und vermied es sorgfältig, in Xiu-Meis Richtung zu blicken, weil vielleicht die Erwachsenen den Schnuller noch gar nicht bemerkt hatten und sie sie nicht darauf hinweisen wollte.

Aber dann sagte ihre Mutter. »Wie du siehst, haben wir die Regeln etwas geändert.«

Jin-Ho sagte: »Mmhm«, und kletterte auf einen Stuhl.

»Ich habe deiner Mom gesagt«, erklärte ihr Großvater, »wenn die Binky-Party so ein großes Fest der Entsagung werden soll, warum dann Xiu-Mei schon vor der Zeit diese Qualen auferlegen? Nicht wahr, Xiu-Mei?«

Xiu-Mei saugte heftig an ihrem Schnuller.

»Wir sollten einfach bis zu diesem Tag warten«, sagte er. »Ich weiß, dass ich schon mal ein schrittweises Vorgehen vorgeschlagen habe, aber ich habe darüber nachgedacht.« Dann stieß er Jin-Ho mit dem Ellenbogen an und sagte: »›Konsequenz ist der Popanz der Kleingeister.‹«

Jin-Ho sagte: »Okay …«

»Ralph Waldo Emerson.«

»Trotzdem«, sagte Jin-Hos Mutter vom Herd her. »Samstag ist und bleibt der Binky-Tag! Vergiss das nicht, Xiu-Mei! Am Samstag kommt die Binky-Fee; das hast du verstanden, nicht wahr?

»Oh, Liebes, lass sie doch mal in Ruhe«, sagte Jin-Hos Großvater.

»Ich will nur nicht, dass sie glaubt –«

Aber er sagte. »Also, Jin-Ho! Was habt ihr heute in der Schule gemacht?« Und damit war das Thema beendet.

Der kleine Imbiss bestand aus Kakao und Buchstabenkeksen. Jin-Ho klaubte verschiedene Kekse aus der Dose und legte sie vor Xiu-Mei hin. »Hier. Siehst du? Ein A«, sagte sie, und Xiu-Mei nahm ihren Nuckel lange genug raus, um »A« zu sagen.

»Genau«, lobte Jin-Ho sie. Sie war glücklich und erleichtert, als wäre Xiu-Mei gerade von einer sehr langen Reise zuruckgekommen. »Und hier ist ein B. Und noch ein A. Und ein C. Und wieder ein A.« Es schienen alles nur A und B und C zu sein. Sie wühlte in der Büchse und suchte nach einem X, um Xiu-Mei ihre Initialen zu zeigen.

Jin-Hos Großvater erzählte ihrer Mutter, er sei ein Narr gewesen. »Vielleicht war es einfach zu lange her, dass ich auf Freiersfüßen war«, sagte er. »Ich meine, was habe ich mir dabei gedacht? Jetzt erst stell ich mir vor, wie es ausgesehen haben muss, als ich den ganzen Champagner schon vorher, wie ein Idiot, in eurem Kühlschrank deponierte, so selbstherrlich, so selbstsicher, dass sie ja sagen würde –«

»Nun, sie hat ja gesagt«, bemerkte Jin-Hos Mutter. »Du warst kein Idiot. Nicht im Mindesten. Sie hat in reinstem Englisch ›Ja‹ gesagt, und wir *haben* den Champagner getrunken. Erst später hat –«

»Weißt du, ihr Englisch klingt sehr viel besser, als es wirklich ist«, sagte Jin-Hos Großvater. »Ist dir das je aufgefallen? Sie hat mir mal einen Brief geschrieben, als sie in Vermont war, und damals habe ich zum ersten Mal bemerkt, dass sie häufig Artikel weglässt, wo man sie nicht weglassen darf. ›Ich habe sehr schöne Zeit‹, schrieb sie, und ›Morgen gehen wir in Antiquitätenladen‹. Ich denke, das ist verständlich, schließlich ist sie mit einer Sprache aufgewachsen, die keine Artikel benutzt, aber es zeigt auch einen gewissen – ich weiß nicht, vielleicht, Widerstand. Das Widerstreben, ihre eigene Kultur aufzugeben. Ich habe den Verdacht, dass es genau deshalb zwischen uns beiden schiefgegangen ist. Die Sprache war ein Symptom, und ich hätte mehr darauf achten müssen.«

Sie benutzte auch das Plural-S manchmal nicht richtig, das war Jin-Ho aufgefallen. »Zu viele Kekses werden dir den Appetit verderben«, sagte sie immer. Jin-Ho behielt das aber für sich, weil sie Maryam liebte und weil sie wollte, dass ihr Großvater sie auch liebte.

»Das hat nichts mit der Sprache zu tun«, sagte Jin-Hos Mutter. »Sondern mit ihr. Sie vermittelt durch ihre Haltung, dass sie alles besser weiß als wir. Es würde mich nicht im Mindesten überraschen, wenn sie behaupten würde, dass in diese Sätze gar kein Artikel *gehört*.«

»Vielleicht«, stimmte Jin-Hos Großvater ihr zu. »Wenn man überlegt, wie sie immer das iranische Neujahr gefeiert hat, aber unseres nie, und wie sie immer alle mit ›jun‹ angeredet hat, und dieser Harem in der Küche, der zu jeder Gelegenheit Reis kocht … Tja, manchmal scheint es mir, als ob die meisten Anpassungsleistungen in diesem Land von uns Amerikanern kommen. Hast du nicht manchmal auch diesen Eindruck?«

»Aber das ist es eigentlich nicht, was mich an ihr stört«, sagte Jin-Hos Mutter. »Mich stört ihr reserviertes Getue! Oh, ich hasse es, dass die ganze Welt Reserviertheit so reizvoll findet. Reservierte Menschen machen einen wahnsinnig. Warum merkt das niemand?«

»Ist sie mal auf den Gedanken gekommen, dass ich nicht auch hin und wieder Zweifel gehabt habe?«, fragte Jin-Hos Großvater. »Ich hatte kurz zuvor meine Frau verloren – sie hat ihren Mann vor sehr viel längerer Zeit verloren. Ich habe mir sehr große Mühe gegeben, wieder von vorn anzufangen. Glaub mir, das war nicht immer leicht.«

»Du hast es gut hinbekommen«, sagte Jin-Hos Mutter zu ihm. »Nimm es nicht so schwer, Dad. Es wird schon noch eine andere kommen.«

»Ich will keine andere«, sagte er.

Dann befürchtete er wohl, dass sie möglicherweise einen falschen Eindruck bekommen hatte, denn er fügte hinzu: »Gar keine. Ich will gar keine. Punkt.«

Jin-Hos Mutter tätschelte seine Hand.

Alle würden zur Party kommen, bis auf Opa Lou und Oma Pat. Sie hatten eine andere Einladung und weigerten sich, ihre Pläne umzustoßen. Jin-Hos Mutter sagte, sie habe kein Verständnis dafür. »Wo sind ihre Prioritäten?«, fragte sie. »Bei irgendeinem Ehepaar oder bei ihrer eigenen Enkeltochter –«

»Es ist nicht irgendein Ehepaar, es sind ihre engsten Freunde«, korrigierte Jin-Hos Vater. »Und diese Freunde feiern ihre goldene Hochzeit, während ihre Enkeltochter nur ihre Nuckel aufgibt.«

»Tja, ich weiß gar nicht, warum ich mir die Mühe mache. Langsam glaube ich, dass das Fest zum Scheitern verurteilt ist, nach den Informationen im Radio. Wenn der Hurrikan wirklich zuschlägt, werden wir bald im Hafen treiben.«

»Du hast gesagt, dass wir nicht weggeweht werden!«, beschwerte sich Jin-Ho bei ihrer Mutter. »Du hast gesagt, dafür wären wir zu weit im Landesinnern!«

»Nein, nein, natürlich können wir nicht weggeweht werden. Wir brauchen uns überhaupt keine Sorgen zu machen. Ich habe übertrieben«, versicherte Jin-Hos Mutter.

Aber an diesem Abend schleppte Jin-Hos Vater die gesamten Verandamöbel in die Garage, nur zur Sicherheit.

Vielleicht übertrieb der Radiosprecher auch, denn er sagte, dass sie am Donnerstag betroffen sein würden, und am Donnerstag war schönes Wetter. Jin-Ho ging wie immer zur Schule und kam wie immer nach Hause, und dann aßen sie etwas. Aber am Nachmittag verdüsterte sich der Himmel, es stürmte und der Regen prasselte. Als Jin-Hos Vater von der Arbeit nach Hause kam, sagte er: »Draußen braut sich was zusammen.« Jin-Ho bekam eine Gänsehaut und wurde aufgeregt, es war ein Gefühl wie Weihnachten. Beim Abendessen wand sie sich auf ihrem Stuhl, um aus dem Fenster zu sehen. Das Licht draußen leuchtete sonderbar lavendelfarben, und die Blätter der Bäume klappten mit der Unterseite nach oben. »Drück die Daumen für unsere Ulmen«, sagte ihr Vater zu ihr. »Ich habe so viel Geld in sie hineingesteckt, dass ich sie auch noch durchs College bringen möchte.« Jin-Ho kicherte bei der Vorstellung.

Dann fiel der Strom aus.

Xiu-Mei fing an zu weinen.

Jin-Hos Mutter sagte: »Es ist nichts passiert. Kein Grund zur Panik!«, und stand auf, um Kerzen vom Buffet im Esszimmer zu holen. Jin-Hos Vater machte sie mit dem langen Feuerzeug an, mit dem sie immer die eine kaputte Flamme auf dem Herd anzündeten – zwei Kerzen auf dem Tisch und zwei andere auf der Anrichte. Die Gesichter sahen in dem flackernden Schein anders aus als sonst. Xiu-Mei wedelte mit einer Hand herum, erst kapierten sie das nicht, aber dann sahen sie, dass sie mit den Schatten an der Wand spielte.

»Ist das nicht lustig?«, sagte Jin-Hos Mutter. »Wie beim Camping! Und es wird nicht lange dauern. Bei den Baltimore-E-Werken wird man es bald repariert haben.«

Aber sie saßen den ganzen Abend lang im Dunkeln. Sie lasen Bilderbücher bei Kerzenschein, und als die Kinder ins Bett mussten, gingen sie mit der Taschenlampe aus der Küchenschublade nach oben. Sie ließen die Taschenlampe brennen und stellten sie auf Xiu-Meis Nachttisch, damit sie sich nicht fürchtete, aber sie weinte trotzdem, und Jin-Ho hatte selber auch ein bisschen Angst. Schließlich schliefen beide bei ihren Eltern. Sie lagen alle vier nebeneinander in dem großen Bett. Drau-ßen heulte der Wind, die Bäume ächzten, und immer wieder klatschten Regenschauer an die Fensterscheiben. Jin-Hos Mutter hatte ein Fenster einen Spalt offen gelassen, weil sie irgendwo gelesen hatte, dass das Haus sonst vielleicht implodieren könnte. Jin-Hos Vater sagte, nein, das gelte für Tornados, und sie stritten sich eine Weile, bis Jin-Hos Mutter einschlief. Kurz darauf hörte Jin-Ho, wie ihr Vater aufstand und auf Zehenspitzen zum Fenster ging, um es zu schließen. Dann kam er zurück und schlief auch ein. Xiu-Mei war schon eingeschlafen, obwohl sie hin und wieder ein bisschen an ihrem Schnuller nuckelte. Draußen heulte und heulte der Wind, bis Jin-Ho allmählich wütend auf ihn wurde. Mehrmals hörte sie Martinshörner. Sie überlegte, ob ihr Haus schon im Hafen trieb. Aber bis jetzt fühlte es sich noch sehr stabil an.

Dann war es Morgen, und sie lag allein im Bett. Das Fenster an ihrer Seite war mit Blättern bedeckt, und das Zimmer schimmerte grünlich, obwohl es draußen sonnig zu sein schien. Sie stieg aus dem Bett, um genauer sehen zu können, aber sie konnte nichts erkennen, deshalb ging sie ans andere Fenster. Der ganze Vorgarten war ein einziges Gewirr von Ästen. Die riesige alte Eiche von der anderen Straßenseite war umgefallen. Sie reichte bis in ihren Vorgarten und bedeckte den Kombi ihres Vaters fast völlig. Er hatte ihn gestern Abend vor dem Haus geparkt, weil die Verandamöbel seine Hälfte der

Garage einnahmen. Nur das graue Dach des Kombis schimmerte an zwei oder drei Stellen unter den Ästen durch.

Unten röstete Jin-Hos Mutter Toast, indem sie eine Scheibe Brot mit der Grillzange über die Gasflamme hielt. Xiu-Mei rührte in einer Schüssel mit Cheerios, und ihr Vater telefonierte. »Nun, gut«, sagte er. »Dann habt ihr mehr Glück gehabt als wir. Wie es aussieht, kann es Tage dauern, bis wir wieder Strom haben.« Er hörte eine Minute zu, dann sagte er: »Danke, Mom. Aber selbst wenn wir zu euch durchkommen könnten, ein Auto ist zerdrückt und das andere ist in der Garage, und davor liegt eine Ulme. Ich denke, wir müssen uns erst mal damit abfinden und die Tiefkühltruhe fest geschlossen lassen.«

Er trug seinen Pyjama und den Bademantel mit den roten Schottenkaros, den er sich sonst für das Wochenende aufhob. Als er nicht mehr telefonierte, fragte Jin-Ho ihn: »Gehst du nicht arbeiten?«, und er sagte: »Ich bezweifle, dass meine Schüler heute auftauchen, Liebes.«

»Muss ich zur Schule?«

»Ich glaube nicht, dass du heute zur Schule musst. Und selbst wenn, wie willst du dort hinkommen?«

Jin-Hos Mutter kam mit einer streifig angebrannten, eklig riechenden Scheibe Toast an den Tisch. »Die will ich nicht«, sagte Jin-Ho, und ihre Mutter sagte: »Na schön, ich finde es sowieso besser, wenn du Cornflakes isst. Wir müssen die Milch aufbrauchen, ehe sie schlecht wird.«

»Wann werden die E-Werke den Strom wieder reparieren?«, fragte Jin-Ho.

»Keine Ahnung, Liebes. Es gibt Tausende, denen es genauso geht wie uns, sagt das kleine Radio deines Daddys.«

»Bist du jetzt froh, dass ich es gekauft habe?«, fragte Jin-Hos Vater ihre Mutter. »Ich habe dir ja gesagt, dass wir es vielleicht mal gut brauchen können!«

Er war ein Technikfreak. Ein Grund für viele Streitereien zwischen den beiden.

Den ganzen Vormittag über arbeiteten alle Familienmitglieder im Garten und räumten auf. Natürlich konnten sie nichts mit der Cromwell'schen Eiche machen, die quer über der Straße lag und den Verkehr blockierte, oder mit der Ulme vor der Garage. Aber sie sammelten die kleineren Äste ein und die verästelten Blätter, die noch grün und nass waren und gesund aussahen, und stopften sie in Mülltüten, die sie an den Straßenrand schleppten. Jin-Ho fand ein Vogelnest. Aber es waren keine Vögel drin. Sie hatte die Aufgabe, sich um die ganz kleinen Zweige zu kümmern. Sie sammelte sie in einem Plastikeimer, den ihr Vater ab und an leerte. Die Nachbarn links und rechts räumten ebenfalls auf, und alle unterhielten sich mit freundlichen Zurufen über die Zäune hinweg. Mrs Sansom sagte, dass ein Haus unten an der Ecke noch Strom habe. Die Eigentümer würden den Nachbarn erlauben, lange Verlängerungskabel für ihre Kühlschränke anzuschließen. »Wenn das E-Werk den Schaden bis heute Abend noch nicht behoben hat«, sagte sie, »bin ich dafür, dass wir all unsere Vorräte, die verderben könnten, zusammenwerfen und ein großes Nachbarschaftskochen auf unseren Grills veranstalten.« Jin-Ho fand, das klang viel besser, als zu Hause allein zu essen. Sie hoffte, das E-Werk würde die Reparatur *nicht* so bald schaffen. Das Wetter war kühl und leicht windig und angenehm, die Luft war frisch, und sie hatte noch nie so viele Nachbarn auf einmal in den Gärten draußen gesehen.

Mittags aßen sie Omelett, um die Eier zu verbrauchen. Dann hielt Xiu-Mei ihren Mittagsschlaf, und Jin-Ho beobachtete vom Schlafzimmerfenster ihrer Eltern die Baumspezialisten, die an der Eiche auf der Straße arbeiteten. Ihre Sägen surrten angriffslustig wie Hornissen. Sie sägten in der Mitte des Stammes eine Durchfahrt für die Autos aus, ließen aber den unteren Teil des Stammes mitsamt den Wurzeln, die wie Klauen in den Himmel ragten, im Cromwell'schen Garten liegen und bei den Donaldsons die buschige belaubte Krone, die immer noch ihren Kombi bedeckte. Jin-Hos Vater meinte, dass sie sich später darum kümmern würden, wenn der Ausnahmezustand vorbei sei. Als die Männer gegangen waren, ging er mit Jin-Ho nach draußen und zählte mit ihr die Jahresringe der Eiche. Mr Sansom zählte mit. Aber es war nicht so einfach, wie sie gedacht hatten, weil manche Ringe ineinander übergingen, und sie verzählten sich dauernd. Der Stamm hatte einen durchdringenden scharfen, sauren Geruch an sich, der in Jin-Hos Mund die Spucke zusammenlaufen ließ.

Jetzt jammerte ihre Mutter allen Ernstes wegen ihrer eingefrorenen Gerichte. Sie habe mehrere Aufläufe im Tiefkühlschrank, die sie aufwändig zubereitet habe, sagte sie. Jin-Ho sagte: »Das ist okay. Wir werden sie zu dem Nachbarschaftskochen mitnehmen und dort grillen.« Aber ihre Mutter sagte: »Einen Spinatauflauf kann man nicht grillen, Jin-Ho.« Sie sprach nicht mehr darüber, was für ein großer Spaß das alles sei und wiederholte auch nicht mehr: »Denkt erst an die armen Irakis!«, was in Jin-Hos Augen eine Wohltat war.

Schließlich gab es doch kein Nachbarschaftskochen. Mrs Sansom hatte ihren Vorschlag wohl vergessen. Als die Dämmerung anbrach, verschwanden die Nachbarn in ihren Häusern, und alles, was Jin-Ho von ihnen sah, war vereinzelter Kerzenschein in den Fenstern.

Jin-Hos Mutter ging mit der Taschenlampe in den Keller und kam mit einem Auflauf wieder nach oben. »Ich habe einfach die Tiefkühltruhe mit einem Ruck aufgerissen und schnell wieder zugeschlagen«, sagte sie. »Ich glaube nicht, dass die Temperatur groß angestiegen ist, was meint ihr?« Sie schob ihn gleich in den Ofen, aber da er nicht aufgetaut war, dauerte es ewig, bis er heiß wurde. Sie warteten und warteten und warteten, lasen wieder Bücher bei Kerzenschein, weil sie nichts anderes tun konnten. Gleich nach dem Essen, das erst um acht fertig war, legten sich alle im großen Elternbett schlafen. Jin-Hos Mutter wusch noch nicht mal das Geschirr ab. »Das mache ich morgen, wenn ich etwas sehen kann«, sagte sie.

»So haben die Menschen früher gelebt, schätze ich«, sagte

Jin-Hos Vater. »Sie haben ihren Tag nach Sonnenauf- und -untergang ausgerichtet.«

Jin-Hos Mutter sagte nur: »Ja, ja.«

Sie gingen auch nicht in die Badewanne, obwohl es jetzt schon der zweite Abend war. Auch das musste bis morgen warten.

Und warum sollten sie sich die Mühe machen, früh aufzustehen, wenn sie sowieso nichts sehen konnten? Sie schliefen so lange, dass Jin-Hos Großvater an die Haustür hämmern musste. »Hallo? Hallo?« Er musste schreien, weil die Klingel nicht funktionierte. Jin-Hos Mutter ging nach unten, um ihn hereinzulassen, während die anderen sich anzogen. Niemand sagte etwas von Waschen. Als Jin-Ho nach unten kam, saß ihr Großvater in der Küche und sah ihrer Mutter dabei zu, wie sie den Toast verbrannte. »Jin-jin!«, sagte er. »Wie gefällt dir das einfache Leben?«

»Es wird langweilig«, sagte sie.

»Du musst dir einfach vorstellen, dass du zur Zeit der ersten Siedler lebst, Liebes. Das stelle *ich* mir vor.«

Neben ihm auf dem Tisch lag eine Packung Wegwerfwindeln. Jin-Hos Mutter war keine Freundin von Wegwerfwindeln, aber ihr gingen langsam die Stoffwindeln aus. Er hatte auch drei Pappbecher mit Kaffee mitgebracht sowie eine Tüte mit Xiu-Meis Spezialmilch, und ein silbernes Gerät, das wie eine Rakete aussah und größer als Jin-Ho war, lehnte von innen an der Hintertür. »Was ist das?«, wollte sie wissen.

»Helium.«

»Helium?«

»Für die Luftballons, an die wir die Binkys binden.«

»Die Binkys?«, sagte sie. »Die Binky-Party!« Die hatte sie ganz vergessen.

»Du kennst deine Mutter«, sagte er. »Sie ist eine willensstarke Lady.«

»Ich habe gesagt, dass heute der Tag ist, an dem sie ihre Binkys aufgeben wird, und so wird es gemacht«, sagte Jin-Hos

Mutter, ohne sich vom Herd umzudrehen. »Wir wollen nicht, dass Xiu-Mei denkt, ich sei inkonsequent.«

»Konsequenz ist der Popanz –«

»Ich will das nicht hören, Dad.«

»Okay! Okay!« Er hob die Hände.

»Sami und Ziba bringen kalte Getränke mit, und alles andere hat sowieso Zimmertemperatur – die Törtchen, die Kekse … Ich verzichte auf Eiscreme. Was wollen wir mehr?«

»Nun, es ist ein bisschen problematisch, überhaupt hierher zu kommen. Die halbe Stadt ist von entwurzelten Bäumen blockiert oder von Stromleitungen, die herunterhängen und Funken sprühen, oder alles zusammen. Hunderte von Verkehrsampeln sind ausgefallen. Die Polizei rät den Leuten, nicht auf die Straße zu gehen, es sei denn, es geht um Leben und Tod.«

»Aber unsere Gäste glauben alle, dass sie es schaffen können, bis auf Mac. Die kleine Brücke am Ende von Macs Einfahrt ist weg. Aber ich habe ihm gesagt, er solle versuchen, den Bach mit dem Auto zu durchqueren, so tief kann er doch eigentlich nicht sein.«

Jin-Hos Großvater fing an zu lachen. Erst nur verhalten, aber dann bekam er einen Lachanfall. Er musste nach Luft schnappen und sich mit dem Ärmel seines Pullovers die Augen wischen. »Was ist los?«, fragte Jin-Hos Mutter. Sie drehte sich vom Herd zu ihm um und sah ihn an, hielt immer noch den Toast in der Zange hoch. »Was ist denn? Was ist daran so komisch?«

Aber statt die Antwort abzuwarten, wandte sie sich Jin-Ho zu. »Herrgott noch mal, wo ist denn bloß dein Vater?«, als wäre sie diejenige, auf die sie wütend war.

»Er zieht Xiu-Mei an«, sagte Jin-Ho.

»Dann sag ihm, dass es hier unten Kaffee gibt, und er soll sich beeilen, wenn er nicht will, dass er kalt wird.«

Als Jin-Ho die Küche verlassen hatte, schnäuzte sich ihr Großvater mit einem großen weißen Stofftaschentuch.

Das Füllen der Luftballons mit Helium war Schwerstarbeit, die Jin-Hos Vater und ihr Großvater verrichteten. Sie wurden ziemlich gereizt. Immer wieder entwischte ihnen ein Ballon vom Ventil der Pumpe und sauste durch die Küche und erschreckte alle halb zu Tode. »Bitsy, würdest du bitte mit den Kindern die Küche verlassen?«, sagte Jin-Hos Vater schließlich, obwohl sie überhaupt nichts dafür konnten. Jin-Ho war sogar eine Hilfe. Sie und ihre Mutter knüpften Binkys an die Strippen der fertig aufgeblasenen Luftballons. Aber ihre Mutter verkündete: »Okay, Mädchen, dann wollen wir euch mal in die Wanne stecken.« Im Hinausgehen hörte Jin-Ho ihren Vater sagen: »Andere Leute würden einfach ein Dutzend Heliumballons bestellen, aber *wir* nicht. O nein, nein. *Wir* müssen unsere eigene Heliumpatrone bestellen und die Ballons selber füllen.«

»Wenn es nur um ein Dutzend Luftballons ginge, hätte ich genau das gemacht«, sagte Jin-Hos Mutter zu ihr, als sie die Treppe hinaufgingen. Sie schien zu glauben, dass Jin-Ho diejenige war, die sich beschwerte. »Aber wir müssen siebenundvierzig Binkys fliegen lassen! Nein, achtundvierzig, denn Xiu-Mei hat ja noch einen. Brad«, rief sie nach unten, »wir brauchen nicht siebenundvierzig Ballons, sondern achtundvierzig.«

»Undenkbar, dass wir einfach zwei Binkys fliegen lassen und den Rest in den Müll werfen«, sagte Jin-Hos Vater zu ihrem Großvater.

Jin-Hos Mutter verdrehte die Augen. Jin-Ho auch, weil lediglich ein oder zwei Binkys langweilig wären. Achtundvierzig aber sehr eindrucksvoll. Sie würden den ganzen Himmel bedecken.

»Folgendes wird passieren, Xiu-Mei«, erklärte ihre Mutter in ihrer Märchenvorlesestimme. »Jeder Gast wird zwei Luftballons nehmen und damit rausgehen. Mal sehen: Neunzehn Leute oder mindestens siebzehn … nun, einige werden mehr als zwei nehmen. Du, zum Beispiel, weil du der Ehrengast bist. Du könntest drei Ballons nehmen.«

»Vier«, sagte Xiu-Mei.

»Dann vier. Du darfst –«

»Fünf, sechs«, Xiu-Mei übte offensichtlich zählen. Aber sie konnte erst bis sechs zählen, und das war es dann. Sie hob die Arme hoch, damit ihre Mutter ihr das Hemd ausziehen konnte. Das Wasser lief in die Wanne, und der Spiegel beschlug.

»Dann rufen wir: ›Auf die Plätze, fertig, los!‹, und dann lassen wir alle auf Kommando die Luftballons los, und die Binkys fliegen hoch und höher und immer höher, weit, weit weg, und die Binkyfee wird über den Rand einer Wolke schauen und rufen. ›Ach, du lieber Gott, da ist jemand zu groß für die Binkys geworden! Da muss ich also –‹«

»Ich bin nicht zu groß für meinen Binky«, sagte Xiu-Mei. Sie nahm den Binky aus dem Mund, um laut und deutlich sprechen zu können, aber dann steckte sie ihn wieder rein.

»›Ich werde runterfliegen müssen, um diesem Jemand ein ganz wunderbares Geschenk zu bringen!‹, wird die Binkyfee sagen. Dann wird sie in ihre Schatzkammer gehen –«

»Ich bin nicht zu groß für meinen Binky.«

»Steig in die Wanne, Xiu-Mei.«

»Sie ist zu heiß«, sagte Xiu-Mei.

»Sie ist nicht zu heiß! Du warst ja noch gar nicht drin! Du bist einfach bockig. Herr Gott noch mal! … Jin-Ho, bitte, steig in die Wanne.«

Jin-Ho war noch nicht ganz ausgezogen und beeilte sich, fertig zu werden. Ihre Mutter setzte Xiu-Mei langsam ins Wasser. Sobald sie saß, legte Xiu-Mei ihren Binky in die Seifenschale, weil sie immer weinte, wenn ihre Haare gewaschen wurden, und es schwer war, zu schreien und gleichzeitig am Binky zu nuckeln. Jin-Ho kletterte hinterher und hielt sich an der Schulter ihrer Mutter fest, um nicht das Gleichgewicht zu verlieren. »Mom«, flüsterte sie ihrer Mutter ins Ohr.

»Was ist, Liebes?«

»Was kriegt sie geschenkt, was glaubst du?«

»Nun, ich glaube, wir werden es einfach abwarten müssen.«

»Glaubst du, dass sie vielleicht eine große American-Girl-Puppe bekommt, samt Atzessoires?«

»Du meinst Accessoires. Nicht, dass du in deinem Alter so ein Wort kennen müsstest. Und nein, ich glaube nicht, dass sie so etwas bekommt. Ich denke, die Binkyfee ist zu klug, um auf ein Spielzeug hereinzufallen, das krasses Konsumverhalten fördert.«

»Aber *Ziba* ist klug, und sie hat Susan eine gekauft.«

Ihre Mutter atmete so heftig aus, dass sie ihr Haar über der Stirn hochpustete. Dann sagte sie: »Meiner Meinung nach, Jin-Ho, ist Susans hübscheste Puppe diese kleine kurdische, du weißt schon, diese kleine auf ihrem Nachttisch mit dem langen roten Schleier.«

»Aber diese kurdische Puppe hat überhaupt gar keine Ack-sessoires«, sagte Jin-Ho.

»Vergiss nicht, dich hinter den Ohren zu waschen«, sagte ihre Mutter. Dann stand sie auf und probierte den Lichtschalter. Das machte sie schon den ganzen Tag. Aber es tat sich nichts.

Als sie sich abtrockneten, redete Jin-Hos Mutter weiter über die Party. Sie sagte: »Das Geschenk wird vor dem Kamin liegen, weil die Binkyfee durch den Schornstein kommt, so wie der Weihnachtsmann. Und alle stehen im Kreis um dich herum und sehen zu, wie du es aufmachst. Opa, Onkel Abe, Onkel Mac und vielleicht die Yazdans … und Lucy kommt auch. Deine Freundin Lucy wird auch da sein!«

»Hat Lucy ihren Binky?«, fragte Xiu-Mei.

»Oh«, sagte ihre Mutter. Dann fügte sie hinzu: »Nun, *vielleicht* hat sie einen. Aber nur, weil sie jünger ist als du. Sogar einen ganzen Monat. Sie ist praktisch noch ein Baby! Ich wette, wenn sie dein Geschenk sieht, dann sagt sie: ›Ich will *meinen* Binky auch nicht mehr haben.‹«

Xiu-Mei biss ihre Schneidezähne fest zusammen. Ihr Binky quietschte wie eine Tür.

Als sie wieder runterkamen, waren alle Luftballons mit Helium gefüllt und hingen unter der Wohnzimmerdecke, und an ihren langen Strippen hingen rosa, blaue und gelbe Binkys. Xiu-Mei schien zu denken, ein Traum wäre wahr geworden, denn sie rannte mit hoch erhobenen Armen im Zimmer herum und versuchte, sie zu erreichen. Manche konnte sie berühren und zum Schaukeln bringen, aber für die meisten war sie nicht groß genug. Ihre Mutter sagte: »Wird das nicht schön aussehen, wenn sie in den Himmel steigen?« Xiu-Mei schwieg.

Während Jin-Hos Mutter in der Küche die kleinen Törtchen mit Zuckerguss überzog, setzten Jin-Ho und ihr Großvater sich ins Autos, um etwas zum Lunch einkaufen zu fahren. Jin-Ho hatte nicht mehr an den Hurrikan gedacht, und sie war schockiert, als sie sah, was alles passiert war – überall die abgebrochenen Äste, zerborstenes weißes Holz, das aus Baumstümpfen ragte, und hier und da eine blaue Plastikplane über einem zerstörten Dach. Zweimal mussten sie umkehren und woanders langfahren, weil die Straße gesperrt war. Die Ampeln waren fast alle ausgefallen. Deshalb fuhren sie an den Kreuzungen ganz besonders langsam. Ihr Großvater sah in beide Richtungen und pfiff vor sich hin, so wie er es immer machte, wenn er sich auf etwas konzentrierte. Die toten Ampeln erinnerten Jin-Ho an eine Puppe, die keine Augen mehr hatte, nur leere Augenhöhlen. Es war fast so heiß wie im Sommer, und die Hemden der Männer, die die Bäume zersägten, waren durchgeschwitzt.

»Deine Mutter hat wirklich äußerst kreative Einfälle, findest du nicht?«, fragte ihr Großvater. »Ich weiß, dass sie manchmal ein bisschen übers Ziel hinausschießt, aber sie … legt sich zumindest ins Zeug. Sie gibt sich Mühe, das muss man ihr lassen, sie gibt sich wirklich große Mühe, stimmt's?«

Jin-Ho sagte: »Mmhmm.« Sie betrachtete einen umgefallenen Baum, der aussah, als ob ihn jemand nur sanft zur Seite gelegt hätte. Sie überlegte, ob man ihn nicht wieder in sein Loch einpflanzen könnte, so wie Brians Zahn wieder eingepflanzt worden war, den er sich in der Schule bei einem Sprung vom Klettergerüst ausgeschlagen hatte. Seine Mutter hatte den Zahn in Milch eingelegt und ihn zum Zahnarzt mitgenommen. Woher wussten Mütter solche Sachen?

Als sie wieder nach Hause kamen, war im Esszimmer schon alles bereit – der Tisch war mit einer geblümten Tischdecke bedeckt, und darauf standen Platten mit Törtchen und Keksen und Schalen mit Pfefferminzbonbons in genau den gleichen Pastellfarben wie die Binkys. Sie nahmen ihren Lunch in der Küche ein. Jin-Hos Mutter aß kaum etwas, weil sie sich Sorgen wegen des Wetterberichts machte. Es sollte wieder regnen. Sie sah dauernd in den Himmel, der wolkenlos war und strahlend blau, und fragte alle, wie sie es schaffen sollten, die Luftballons bei strömendem Regen hochfliegen zu lassen. Jin-Hos Vater meinte, sie solle sich keine Gedanken über ungelegte Eier machen. Das war einer seiner Lieblingssprüche.

Nach dem Mittagessen machte Xiu-Mei Mittagsschlaf, und Jin-Ho und ihre Mutter zogen sich für die Party um. Jin-Ho zog ein rotes T-Shirt an und ihre neuen bestickten Jeans, und dann ging sie ins Zimmer ihrer Mutter, um ihre Reaktion zu testen. Sie wusste, dass bestickte Jeans nicht sehr koreanisch waren. Aber ihre Mutter sagte nur: »Du siehst hübsch aus, Liebes«, ohne die Spur einer Enttäuschung in der Stimme. Und als Xiu-Mei aufwachte, zog sie ihr auch Jeans an, es musste also in Ordnung sein.

Xiu-Mei schlief nicht annähernd lange genug. Vielleicht war sie aufgeregt wegen der Party. Oder wegen etwas anderem. Und sie wollte auch nicht ihren Saft aus ihrer Trinktasse trinken, wie sonst nach dem Mittagsschlaf, sondern hockte zusammengesunken auf einem Küchenstuhl und nuckelte argwöhnisch und mürrisch an ihrem Schnuller.

Die ersten Gäste waren die Yazdans. Weil sie die Verantwortung für die Getränke übernommen hatten. Sami und Ziba schleppten eine Kühlbox aus Styropor zwischen sich. Alle gingen ihnen entgegen, und Jin-Hos Vater nahm Ziba den Henkel ab. »Heute Vormittag hat bei uns das Licht geflackert«, erzählte Ziba, »und ich dachte schon, oh, nein! Was, wenn jetzt *unser* Kühlschrank nicht funktioniert? Aber es war nur dieser eine Moment.«

Sie trug ausgestellte Jeans und ein schwarzes Strickoberteil, das einen Streifen Bauch freiließ. Sie sah sehr schön aus. Ihr Pferdeschwanz stand von ihrem Kopf ab wie eine riesige Traube und hatte dieselbe blauschwarze Färbung.

Angenommen, die Leute von der Adoptionsstelle würden entdecken, dass sie einen Fehler gemacht hätten. Dass sie die Babys den falschen Müttern übergeben hätten. Sie würden sagen, tut uns sehr leid, aber die Mädchen müssen wieder zurückgetauscht werden. Jin-Ho würde Ziba bekommen und Susan Bitsy in ihrem ärmellosen Sackkleid und ihren Sandalen, die die Druckstellen auf ihren Zehen zeigten.

Wäre es nicht schrecklich, wenn Mütter Gedanken lesen könnten?

Jin-Ho hatte gehofft, dass Susan ihre große American-Girl-Puppe mitbringen würde, aber das hatte sie nicht. Susan schien sich nichts aus Puppen zu machen. Was für eine Verschwendung. Stattdessen zog sie ein Jo-Jo aus der Tasche – damit spielten sie wohl auf ihrer Privatschule – und ließ es im Gehen hoch- und runterschnellen. Derweil gab Jin-Hos Mutter Ziba einen Bericht über ihre tiefgefrorenen Lebensmittel. »Man durchläuft Phasen, wie beim Trauern«, sagte sie. »Am ersten Tag will man es nicht wahrhaben: Vielleicht kommt der Strom zurück, ehe Schaden angerichtet wird. Und am zweiten Tag dann kommt der Kummer. Du versinkst in tiefe Verzweiflung und verabschiedest dich im Geist von all deinen Aufläufen.«

»*Ich* kriege Besuch von einer Freundin«, sagte Jin-Ho zu Susan.

»Na und?«, sagte Susan.

»Sie heißt Athena, und in den Pausen spielen wir beide immer auf der Rutsche.«

Aber Jin-Hos Mutter mischte sich ein und sagte: »Sie ist aber keine so alte Freundin wie du, Susan! Du und Jin-Ho, ihr kennt euch von Anfang an!«

Sie hatte die Angewohnheit, sich an zwei Unterhaltungen gleichzeitig zu beteiligen.

»Wer weiß, vielleicht haben sich ja sogar eure Mütter gekannt!«, sagte sie. »Vielleicht waren eure biologischen Mütter sogar die besten Freundinnen in Korea.«

Jin-Ho vermied angestrengt, Susans Augen zu begegnen.

Das hätte sie sich denken können. Als Athena kam – sie stieg genau in dem Moment aus dem Auto ihrer Eltern, als sie alle gerade wieder am Haus waren –, verstummte sie angesichts der vielen Erwachsenen. Sie sah die Gruppe, blieb stocksteif stehen und steckte einen Finger in den Mund. Jin-Ho rief: »Athena! Hey!« Aber Athena rührte sich nicht. Sie trug ein weißes Kleid mit Rüschen und hielt ein eingewickeltes Geschenk in der Hand.

»Geh hin, und sag ihr Guten Tag«, flüsterte Jin-Hos Mutter. Also ging Jin-Ho die Vordertreppe hinunter und rief aufmunternd: »*Komm* schon. Komm!«, und Athena kam im Schneckentempo näher. Als sie auf gleicher Höhe waren, drückte sie Jin-Ho das Geschenk in die Hand. Es war irgendein Buch, fühlte Jin-Ho durch das Geschenkpapier. Sie sagte: »Danke«, aber Athena sagte: »Das ist für deine Schwester«, was Jin-Ho peinlich war. Sie sagte: »Klar.« Dann ging sie mit Athena zu den anderen.

Jin-Hos Mutter übernahm die Vorstellung. Sie ließ Xiu-Mei auf ihrer Hüfte hüpfen und sagte: »Athena, dies ist Jin-Hos älteste Freundin, Susan Yazdan. Und das sind Susans Eltern, Sami und Ziba, und Jin-Hos Opa Dave …«

Athena steckte wieder den Finger in den Mund. Winzige bunte Perlen waren in die vielen kleinen Zöpfe geflochten, die ihren Kopf bedeckten, und in jedem Ohrläppchen hatte sie noch eine Perle, eine goldene. Jin-Ho wollte seit Jahren Löcher in den Ohrläppchen, aber ihre Mutter sagte, sie müsse damit warten, bis sie sechzehn sei.

Es war ungemütlich im Wohnzimmer, wegen der Luftballons. Daran hatte niemand gedacht. Wegen der vielen Strippen, die von der Decke hingen, sah es aus, als ob es regnete. Die Erwachsenen mussten die Köpfe einziehen, wenn sie sich miteinander unterhalten wollten, und standen mit krummem Rücken herum.

Dann platzte Onkel Abe herein und rief: »Hey, was ist das denn, ein Dschungel?« Worauf Jin-Hos Mutter sagte: »Gut, lasst uns alle ins Esszimmer gehen. Athena, das sind Jin-Hos Cousinen Deirdre, Bridget, Polly …«

Im Esszimmer war es auch ungemütlich, denn als die Erwachsenen Platz genommen hatten, saßen sie alle am Tisch wie Leute, die auf das Essen warteten, dabei standen auf dem Tisch nur Kuchen und Kekse, die später herumgereicht werden sollten. »Vielleicht sollte ich ein paar Teller hinstellen«, sagte Jin-Hos Mutter. »Oder … wartet! Die Getränke. Wo haben wir die Getränke abgestellt?« Dann musste sie kichern. Das passierte ihr manchmal. Zu Ziba sagte sie: »Eine neue Tradition zu erfinden ist nicht so einfach, wie man meint.«

Ziba sagte: »Ich hole die Getränke. Bleib sitzen.« Weil Jin-Hos Mutter Xiu-Mei auf dem Schoß hatte.

»Danke, Ziba«, sagte Jin-Hos Mutter und wandte sich dann an Tante Jeannine. »Hier ist jemand heute sehr A-N-H-Ä-N-G-L-I-C-H. Aber ich glaube, das war zu erwarten.«

Tante Jeannine sagte: »Xiu-Mei, was ist das da in deinem *Mund?* Sehe ich da einen Binky?«

»Das ist ihr letzter«, erklärte Jin-Hos Mutter. »Und wenn alle da sind, werden wir ihn an den letzten Ballon hängen und ihn hochfliegen lassen, hoch, höher …« Sie schien jetzt mit Xiu-Mei zu reden, aber Xiu-Mei verzog nur das Gesicht und kaute auf ihrem Binky herum.

»Gib ihr das Geschenk«, sagte Athena zu Jin-Ho. Sie hatten es geschafft, sich auf die Fensterbank zu Polly zu setzen, die einen fast schwarzen Lippenstift trug und in jedem Ohr sechs Ringe hatte, die alle nicht zusammenpassten. Jin-Ho glitt auf den Boden und ging zu Xiu-Mei, um ihr Athenas Geschenk zu überreichen, und während Xiu-Mei das Geschenkpapier aufriss, kamen die Copelands. Mercy Copeland sagte: »Entschuldigt. Aber die Türklingel scheint nicht zu funktionieren.« Sie hatte Lucy auf dem Arm, um die die Erwachsenen sich natürlich sofort scharten. Lucy war so niedlich, Jin-Ho hätte sie am liebsten gebissen. Ihre Wangen waren rund und weich und ihre Augen schlüsselblumenblau und ihr Kopf voller gelber kleiner Löckchen, sodass alle unwillkürlich sagten: »Was für ein *Engel!*« Sie war wirklich viel, viel hübscher als Xiu-Mei, die glattes schwarzes Haar und Schlitzaugen hatte. Außerdem hatte Lucy zwar ihren Binky dabei, aber der baumelte an einem Band um ihren Hals – ein Binky aus durchsichtigem Plastik mit bunten kleinen Punkten darin, ein wirklich schicker Schnuller, wie ihn Jin-Ho noch nie gesehen hatte. Lucys Mund war nicht zugestopft, im Gegensatz zu Xiu-Meis. Sie hatte einen süßen rosigen, runden, winzig kleinen Mund. In der Hand hielt sie eine viereckige Schachtel, die in gestreiftes Papier eingewickelt war, und sowie ihre Mutter sie auf den Boden stellte, tappte sie zu Xiu-Mei und legte ihr die Schachtel in den Schoß. »Aah«, sagten alle, aber Xiu-Mei schien sich mehr für den gepunkteten Binky zu interessieren. Sie beugte sich vor und streckte die Hand danach aus, aber Lucy war schon wieder auf dem Weg zurück zu ihrer Mutter. »Wie schön, danke, Lucy«, sagte Jin-Hos Mutter und dann: »Danke, Ziba«, weil Ziba ihr Geschenk auf den Tisch gestellt hatte. (Die Yazdans brachten immer, immer Geschenke mit, bei jeder sich bietenden Gelegenheit. Das war mit das Beste an ihnen.)

»Kennt ihr euch alle?«, fragte Jin-Hos Mutter, und als niemand darauf antwortete, sagte sie: »Wunderbar. Dann, denke ich, lassen wir als Erstes die Luftballons fliegen, seid ihr alle damit einverstanden? Dann haben wir es hinter uns.«

»Als müssten wir ein Pflaster abreißen«, sagte Jin-Hos Großvater.

»Genau. Du, Brad, bringst mir jetzt bitte den letzten Ballon, und Xiu-Mei, du gibst mir deinen Binky …«

Sie wartete aber nicht, dass Xiu-Mei ihn ihr gab. Sie riss ihn Xiu-Mei einfach aus dem Mund. Xiu-Mei blieb vor Überraschung der Mund offen stehen, feucht und rund wie ein O, und sie sah sich im Zimmer um, als verstünde sie nicht, was da gerade passiert war. »Los geht's«, sagte ihre Mutter und band den Binky an den Luftballon. Es war ein roter Ballon mit weißen Sternen. »Der aller-, allerletzte«, sagte ihre Mutter singend. »Seid ihr alle so weit? Jetzt nimmt sich jeder zwei oder drei Luftballons, und wir gehen raus und lassen sie fliegen.«

Sie stand auf, setzte sich Xiu-Mei wieder auf die Hüfte und ging ins Wohnzimmer voraus. Xiu-Mei stand immer noch der Mund offen. Jin-Ho hatte erwartet, dass sie losheulen würde, aber sie war anscheinend zu überrascht.

»Wir lassen die Luftballons *fliegen?*«, fragte Athena Jin-Ho.

»Genau«, sagte Jin-Ho.

»Ich möchte meine mit nach Hause nehmen.«

»Das geht nicht«, sagte Susan, die an ihrer anderen Seite stand. »Du musst sie fliegen lassen.«

»Bei anderen Partys darf man sie mit nach Hause nehmen.«

»Aber nicht, wenn Binkys dran sind, Dummchen«, sagte Susan.

Athena blinzelte.

Sie gingen ins Wohnzimmer, und jede suchte sich drei Luftballons aus. Susan sagte: »Ich nehme alle in Rosa«, was Jin-Ho erst nicht verstand, weil die Luftballons entweder rot oder weiß oder blau waren, und auf manchen waren Sterne oder Streifen, auf anderen beides, die waren wahrscheinlich noch vom 4. Juli übrig geblieben. Dann sah sie, dass Susan die Farbe der Binkys meinte. Jin-Ho hatte zwei blaue Binkys und einen gelben. Der gelbe war der, der wie eine liegende Acht aussah, und das machte sie ein bisschen traurig, weil sie genau vor sich sah, wie Xiu-Mei daran genuckelt hatte.

Sie gingen alle wieder zurück ins Esszimmer und dann durch die Küche und die Küchentür nach draußen, die Verandatreppe hinunter. Mercy Copeland sagte: »Oh, wie schade!« Sie sah hinüber zu der Ulme, die vor dem Garagentor lag.

»Ja, es hat uns das Herz gebrochen«, sagte Jin-Hos Mutter. »Ganz abgesehen davon, dass wir weder an mein Auto können noch an die Verandamöbel.«

Sie hatte nur einen Luftballon in der Hand, den letzten, mit den weißen Sternen. Xiu-Mei hatte keinen. Hatte sie nicht gesagt, sie wolle sechs fliegen lassen? Sie saß auf der Hüfte ihrer Mutter und zog eine Schippe.

»Also dann!«, rief Jin-Hos Mutter. »Auf die Plätze, fertig, los!«

Die Luftballons flogen hoch. Aber sie flogen unterschiedlich schnell, und manche kamen nicht sehr weit. Einer von Jin-Hos Luftballons verhedderte sich in der umgestürzten Ulme. Einer von Susan landete in der Hecke der Sansoms. Aber viele schafften es, und nach einer Minute konnte man die Binkys nicht mehr sehen, nur die Ballons, an denen sie hingen, wie kleine in den Himmel gepikte Reißnägel, rote, weiße, blaue. Jin-Hos Mutter hatte Recht gehabt: Es sah schön aus.

Dann rief Mrs Sansom: »Bitsy?«

Sie stand mit Susans Luftballon auf der anderen Seite der Hecke.

»Bitsy, unser Garten ist über und über mit Schnullern übersät«, sagte sie.

Jin-Hos Mutter sagte: »Ach herrje.«

»Sie sind in den Rosen und in der Dachrinne und im Hartriegelstrauch.«

»Entschuldigung, Dottie –«

»Das Fernsehkabel, das von dem Strommast an der Straße herunterhängt, sehen Sie? Es ist voller Schnuller.«

»Wir sammeln sie alle wieder ein, das verspreche ich«, sagte Jin-Hos Mutter. »Ach du meine Güte, darauf wäre ich nie gekommen –«

»Sieh mal! Xiu-Mei!«, rief Jin-Hos Vater laut.

Jin-Hos Mutter sah zu ihm hin, als wäre sie erleichtert, ihn zu hören.

Er stand auf der hinteren Veranda, obwohl Jin-Ho bis jetzt gedacht hatte, er sei bei den anderen im Garten. »Mal sehen, ob die Binkyfee etwas für dich gebracht hat!«, rief er.

»Ooh«, riefen alle, und: »Xiu-Mei! Geh, sieh mal nach!«

Xiu-Mei sah einen nach dem anderen an. Sie zog immer noch eine Schippe, während ihre Mutter sie die Stufen hochtrug, um nachzusehen, was sie bekommen hatte.

Tja. Es war keine große American-Girl-Puppe. Aber es war trotzdem ein ganz gutes Geschenk: ein kleiner Puppenwagen, den sie statt ihres Einkaufswagens schieben konnte. Er stand vor dem Kamin, mit einer roten Schleife am Griff. »Würde das deinen Kängurus nicht gefallen?«, fragte ihre Mutter. Xiu-Mei gab keine Antwort, aber als ihre Mutter sie absetzte, ging sie zu ihrem Einkaufswagen und riss ihre Kängurumutter samt Baby heraus und warf sie in den Puppenwagen. Dann schob sie ihn durch das Wohnzimmer. Sie sah ein bisschen nackt aus ohne ihren Binky im Mund. Sie war so klein, dass sie sich hochrecken musste, um an den Griff zu kommen, obwohl es ein Kinderpuppenwagen war. Wieder sagten alle: »Aah«. Lucy ging wacklig zu ihr und fasste auch nach dem Griff, und sie schoben beide zusammen den Puppenwagen herum, während Jin-Hos Vater und Lucys Vater ungefähr eine Million Schnappschüsse machten.

Im Wohnzimmer verteilte Ziba Limonadendosen aus ihrer Kühltasche, die sie auf den Tisch gestellt hatte. Jin-Ho durfte keine Limonade trinken. Sie nahm sich eine und ging damit zur Fensterbank, wo es sich Athena und Polly wieder gemütlich gemacht hatten. »Haben die Löcher oben auf deiner Ohrmuschel mehr wehgetan als die Löcher unten?«, wollte Athena wissen. »Ich hätte auch gern mehr Löcher, aber meine Mutter findet das ordinär.«

Polly sagte: »Ordinär! Na ja, das sagt sie nur, weil sie erwachsen ist.« Und die beiden lächelten sich an, als wären sie die dicksten Freundinnen. Jin-Ho beachteten sie gar nicht.

Deirdre telefonierte in einer Ecke mit ihrem Handy, mit

dem Gesicht zur Wand und leiser Stimme. Sie hatte einen Freund, wie Jin-Ho wusste, obwohl sie erst dreizehn war und viel, viel zu jung dafür, laut Jin-Hos Mutter. Und Bridget erzählte Mercy Copeland, welche Schule sie besuchte und in welcher Klasse sie war und so weiter und so weiter, arme Bridget, und Mercy nickte ernst und nippte an ihrer Limonade.

Jin-Hos Büchse schmeckte ein bisschen nach Blech, aber das sollte vielleicht so sein.

Ihr Vater fotografierte jetzt Onkel Abe und Tante Jeannine. Sie umarmten sich wie Filmstars und lachten von einem Ohr zum anderen, und Onkel Abe sagte »Cheese! Cheddar! Roquefort! Monterey Jack!«, so etwas fand er lustig. Lucys Vater fotografierte nicht mehr, sondern redete im Wohnzimmer mit Sami. »Du brauchst mindestens drei Megapixel«, sagte er. Jin-Ho schlenderte an ihnen vorbei und ließ die Hand mit der Büchse nach unten hängen, für den Fall, dass sie ihrer Mutter begegnete.

Aber wo *war* ihre Mutter? Oh ja, da: Sie stand mit Jin-Hos Großvater auf der vorderen Verandatreppe. Jin-Ho konnte sie durch die Fliegengittertür sehen. Sie standen mit dem Rücken zu ihr und merkten nicht mal, dass sie näher ranging und die Nase an das Gitter drückte.

Ihr Großvater sagte zu ihrer Mutter, dass er sowieso gehen müsse, er habe zu tun. Es lägen immer noch armdicke Äste auf seinem Rasen. »Und weiß der Himmel, warum ich eine elektrische Säge besitze und keine, die mit Benzin betrieben wird«, sagte er. »Ich hätte doch auf die Idee kommen müssen, dass vielleicht ein Sturm, der auch die Elektrizität beeinträchtigt, die Ursache dafür sein kann, dass ich mal einen Baum zersägen muss. Jetzt muss ich die Handsäge nehmen, und ich habe immer noch gut, na, vielleicht acht oder zehn –«

»Ich verstehe, Dad«, sagte Jin-Hos Mutter. »Und ich will dich auch nicht zurückhalten, ehrlich. Aber wenn du aus einem anderen Grund gehst – wenn du wegen Sami und Ziba gehst –, also, das wäre wirklich einfach albern. Sie freuen sich, dich zu sehen. Sie kommen sich kein bisschen komisch vor!«

»Du lieber Gott, nein, das weiß ich«, sagte Jin-Hos Großvater. »Aber mein Garten, weißt du …« Er brach ab, und als er wieder sprach, hatte er das Thema gewechselt. Er sagte: »Ich denke immer wieder darüber nach, versuche, es zu verstehen. Ich sage mir: ›Sie schien so glücklich zu sein, sie hat mir nicht im Leisesten etwas anderes zu verstehen gegeben; warum hat sie mir erlaubt zu glauben, sie würde mich lieben?‹ Ich erinnere mich, dass sie mir etwas zu essen mitbrachte und dann mir gegenüber Platz nahm und mein Gesicht beobachtete, weil sie sehen wollte, wie es mir schmeckte. Das wird nie wieder jemand tun. Ich mache mir nichts vor. Niemand wird sich je wieder auf diese Weise um mich kümmern, in meinem Alter.«

Jin-Ho erwartete die Widerrede ihrer Mutter. Wir kümmern uns doch alle um dich, müsste sie sagen. Was glaubte er denn? Aber das tat sie nicht. Sie sagte: »O Dad. Sie hat nicht nur so getan, als ob sie glücklich wäre. Sie *war* glücklich. Ihr seid beide glücklich gewesen. Und sie hat dich geliebt. Das schwöre ich dir. Sie hat dich wirklich echt und ehrlich geliebt; das konnte jeder sehen, und es tut mir sehr, sehr leid, dass ihr euch nicht mehr seht.«

Hinter Jin-Ho sagte ihr Vater: »Psst.«

Sie fuhr herum und sah zu ihm hoch.

»Tu mir einen Gefallen«, flüsterte er. »Mach vorsichtig die Tür auf. Ich will von den beiden ein Foto machen.«

Sie machte die Fliegengittertür so leise wie möglich auf. Manchmal quietschte die Feder ein bisschen, aber heute glücklicherweise nicht. Ihr Vater hielt die Kamera durch die Öffnung und drückte auf den Auslöser. »Danke«, flüsterte er. »Geschafft. Ich weiß, dass es gut ist. Sieht deine Mom nicht fabelhaft aus?«

Das stimmte wirklich. Sie hatte ihr Gesicht Jins-Hos Großvater zugewandt, und der Himmel hinter ihr ließ ihre weiche

Haut und ihren liebevollen, geschwungenen Mund leuchten.

Jin-Ho schloss die Fliegengittertür und folgte ihrem Vater ins Wohnzimmer.

Er richtete die Kamera wieder auf Xiu-Mei und Lucy. Sie waren immer noch vor dem Kamin, aber der Puppenwagen stand jetzt an der Seite, und sie sahen beide Susan an, die mit ihnen irgendein Spiel spielte. Sie hatte die Hände in die Hüften gestemmt, kommandierte sie herum wie eine Lehrerin und sagte: »Okay. Sprecht mir nach: ›Wah, wah, wah, wir weinen immer, wenn wir ins Bett müssen.‹«

Gehorsam sagten sie: »Wah, wah –«

»Nein! Falsch! Habe ich gesagt: ›Susan sagt?‹ Sprecht mir nach: Wah, wah, wah, wir weinen immer, wenn wir Mittag essen sollen.«

»Wah, wah –«

»Was ist denn mit euch Typen *los?* Also. *Susan sagt:* Wah, wah, wah, wir weinen immer, wenn wir Schwimmunterricht haben.«

»Wah, wah, wah …«

Lucy sprach für ihr Alter richtig klar und deutlich, aber Xiu-Mei war schwerer zu verstehen, weil sie einen Binky mit Punkten im Mund hatte.

10 Maryam holte Susan von der Tanz- und Ballettschule Tiny Toes ab. Bedauerlicherweise war sie zu früh gekommen; sie war noch nie da gewesen und hatte zu viel Zeit für den Weg eingeplant. Sie vertrat Ziba, die einen Zahnarzttermin hatte.

Es war ein sonniger Tag Ende Juni, und sie fühlte die Hitze vom Gehweg aufsteigen, als sie vor der Schule stand – einem gewöhnlichen, braunen, holzverkleideten Gebäude, das etwas von der Straße zurückgesetzt war. Eine andere Frau wartete auch, aber die musste hinter ihrem kleinen Kind herlaufen; also tauschten sie nur ein Lächeln aus, was Maryam ausgesprochen recht war.

Dann sagte eine Männerstimme: »Maryam?« Sie drehte sich um, und Dave Dickinson stand neben ihr.

»Hi«, sagte er.

»Oh«, sagte sie. »Hallo.«

Es war nicht das erste Mal, dass sie sich über den Weg liefen. Einmal kurz nach ihrer Trennung hatte sie ihn getroffen, als er Jin-Ho bei Sami und Ziba vorbeibrachte, und ein andermal ein paar Wochen später, als sie auf dem Postamt in der Schlange wartete. Aber das war bereits vor mehr als einem Jahr gewesen, und beide Male war er so kurz angebunden gewesen – hatte eigentlich kaum etwas gesagt –, dass sie nicht wusste, wie sie sich jetzt verhalten sollte. Sie hob den Kopf und wappnete sich gegen alles, was nun folgen mochte.

Er hatte die feste, sonnengebräunte Lederhaut, die bei alternden Männern so attraktiv und bei alternden Frauen so unattraktiv war. Und er musste zum Frisör – ein Griff in seine Locken, und sie hätten sich völlig um ihre Finger geringelt.

»Nimmt Susan hier Unterricht?«, fragte er.

»Ja. Sie hat mit Ballett angefangen.«

»Jin-Ho auch.«

Ja, natürlich: So war Ziba überhaupt auf die Idee gekommen. Maryam hätte es wissen können. Sie sagte: »Ich glaube, die Sommer-Panik steckt dahinter. Was soll man mit ihnen machen, wenn keine Schule ist?«

»Ja, überragendes Talent ist jedenfalls nicht der Grund«, sagte Dave. »Zumindest nicht bei Jin-Ho. Wie ist es mit Susan? Ist sie die Anmut in Person?«

Maryam zuckte die Achseln. Sie fand Susan in der Tat ausgesprochen anmutig, aber damit wollte sie vor dem Großvater eines so tollpatschigen Mädchens wie Jin-Ho nicht angeben. »Ich glaube, sie wollen ihr nur zeigen, was es alles gibt«, sagte sie. »Im letzten Sommer war sie in einem Kunstprogramm.«

»Oh, ja, da war Jin-Ho auch.«

Sie lächelten beide.

Dann sagte Dave: »Bitsy ist krank.«

Die Plötzlichkeit seiner Bemerkung verriet ihr, dass er damit etwas Außergewöhnliches meinte. Sie wartete und sah ihm fest in die Augen. Er sagte: »Da sind sie gerade, sie und Brad: konsultieren den Onkologen. Vor einer Woche haben sie einen Knoten aus ihrer Brust entfernt, und jetzt reden sie über die Behandlungsmöglichkeiten.«

»Oh, Dave. Das tut mir leid«, sagte Maryam. »Das weckt bei dir sicher alte Erinnerungen.«

»Ja, natürlich mache ich mir Sorgen.«

»Aber jedes Jahr gibt's neue Behandlungsmethoden«, sagte sie. »Und sie haben es doch früh entdeckt?«

»Ja, die Ärzte haben große Hoffnung. Aber es ist doch ein ziemlicher Schock für uns alle.«

»Natürlich«, sagte sie. Sie hob eine Hand, um ihre Augen abzuschirmen; die Sonne stand jetzt genau über ihm. »Hoffentlich sagt sie Bescheid, wenn ich irgendetwas tun kann«, sagte sie. »Ich kann die Mädchen abholen, Essen vorbeibringen …«

»Ich werde es ihr ausrichten. Danke«, sagte er. »Ich weiß, dass sie mit Ziba reden will, sobald sie wissen, was als Nächstes kommt.«

Eine weitere Frau näherte sich, die ein Baby in einem Buggy schob. Angesichts des wachsenden Publikums wechselte Dave das Thema. »Wie auch immer!«, sagte er. »Kommst du in diesem Jahr zur Ankunftsparty? Oh. Natürlich. Du bist ja dran.«

»Na, Sami und Ziba sind dran, nicht *ich*. Und vielleicht bin ich dann gerade in New York.«

»New York?«

»Kari, Danielle und ich würden gerne ins Theater gehen.«

»Aber das könnt ihr doch auch wann anders tun«, sagte er.

»Aber eins der Stücke wird bald abgesetzt. Und außerdem. Du weißt schon. Eigentlich ist es eine Party für junge Leute. Ich werde langsam zu alt für so was.«

»Alt!«, sagte er so heftig, dass die Frau mit dem Buggy Maryam einen neugierigen Blick zuwarf.

»Und dann kommt womöglich meine Cousine Farah«, sagte Maryam.

»Bist du gleichzeitig verreist *und* hast Besuch?«

»Also nicht ganz gleichzeitig …«

Sie gab auf. Sie sagte nichts mehr.

Dave sagte: »Sieh mal, Maryam. Es ist doch absurd, anzunehmen, dass wir nicht an der gleichen Feier teilnehmen können.«

Dies von dem Mann, der ihr ins Gesicht gesagt hatte: »Nein, wir können uns *nicht* weiter sehen.«

Aber sie sagte: »Na ja, da hast du natürlich Recht.«

»Im vergangenen Jahr bist du auch nicht gekommen. Du hast ein schönes Fest verpasst.«

»Ja, ich weiß. Ziba hat es mir erzählt.«

»Jin-Ho ließ versehentlich das Video in die Bowle fallen,

aber wir haben es noch erwischt, bevor es kaputt war. Und ›Coming Round the Mountain‹ wurde richtig wüst – das ›Hi, Babe!‹ der Cousinen klang so versoffen, als hingen sie aus einem Bordellfenster. Aber ansonsten …«

Maryam lachte. (Seine Art, die Dinge auszudrücken, hatte ihr immer gefallen.)

»Überleg es dir«, sagte er.

Sie sagte: »Gut.«

Dann kamen die Kinder nach und nach aus der Schule – voran ihre beiden, Jin-Ho mit dem geraden Haarschnitt und Susan, deren lange Zöpfe hin und her pendelten –, und sie gingen jeder in eine andere Richtung.

In den nächsten Tagen fühlte sie sich von einer bleiernen Traurigkeit heimgesucht. Teils lag es natürlich an Bitsys Geschichte. Maryam vermutete – hoffte inbrünstig –, dass der Krebs rechtzeitig erkannt worden war, aber sie wollte sich kaum ausmalen, was die Donaldsons gerade durchmachten. Und dann trauerte sie insgeheim noch einmal um Dave. Ihr Treffen hatte sie daran erinnert, wie er an jenem Morgen auf seiner Veranda gestanden und zugeschaut hatte, als sie davongefahren war, und wie seine zerschlissene, geflickte Gärtnerhose an den Knien ältlich ausgebeult gewesen war. Sie vermisste ihn sehr. Sie vermied es, sich bewusst zu machen, wie sehr.

Sie schrieb Bitsy einen Brief, in dem sie ihre Betroffenheit zu Papier brachte und jede mögliche Hilfe anbot. *Ich schicke Dir meine besten Gedanken,* schrieb sie und wünschte zum tausendsten Mal, dass sie religiös wäre und sie in ihre Gebete einschließen könnte. *Hoffentlich zögerst Du nicht, mich um Hilfe zu bitten.* Sie überlegte kurz, wie sie unterschreiben sollte. *Ergebenst? Deine treu ergebene?* Am Ende entschied sie sich für *In Liebe,* weil Bitsy vielleicht ihre Fehler hatte, aber diesen Fehlern letztendlich gute Absicht zugrunde lag. Sie war eine warmherzige, großzügige Frau, und Maryam fühlte sich ihr verbunden wie einer alten Freundin.

Ihre Welt war seit der Trennung sehr friedlich geworden. Sicher, sie war vorher auch friedlich gewesen, aber nach ihrem kurzen Abstecher in ein intensiveres, bewegteres Leben wusste sie die segensreiche Ordnung ihrer Alltagsroutine zu schätzen. Sie erwachte vor Morgengrauen, wenn der Himmel noch perlweiß war und die Vögel sich kaum regten. Einer der Kardinalsvögel in ihrer Straße hatte die Angewohnheit, bei seinem Ruf den zweiten Ton auszulassen und nur den ersten in einem harten, hellen Stakkato zu wiederholen. »*Vite! Vite! Vite!*«, schien er zu rufen, wie ein quicklebendiger Franzose. Ein Düsenflugzeug kreuzte die höchsten Scheiben der Fenster, völlig im Gleichgewicht, völlig still, und manchmal hing ein bleicher, durchscheinender Mond noch im nachbarlichen Ahorn.

Sie lag da und sammelte ihre Gedanken, streichelte geistesabwesend die Katze, die immer in ihrer Armbeuge schlief, bis der junge Arzt weiter die Straße hinunter seinen lauten Wagen startete und seine morgendliche Besuchsrunde begann. Das war ihr Signal zum Aufstehen. Wie steif sie inzwischen war! Offenbar musste jedes Gelenk jeden Morgen von neuem lernen, sich zu bewegen.

Wenn sie aus der Dusche kam, war die Sonne aufgegangen und mehrere Nachbarn waren aufgewacht. Der neue junge Hund jagte aufgeregt kläffend aus dem Nachbarhaus. Ein Baby fing an zu weinen. Mehrere Wagen rauschten vorbei. Allein an der Anzahl und Geschwindigkeit der vorbeifahrenden Wagen auf der Straße ließ sich die Zeit ablesen.

Sie zog sich sorgfältig an, vergaß weder Eyeliner noch sonst etwas; sie war nicht die Sorte Frau, die im Bademantel umherlief. Sie machte ihr Bett und nahm das Wasserglas, auch das Buch, über dem sie eingeschlafen war, und erst danach ging sie nach unten – im Schlepptau die Katze, die mit Vorliebe um ihre Füße strich.

Tee. Geröstetes Pita-Brot. Eine Scheibe Feta-Käse. Während der Tee noch zog, legte sie ihr Silberbesteck auf ein Platzset aus

Bast. Sie füllte Mooshs Wassernapf mit frischem Wasser und schaute nach, ob er genug Futter hatte. Sie ging zur Haustür und holte die Zeitung herein, warf einen flüchtigen Blick auf die Schlagzeilen, legte sie beiseite und setzte sich an den Frühstückstisch. (Sie tat am liebsten nur eine Sache auf einmal.) Der Tee war frisch, heiß und belebend. Der Feta-Käse kam aus Bulgarien, er war cremig und nicht zu salzig. Ihr Stuhl stand so, dass er den Sonnenschein einfing, der die Haut auf ihren Armen golden schimmern ließ und ihren Kopf in Wärme tauchte.

Was für ein kleines, kleines Leben sie führte! Sie hatte einen erwachsenen Sohn, eine Schwiegertochter, ein Enkelkind und drei enge Freundinnen. Ihre Arbeit war angenehm vorhersehbar. Ihr Haus hatte sich seit Jahrzehnten nicht verändert. Im kommenden Januar würde sie fünfundsechzig Jahre alt – nicht extrem alt, aber immerhin, von nun an würde sich ihre Welt immer weiter verengen. Sie fand diesen Gedanken eher tröstlich als betrüblich.

In der vorigen Woche hatte sie die Todesanzeige einer achtundsiebzigjährigen Frau in Lutherville gelesen. *Mrs Cotton gärtnerte und nähte gern,* hatte sie gelesen. *Sie trug selten das gleiche Kleid zweimal.*

Mrs Cotton hatte als Mädchen zweifellos etwas Dramatischeres vor Augen gehabt, dennoch fand Maryam dieses Dasein nicht übel.

Wenn wieder Mittwoch war – ihr einziger Arbeitstag im Sommer –, machte sie sich kurz nach neun, nach dem Berufsverkehr, auf den Weg zur Julia-Jessup-Schule. Sie begrüßte den Hausmeister, öffnete die Post, erledigte ein bisschen Papierkram. Der Duft der gebohnerten Böden kam ihr wie ein Sinnbild der eigenen Tüchtigkeit vor, als wäre sie selbst es gewesen, die hier gebohnert hatte, und sie empfand Befriedigung, wenn sie die Kalenderblätter der vergangenen Woche abriss. Die Schule ohne die Kinder – deren »Hi, Mrs Yaz! Guten Morgen, Mrs Yaz!« – weckte eine leise Wehmut in ihr. Der besitzerlose Fausthandschuh vom vergangenen Winter, der am schwarzen Brett hing, schien die Verkörperung der Lebensfreude.

Wenn nicht Mittwoch war, nahm sie, nachdem sie das Frühstück abgeräumt hatte, die Zeitung mit auf die Sonnenveranda. Sie las flüchtig – schlechte Nachrichten, noch mehr schlechte Nachrichten, mehrere Dinge, über die sie den Kopf schüttelte – und blätterte weiter. Dann packte sie die Zeitung in den Recycling-Eimer unter der Spüle und ging das Unkraut auf ihren Blumenbeeten zupfen, beglich Rechnungen am Schreibtisch in Samis früherem Zimmer oder erledigte sonst irgendeine Hausarbeit. Sehr selten ging sie morgens aus. Ausgehen war Arbeit. Es erforderte Gespräche. Dabei konnte man etwas falsch machen.

Sie hatte festgestellt, dass ihr das Englischsprechen schwerer fiel, je älter sie wurde. Manchmal fragte sie versehentlich nach »Markes« statt »Marken« oder warf »er« und »sie« durcheinander, was ihr erst auffiel, wenn sie den verwirrten Blick auf dem Gesicht ihres Gegenübers wahrnahm. Und dann fühlte sie sich erschöpft. Oh, was soll's?, pflegte sie sich zu sagen. Wie unnötig, dass eine Sprache Geschlechter unterschied! Warum daran seine Gedanken verschwenden?

Sie fühlte sich in der Öffentlichkeit einsamer als zuhause, wenn sie ehrlich war.

Vor dem Mittagessen machte sie für gewöhnlich einen langen Spaziergang, nahm jeden Tag den gleichen Weg und lächelte die gleichen Nachbarn, Hunde und Babys an. Entdeckte hier einen neuen Schössling, da einen neuen Hausanstrich. Sommer war die Saison für Anstreicher und Truppen von Gärtnern. In der Nachbarschaft wimmelte es vor Arbeitern, so fleißig wie Ameisen. Sie entdeckte ihren Hausklempner, der in seinem Lieferwagen nach Werkzeug kramte.

Inzwischen war es heiß, aber ihr gefiel, wenn es heiß war. Sie fand, dass sie sich in der Hitze geschmeidiger bewegte. Der Schweiß auf ihrem Gesicht führte sie zurück in windstille Teheraner Nächte, in denen sie mit ihrer Familie draußen geschlafen hatte – die Matratzen wurden auf die Dächer gehievt – und man über die ganze Stadt blicken und zuschauen konnte, wie alle anderen Familien ihre Matratzen auf *ihren* Dächern deponierten, als wäre jedes Haus aufgeklappt und das Innenleben nach außen gekehrt. Und dann im Morgengrauen der Ruf zum Gebet, der sie alle aus dem Schlaf trieb.

Es war nicht so, dass sie sich wünschte, wieder dort zu sein (so vieles an jenem Lebensstil ohne Privatsphäre war ihr schon damals gegen den Strich gegangen), aber sie hätte nichts dagegen gehabt, diesen fernen Ruf vom Minarett wieder zu hören.

Sie ging nach Hause, wusch ihr Gesicht mit kaltem Wasser und bereitete sich ein leichtes Mittagessen. Führte ein paar Telefonate. Sah ihre Post durch. Manchmal kam Ziba mit Susan vorbei. Manchmal ließ sie Susan auch einfach da, während sie Besorgungen machte; solche Tage hatte Maryam am liebsten. Einem Kind konnte man leichter eine Freude machen, wenn keine Erwachsenen zugegen waren. Susan durfte dann mit ihrem Schmuckkasten spielen, die Goldketten und den üppigen Türkisschmuck durch ihre Finger gleiten lassen. Sie zeigte ihr die Fotoalben. »Das ist mein Großonkel mütterlicherseits, Amir Ahmad. Das Baby auf seinem Schoß ist sein siebter Sohn. Damals war es für einen Mann unüblich, öffentlich ein Kind auf dem Arm zu halten. Er muss ein sehr interessanter Mensch gewesen sein.« Sie studierte sein Gesicht – streng, mit kantig gestutztem Bart, schwerem schwarzen Turban auf dem Kopf und ausdrucksloser Miene. Sie konnte sich nur ganz schwach an ihn erinnern. »Und dies ist mein Vater, Sadredin. Er starb, als ich vier war. Er wäre jetzt dein Urgroßvater.« Wäre er das? Die Worte klangen irgendwie unehrlich, kaum dass sie ihr über die Lippen gekommen waren. Obwohl sie sich Susan so nah fühlte – so nah, wie sich eine Großmutter nur fühlen konnte –, fiel es ihr schwer, sich eine Verbindung zwischen ihren Verwandten zuhause und dieser kleinen asiatischen Fee vorzustellen – mit ihrem glatten schwarzen Haar, ihren exotischen schwarzen Augen, ihrer Haut, so blass, undurchsichtig und makellos wie Porzellan.

Gelegentlich kam auch Jin-Ho vorbei, und zweimal Xiu-Mei. Ziba spielte im Juli ziemlich häufig den Babysitter, weil Bitsy während ihrer Chemotherapie immerzu Schlaf brauchte. Aber sonst lief alles sehr gut bei ihr, berichtete Ziba. Sie fragte: »Macht es dir auch sicher nichts aus, Mari-jun? Ich verspreche dir, dass ich nicht lange weg bin.« Maryam antwortete: »Natürlich macht es mir nichts aus«, und das meinte sie auch so. Zum einen konnte sie dadurch Bitsy helfen. Und zwei oder drei Kinder unterhielten sich gegenseitig. Maryam sorgte bei ihrem Besuch lediglich für Erfrischungen – selbst gebackene Kekse oder Brownies und »Apfelsaft-Tee« in winzigen Emailletassen.

Jin-Ho war jetzt mehr als einen Kopf größer als Susan, und wollte »Jo« genannt werden, obwohl jeder vergaß, daran zu denken. Xiu-Mei war noch klein und zerbrechlich, aber launisch; sie hatte ihren eigenen Willen. Sie trug Sachen, aus denen Jin-Ho und Susan herausgewachsen waren; komisch, wie Susans alte Spielhosen noch einmal zu Ehren kamen, gepaart mit Jin-Hos alten Sandalen, und einem Schnuller an einem Gummiband um den Hals.

Spätnachmittags, wenn sie wieder allein war, erledigte Maryam schließlich die fälligen Einkäufe. Dann kochte sie ein vollständiges, richtiges Abendessen, selbst wenn sie allein aß. Doch oft kamen Freundinnen vorbei. Oder sie ging zu ihnen nach Hause. Alle vier waren exzellente Köchinnen. Jede beherrschte eine andere Küche: türkisch, griechisch, französisch und Maryam iranisch. Kein Wunder, dass sie immer seltener in Restaurants aßen.

Wenn sie sich für einen Abend mit ihren Freundinnen ankleidete, verspürte Maryam nichts von der ängstlichen Unruhe, die sie früher vor gesellschaftlichen Anlässen heimgesucht hatte. Damals hatte sie sich manchmal mehrmals umgezogen, bis sie das Richtige gefunden hatte; sie hatte sich sogar Themen für unverfänglichen Smalltalk überlegt. Es lag nicht am Alter (das aber zweifelsohne half); sie hatte vielmehr inzwischen die Leute aussortiert, bei denen sie sich nicht wohl fühlte. Sie nahm keinerlei Einladungen zu geistlosen, oberflächlichen Partys mehr an, die sie und Kiyan noch gemeinsam erduldet hatten. Ihre Freundinnen stellten das gelegentlich in Frage. Oder zumindest Danielle. Danielle war ständig auf der Suche nach neuen Bekanntschaften und neuen Erfahrungen. Aber Maryam sagte: »Wozu der ganze Aufwand? Ein Gutes hat das Älterwerden: Ich weiß, was ich mag und was ich nicht mag.«

Wenn Danielle das Wort »alt« auch nur hörte, zog sie vor Abscheu die Nase kraus. Aber die beiden anderen Frauen nickten. Sie wussten, was Maryam meinte.

Sie redeten oft über das Älterwerden. Sie redeten darüber, wohin die Welt steuerte; sie redeten über Bücher, Filme und Theaterstücke und (was Danielle betraf) Männer. Überraschend wenig wurde von Kindern und Enkeln erzählt, wenn sie nicht gerade eine besondere Krise durchmachten. Aber fast immer – mal amüsiert, mal kopfschüttelnd – waren die Amerikaner ein Thema. Über die Amerikaner redeten sie sich die Köpfe heiß.

Egal ob Maryam ihren Abend zuhause oder außerhalb verbrachte, um zehn lag sie in der Regel im Bett. Sie las, bis ihr die Augenlider schwer wurden – manchmal zwei, drei Stunden –, dann knipste sie das Licht aus und rutschte tiefer unter die Decke, legte einen Arm um Moosh. Draußen vor ihrem Fenster sang die Nachtigall des Viertels allein in der Platane, und sie schlief dankbar für die alten Bäume ein, die aus großer Höhe den Vogelgesang fallen ließen und die auch bei Sommerregen ganz wunderbar waren, wenn sie ein gleichmäßiges Murmeln von sich gaben, das in ihren Ohren klang wie »Aah. Aah.«

Eines Morgens ging sie ans Telefon, und eine Frau fragte: »Maryam?«

Allein an der Aussprache erkannte Maryam, dass es Bitsy war. (Bitsy zog beide A in Maryams Namen immer so komisch in die Länge, weil sie offenbar dachte, dass ausländische A nicht ganz kurz sein könnten.) Ihre Stimme klang leise und leicht heiser, wie nach einem Husten. Tatsächlich hustete sie dann auch, genau in diesem Moment.

Maryam sagte: »Bitsy? Wie geht es dir?«

»Gut«, erwiderte Bitsy. »Die Behandlung war kein Vergnügen, aber jetzt habe ich sie hinter mir, und die Ärzte sind sehr zufrieden.« Dann hustete sie wieder und sagte: »Entschuldige, ein kleiner Nebeneffekt. Nicht der Rede wert. Jedenfalls: Vielen Dank für deinen Brief. Ich hätte schon lange antworten sollen.«

»Nein, du hättest *nicht* antworten sollen. Oder nur, wenn du eine Idee gehabt hättest, was ich tun könnte.«

»Na, und um dir zu danken, dass du dich gemeldet hast, meine ich. Ich habe mich so gefreut, von dir zu hören! Ich habe dich wirklich vermisst; wir haben dich alle vermisst. Wir freuen uns schon auf ein Wiedersehen bei Samis und Zibas Party.«

Maryam sagte: »Oh, die … Ankunftsparty.«

»Dad meinte, du kämst vielleicht.«

»Na ja, ich habe gesagt, dass ich darüber nachdenken werde«, sagte Maryam. »Aber dieser Sommer ist vertrackt; ich bin mir nicht sicher, ob …«

»Es wäre wie in alten Zeiten!«, sagte Bitsy so nachdrücklich, dass sie wieder hustete. »Im letzten Jahr war es einfach nicht dasselbe. Sogar Xiu-Mei hat es gemerkt. Sie hat gefragt: ›Wo ist Mari-jun?‹ Ein schrecklicher Gedanke, dass du nicht mehr Teil unseres Lebens sein könntest.«

Maryam sagte: »Ach, danke, Bitsy.«

Die Ausreden, die ihr auf der Zunge lagen – New York, Farahs Besuch –, kamen ihr plötzlich fadenscheinig vor. Stattdessen sagte sie die Wahrheit. »Ich befürchte aber, dass es peinlich wird.«

»Peinlich! Unsinn. Wir sind doch alle erwachsen.«

Diese Begründung war irgendwie enttäuschend; warum genau, wusste Maryam nicht. Was hätte Bitsy ihrer Ansicht nach sagen sollen? Ein Gefühl von Verletztheit schnürte ihr die Kehle zu. Sie sagte: »Ich weiß, das dein Vater findet, ich hätte mich in unserer Angelegenheit nicht besonders gut benommen.«

»Also, spielt das in diesem Gespräch irgendeine Rolle? Wir reden über ein schlichtes, kleines, stinknormales Familientreffen«, sagte Bitsy. »Vielleicht sollten wir dich einfach kidnappen.«

»Kidnappen.« Das Wort war ihr irgendwie entfallen. Hieß es so was wie »lynchen«? Maryam sagte: »Ja, vielleicht solltet ihr das«, in einem Tonfall, der offenbar bitterer klang als beabsichtigt, weil Bitsy sagte: »Ach, verzeih, Maryam. Ich muss mich immer einmischen, ich weiß.«

Das stimmte tatsächlich. Doch Maryam sagte: »Oh, nein, Bitsy, du bist sehr freundlich. Es war lieb von dir anzurufen.« Und dann, ähnlich energisch wie Bitsy: »Aber du hast mir noch nicht gesagt, was ich für dich tun kann. Bitte, hast du keine Aufgabe?«

»Überhaupt nichts«, sagte Bitsy. »Ich werde von Tag zu Tag tatkräftiger. Du wirst dich wundern. Wart's ab, bis du mich bei der Ankunftsparty siehst.«

Das war so typisch Bitsy. Immer musste sie das letzte Wort haben, dachte Maryam, als sie auflegte.

»Wie willst du es deiner Familie sagen?«, hatte er sie gefragt. »Sie haben sich so für uns gefreut. Wie willst du erklären, dass du alles über Bord wirfst?«

Sie sagte: »Ich habe es ihnen schon gesagt. Ich komme gerade von dort.«

Sein Gesichtsausdruck ließ sie wünschen, dass sie das für sich behalten hätte. »Du hast es ihnen gesagt, bevor du es mir gesagt hast?«, fragte er.

»Na ja.«

»Wie konntest du das *tun,* Maryam?«

»Ich weiß nicht«, sagte sie matt. Sie hatte keine Kraft mehr, um sich zu verteidigen. »Ich hab's einfach getan, mehr nicht«, sagte sie. »Es ist passiert.«

Jetzt allerdings stellte sie sich die gleiche Frage. Warum *hatte* sie es ihnen zuerst gesagt? Was für eine merkwürdige Vorgehensweise!

Hatte irgendein winziger Teil von ihr gehofft, dass Sami und Ziba es ihr ausreden würden?

Und, oh, hätte sie nur nicht zugegeben, dass sie es ihnen gesagt hatte, womöglich hätte er dann zugestimmt, sich weiter mit ihr zu treffen.

Sie hatte sich in ihn verliebt, als sie ganz und gar nicht damit gerechnet hatte. Es war eine totale Überraschung gewesen. Zuerst war er nur ein weiterer unglückseliger Mann auf der verzweifelten Suche nach einem hilfreichen Wesen – ein netter Mann, aber was hatte das mit ihr zu tun? Selbst nachdem sie angefangen hatten, Zeit miteinander zu verbringen, fühlte sie sich ihm nicht, oh, so verbunden, wie sie sich Kiyan verbunden gefühlt hatte. »Wirklich, Dave«, hatte sie ihm einmal erklärt, »wir haben nichts gemeinsam. Wir haben keine gemeinsame Basis. Also, ich kann mir nicht mal ansatzweise vorstellen, wie deine Kindheit war.«

»Kindheit?«, hatte er geantwortet. »Wie kommst du denn darauf? Was spielt meine Kindheit für eine Rolle? Es kommt doch darauf an, zu wem wir am Ende geworden sind – wenn nur noch der Bodensatz, die Essenz übrig ist.«

Ja, er war ein richtiger Überredungskünstler. Wenn er solche Sachen sagte, verstand sie schon, was er meinte. Aber nur solange er sie sagte.

Ihre Reise nach Vermont war in jenem Sommer wie eine Flucht gewesen. Irgendwie, gegen ihr besseres Wissen, hatte sie angefangen, ihn zu häufig zu treffen, und nun hatte sie die Chance, wieder auf Distanz zu gehen. Sie hatte Farah mit einem solchen Schwall Farsi übergossen, dass Farah sie ausgelacht hatte. »Maryam! Langsam! Ich kann dich nicht verstehen! Maryam, sprichst du mittlerweile mit Akzent?«

Sprach sie wirklich mit Akzent? Ihre eigene Muttersprache? Was war denn eigentlich ihre Muttersprache? Besaß sie die überhaupt noch?

Sie war dann langsamer geworden, hatte sich mit Farahs sirupzähem Tempo angefreundet. Im Garten auf der Liege ausgestreckt, im Schatten einiger Kiefern, hatte sie verstohlen William betrachtet und sich gefragt, wie Farah sich je einem solchen Spinner hatte anpassen können. In jenem Sommer entwickelte er gerade einen Fleckentferner für Haustierschmutz – überzeugt, dass er Millionen verdienen würde. »Ursprünglich war es als schneller trocknendes Tipp-Ex gedacht«, hatte er Maryam anvertraut. »Das habe ich vor ein paar Jahren erfunden. D'Elite wollte ich es nennen, D Apostroph Elite; kapiert? Aber dann, Pech für mich, kamen die Schreibmaschinen – peng – aus der Mode; also habe ich dafür eine neue Verwendung erfunden. Und das Beste: Ohne Namensänderung! D'Elite! Wie findest du das? Obendrein können die Leute, die es nicht besser wissen, getrost weiter ›Delight‹ sagen.«

Farah, die neben ihr lag, hatte dabei die ganze Zeit leise auf Farsi weiter geredet, als würde William gar nichts sagen. »Warum legen sich ältere Frauen in diesem Land immer eine Mönchsfrisur zu? Warum tragen die Frauen der Oberschicht hier nie genug Make-up?«

Wie zwei kleine Kinder hatten die beiden um Maryams Aufmerksamkeit gebuhlt; und Maryam stellte zu ihrer eigenen Überraschung fest, dass sie William den Vorzug gab – seiner Begeisterung, seiner Unschuld, seinem liebenswerten Optimismus. Farah dagegen konnte einen Überdruss gegenüber der Welt an den Tag legen, der etwas Dämpfendes hatte. Maryam lächelte William an und dachte plötzlich an Dave. Dave war eigentlich nicht mit William zu vergleichen, er war weder so extrem noch so exzentrisch; aber dennoch …

»Ich weiß nicht, warum mich wirklich gute Menschen immer traurig machen«, hatte Kiyan einmal zu ihr gesagt. Sie verstand jetzt, was er gemeint hatte.

Sie hatte Dave während ihres Aufenthalts aus Vermont geschrieben und ihm gesagt, dass sie ihn vermisse. Gut, sie hatte es indirekter ausgedrückt. (*Ich habe es hier sehr schön, aber ich denke ständig an Dich und überlege, was Du wohl tust.*) Dennoch wusste sie, welchen Effekt es haben würde. Als sie den Brief durch den Briefschlitz steckte, hielt sie ihn lange unentschlossen fest, bevor sie ihn in den Kasten fallen ließ. Und dann dachte sie: Was habe ich getan? Und halb wünschte sie sich den Brief wieder zurück.

Als Dave sie bei ihrer Rückkehr am Flughafen abholte, verhielt er sich nicht anders als sonst. Er war eindeutig erfreut, sie zu sehen, aber weder erwähnte er den Brief, noch benahm er sich, als habe sich irgendetwas verändert. »Hat's dir gefallen?«, hatte er gefragt. »Kennst du jetzt den neuesten Familientratsch?« Sie war zutiefst beschämt gewesen. Wie hatte sie sich einbilden können, dass ihm ihr Geschreibsel etwas bedeutete? Sie hatte ihm die kalte Schulter gezeigt und ihn früh nach Hause geschickt. Sie hatte sich die ganze Nacht schlaflos im Bett gewälzt und um ihre vermeintlich letzte Liebe getrauert. Nun würde sie bis in alle Ewigkeit eine dieser beherzt-heiteren Witwen sein, die sich allein durchschlugen.

Oh, dieses qualvolle romantische Hin und Her! Die Avancen und Rückzüge, die geheimen Wunden, die strategischen Absagen!

War der eigentliche Kulturkampf nicht der Geschlechterkampf?

Am nächsten Tag stand er plötzlich mitten während ihres Mittagessens vor der Tür. »Ich habe deinen Brief gekriegt«, hatte er zu ihr gesagt.

»Meinen Brief?«

»Sie haben ihn vor zehn Minuten gebracht. Du warst schneller.«

»Oh!«

»Maryam, du hast ständig an mich gedacht? Du hast mich vermisst?«

Dann hatte er sie, noch bevor sie antworten konnte, hochgehoben und mit Küssen überschüttet. »Du hast mich vermisst!«, hatte er ständig wiederholt. »Du liebst mich!«, und sie hatte gelacht und seine Küsse erwidert und gleichzeitig nach Luft geschnappt.

Es war nicht mit ihrer Ehe zu vergleichen. Diesmal wusste sie bereits, dass Menschen sterblich sind; dass alles ein Ende hat; dass, auch wenn sie und Dave jeden Tag und jede Nacht zusammen verbrächten, der Augenblick kommen würde, wo sie sagen würde: »Morgen sind es zwei Jahre, seit ich ihn zuletzt gesehen habe.« Oder er würde es über sie sagen. Sie ließen sich auf etwas ein, das sich kein junges Paar auch nur im Entferntesten ausmalen konnte, und es war ihnen beiden bewusst.

Deshalb hatten sie seltener Streit, nahmen weniger Anstoß aneinander. Sie vergeudeten keine Zeit mit Nebensächlichem. Sie tolerierte sein Durcheinander und sein Beharren, laut aus der Zeitung vorzulesen. (»Hör dir das an: ›Ich besitze ein Drei-Millionen-Dollar-Eigenheim‹, protzte der Boxer gegenüber einem Interviewer, ›und Bettlaken mit zehntausend Kettfäden.‹ Zehntausend Fäden! Ist das möglich?«) Er, seinerseits, lernte, dass man sie mit einer simplen Schale Reis wieder auf die Beine stellen konnte, wenn sie vergrippt oder müde war, und einmal, als Moosh zwei Tage verschwunden war, hatte er Dutzende von Plakaten gedruckt, auf denen ENTLAUFEN stand, und BELOHNUNG und KIND UNTRÖSTLICH. »Kind untröstlich?«, hatte sie gefragt. »Was soll das heißen? Hier gibt's kein Kind.«

Doch er hatte erwidert: »Du. Du bist das Kind.« Und er hatte ihr Gesicht in seine Hände genommen und sie oben auf den Kopf geküsst.

Und er hatte Recht gehabt.

Sie malte sich manchmal aus, dass sie mit einer Zeitmaschine in lang, lang zurückliegende Zeitalter reiste. In die prähistorische Zeit zum Beispiel, wo sie Zeuge wurde, wie sich die Sprache entwickelte. Oder in die Zeit Jesu Christi; worum war es *da* eigentlich gegangen? Momentan würde sie aber eine Zeit wählen, die noch nicht lange zurücklag. Sie würde ein BOAC-Flugzeug besteigen und noch einmal ihre Mutter besuchen – absatzklappernd würde sie über die Rollbahn gehen, weil Frauen in jenen Tagen bei Flugreisen immer hohe Absätze trugen. Dann würde sie es sich in einem der Zweiersitze gemütlich machen und die Stewardessen in ihren aerodynamischen Uniformen anlächeln. Mit Kiyan würde sie gern in Johnny Unitas altem Golden-Arm-Restaurant in der York Road essen. (Sie würde den berühmten Krabbensalat bestellen und die knusprig gebratenen Auberginenscheiben, und die Kellnerin würde beim Servieren »Strangers in the Night« trällern.)

Dann fiel ihr ein, wie Kiyan, wenn sie beide ausgingen, immer zu lange die Speisekarte studiert hatte, bevor er endlich seine Wahl traf; und wenn das Essen aufgetischt worden war, hatte er erst einen Blick auf sein und dann auf ihr Gericht geworfen und geseufzt: »Ich Ärmster!« Sie hatte immer innerlich gekocht, wenn er das tat.

Oder damals, als sie den Joghurt auf seinen Teller gekippt hatte: Sie hatte den ganzen Nachmittag sein Lieblingsessen zubereitet, *baghali polo* mit Limabohnen, die Stück für Stück gepellt werden mussten, bis ihre Fingerspitzen ganz schrumplig und klamm waren, und als sie die Platte vor ihn hingestellt hatte, hatte er gejammert: »Kein Joghurt für drüber, aha.« Keine unverzeihliche Bemerkung, aber in dem Moment einfach falsch, und deshalb war der Joghurt dort gelandet, wo er gelandet war.

Sie empfand ihr früheres Ich als missgünstig und kleinlich. Sie hätte ihm sagen sollen: »Hier, nimm meinen Krabbensalat, wenn du den lieber magst.« Sie hätte sagen sollen: »Joghurt?

Natürlich. Ich hole ihn gleich.« Doch damals war ihr seine nicht enden wollende Bedürftigkeit auf die Nerven gegangen. Ihr war noch nicht bewusst gewesen, dass ein Leben, in dem niemand sie brauchte, ein trübseliges, jämmerliches Leben war.

Hatte das sie an Dave fasziniert? Es war so klar gewesen, dass sie ihn glücklich machen konnte. Alles, was es dazu brauchte, war ein »Ja«; wie lange hatte sie diese Macht nicht mehr besessen? *Von der Not verführt,* dachte sie und stellte sich das Ganze als Titel eines romantischen Kitsch-Comics mit Flammen züngelnden Buchstabenornamenten aus. Am Ende war das ihr Verderben gewesen: der Wunsch, gebraucht zu werden.

Närrin.

Um sich wieder gebraucht zu fühlen, hatte sie sich mit einem Mann zusammengetan, der so unpassend war, dass sie seinen Namen genauso gut blind aus einem Hut hätte angeln können. Ein *Amerikaner,* naiv, selbstgefällig, ignorant, der davon überzeugt war, dass sein Lebensstil der einzig wahre sei und er jedes Recht habe, ihr Leben auf den Kopf zu stellen. Sie war in dem Augenblick dahingeschmolzen, als er »Kommen Sie mit rein« gesagt hatte, obwohl sie genau gewusst hatte, dass echte Zugehörigkeit ein Mythos war. Und warum war sie dahingeschmolzen? Weil sie geglaubt hatte, sie könnte zu seinem Leben etwas beitragen.

»Wie konntest du das *tun,* Maryam?«, hatte er sie gefragt. »Wie willst du erklären, dass du alles wegwirfst?«

Manchmal hatte sie in letzter Zeit das Gefühl, dass sie noch einmal emigriert war. Noch einmal hatte sie ihr vergangenes Ich hinter sich gelassen, war in ein fremdes Land gezogen – und hatte jede Hoffnung auf eine Heimkehr verloren.

Der Grund, warum Farah in diesem Jahr Maryam besuchte – und nicht Maryam sie –, war, dass William zuhause alle Fußböden abziehen wollte und meinte, dass es leichter gehe, wenn Farah aus dem Haus sei. Aber ihr Besuch fiel nicht wirklich mit der Ankunftsparty zusammen; das war nur eine Ausrede gewesen. Sie kam an einem Freitagnachmittag Ende Juli und brachte so viele Kleider mit, als wollte sie einen Monat bleiben, nicht nur ein Wochenende. Ihr Gastgeschenk bestand aus einer bunten Blechbüchse mit Safran (Weil sie im ländlichen Vermont lebte, hatte sie keine Ahnung, dass man Safran mittlerweile in fast allen Supermärkten kaufen konnte). »Ich habe es per Internet bestellt«, sagte sie. »Ich bin ein richtiger Internet-Freak geworden! Du solltest mich mit meiner Maus sehen, klick-klick!« Sie hatte auch ein Sortiment kleiner Pappquadrate mitgebracht, gemasert wie Holz, in verschiedenen Braun- oder Gelbtönen. »Was meinst du, Mari-jun? Welche Lasur sollen wir für unsere Böden nehmen? Ich meine, die hier; William will aber die da.«

Maryam sah kaum einen Unterschied, doch sie sagte: »Deine ist schön.«

»Ich wusste, dass du meiner Meinung bist! Heute Abend rufe ich William an und sag's ihm.« Dann erklärte sie: »Oh, Maryam, amerikanische Männer können einfach alles, verstopfte Klos reparieren, Lichtschalter auswechseln ... Wirklich. Aber das weißt du ja.« Sie war plötzlich verlegen, und Maryam wusste erst, warum, als Farah fragte: »Hörst du von ihm?«

»Von ...? Oh. Von Dave«, sagte Maryam. »Nein.«

»Na ja, du hast sicher deine Gründe gehabt«, sagte Farah nachsichtig. »Weißt du noch, zuhause: Tante Nava? Wie alle sie drängten, den Mann zu heiraten, den ihr Vater für sie ausgesucht hatte? Und sie sagte, nein, nein und noch mal nein, und ihre Eltern waren am Ende ihrer Räson, aber natürlich konnte sie keiner zwingen. Eines Nachts lag sie im Bett; da klopfte ihr Vater an die Tür: ›Nava-jun. Bist du wach? Nava-jun-am‹, sagte er ...«

Oh, die guten, alten Geschichten, erzählt im vertrauten Singsang, mal laut, mal leise, mit dramatischen Pausen! Maryam spürte, wie sie sich entspannte und treiben ließ, wie zu Musik.

Ganz und gar entspannend war der Besuch aber nicht. Er

war es nie, wusste Maryam, denn Farah hatte ein enormes Nachholbedürfnis in puncto Verwandtschaft. Zuerst gaben sie ein Abendessen für Sami, Ziba und Susan, und Farah machte ein großes Spektakel um Susan und führte die vielen Geschenke vor, die sie ihr mitgebracht hatte. Damit war Maryam einverstanden; ihre eigene Familie empfand sie schließlich nicht als Arbeit. Aber als Nächstes mussten sie nach Washington, Zibas Eltern besuchen, die Farah abgöttisch liebten (so viel lustiger als Maryam, fanden sie sicherlich) und es sich nie nehmen ließen, ihr zu Ehren eine Party zu veranstalten. Eine *riesige* Party, auf der es Berge von Kaviar und Ströme von Wodka mit Eis gab und Farah wie eine Königin Hof hielt. Sie glitzerte, sie klimperte mit ihren juwelengeschmückten Fingern, und sie lachte mit zurückgeworfenem Kopf. Gnädig versuchte sie Maryam mit einzubeziehen. »Ihr kennt doch alle Maryam, ja? Meine Lieblingscousine! Wir waren als Mädchen zusammen.« Maryam trat dann vor, lächelte steif, reichte die Hand zum Gruß, aber eigentlich gehörte sie nicht dazu. So bald wie möglich zog sie sich in ein stilles Eckchen zurück, wo Sami schon saß und Susan einen üppigen Bildband über Persepolis vorlas. (Er gehörte auch nicht dazu, nur Ziba amüsierte sich mit den jüngeren Gästen unten im Spielzimmer.)

»Wenn wir im Iran leben würden«, sagte Maryam zu Sami, »wäre es jeden Abend so.«

Sami sah zu ihr auf und sagte: »Auch jetzt noch?«

Maryam sagte: »Na ja …« Tatsächlich wusste sie es nicht genau. Sie sagte: »Als ich jung war, habe ich das alles gehasst! Bei jeder Familienfeier saß ich so da wie du jetzt.«

Sie fragte sich, ob auch so etwas genetisch programmiert war – sich zurückzuhalten, aus dem allgemeinen Trubel herauszuhalten. Es war ihr noch nie zuvor bewusst geworden, dass sie diesen Wesenszug an Sami vererbt hatte.

An Farahs letztem Tag machten sie einen Bummel in einem riesigen Einkaufszentrum, und Farah entdeckte einen Discountladen für junge Mädchen. Sie kaufte ein Sortiment wallender Kunstseidenhosen, die an ihr extravagant und todschick aussahen – ganz und gar nicht nach Discount oder Teenager. Dann aßen sie im Snackbereich zu Mittag. »Und was hast *du* gekauft? Nichts«, zog Farah sie liebevoll auf. »Ich sage dir, Maryam-jun: Es gibt zwei Sorten Leute auf dieser Welt. Die einen gehen einkaufen, kommen mit viel zu vielen Sachen nach Hause und sagen: ›Oh-oh, schon wieder zu doll zugeschlagen.‹ Und die anderen kehren mit leeren Händen heim und bedauern: ›Oje, hätte ich doch dies und das gekauft.‹« Darüber musste Maryam lachen. Es stimmte, dass sie oft etwas sah, was sie gerne gehabt hätte, aber die ganze Transaktion schien ihr viel zu kompliziert; sie kostete zu viel Energie, und deshalb verzichtete sie, und später tat es ihr leid.

Am Nachmittag kochten sie zusammen und bereiteten mehrere iranische Gerichte zu, die sich bei Ausländern bewährt hatten, denn an jenem Abend kamen Maryams Feundinnen zum Essen. Sie kannten Farah von früheren Besuchen; deshalb war es eine gemütliche Angelegenheit. Maryam pendelte zwischen Küche und Esszimmer, während Farah für die anderen Einzelheiten von der Party bei den Hakimis zum Besten gab. »Eigentlich waren es zwei Partys, eine für die Alten und eine für die Jugend«, sagte sie. Maryam verstand sofort, was gemeint war, obwohl sie es während der Party nicht so empfunden hatte. »Die Alten hatten sich fein gemacht, und die Jungen trugen Jeans. Die Alten hörten sich oben Platten von Googoosh an, und die Jungen tanzten unten im Spielzimmer zu Wumm-Wumm-Musik.«

Dann sagte sie: »Sie verlieren ihre Kultur, die Jungen. Ich sehe es überall. An Neujahr machen sie noch die traditionellen Aufwartungen, aber einmal angekommen, wissen sie schon nicht mehr, was sie tun sollen. Sie machen alles brav mit, aber sie schielen die ganze Zeit nach den anderen, ob sie es auch richtig machen. Sie *versuchen* mitzuspielen, aber sie wissen nicht genau wie. Stimmt's, Maryam? Findest du nicht auch?«

Die Gäste drehten sich erwartungsvoll zu Maryam. Und sie

hätte einfach »Ja«, antworten können, und die Sache wäre erledigt gewesen, doch plötzlich fühlte sie sich schuldig, wie eine Hochstaplerin. Welches Recht hatte sie, so zu reden? Sie erlebte die Kultur doch auch von außen. Sie war immer eine Außenseiterin gewesen. Ohne irgendeinen Grund dafür zu wissen, hatte sie sich weder in ihrem eigenen Land noch sonst irgendwo jemals zuhause gefühlt, was sicher der Grund war, warum auch ihre drei besten Freundinnen Ausländerinnen waren. Kari, Danielle und Calista: jede eine Außenseiterin, jede so geboren.

»Findest du nicht auch, Maryam?«, wiederholte Farah ihre Frage, und Maryam stand mit der Salatschüssel in den Händen an der Küchentür und überlegte, ob nicht jede Entscheidung, die sie je getroffen hatte, nur dazu gedient hatte, ihr Außenseitertum zu bewahren.

Ziba erklärte Maryam, dass sie in diesem Jahr für die Ankunftsparty etwas ganz Besonderes auftischen wolle. »All die iranischen Gerichte sind inzwischen ein bisschen abgedroschen«, sagte sie. »Ich dachte vielleicht an Sushi.«

»Sushi?«, wiederholte Maryam. Einen Augenblick glaubte sie, sich verhört zu haben.

»Ich könnte sie in dem Restaurant in der Towson Road bestellen, die liefern außer Haus.«

Maryam sagte: »Aha. Na ja, aber …«

»Für meine Eltern und meine Brüder nehme ich California Rolls. Du kannst sicher sein, dass sie keinen rohen Fisch essen.«

»Aber in den California Rolls ist Krebsfleisch«, sagte Maryam.

»Oh, keiner hält sich mehr an die alten Regeln. Letztes Jahr Weihnachten hat Hassans Frau Hummer serviert.«

Und die Donaldsons?, wollte Maryam fragen. Die Donaldsons wären am Boden zerstört. Keine echt orientalische Kochkunst!

Aber sie antwortete Ziba lediglich: »Sag mir Bescheid, was ich mitbringen soll.«

»Eine Flasche Sake wäre nett«, sagte Ziba.

Maryam lachte, im Gegensatz zu Ziba. Sie meinte es wirklich ernst.

In diesem Jahr hatte Maryam sich fest vorgenommen zu kommen. Sie hatte sich ins Gewissen geredet. Es war feige gewesen, dass sie im vergangenen Jahr gekniffen hatte, das war ihr mittlerweile klar. Offensichtlich legte sie immer noch zu viel Wert auf anderer Leute Ansichten. In ihrem Alter müsste sie eigentlich in der Lage sein zu sagen: »Oh, was soll's? Dann ist es eben peinlich!«

Sie überlegte im Vorhinein, was sie anziehen sollte, verschwendete vielleicht zu viele Gedanken daran, und sie beriet mit dem Mann in der Spirituosenhandlung, welche Sorte Sake zu kaufen sei. In der Nacht vor der Party schlief sie schlecht. Sie hätte schwören können, dass sie eigentlich gar nicht schlief, aber irgendwann hatte sie einen Traum und war demnach doch einen Augenblick eingenickt. Sie träumte, dass sie wieder in der Grundschule war und ihre Klasse das Lied von den Hühnern sang. »Jig, jig, jujehayam«, sangen sie mit ihren niedlichen Piepsstimmchen, und Dave schaute zu und schüttelte vorwurfsvoll den Kopf, Dave, der so aussah wie heute, mit seinen grauen Locken und seinen hängenden Augenlidern. »Kind untröstlich, Maryam«, sagte er, und sie erwachte, ärgerlich, dass sie einen so offensichtlichen Traum geträumt hatte. Auf ihrem Radiowecker war es 3:46 Uhr. Nachdem sie dagelegen und zugesehen hatte, wie es vier, halb fünf, fünf wurde, stand sie auf.

Wahrscheinlich war die schlaflose Nacht der Grund, weshalb sie den Morgen wie im Nebel erlebte. Es war Sonntag, ungewöhnlich kühl und angenehm für August, und sie hätte ihre Gartenarbeit erledigen sollen, aber sie trödelte stattdessen mit den Zeitungen. Danach las sie einen Roman zu Ende, den sie am Vorabend begonnen hatte, obwohl sie sich nur schwer an den Anfang erinnern konnte und sich eigentlich auch nicht besonders für das Ende interessierte. Dann war es mit einem Mal halb eins. Wie war das passiert? Um ein Uhr sollte die Ankunftsparty beginnen. Sie stand auf, legte die Zeitungen zusammen und ging nach oben, um sich umzuziehen.

Ziba würde schon die Tabletts mit dem Sushi und den neu erworbenen Stäbchen aufstellen. Ihre Brüder würden die Pistazien von dem Blech mit Baklava naschen, das mit lauter amerikanischen Fähnchen dekoriert war, und Ziba würde sie verscheuchen und nach den Schwägerinnen rufen, dass sie ihre Männer in Schach halten sollten. Alle würden schwer beschäftigt sein, ein Kauderwelsch aus Englisch und Farsi sprechen, manchmal so chaotisch, dass sie Susan versehentlich in der falschen Sprache anredeten.

Leute aus dem Iran veranstalteten manchmal wirklich einen unglaublichen Lärm! Mehr als einmal hatte Dave darauf hingewiesen, wie viel lauter sie waren als die Donaldsons. Das musste Maryam zugeben, dennoch kam es ihr vor, als seien die Donaldsons … oh, prahlerischer und nähmen sich wichtiger. Sie hatten offenbar den Eindruck, dass *ihre* Feiern – Jubiläen, Geburtstage, sogar ihre Laubharkerei – von so weltbewegender Wichtigkeit seien, dass jedermann dabei sein wollte. Ja, das war es, wogegen sie etwas einzuwenden hatte: Sie gingen davon aus, dass sie Anspruch auf einen überproportional großen Teil des Universums hatten.

»Weißt du noch, der Abend, an dem die Mädchen ankamen?«, hatte sie Dave einmal gefragt. »Deine Familie hatte den ganzen Flughafen mit Beschlag belegt! Unsere quetschte sich in eine Ecke.« Sie hatte sich bemüht, es lustig klingen zu lassen. Es war ja eine Diskussion unter Freunden – alles rein theoretisch; kein Streit. Und dennoch hatte sie den aufkeimenden Groll gespürt. »Und als Xiu-Mei kam: wieder das Gleiche. Diesmal waren unsere beiden Familien gemeinsam am Flughafen, aber ich hatte das Gefühl, als ob wir … euer Fest nur leihweise feierten. Dass wir Randfiguren waren.«

Er hatte es nicht verstanden. Das war offensichtlich. Er hatte wirklich nicht verstanden, wovon sie redete.

Sie ging und holte das Kleid aus dem Schrank, das sie tragen wollte – ein ärmelloses schwarzes Leinenkleid, sehr schlicht. Sie zog es jedoch nicht an, sondern drapierte es über der Stuhllehne. Dann streifte sie ihre Schuhe ab und streckte sich auf dem Bett aus, legte einen Arm über ihre Augen, die sich brennend heiß und müde anfühlten.

Die Donaldsons würden ihren Töchtern etwas Folkloristisches anziehen. Oder zumindest Xiu-Mei. Jin-Ho (»Jo«) würde sich vielleicht zur Wehr setzen. Bitsy würde über »She'll Be Coming Round the Mountain« schimpfen, obwohl sie inzwischen die Suche nach einer Alternative aufgegeben hatte. »Ach, Honey«, würde Brad sagen, »reg dich nicht auf. Lass den Kindern ihr Lied.«

Vergangene Woche in der Tuxedo Pharmacy war Maryam in dem Gang mit den Glückwunschkarten ein Paar aufgefallen, und sie hatte überlegt, warum die beiden ihr so bekannt vorkamen. Dann hatte sie gedacht, Oh! Er war der große junge Mann, der am Ankunftsabend der Mädchen aus dem gleichen Flugzeug gekommen war, und sie war die junge Frau, die ihn abgeholt hatte. Nur dass die beiden jetzt zwei Kinder hatten – ein hübscher kleiner Junge mit braunen Augen führte seine kleine Schwester mit Pferdeschwanz vor ihnen den Gang entlang –, und die junge Frau trug einen dieser typischen Beutel für Mütter, aus dem Windeln und Trinktassen quollen. Sie wären nie darauf gekommen, dass sie auf einem Video verewigt waren, das sich eine Menge Fremder bis in alle Ewigkeit jeden August zu Gemüte führen würde.

Irgendetwas klingelte. Maryam dachte zuerst an ihre Haustür und dann an die Uhr von ihrem Herd; so tief hatte sie geschlafen. Sie fingerte sogar nach dem Herdschalter, bevor ihr der Fehler auffiel. Sie öffnete die Augen und stützte sich auf einen Ellenbogen, um nach der Uhr zu schauen. Fünf nach halb zwei.

Die Ankunftsparty.

Es war ihr Telefon, das klingelte. Sie hob den Hörer ab. »Hallo«, sagte sie und bemühte sich, hellwach zu klingen.

»Mom?«

»Oh, Sami – ich bin so – hat die Party schon angefangen? Es tut mir so leid! Ich bin wohl eingeschlafen!«

»Ja, schön«, sagte er trocken, »die Luft ist jetzt rein, falls es dich interessiert.«

»Was?«

»Die Donaldsons sind gegangen. Du kannst jetzt unbesorgt kommen, wenn du Lust hast.«

»Sie sind gegangen?«, fragte sie. Sie schaute wieder auf die Uhr. »Sie haben die Party schon verlassen? Was ist passiert?«

»Keine Ahnung«, sagte Sami. Jetzt merkte sie, dass seine Stimme eine Spur verletzt klang, oder vielleicht bildete sie es sich nur ein. »Sie waren mit den anderen im Wohnzimmer«, sagte er. »Zi war im Esszimmer mit den letzten Vorbereitungen beschäftigt; ich holte gerade in der Küche Eis. Da kommt Zi in die Küche und fragt: ›Wo sind die Donaldsons denn? Sie sind verschwunden‹, sagt sie, ›alle Mann! Ich wollte die Gäste zu Tisch bitten, und nur *meine* Familie war noch da; ihre nicht. Ich habe gefragt, wo sie stecken, und alle haben gesagt: ‚Oh! Sind sie nicht draußen bei euch?' Aber sie sind nirgends‹, sagt Ziba mir. ›Sie sind gegangen!‹«

»Also, hat … hat womöglich jemand etwas Beleidigendes gesagt, was meinst du?«

»Nicht dass ich wüsste. Und was sollte das auch gewesen sein?«, erwiderte Sami.

Maryam spürte, wie ihre Lippen zuckten. »Vielleicht waren sie entsetzt, als sie erfuhren, dass es bei euch Sushi gibt«, sagte sie.

»Mach keine Witze, Mom«, sagte Sami. »Meinst du, sie fanden, dass zu viele Leute da waren? Es sind diesmal schrecklich viele Hakimis da, das muss ich zugeben.«

Erst da fielen Maryam die vielen Stimmen im Hintergrund auf, die auf Farsi durcheinanderredeten. Sie sagte: »Also, ich kann mir nicht vorstellen, dass so eine Kleinigkeit die Donaldsons verscheucht. Oh, ich hoffe nur, es ist nichts mit Bitsy – dass es ihr wieder schlecht geht.«

»Ziba ist außer sich, wie du dir vorstellen kannst«, sagte er. »Sie hat gleich bei ihnen angerufen, aber es geht keiner ran. Vielleicht *weigern* sie sich ranzugehen; darüber macht sie sich Sorgen. Aber wenn es wegen Bitsy ist; wenn sie in die Notaufnahme musste … Na ja, jedenfalls, Mom, du kannst jetzt kommen. Nur wir und die Hakimis sind noch da. Ziba war wirklich gekränkt, dass du offenbar doch nicht kommen wolltest.«

»Oh, Sami, das hatte ich nie vor! Ich bin schon unterwegs. In ein paar Minuten bin ich da.«

Sie legte den Hörer auf, aber sie hatte immer noch die Geräusche der Party im Ohr – das Gläserklirren und die dröhnenden Stimmen der männlichen Hakimis, die schönen runden Farsi-Laute.

Sie stand auf und zog Bluse und Hose aus, nahm das schwarze Leinenkleid vom Stuhl und zog es über den Kopf. Während sie seitlich den Reißverschluss schloss, schlüpfte sie in ihre Schuhe. Sie ging zur Kommode, wollte die Haarbürste nehmen und sah durch das offene Fenster Brad Donaldson auf dem Weg vor ihrer Haustür stehen.

Er hielt Xiu-Mei auf dem Arm, und er trug seine üblichen Sommersachen, ein ausgeleiertes T-Shirt und riesige, zerknitterte Bermuda-Shorts; seine runden Knie hatten etwas Kleinkindhaftes. Er schaute zum Haus, aber er rührte sich nicht. Von der Richtung seines Blickes konnte sie darauf schließen, dass er zu jemandem auf ihrer Veranda sah. »Läute noch nicht«, sagte er deutlich. »Warte auf die anderen.« Er klang so nah, dass Maryam unwillkürlich einen Schritt zurücktrat, obwohl sie ziemlich sicher war, dass man sie nicht sehen konnte.

Dann fuhr ein Wagen vor, Daves Wagen, und parkte hinter

dem der Donaldsons direkt vor ihrem Haus. Hinter seinem parkten noch zwei weitere Wagen. Der erste gehörte Abe – sein roter Volvo. Der zweite, eine graue Limousine, war ein so gängiges Modell, dass Maryam sich erst, als Laura auf der Beifahrerseite ausstieg, sicher sein konnte, dass es Macs war. »Ist sie da?«, rief Laura.

»Ich warte, bis alle hier sind«, antwortete Bitsy mit gedämpfter Stimme, und nun wusste Maryam, dass es Bitsy war, die vorn auf der Veranda stand.

Die beiden Wagen hinter Daves spuckten immer mehr Erwachsene und Teenager aus. Verschwommen erkannte Maryam sonnenverblichenes Haar, dünne Sommerkleider und glitzernde Armreifen. Jeannine befahl einer ihrer Töchter – schwer zu sagen, welcher –, auf der Stelle das Kaugummi auszuspucken. Xiu-Mei bat Brad, sie abzusetzen, aber er hörte nicht hin. Er hatte sich umgedreht und schaute auf Daves Auto, und als sie Brad erreichten, drehten sich nach und nach auch alle anderen um.

Brad rief: »Dave?«

Und Mac rief: »Kommst du, Dad?«

Daves Wagentür öffnete sich langsam, und dann stieg er in Zeitlupe aus. Er schloss die Tür mit einem schwachen, unentschlossenen Klick. Er bückte sich, um etwas von einem Hosenbein abzuwischen. Er richtete sich auf und sah die anderen an.

»Okay, ich läute jetzt«, sagte Bitsy, und Maryam hörte ihre Klingel.

Aber sie stand einfach da.

Die Klingel ging wieder. Eine Sekunde später klapperte der Messingtürklopfer.

Bitsy rief: »Maryam?«

Dave kam jetzt den Weg hochgestapft, und die Gruppe vor dem Haus teilte sich, um ihn durchzulassen. Aus diesem Blickwinkel wirkte er älter. Man konnte oben auf seinem Kopf das schüttere Haar erkennen.

»Ruf ihren Namen, Dad«, sagte Bitsy.

Er blieb stehen und nahm Haltung an. Er rief: »Maryam.«

Maryam antwortete nicht.

Unten rappelte laut der Türknauf. Einen Augenblick schien es so, als sei es Bitsy gelungen einzubrechen.

»Wir sind das!«, rief Bitsy. »Wir sind das alle! Maryam, bist du da? Bitte, mach auf. Wir sind gekommen, um dich zur Party abzuholen. Wir können die Party nicht ohne dich feiern. Wir brauchen dich! Lass uns herein, Maryam.«

In die darauf folgende Stille klang es *»Vite! Vite!«* – der Ruf des übereifrigen Kardinalsvogels zerschnitt die Luft über ihren Köpfen.

»Sie ist nicht zuhause«, sagte eine kindliche Stimme traurig – erster Hinweis für Maryam, dass Jin-Ho bei ihrer Mutter auf der Veranda stand.

Die anderen murmelten und debattierten. »Vielleicht …«, sagte jemand.

Und: »Sieh mal, ob …«

Dann sagte entweder Mac oder Abe etwas Bestimmtes, das Maryam nicht verstehen konnte. Sie neigte sich näher zum Fenster und sah, wie die Gruppe sich in Bewegung setzte – erst drehte sich eine Person, dann die nächste um, zögerte und begann dann langsam fortzugehen. Brad trug Xiu-Mei nicht mehr auf dem Arm – sie marschierte jetzt auf Dave zu. Bei ihm angekommen, griff sie seine Hand, und er schaute eine Sekunde auf sie hinab, als versuche er sich zu erinnern, wer sie sei, und dann drehte er sich auch um und ging zur Straße. Polly und Bridget hatten Jin-Ho zwischen sich. Deirdre schlenkerte, während sie folgte, eine kleine Tasche an ihrem rosa Schleifenhenkel.

Und dann endlich kam Bitsy, holte Brad ein und suchte Halt an seinem Arm. So zerbrechlich wirkte sie! Tatsächlich stützte sie sich auf ihn, und ihr dicht anliegendes Kopftuch ließ ihren Schädel ganz geschrumpft aussehen.

Maryam dachte an Bitsys Zuversicht, an ihre Begeisterung,

ihre selbst erfundenen »Traditionen«, die ihr jetzt eher mutig als albern vorkamen. Ihr Herz tat einen Satz, und sie fragte sich, ob es nicht Bitsy war, die sie liebte. Oder vielleicht doch alle zusammen.

Mit Schwung drehte sie sich vom Fenster weg. Sie verließ das Schlafzimmer. Sie durchquerte den Flur. An der Treppe lief sie bereits. Sie rannte die Stufen hinunter; sie rannte zur Tür. Sie kam weinend aus dem Haus gestürzt: »Halt!«

»Wartet!«, rief sie. »Geht nicht weg!«

»Wartet auf mich!«, rief sie.

Sie blieben stehen. Sie drehten sich um. Sie sahen sie an, und sie fingen an zu lächeln. Sie warteten, bis sie bei ihnen war.

Die Originalausgabe erschien 2006 unter dem Titel
Digging to America bei Alfred A. Knopf, New York.

List ist ein Verlag der Ullstein Buchverlage GmbH

ISBN 978-3-471-78946-9

Satz: LVD GmbH, Berlin
Druck & Bindung: Bercker Grafischer Großbetrieb, Kevelaer
Printed in Germany

Yasmin Crowther
Die Farbe von Safran

Roman. Aus dem Englischen von Sybille Klose.
304 Seiten. Gebunden mit Schutzumschlag.
ISBN 978-3-471-77277-5

Ein kleiner Junge, der sich das Leben nehmen will. Eine junge Frau, die ihr ungeborenes Kind verliert. Ihre Mutter, die nach vierzig Jahren in ihr Heimatland zurückkehrt, um endlich nach ihren Wurzeln zu suchen – und nach ihrer großen Liebe.
Lebendig und einfühlsam erzählt Yasmin Crowther diese dramatische Mutter-Tochter-Geschichte von der Unmöglichkeit des Lebens in zwei Welten.

»Die Geschichte ist so betörend wie die Sprache, beide bewegen sich mühelos zwischen Zeiten und Landschaften hin und her. Mit diesem Roman zeichnet sich Yasmin Crowther aus als Erzählerin von außergewöhnlicher Scharfsicht und großem sprachlichen Können.«
Sunday Telegraph

Lionel Shriver
Wir müssen über Kevin reden

Roman. Aus dem Englischen von Gesine Strempel und Christine Frick-Gerke. 464 Seiten. Gebunden mit Schutzumschlag.
ISBN 978-3-471-78679-1

Kurz vor seinem sechzehnten Geburtstag richtet Kevin in der Schule ein Blutbad an.
Innerhalb weniger Stunden ist das Leben seiner Mutter Eva nicht mehr wie es war. Von allen verurteilt, findet sie den Mut, sich quälenden Fragen auszusetzen: Hätte sie ihr Kind mehr lieben sollen? Hätte sie das Unglück verhindern können?
Stilistisch brillant und mit erschütternder Klarheit lotet dieser Roman die Tiefen und Untiefen der modernen Gesellschaft aus. Lionel Shriver erzählt aus der Sicht einer Mutter, die sich auf schmerzhafte und ehrliche Weise mit Schuld und Verantwortung, Liebe und Verlust auseinandersetzt.

»Psychologisch, philosophisch und nicht zuletzt literarisch brillant. Man jagt durch dieses Buch, will es weitergeben und empfehlen, noch bevor man es zu Ende gelesen hat – und danach erst recht.« *Brigitte*